Knaur.

Knaur.

Über den Autor:
Jonathon King ist seit mehr als zwanzig Jahren Journalist. Er begann seine Laufbahn bei den *Philadelphia Daily News* und arbeitet heute für den *Sun-Sentinel* in Südflorida, wo er Gerichtsreporter ist. Für seine Reportagen aus dem Gerichtssaal hat er bereits mehrfach Auszeichnungen erhalten. *Das Messer im Sumpf* ist sein Debüt im Kriminalroman, für das er in den USA auf Anhieb den renommierten Edgar Award bekam. Außerdem wurde der Roman für einen weiteren wichtigen US-Krimi-Preis, den Anthony Award, nominiert.
Weitere Informationen auf der Website des Autors:
www.jonathonking.com

Jonathon King

Das Messer im Sumpf

Roman

Aus dem Amerikanischen von
Helmut Splinter

Knaur Taschenbuch Verlag

Die amerikanische Originalausgabe erschien 2002 unter dem Titel
»The Blue Edge of Midnight« bei Dutton, New York.

Besuchen Sie uns im Internet:
www.droemer-knaur.de

Vollständige Taschenbuchausgabe
September 2005 Knaur Taschenbuch.

Ein Unternehmen der Droemerschen Verlagsanstalt
Th. Knaur Nachf. GmbH & Co. KG, München

Umschlaggestaltung: ZERO Werbeagentur, München
Umschlagabbildung: FinePic, München
Satz: Ventura Publisher im Verlag
Druck und Bindung: Clausen & Bosse, Leck
Printed in Germany
ISBN-13: 978-3-426-63186-7
ISBN-10: 3–426–63186-5

5 4 3 2 1

Für meinen Freund Bob Stowe,
der diese Welt allzu früh verlassen hat
und unvergessen bleibt.

I

Nachdem ich eineinhalb Kilometer flussaufwärts gepaddelt war, stand ich mit gebeugtem Rücken auf dem fleckigen Beton und zog mein Kanu seitlich an der Staumauer vorbei. Es war schon nach Mitternacht, und der Himmel über Südflorida wurde erleuchtet von einem drei viertel vollen Mond. Im Überlaufbecken hinter mir blubberte und wirbelte das Wasser, wurde hin und her geworfen und bildete Strudel, bis es sich ein Stück flussabwärts beruhigt hatte und mit glatter, schwarzer Oberfläche seinen Weg fortsetzte. Vor mir erkannte ich die Umrisse dicker Äste, herunterhängender Kletterpflanzen und das Flussbett, das sich nach einer sanften Biegung in der Dunkelheit verlor.
Als ich mich vor mehr als einem Jahr das erste Mal auf diesen Fluss gewagt hatte, waren meine an die Stadt gewöhnten Augen nahezu nutzlos gewesen. Bis dahin hatte ich nachts meine Welt immer im Schein von Straßenlaternen, Schaufensterbeleuchtungen und Autoscheinwerfern wahrgenommen, die über die Straßen fegten und an jeder Kreuzung ein Netz aus Lichtkegeln webten. Ich hatte mein Leben auf den Straßen von Philadelphia verbracht, die Augen offen gehalten, die harten, flachen Schatten taxiert, das Licht gedeutet,

das aus einer angelehnten Tür drang, auf den Strahl einer Taschenlampe gewartet und das Aufflammen eines Streichholzes vorausgesehen. Hier, fünfunddreißig Kilometer vom Atlantik entfernt in einem sumpfigen Wald im Flachland, hatte ich einen Monat gebraucht, bis ich mich im natürlichen Licht der Nacht auf meine Augen verlassen konnte.

Heute, im Mondlicht, leuchtete der Fluss wie eine Hauptstraße. Als ich das Kanu im Becken oberhalb des Damms wieder abgesetzt hatte, stützte ich mich rechts und links mit beiden Händen am Bootsrand ab, stellte den rechten Fuß in die Mitte, stieß mich mit dem linken ab und trieb auf das ruhige Wasser hinaus.

Ich setzte mich ans Heck und bewegte mich mit sechs oder sieben Paddelschlägen stromaufwärts vom Überlauf fort, dann bereitete ich mich auf das Kommende vor. Die eineinhalb Kilometer von meiner Pfahlbauhütte hatten nur dem Aufwärmen gedient. Jetzt machte ich mich an die harte Arbeit, die zu meinem nächtlichen Ritual geworden war. Zu dieser Jahreszeit in Südflorida, im Hochsommer, wenn der Regen jeden Nachmittag mit rhythmischer Regelmäßigkeit aufs Land herabprasselte, breitete sich dieser alte Fluss in die Everglades bis zwischen die Zypressen und Sabalpalmen aus und überschwemmte das Riedgras und die Teichapfelbäume, bis das Bild eher an einen überfluteten Wald und nicht mehr an einen Nebenfluss erinnerte. Es war auch die Jahreszeit, in der ein Mann, dessen Kopf randvoll mit bitteren Erinnerungen war, mitten auf dem Fluss stromaufwärts paddeln und mit ganzer Kraft und

schwitzend eine weitere unmögliche Nacht hinter sich bringen konnte.
Ich schob den rechten Fuß unter den Sitz, stemmte den linken an einer Rippe ab und wollte gerade richtig loslegen, als mein Blick auf etwas fiel, das im Gewirr der Wurzeln einer großen Zypresse schimmerte.
Abfall, dachte ich und machte zwei kräftige Paddelschläge in diese Richtung. Selbst hier draußen kann man den schlechten Gepflogenheiten der Menschen nicht entgehen. Doch als ich näher glitt, sah das Päckchen kompakter aus. Segeltuch, wie ich an der beigen Farbe erkannte.
Nach einem weiteren Paddelschlag war ich neben dem Päckchen, das so groß wie ein Matchbeutel war. Es war zwischen die mit Moos bewachsenen Wurzeln getrieben worden und hatte sich dort festgehakt. Mit dem Paddel versuchte ich, die in den Schatten liegende Seite zu lösen. Schließlich trieb es aufs Wasser hinaus – der Mond beleuchtete das Gesicht eines toten Kindes.
Tief in meiner Kehle blieb die Luft stecken, bevor sie wie eine Blase in meinem Mund zerplatzte. Ich hörte mich selbst flüstern:
»Gütiger Himmel, nicht schon wieder.«

Zwölf Jahre lang war ich Polizist in Philadelphia gewesen. Im zarten Alter von neunzehn Jahren hatte ich ohne den Segen meines Vaters den Dienst angetreten. Er war selbst Polizist und wollte nicht, dass ich in seine Fußstapfen trete. Ich widersetzte mich seinem Wunsch, was mir bis dahin schon zur Gewohnheit geworden

war, und brachte die Polizeiakademie auf die gleiche Weise hinter mich wie zuvor die Schule: Ich ließ mich vom System treiben, lernte gerade so viel, dass es reichte, und tat nichts, um mich hervorzutun, versuchte aber immer, mich zu widersetzen. Meine Mutter, Gott hab sie selig, nannte es eine Sünde.
»Talent ist das Geschenk Gottes an dich«, sagte sie. »Was du damit machst, ist dein Gegengeschenk an ihn.«
Ihrer Meinung nach war mein Talent mein Verstand. Meine Sünde war, dass ich ihn nur zur Hälfte benutzte.
Die Polizeiarbeit fiel mir leicht. Bei einer Größe von ein Meter neunzig und über neunzig Kilo Gewicht war ich prädestiniert für das Footballteam der Highschool, kam aber nie über ein gewisses Mittelmaß hinaus. Mein Freund Frankie O'Hara schleppte mich ab und zu zum Training ins South-Philly-Sportstudio, wo ich als Sparringspartner aushalf. Meine Stärke dort war, dass mich die Treffer kalt ließen. Ein Schlag ins Gesicht machte mir kaum was aus. Wie dieser Charakterzug mit meinen anderen »Talenten« zusammenpasste, konnte sich auch meine Mutter nicht erklären. Doch dank der Kombination aus verhüllter Intelligenz, einer gewissen Größe und der Gleichgültigkeit einem Schlag auf die Nase gegenüber ging mir die Polizeiarbeit leicht von der Hand.
Während meiner Jahre bei der Polizei war ich ein Stück die Karriereleiter hinaufgeklettert, hatte ein paar Sonderaufträge erhalten, eine kurze Zeit sogar im Büro der Detectives gearbeitet. Ein paar Mal hatte ich die Prüfung zum Sergeant über mich ergehen lassen. Doch wegen

einiger Differenzen mit meinen Vorgesetzten und der Beurteilung »Officer Freeman scheint sich durch völligen Mangel an Ehrgeiz auszuzeichnen« landete ich im Innenstadtpolizeirevier von Philadelphia und absolvierte in der Schicht von vier bis zwölf Uhr meinen Streifendienst. Das war in Ordnung für mich – bis zu dem Abend, an dem ich einem Kind in den Rücken schoss.

Ich hatte meine Schicht schon fast hinter mir und stand, vor dem kalten Nieselregen geschützt, im Murphy's Newsstand, einem kleinen Zeitungskiosk neben einem Feinkostladen gleich an der Broad Street. Murph verkaufte Tageszeitungen, auf drei Regalbrettern lag das monatliche Aufgebot an falschen Dekolletés, und dann war da noch der wahrscheinlich wichtigste Bestandteil seines Geschäfts: die täglich aktualisierten Aushänge mit den Rennergebnissen. Mit seinen knapp über dreißig Jahren im Straßengeschäft war Murph das bitterste und skeptischste menschliche Wesen, das mir je begegnet war. Er war ein riesiger Klotz, der stundenlang und ohne Unterbrechung auf seinem vierbeinigen Hocker saß. Die Hälfte seines Fetts hing über den Rand des kleinen, runden Kissens herab. Sein schwabbeliges Gesicht mit den dicken Falten sah aus wie ein in sich zusammengefallener Halloween-Kürbis, und die Farbe seiner kleinen Schlitzaugen war unmöglich zu erkennen. In seinem Mundwinkel hing ständig eine Zigarre.

»Max, du bist ein dämlicher Idiot, dass du einen Job machst, bei dem man dich so verarscht hat«, war sein

Standardspruch, den er mir seit zwei Jahren jeden Abend reindrückte. Seine Stimme klang wie Kies, der über den Boden einer Pappschachtel rutscht. Und er nannte jeden, vom Bürgermeister bis zu seiner eigenen Mutter, einen dämlichen Idioten. Man musste es also nicht persönlich nehmen.

An jenem Abend grummelte er gerade wegen der Ergebnisse vom Garden State Raceway vor sich hin, als mein Funkgerät zu knacken anfing: ein stiller Alarm im C&M's Stop and Shop auf der Dreizehnten Straße gleich um die Ecke. Als ich die Lautstärke aufdrehte und Murph die Zigarre mit der Zunge zwischen seinen Lippen rollte, hörten wir in der Ferne Schüsse aus kleinkalibrigen Pistolen. Der alte Murph blickte mir direkt ins Gesicht, und zum ersten Mal in den zwei Jahren sah ich, dass er hellblaue Augen hatte.

»Casamir«, krächzte er, als ich durch die offene Tür jagte, die Hand bereits am Halfter meiner 9-mm-Pistole. Es dauert nicht lange, bis das Adrenalin ins Blut gepumpt wird, wenn irgendwo ein Schuss losgeht. Als Stadtpolizist hatte ich schon zu viele gehört. Und jedes Mal musste ich mich gegen den instinktiven Impuls wehren, mich einfach umzudrehen und in die andere Richtung abzuhauen.

Mein Blutdruck ist gewöhnlich ziemlich niedrig, aber schon auf halbem Weg zur Straßenecke pochte mein Herz heftig in der Brust. Ich versuchte, mir Casamirs Laden vorzustellen – zweites Geschäft um die Ecke, offene Glastüren, im Innern schäbiges Neonlicht, Casamir hinter dem Ladentisch mit seinem breiten Lächeln und der lausigen, am Griff mit Klebeband umwickelten 25er. Ich dachte nicht an den vom Regen glitschigen Bürgersteig oder die fehlende Deckung, als ich die Ecke erreichte, abbremsen wollte und, nachdem ich ausgerutscht war, im freien Schussfeld der Pistole eines kleinen Jungen lag.

Peng.

Ich hörte den Knall seiner Pistole, bemerkte aber kaum den scharfen Schmerz an meinem Hals. Ich stützte mich auf einem Knie ab und zielte mit meiner 9-mm auf den Jungen, der zehn Meter von mir entfernt stand. Statt seiner Augen sah ich nur das schwarze Loch der Pistolenmündung. In diese Mündung blickte ich, als jemand aus Casamirs Laden herauskam. Und dann ertönte der nächste Schuss.

Peng.

Es fiel mir nicht leicht, doch ich drückte ab. Meine Waffe zuckte. Instinktiv blinzelte ich. Nur eine Sekunde lang herrschte Chaos, dann war auf der Straße alles ruhig.

Der erste Junge ging mit einem leisen Wimmern zu Boden. Der dritte Knall des Abends stammte von Casamirs Kaliber 25 und hatte den Jungen auf der Straße mitten in die Schläfe getroffen. Meine 9-mm-Kugel landete zwischen den dürren Schulterblättern desjenigen Jungen, der in dem Moment aus der Tür gerannt war, als ich gezögert hatte. Anders als in Hollywood-Filmen wurde er durch den Treffer nicht nach hinten geworfen, und er wirbelte auch nicht herum. Er knickte nicht langsam in den Knien ein, und er streckte nicht die Hände aus oder

rief irgendeinen Namen. Er sackte einfach nur in sich zusammen.
Der Lärm meiner eigenen Waffe ließ meine Ohren klingeln. Offenbar war ich aufgestanden, denn mein Blickwinkel hatte sich verändert, aber ich wusste nicht, dass sich meine Beine überhaupt bewegten.
Casamir stand bereits über die Leiche gebeugt, als ich die zehn Meter hinter mich gebracht hatte. Er blickte zu mir auf, seine alte Kaliber 25 baumelte in seiner Hand.
»Max?«, sagte er, verwirrt, mich zu sehen. Sein Gesicht war ausdruckslos, sein Lächeln verschwunden. Vielleicht für immer.
Der erste Junge lag mit dem Gesicht nach unten auf der Straße. Seine Waffe, die er zuerst gegen Casamir, dann gegen mich gerichtet hatte, war in den Rinnstein geschlittert. Der Jüngere, den ich erledigt hatte, lag seltsam verdreht auf dem Boden, seine viel zu weiten, schwarzen Kleider wirkten auf komische Weise leer. Doch sein Gesicht war nach oben gedreht, seine offenen Augen mit den langen kindlichen Wimpern blickten ins Leere. Er konnte nicht älter als zwölf Jahre sein.
In dieses Gesicht blickte ich gerade, als Murph von seinem Zeitungsladen angeschlurft kam, sich neben mich stellte und zuerst mich ansah, dann auf den Jungen hinuntersah.
»Blöder Idiot«, sagte er. Aber ich war mir nicht sicher, wen von uns beiden er meinte.
Ich starrte immer noch auf das Gesicht dieses Jungen hinab und versuchte, durch die Flüssigkeit hindurch zu

atmen, die sich in meiner Kehle angesammelt hatte, als ich Casamir hörte. »Max! Max!«, rief er. Als ich meinen Kopf hob, zeigte er auf seinen Hals. »Max, du bist angeschossen«, sagte er. Und plötzlich wurden die Nacht und die Welt um mich herum pechschwarz.

2

Gütiger Himmel, nicht schon wieder.«

Immer noch blicke ich auf das im Mondlicht glänzende Gesicht des Kindes, das im Wasser schaukelt. Mein erster Gedanke ist: Du musst helfen. Mein zweiter: Hau ab, so schnell du kannst. Mein dritter: Beruhige dich erst mal.

Der Lärm einer Milliarde zirpender Grillen erfüllt die Stille. Ich atme die warme, feuchte Luft ein und zwinge mich zum Nachdenken. Ich bin eineinhalb Kilometer von meiner Hütte und gute vier Kilometer von der Ranger-Station entfernt. Vor mir liegt ein totes Kind, und ich befinde mich an einem Tatort. Ich bin zu lange bei der Polizei gewesen, auch wenn ich schon vor zwei Jahren den Dienst quittiert habe, und wenn ich während meines Rückzugs etwas gelernt habe, dann, dass man bestimmte Dinge nicht so einfach aus dem Kopf kriegen kann.

Ich beginne, meine Gedanken zu organisieren, und gehe eine Liste durch. Das Bündel hat sich zwischen den Zypressenwurzeln verhakt – es kann durch die Strömung dorthin getrieben oder mit Absicht hier abgelegt worden sein. Die Leiche ist sorgfältig und sauber eingewickelt, doch das Gesicht ist frei. Warum? Warum muss es herausschauen? Die Haut ist so blass, dass sie aussieht wie konserviert, doch wer weiß, welche Wirkung das Brackwasser hatte. Und wenn die Leiche mit dem Gesicht nach oben durchs Wasser getrieben war, war das Blut vielleicht nach unten gesackt.

Der Stoff besteht aus reißfestem Nylon. Viel zu sauber, denke ich. Viel zu neu. Als ich mit dem Paddel das Bündel vorne berühre, blicke ich wieder in das Gesicht und erstarre. Das ist ein Tatort, sage ich mir. Sollen ihn doch die zuständigen Fachleute untersuchen. Du kannst hier ohnehin nichts ausrichten. Also ruf sie an.

Es sind vier Kilometer stromabwärts, mindestens eine gute Stunde bis zur Ranger-Station am Thompson's Point. Cleve Wilson, der leitende Ranger, wird seine monatliche Vierundzwanzig-Stunden-Schicht absolvieren. Ich wende und rudere zurück Richtung Norden zum Wasserfall. Nach acht oder zehn energischen Zügen bin ich schnell genug, und ich lehne mich zurück. Dann schnelle ich über den ein Meter zwanzig hohen Damm und lande klatschend auf der anderen Seite. Als ich wieder auftauche, ziehe ich das Paddel erneut kräftig durch und schieße nach vorn. Wieder werde ich vom Gesicht eines toten Kindes gejagt.

In wenigen Sekunden habe ich meinen Rhythmus gefunden. Das Paddel kräftig durchziehen, aber am Ende sanft anheben. Immer mit der gleichen Stärke und dem gleichen Schlag. Ich gleite durch den nassen Wald, bewege das Paddel nur in den scharfen Kurven in die entgegengesetzte Richtung, in den sanften nehme ich die Kraft zurück. Binnen weniger Minuten bin ich nass

geschwitzt, nehme mir aber nicht die Zeit, mir den Schweiß aus den Augen zu wischen, sondern schleudere die Tropfen mit einem schnellen Ruck des Kopfes fort. Ich kenne den Weg auswendig, und nach vierzig Minuten wird der Fluss breiter und krümmt sich nach Osten, Richtung Ozean. Das Dach aus Zypressen öffnet sich und bleibt hinter mir. Der Mond folgt. Ich achte nicht auf den Schmerz in Rücken und Schultern, sondern halte meinen Blick fest auf die nächste dunkle Silhouette von Mangroven gerichtet, die sich aus dem Wasser erheben und die nächste Kurve ankündigen, auf die ich direkt zusteuere. Ich arbeite mich von einem Punkt zum anderen vor. Nur so werde ich es schaffen.
Als ich hierher gekommen war, hatte ich etwas Stumpfsinniges und körperlich Ermüdendes gesucht. Ich hatte diese Sonderanfertigung eines Voyager-Kanus in klassischem Holzdesign gekauft, das zwar modern, aber mit seinen Rippen und der Holzreling im alten Stil gebaut war. Ich hatte es zum Fluss gebracht und mir die Seele aus dem Leib gepaddelt. Ich hatte gehört, dass sich Athleten, Langstreckenläufer und Schwimmer in einen Zustand hineinarbeiten, in dem sie nichts mehr denken. Einfach in einen Rhythmus verfallen und die Welt um sich herum vergessen.
Doch ich schaffte das nicht. Schon bald hatte ich in meiner Abgeschiedenheit gemerkt, dass mein Vorhaben nicht funktionierte. Egal, ob ich Rhythmus oder Ruhe suchte oder nicht. Ich bin wie ein Schleifstein. Und die Felsbrocken, die sich in meinen Kopf festgesetzt hatten, nachdem ich vor einem bis spät in die Nacht geöffneten

Laden ein Kind erschossen hatte, wirbelten immer wieder durcheinander und sorgten dafür, dass ich die Sache nicht vergaß. Vielleicht würden sich die scharfen Kanten mit der Zeit abwetzen, die Ecken etwas runder werden. Aber vergessen? Unmöglich.

»Du bist angeschossen.« Casamirs Worte waren das Letzte, an das ich mich an jenem Abend in Philadelphia erinnerte. Dann ahmte ich seine Bewegung nach und legte meine Hand an meinen Hals, der mit einer klebrigen Masse aus Blut und Schweiß überzogen war. Mit den Fingern strich ich über den Muskel unterhalb des Ohres. Ich spürte nichts, bis der Zeigefinger in ein Loch rutschte, das dort nicht hingehörte. Ich weiß nicht, ob ich das Bewusstsein verlor oder einfach nur einen Schwächeanfall hatte.

Als ich im Thomas Jefferson Hospital in Philadelphia aufwachte, begann sich der Schleifstein zu drehen. Ich wusste, dass man mich bestimmt mit Morphium und anderen Betäubungsmitteln vollgepumpt hatte, aber ich war nicht benommen, sondern ganz klar im Kopf.

Mein erster Gedanke war: Du bist gelähmt. Ich hatte Angst, mich zu bewegen, weil ich nicht sicher war, ob ich es herausfinden wollte. Ich blickte zur Decke hinauf, dann bewegte ich die Augen in die weißen Zimmerecken und hinunter zu einer Lampe, von dort zu einem Fernsehgerät, das hoch oben an die gegenüberliegende Wand montiert war, und weiter nach links zur Gardinenstange und nach rechts zu einem Spiegel, der so hing, dass ich mich nicht sehen konnte.

Ich konzentrierte mich auf meinen Tastsinn und bemerkte das kühle, steife Laken auf meinen Beinen und dem Oberkörper, was mir den Mut gab, meine rechte Hand zu bewegen. »Danke Gott für die kleinen Wunder.« Ich hörte das alte Mantra meiner Mutter, und meine Hand bewegte sich quer rüber auf die linke Seite meines Halses, der rundherum mit einem dicken, gazeartigen Verband eingewickelt war. Als ich meinen Kopf bewegen wollte, schoss ein heftiger Schmerz in meine Schläfen, und das Kribbeln machte mir Hoffnung, dass meine Wirbelsäule in Ordnung war.

Ich zählte gerade meine Finger und Zehen durch, als District Chief Osborne das Zimmer betrat, gefolgt vom Schwager meines Vaters, Sergeant Keith O'Brien, und einem Mann in dunklem Anzug, auf dessen einem Hosenbein »Erbsenzähler« hätte stehen können, dort, wo sonst auf den Trainingsanzügen der Universitäten »Hurricanes« oder »Quakers« steht.

»Freeman. Schön, dass Sie wach sind, Mann.«

Während meiner zwölf Dienstjahre hatte ich den District Chief kein einziges Mal zu Gesicht bekommen, und ich war sicher, dass er meinen Namen zum ersten Mal gehört hatte, als er von einem Eilboten morgens in seinem kuscheligen Bett in East Falls aus dem Schlaf gerissen worden war. Er war ein großer Mann mit breiten Schultern und dickem Bauch. Die Marine-Sportjacke und das gemusterte Hemd verliehen ihm gleichzeitig einen offiziellen und abgehetzten Eindruck. Er hatte grau gesprenkeltes Haar, auf der Knollennase zeichnete sich dank des in zu vielen Jahren zu viel

getrunkenen Whiskys bereits ein Spinnennetz aus roten Äderchen ab.
»Die Ärzte haben gesagt, Sie seien ein Glückspilz, Freeman«, meinte er. »Ein paar Zentimeter weiter, dann wäre der Schuss tödlich gewesen.«
Klar, und ein paar Zentimeter in die andere Richtung, dann wäre ich überhaupt nicht getroffen worden. Doch da ich nun ein Glückspilz war, wollte ich den Zauber nicht durch eine Antwort zerstören. Ich hatte bisher noch gar nicht versucht zu reden. Hals und Mund waren dick angeschwollen, als wäre ich beim Zahnarzt gewesen, der mich vom Scheitel bis zum Schlüsselbein mit Novokain vollgepumpt hatte.
Ich blickte hinüber zu meinem Onkel, der einen ehrerbietigen Schritt vom Chief zurückgetreten war. Da er entweder das Bettende oder seine Schuhspitzen betrachtete, ahnte ich schon, dass mir Ärger bevorstand.
»Die Ärzte sagen, Sie seien über den Berg. Also machen Sie sich keine Sorgen mehr. Aber wir brauchen eine Aussage, sobald Sie dazu bereit sind«, sagte Osborne, der mit dem Kopf in Richtung des Erbsenzählers als Bestandteil des »wir« deutete, ihn mir aber nicht vorstellte.
Eine unangenehme Stille trat ein. Man kann keinen stummen Menschen befragen. Man kann einem angeschossenen Polizisten nicht gratulieren. Man kann einem Polizisten, der gerade ein Kind erschossen hat, nicht sagen: »Gute Arbeit.«
»Wir schauen noch mal vorbei, Freeman«, fuhr Osborne schließlich fort und wollte mir die Hand reichen, bis er merkte, dass sich meine nicht bewegen würde.

Zum Ersatz tätschelte er tröstend die Seite des Bettes. Der Chief und der andere Typ, mit dem ich später in seiner Rolle als Leiter der Personalabteilung zu tun haben würde, gingen zur Tür, wechselten kurz ein paar Worte mit meinem Onkel, Sergeant O'Brien, und verließen das Zimmer.

Nun trat Onkel Keith ans Bett und sah mir zum ersten Mal in die Augen. Er zwinkerte mir in der typisch irischen Art zu und wartete sicherheitshalber einen Moment ab, bevor er sein wahres Gesicht zeigte.

»Arschlöcher«, lautete sein lapidarer Kommentar, ohne zu verraten, wen er damit meinte, sondern die Entscheidung mir überließ. »Wie geht's dir, mein Junge?«, fragte er schließlich.

Als ich versuchte zu antworten, bekam ich keinen einzigen Ton durch meine Novokain-Kehle. Wieder führte ich meine rechte Hand an den Hals, eine Bewegung, die sich bereits in meine postoperative Psyche eingeprägt hatte.

»Ging mitten durch«, sagte er und nickte nach rechts. »Der verrückte kleine Kerl hat dir eine Kugel Kaliber 22 reingejagt, bevor du ihn niedergestreckt hast. Die Jungs vom Rettungsdienst haben gesagt, die Kugel hätte sich durchs Muskelgewebe gebohrt und die Luftröhre und Halsschlagader nur knapp verfehlt.«

Als die Kugel in meinen Hals gejagt sei, habe sie nur ein kleines sauberes Loch hinterlassen – wie von einem Papierlocher ausgestanzt. Das Austrittsloch aber sei doppelt so groß und ausgefranst gewesen. Anschließend sei die Kugel in die Backsteinfassade der Reinigungsfirma auf der Dreizehnten Straße eingeschlagen, wo sie ein fingerhutgroßes Loch, umrahmt mit den Spritzern meines Blutes, herausgerissen habe.

»Dieses verdammte Kind war ein echter Scharfschütze«, schimpfte er, bevor er meinen Blick bemerkte. Keith war typisch für die Polizisten in Philadelphia und in allen Dienststellen des Landes. In fünfundzwanzig Jahren Dienstzeit hatte er kein einziges Mal die Waffe gezogen. Hätte das Ministerium vor ein paar Jahren nicht zwingend regelmäßige Schießübungen vorgeschrieben, würden die Patronen in seinem altmodischen Revolver immer noch vor sich hinrosten. Aber er hatte die Ergebnisse von Schießereien gesehen. Er hatte Kollegen kennengelernt, die jemanden erschossen und sich dadurch verändert hatten. Bei niemandem blieb dies ohne Folgen.

»Beide am Tatort gestorben«, fuhr er fort. »Die Spurensicherung hat sie gleich auf dem Bürgersteig in Säcke gepackt.«

Zögernd blickte er zur Seite.

»Zwölf und sechzehn Jahre alt. Beide aus North Philadelphia. Kamen hier runter, um nachts die Innenstadt unsicher zu machen.«

Er ließ sich darüber aus, wie die Zeitungen und Talkshows im Fernsehen ihre erst in diesem Monat gemachte Entdeckung hinausposaunten, dass Kinder mit Waffen herumliefen. Er erzählte, ein Zeuge auf der anderen Straßenseite habe gesehen, wie ich den ersten Schuss abgegeben und den Jungen ohne Warnung niedergestreckt hätte. Die Abteilung Interne Ermittlung habe meine

Waffe konfisziert und werde die Ermittlungen beaufsichtigen, aber da ich verwundet sei, bräuchte ich mir keine Sorgen zu machen.
Ich hörte, dass er redete, aber ich hörte nicht zu. Mein Blick war wieder zur Decke gewandert, die rechte Hand zum Verband am Hals.

Ich dürfte noch vierzig Paddelschläge vom Landungssteg am Thompson's Point entfernt gewesen sein, als mir der Scheinwerfer mitten ins Gesicht leuchtete. Das letzte Stück von mehr als zwei Kilometern hatte ich in einer knappen halben Stunde bei einem regelmäßigen Takt von siebzig Schlägen pro Minute zurückgelegt. Mein graues T-Shirt war schwarz vor Schweiß, und ich hatte schon nach der ersten Viertelstunde mit Seitenstechen zu kämpfen gehabt, das ich nur schwer unter Kontrolle bringen konnte.
Immer noch paddelte ich dem Licht entgegen, als jemand etwas rief und zwei weitere Lichtkegel auf mich gerichtet wurden. Mein Tempo und meinen Rhythmus behielt ich bei, bis der Boden meines Kanus über den Kies am Anlegeplatz kratzte.
»Um Gottes willen, Max! Mach mal langsam, Junge!«
Cleve Wilsons Gesicht war das Erste, was ich erkennen konnte, als er zum Ufer kam, um mich zu begrüßen.
»Wir wollten uns gerade auf den Weg zu dir machen«, erklärte er mit einem eigenartigen Klang in der Stimme, während sein Blick von rechts nach links über die Anlegestelle zuckte.
Während ich mir den Schweiß aus den Augen schüttelte,

konnte ich den Rest der Fünf-Personen-Gesellschaft an der Anlegestelle erkennen – vier Männer und eine Frau. Zwei der Männer hatten dicke Bäuche und trugen die braune Uniform der Florida Highway Patrol. Die anderen beiden wirkten dagegen dünn. Sie hatten Segeltuchhosen und Oxford-Hemden mit hochgekrempelten Ärmeln an. Der Jüngere fluchte auf Spanisch, als das Flusswasser in seine Mokassins schwappte.

Die Frau war so groß wie die vier Männer. Im Lichtschein bemerkte ich ihr blondes Haar, doch ich wendete den Blick ab. Die Nacht war schon mit zu vielen Erinnerungen angefüllt. Ich wollte nicht über das Beben nachdenken, das diese Haarsträhnen in meinem Herzen auslösten.

Als ich wieder zu Cleve sah, bemerkte ich sein Zögern. Ich überlegte, ob sie bereits von der Kinderleiche wussten, als er mir die Erklärung lieferte.

»Wir waren schon auf dem Weg zum Damm rauf«, sagte er. »Diese Leute haben einen Tipp erhalten, dass sie dort oben auf so was wie Hinweise zu den Ermittlungen stoßen würden, an denen sie arbeiten.«

Cleve sprach in seinem alten Florida-Slang, den er mir gegenüber in den ersten Monaten benützt hatte, als ich ihn gerade kennengelernt hatte. Es war seine Art, Informationen zu sammeln, indem er sich selbst dumm stellte und andere dazu verleitete, sich über seinen Kopf hinweg zu unterhalten. Er wollte mich den anderen vorstellen, als die Männer in den Oxford-Hemden die Sache von sich aus in die Hand nahmen.

Detectives Mark Hammonds und Vincente Diaz, County Sheriffs bei einer Sonderkommission der Polizeibehörden von Florida. Hammonds trat vor und schüttelte mir in der typischen Art eines Geschäftsmannes die Hand, aber mit einem direkten Blick in die Augen – ein alter Trick beim Verhör, der einem das Gefühl gab, der andere könnte dort in irgendeinem Winkel die Wahrheit erkennen, ohne dass man eine Chance hätte, etwas zu verbergen. Genau so hatte ich selbst oft geschaut. Ich hielt seinem Blick stand, bis er blinzelte, dann trat ich einen halben Schritt zurück.

Hammonds gehörte zu den Typen, die einem immer zu verstehen geben, dass sie die Ermittlungen leiten, ohne es ausdrücklich sagen zu müssen. Er war dünn, über fünfzig und hatte müde Augen, doch er straffte die Schultern, um – wie viele andere in seiner Position – größer zu wirken, als er war.

Diaz war schneller mit dem Händeschütteln. Er war ein gut aussehender, junger Latino, dem eine natürliche Freundlichkeit ins Gesicht geschrieben stand. Gäbe es bei der Polizei stellvertretende Geschäftsführer, wäre er so einer. Immer bedacht darauf, zu lernen und zu gefallen. Er hatte große, weiße Zähne, und auch wenn er es versuchte, schaffte er es nicht, ein leichtes Lächeln zu unterdrücken.

Die Frau weigerte sich, näher ans Ufer zu treten, und als Hammonds sie als Detective Richards aus Fort Lauderdale vorstellte, war auch ich darauf bedacht, mein Terrain zu sichern. Wir grüßten uns mit einem Nicken. Sie hatte die Arme verschränkt, als wäre ihr kalt, obwohl die schwüle Nachtluft drückend über der Flusslandschaft hing. Die von einem Windhauch herübergewehte Parfümwolke passte überhaupt nicht hierher. Als ich mich zu den anderen umdrehte, spürte ich ihren Blick auf meinem Rücken.

»Dann hat also jemand den Vorfall schon gemeldet?«, fragte ich schließlich Cleve, während ich mein Kanu höher ans Ufer hinaufzog.

»Was gemeldet?«, fragte Hammonds zurück.

»Das Verbrechen da draußen.« Mir war sofort klar, dass diese Nachricht für sie zwar nicht neu war, sie aber dennoch hart traf. Hammonds presste die Lippen aufeinander, und Diaz zuckte zusammen. Außerdem spürte ich, dass die Frau hinter mir instinktiv einen Schritt näher trat.

»Was für ein Verbrechen, Mr. Freeman?«, hakte Hammonds nach.

»Ein totes Kind. Eingewickelt. Gleich oberhalb des Damms.«

Cleve war der Einzige, der wirklich schockiert war.

»Mein Gott, Max«, sagte er und blickte in die Runde.

»Schicken wir ein Team da raus«, ordnete Hammonds an, ohne seine Worte an jemand Speziellen zu richten, während er, sein kantiges Kinn in die Luft gereckt, aufs Wasser hinausblickte.

3

Nach einer Stunde wussten sie, was ich wusste, dann wurde ich mit meinen Vermutungen allein gelassen. So laufen die Gespräche mit guten Ermittlern immer ab, sogar in angeblich freundlichen Verhören. Man antwortet auf ihre Fragen, teilt seine Beobachtungen mit, versucht zu kooperieren. Sie nicken, ermuntern zum Weiterreden, geben sich freundlich, verraten aber nichts. Wenn man geht, hat man das Gefühl, dass sie einem die Taschen leer geräumt haben und man gerade von einem Haustürvertreter über den Tisch gezogen worden ist. Kein Wunder, dass einem die Anwälte raten, einfach nur nein zu sagen und die Haustür wieder zuzumachen.

Das Einzige, was ich zwischen ihren Fragen heraushören konnte, war, dass sie schon mehrere Kinder gefunden hatten. Ich erfuhr nicht, wie viele. Aber ich wusste, dass ich verdächtigt wurde. Das passiert der Person, die als Erstes an einen Tatort kommt, immer. Man musste mir nicht sagen, dass ich den Bundesstaat nicht verlassen durfte.

Zwei Stunden später fuhr ein Wagen der Spurensicherung an den Anlegeplatz, und Cleve lud das Material in sein Dienstboot, einen Boston Whaler. Hammonds hatte beschlossen, nicht bis zum Morgengrauen zu warten.

Cleve hatte ein Ersatzkanu ans Heck seines Bootes gebunden. Er kannte den Fluss und würde die Mannschaft bis zum Damm bringen, wo das Wasser zu dieser Jahreszeit noch tief genug war. Von dort würden sie mit dem Kanu bis zur Leiche weiterpaddeln müssen. Hammonds, Diaz und zwei andere stiegen in den Whaler. Ratternd erwachte der Motor zum Leben. Die Männer banden das Boot los, das Cleve langsam in die Mitte des Flusses hinauslenkte.

Die Frau blieb an der Anlegestelle stehen und redete gleichzeitig mit zwei Mitarbeitern der Spurensicherung und in ihr Mobiltelefon. Als sie ihr Telefon schließlich zuklappte und einen Schritt auf mich zukam, erhob ich mich von der Stelle, wo ich saß, als ich verhört worden war, und kehrte ihr den Rücken zu.

»Ich gehe jetzt nach Hause«, kündigte ich über meine Schulter hinweg an. Ich erwartete einen Einwand, der jedoch nicht kam.

Ich zog mein Kanu ins Wasser. Richtung Westen flackerte Cleves tragbarer Scheinwerfer durch die Mangroven. Ich würde weit hinter ihnen bleiben. Als ich das Kanu vom Ufer wegdrückte und mich richtig hinsetzte, um loszupaddeln, warf ich einen verstohlenen Blick nach hinten, wo die Frau mit verschränkten Armen einen Meter vom Wasser entfernt am Ufer stand und mir mit den Blicken folgte.

Durch das Paddeln löste sich die Verspannung in meinen Schultern, die sich während des Herumsitzens beim Verhör aufgebaut hatte. Der Sonnenaufgang würde noch gut eine Stunde auf sich warten lassen. Der Fluss wirkte jetzt unnatürlich ruhig. Die leichten Wellen von Cleves Außenbordmotor waren immer noch zu spüren, obwohl sein Boot schon etwa eineinhalb Kilometer weiter vorn sein musste. Doch der Lärm seines Motors hatte die zu dieser Uhrzeit unzähligen Geräusche des Lebens entlang des Ufers und in den dichten Mangroveninseln verstummen lassen. Aus der Notwendigkeit, zu überleben, hatten Frösche und Insekten aus Angst vor den menschlichen Lauten und Bewegungen ihre Rufe und Lieder eingestellt. Auch ich hatte ihren natürlichen Rhythmus mit meinem nächtlichen Paddeln gestört. Doch nachdem ich gelernt hatte, mich leiser fortzubewegen, hatten sich die Bewohner entlang des Flusses an meine nächtlichen Ausflüge gewöhnt. Sogar bei Tieren der niederen Gattungen ist so etwas möglich. Nun fiel ich in meinen eigenen Rhythmus – ausholen, durchziehen, zum Schluss eine leichte Drehung, so dass sich das Wasser ein wenig kräuselte. Im Geiste wetzte ich wieder an meinem Felsbrocken. Das Gesicht des toten Kindes spukte in meinem Kopf herum, überlagerte sich mit dem des Jungen auf dem Bürgersteig in Philadelphia. Das Team der Polizei von Florida würde einige Zeit am Tatort zubringen müssen. Doch was hatten sie noch für Möglichkeiten außer das Kind zu bergen? Man konnte einen Fluss nicht absperren. Und auch wenn man in der Forensik gerne dick auftrug, war niemand in der Lage, Fingerabdrücke an einem Baum zu erkennen. Aber ich wusste, dass sie direkt an meiner alten Forscherhütte auf ihrer Pfahlkonstruktion vorbeikommen würden. Doch da das verwitterte, hundert Jahre alte Gebäude aus Pinienholz im Zypressenwald fast unsichtbar war, nahmen sie vielleicht Cleve in die Mangel, um den Standort zu erfahren. Ob er sie wohl durch den überwachsenen Seitenarm zu mir führen würde? Würden sie ohne Durchsuchungsbefehl in meiner Hütte herumwühlen, wie ich es vor nicht allzu vielen Jahren als Polizist bei anderen auch getan hatte? Es war illegal, aber wenn wir uns eine Chance ausgerechnet hatten, etwas zu finden, das uns entweder einen klaren Hinweis auf die Schuld des Verdächtigen gab oder uns von seiner Unschuld überzeugte, so dass wir ihn von der Liste streichen konnten, hatten wir es getan. »Dringlichkeit« hatten wir, effizient, wie wir waren, dazu gesagt. Manchmal gewöhnen sich sogar die anständigsten Kerle daran.

Wenn sie etwas finden würden, um mich von ihrer Liste zu streichen, wäre das eine Erleichterung, doch der Gedanke, dass Hammonds in meiner Hütte herumkramte, ließ mich noch einen Zahn zulegen.

Als ich den vom Wald umschlossenen Teil des Flusses erreichte, wich im Osten die Dunkelheit den ersten Anzeichen des Morgengrauens. Doch nach nur etwa einem Dutzend Ruderschlägen unter dem Dach aus Zypressenlaub hing die Luft feucht und dick über dem Wasser, und es wurde so dunkel, dass ein Fremder sich nur schwer zurechtfinden würde. Die Polizisten mussten ihre Entscheidung, noch vor Tagesanbruch aufzubrechen, in dem Moment bereut haben, in dem sie in diese Dunkelheit gelangt waren. Auch wenn der Mensch sehr anpassungsfähig ist, wird ein solcher Ort nie zu seiner natürlichen Umgebung. Er ist genetisch dazu nicht in

der Lage; seine Sehfähigkeit, sein Gehör und sein Geruchssinn haben sich anders entwickelt. Ich jedoch konnte mich in dieser vertrauten Umgebung bewegen, indem ich mich nach den nicht sichtbaren Orientierungspunkten richtete und die Strömungen, Strudel und vertrauten ruhigen Stellen spürte, ähnlich, wie es ein Sehbehinderter in seinem Wohnviertel macht.
Nach ein paar hundert Metern verlangsamte ich auf der Höhe einer Gruppe von Teichapfelbäumen das Tempo, spürte die leichte Strömung des nach Westen fließenden Wassers und ließ mich treiben. Zwei säulenartige Zypressen markierten meinen Eingang. Eine Abzweigung im seichten Wasser führte mich fünfzig Meter abseits des Hauptstroms zu einer Anlegestelle. Von dort gelangte ich über eine kleine Treppe zum Hintereingang meiner Hütte. Niemand war zu sehen, keine unnatürlichen Geräusche außer meinen eigenen waren zu hören. An der Anlegestelle hing ein Tau, das ich am Bugsitz befestigte. Dann stieg ich aus und bückte mich zur ersten Stufe hinab, wo ich im Schimmer des Tagesanbruchs den feuchten Boden nach Spuren absuchte. Nichts. Die Oberfläche war unberührt. Kurz nachdem ich eingezogen war, hatte mir ein Freund geraten, eine Art Alarmvorrichtung aufzustellen. Er war überzeugt, ich würde das Ziel unerlaubter Forscher und dummer Abenteurer werden, die denken, eine so abgeschiedene Hütte wie diese gehöre jedem, der sie findet. Ich hatte darüber nachgedacht, doch nach einigen Monaten die Idee wieder verworfen. Wenn ich auf jedes Geräusch achtete und es in mir aufnehmen würde, überlegte ich,

könnte ich jeden bemerken, der sich hier herumtrieb und den Frieden des Ortes störte.
Während meiner Abwesenheit würde eine Alarmvorrichtung ohnehin niemanden fern halten, der vorhatte, einzubrechen. Ich wohnte ja auch nicht in einem normalen Viertel. Wer würde bei einem Alarm denn schon angerannt kommen? Zudem befanden sich in der Hütte keine Reichtümer, die man hätte klauen können.
Die Hütte war etwa um neunzehnhundert von einem reichen Industriellen aus Palm Beach als Urlaubsjagdhütte gebaut worden. In den fünfziger Jahren hatte sie leergestanden, dann war sie von Wissenschaftlern wiederentdeckt und als Forschungsstation benutzt worden, die von hier aus die Wege des Wassers in den Everglades kartografierten. Nachdem die Geldquellen versiegt waren, wurde die Hütte wieder aufgegeben. Als der Aktienmarkt in den siebziger Jahren wegen der Ölkrise zusammenbrach, war die Hütte von der Familie, der sie gehörte, zum Kauf angeboten worden. Der Freund, über den ich an die Hütte gekommen war, hatte sie nicht für sich selbst haben wollen. Er hatte nur die Rechnung bezahlt und kassierte jetzt jeden Monat tausend Dollar aus meinem Anlagevermögen.
Über den Preis hatte ich nicht diskutiert. Im seltsamen Gang der Welt hatte mir die Schießerei in Philadelphia gleichzeitig geschadet und auch eine einzigartige Gelegenheit geboten.

Nach meiner Schießerei auf der Chestnut Street schwieg ich zehn Tage lang, unfähig, Worte durch meine geschwollene Kehle zu pressen. Anschließend tat ich noch eine ganze Woche lang so, als könnte ich nicht reden.

Rasch war der Tod zweier Jungen zum Medienspektakel avanciert und fand seinen Platz als Katastrophenmeldung, die mit fernsehgerechten Bildern in den Sechs-Uhr-Nachrichten präsentiert wurde. Polizisten, mit denen ich gearbeitet oder denen ich mal einen Gefallen getan hatte, riefen an und erkundigten sich, wie es mir ging, und um zu sagen, dass man mir wegen der Schießerei nichts anhängen könne. Nachdem die Spurensicherung und die Jungs von der Ballistik nachgewiesen hatten, dass der erste Junge mit seiner Waffe geschossen hatte, und Casamir von seiner Schilderung der Ereignisse nicht abgewichen war, wurden die Ermittlungen rasch eingestellt.

Trotzdem musste ich mir das Band der Überwachungskamera aus dem Laden anschauen, auf dem der zweite Junge aus dem Laden lief und vom Bild verschwand. Nur ich hatte gesehen, wie ihn meine Kugel erwischt hatte. Alle anderen hatten nur das Ergebnis gesehen und nannten es Notwehr und einen gerechtfertigten Schusswaffengebrauch. Doch es war immer noch ich, der geschossen hatte.

Das wichtigste Treffen – nachdem ich die obligatorischen Termine beim Seelenklempner, Anwalt und Abteilungsleiter wahrgenommen hatte – war das mit dem Kerl von der Personalabteilung, der meine weiteren Möglichkeiten aufzählte. Dazu gehörten ein großer Batzen Abfindung wegen Arbeitsunfähigkeit, falls ich mich dazu entschließen sollte, den Dienst zu quittieren.

Mein Onkel Keith, der ebenso wie mein Vater mehr als fünfundzwanzig Jahre bei der Polizei war, stieß angesichts der vielen Nullen in der mir angebotenen Summe einen langen Pfiff aus.
Ich nahm den Scheck und versuchte, die düsteren Erinnerungen aus meinem Gedächtnis zu löschen. Morgens rannte ich stundenlang über die unebene Front Street gegen den Wind, der vom Delaware heraufblies. Nachmittags warf ich auf dem Sportplatz alleine die Bälle in den Korb oder hing in Frankie O'Haras Sportstudio herum und wartete, bis ich von den Lokalmatadoren in den Boden gestampft wurde. Nachts ging ich von einer Straßenlaterne zur nächsten spazieren, blickte ab und zu auf, um zu merken, dass ich kilometerweit marschiert war, und musste mich mehrere Sekunden lang auf ein Straßenschild konzentrieren, um herauszubekommen, welchen Weg ich gegangen war.
Eines Nachts stand ich vor der Reinigung in der Dreizehnten Straße, wo ich auf ein fingerhutgroßes Loch in der Wand starrte und versuchte, auf den schmierigen Backsteinen mein Blut zu finden.
Am nächsten Tag erinnerte ich mich an die Worte meiner Mutter und nutzte – wie sie gesagt hätte – meinen Verstand. Ich nahm mit einem Anwalt in West Palm Beach in Florida Kontakt auf. Seinen Namen hatte meine Mutter vor Jahrzehnten in ihr Adressbuch gekritzelt. Zwischen ihr und der großen alten Dame seiner Familie bestand eine Beziehung, über deren Art nie geredet worden war. Der Anwalt war der Sohn der Frau, und meine eigene Mutter hatte mich oft dazu gedrängt, ihn doch

»mal zu treffen. Er ist ein gescheiter Junge, von dem du was lernen könntest.«
Ich kann mich nicht daran erinnern, wie er es schaffte, mich zu überzeugen, zu ihm in den Süden zu fliegen. Vielleicht war es die Zuversicht und die reine, einfache Logik in seiner Stimme. Er war weder gönnerhaft oder vermessen gewesen, noch hatte er aus einer vermeintlich großherzigen Gesinnung heraus mit mir geredet. Aber er hatte mich in der Forscherhütte einquartiert, weil ich ihm gesagt hatte, dass ich mich an einen ganz anderen Ort zurückziehen wollte als den, von dem ich gerade kam. Er war derjenige, der dafür gesorgt hatte, dass ich meine Abfindung in eine Firma investierte, die mit einer neuen Internet-Suchmaschine in Südflorida Fuß fassen wollte. Zum ersten Mal seit langem hatte ich einen Menschen gefunden, dem ich vertraute, und das machte sich bezahlt.
Draußen auf dem Fluss näherte sich das Rattern von Cleves Boot, mit dem Hammonds und seine Mannschaft zum Anlegeplatz zurückfuhren. Mit Sicherheit hatten sie die Kinderleiche dabei, die in einem Leichenschauhaus von den Gerichtsmedizinern übernommen und erst dort ausgewickelt werden würde.
Als Cleve etwa hundertfünfzig Meter entfernt war, ließ er den Motor leicht aufheulen, um mir zu verstehen zu geben, dass er meine Behausung geheimgehalten hatte – bis jetzt. Aber mir war klar, dass ich schon recht bald wieder in einem Verhörzimmer sitzen und weitere Fragen beantworten würde. Und mir war auch klar, dass ich vorher mit meinem Anwalt sprechen musste.

4

Ich fuhr auf der Interstate, kehrte zurück zu den Abgasen und in die vom Beton zurückgestrahlte, sengende Hitze und die aggressive Eile. Zurück in die Welt.
Den Morgen hatte ich damit zugebracht, durch den feuchten Wald zu spähen, zu beobachten, wie sich die Sonnenstrahlen durchs Laub und den Farn bohrten und die Blätter der Teichapfelbäume und das Moos darunter mit ihrem Licht sprenkelten. Bevor ich hierher gekommen war, hatte ich nicht viele Gedanken an die Natur verschwendet. Ich hatte mich auf den Straßen von Philadelphia ausschließlich mit der menschlichen Natur beschäftigt und fand nichts von dem, was man an der soziologischen Fakultät der University of Pennsylvania lehrt.
Die Gründe für das Verhalten der Menschen sind oft ziemlich elementar, und das ist schon länger so, als die meisten von uns zugeben wollen. Seit der Zeit, in der wir noch in Stammesverbänden zusammengelebt haben, hat sich daran nichts geändert. Nur die Dinge um uns herum haben sich verändert. Immer noch werden wir von Hunger und Angst, Liebe und Eifersucht, Gier und Hass getrieben. Und das gilt gleichermaßen inmitten einer Sumpflandschaft wie an der Ecke Broad Street und Passyunk Avenue.

Ich hatte mir auf dem Holzofen in meiner Hütte einen großen Becher Kaffee gekocht und mich damit an meinen leeren Tisch gesetzt, wo ich ihn in aller Ruhe austrank. Dann hatte ich Kleidung und Rasierzeug in eine Sporttasche gepackt und war zur Ranger-Station zurückgepaddelt, wo ich vom dortigen Telefon aus meinen Anwalt anrief. Cleve war nirgends zu sehen.

»Der ist zur Zentrale gefahren«, berichtete sein Stellvertreter, ein junger Bursche, der schon mit Uniformhose mit Bügelfalten und Schulterklappen auf die Welt gekommen zu sein schien. Der einzige private Kontakt zwischen uns hatte in seiner Frage bestanden, ob er meinen Pick-up leihen könnte, den ich immer wieder tagelang auf dem Besucherparkplatz abzustellen pflegte. »Er hat nicht gesagt, wann er zurückkommt«, meinte er jetzt, sichtlich verstimmt darüber, dass er zum Dienst gerufen worden war. »Was, zum Teufel, war bloß heute morgen los?«

Ich sah ihn an wie ein Erwachsener, der sich von dem fordernden Tonfall und der gottlosen Wortwahl eines jungen Menschen angegriffen fühlte, und antwortete mit der monotonen Stimme, die ich ihm gegenüber immer anschlug: »Ich habe keine Ahnung.«

Ich ging zu den Waschräumen des Lagers, wo ich duschte und mich rasierte, dann warf ich meine Tasche in meinen Pick-up und fuhr Richtung Süden zum Gericht von Palm Beach County. Auf dem Weg dorthin blieb ich im Verkehr stecken und kämpfte mich mit den anderen Pendlern auf dem Highway vorwärts.

Nachdem ich mich auf der Überholspur der Interstate 95 eine Stunde lang annähernd mit Höchstgeschwindigkeit vorwärts gearbeitet hatte, bog ich an der Ausfahrt Clematis Street ab und quälte mich durch den Verkehr bis zu dem Parkplatz, den ich hier in der Stadt immer benutzte. Der Alte, der den Parkplatz bewachte, erkannte meinen nachtblauen F-150 sogar dann wieder, wenn ich mal zwei Monate lang nicht hier gewesen war. Er hatte immer einen Platz für mich frei. Und ich hatte im Gegenzug etwas für ihn – einen Zwanzig-Dollar-Schein.

Die Luft hier schien ein paar Grad wärmer zu sein als am Fluss. Während ich die vier Blocks bis zum Gericht ging, spürte ich, wie mir die Schweißtropfen am Rücken hinunterliefen. Ich hatte mich für meine Verhältnisse halbwegs anständig angezogen: Khaki-Hosen, ein kurzärmliges Hemd, ein ungebügeltes weißes T-Shirt und ein paar abgetragene Docksides-Bootsschuhe. Diese Aufmachung hatte ich mir von den Bootskapitänen in den wenigen Restaurants abgeschaut, in die ich gegangen war, oder auf den Fluren von Behörden, wo sie für Genehmigungen und Konzessionen anstanden. Gemessen an den Standards der Nordstaaten mag es ein bisschen schäbig wirken, aber in Südflorida ist diese Kleidung fast überall akzeptabel. Es war auch das genaue Gegenteil von dem, wie sich Billy Manchester herausgeputzt hatte.

Als ich die Straße überquerte, die zum neuen Gerichtsgebäude führte, wartete Billy bereits im Schatten einer neu gepflanzten, halb ausgewachsenen Washington-Palme.

Eine Hand in die Tasche gesteckt, in der anderen Hand einen Schnellhefter, blickte er in die mir entgegengesetzte Richtung und sah wie immer tadellos aus. Der rohweiße Leinenanzug – es konnte nur ein Tausend-Dollar-Ferragamo sein – passte hervorragend zu seiner dunklen Haut. Seine Seidenkrawatte saß fest um seinen frisch rasierten Hals, und das Haar war glatt gekämmt. So ein scharfkantiges, perfektes Profil, wie er es hatte, sieht man nur selten außerhalb der Fernseh- und Kinowelt, und bei seinen ein Meter achtzig und den gut trainierten siebzig Kilo hatte man schnell den Eindruck, ihn genau dort schon einmal gesehen zu haben.

Während ich näher kam, flanierten zwei Frauen in Sommerkostümen absichtlich nah an Billy vorbei und lächelten ihn ebenso absichtlich an. Er nickte ihnen freundlich lächelnd zu, doch als sie auf ihn zusteuerten, drehte er sich elegant in meine Richtung, reichte mir die Hand und ließ die Damen stehen, ohne dabei im Mindesten unfreundlich zu wirken. Während sie weitergingen, wunderte ich mich lediglich darüber, *wie* er so etwas anstellte, nicht warum.

»M-M-Max«, grüßte er mich. »D-Du siehst j-ja richtig g-gesund aus. G-Gehen wir was essen.«

Billy Manchester ist der intelligenteste Mensch, den ich je kennengelernt habe. Und bereits bei unserem ersten Telefonat hatte ich den Eindruck, dass er mich nicht übers Ohr hauen würde.

Nachdem ich ihm etwas auf den Zahn gefühlt und ihm von der Schießerei in Philadelphia erzählt hatte, hatten wir mehrere Ferngespräche über Verfahren gegen Polizisten, Möglichkeiten von Zivilverfahren und Geldanlage- und Steuergesetze geführt. Nie hatte ich den Eindruck, dass er mich ausfragte. Eher war es so, dass er mich mit wertvollen Informationen versorgte. Trotzdem hatte ich ihn überprüft. Juraabschluss an der Temple University. Abschluss in Wirtschaftswissenschaften in Wharton. Etliche Veröffentlichungen in juristischen Fachzeitschriften. Kein Hinweis darauf, dass er jemals Vorlesungen gehalten hätte.

Er hatte alle Voraussetzungen für eine akademische Laufbahn in der Tasche, hatte aber nie gelehrt. Er besaß sämtliche Urkunden für einen brillanten Strafverteidiger, doch offenbar gab es keinen einzigen Fall, bei dem er je einen Menschen vertreten hatte.

Ich hatte einen Freund von den *Philadelphia Daily News* gebeten, das Zeitungsarchiv nach ihm zu durchforsten, doch er hatte nur wenig gefunden. Als junger Mann hatte Billy die Aufmerksamkeit auf sich gezogen, weil ihm, obwohl er aus einem der ärmeren Viertel von Philadelphia stammte, eine glänzende akademische Zukunft bevorzustehen schien. Es gab einen Artikel über ihn, als er für den bekannten Schachclub einer öffentlichen Schule von North Carolina ein angesehenes Turnier gewonnen hatte, und einen Artikel über ihn als Jahrgangsbesten der juristischen Fakultät der Temple University. Nichts über seine Eltern.

Wie es dazu kam, dass sich unsere Mütter anfreundeten, eine Schwarze aus North Philadelphia und die weiße Ehefrau eines Karrierepolizisten aus South Philly,

wusste keiner von uns. Als wir aufwuchsen, existierte zwischen den verschiedenen Stadtvierteln noch die Rassentrennung. Doch wir schienen von der gleichen Theorie über die Unterschiede der Hautfarbe und Traditionen beseelt zu sein, mit denen wir aufgewachsen waren – wir wussten, dass es sie gab. Man ging mit ihnen um, wenn es notwendig war, aber die meiste Zeit standen sie den wirklich wichtigen Dingen des Lebens nur im Weg.
Nach mehr als einem Dutzend Telefonaten hatte mich Billy überzeugt, nach Florida zu kommen.
Bei unserem ersten Treffen am Flughafen ließ mich sein Aussehen doch etwas zögern – er schien direkt einer Modezeitschrift für Männer entsprungen zu sein. Viel zu glatt für die Stimme, hatte ich gedacht. Dann hatte er mir mit seinen braunen Augen ins Gesicht geblickt, ohne zu blinzeln, und mich mit einem Satz empfangen, der, wie ich mittlerweile gemerkt hatte, sein Standardgruß war: »M-M-Max, d-du siehst j-ja richtig g-gesund aus.«
Nachdem ich meine Zweifel überwunden hatte und der kurzzeitige Verdacht, doch irgendwie an der Nase herumgeführt worden zu sein, beseitigt war, erklärte mir Billy, dass er nur unter Stress stotterte. Am Telefon oder selbst durch eine Wand hindurch konnte er problemlos und einwandfrei wie der Chef eines Debattierclubs reden. Doch bei direktem Augenkontakt war ein Gespräch für ihn ein ständiger Kampf. Sein Stottern war so tief verwurzelt, dass sogar die einfachsten Wörter hinter seiner Zunge stecken blieben. Doch seine Ernsthaftigkeit und Ehrlichkeit hatten meinen ersten

Eindruck vom Telefon her bestätigt, und wochenlang hatte er mich in seinem direkt am Strand liegenden Hochhausapartment einquartiert, bis er die Forscherhütte für mich aufgetrieben hatte. Wir gaben ein seltsames Paar ab: ein erfolgreicher schwarzer Anwalt, der in den Süden gezogen war, und ein weißer Polizist aus Philadelphia, der versuchte, der Stadt zu entkommen. Doch mit der Zeit verließ ich mich auf sein Urteilsvermögen und sein Wissen, und ich dachte mir, dass es mir auch jetzt zugute kommen würde.

Während wir in der Hitze, die die Bürgersteige auf der Clematis Street ausstrahlten, Richtung Osten gingen, ließ er sich die Ereignisse von der Nacht zuvor noch einmal erzählen. Er hatte nicht viel Worte gemacht, als ich ihn deshalb angerufen hatte. Doch der Umschlag unter seinem Arm ließ vermuten, dass er fleißig gewesen war. Als wir die Ecke zur Flangler Avenue erreicht hatten, führte mich Billy zu einem schattigen Tisch vor dem Café La Nuestra. Der Kellner machte eine hastige Bewegung, auf dem Gesicht den typischen »Nein, nein, nein, der ist reserviert«-Ausdruck, bis er Billy erkannte und dann geradezu überschwänglich seine Arbeit machte.

Billy wartete, bis ein großer Eistee vor ihm stand und ich eine beschlagene Flasche Rolling Rock in der Hand hielt. Dann legte er den Umschlag auf den Tisch zwischen uns.

In seinen Telefongesprächen sprach Billy klar, argumentierte logisch und war auf besondere Weise direkt. Wenn er jemandem gegenübersaß, ließ sein Stottern diese Eigenschaften nur noch stärker hervortreten.

»M-Max«, begann er. Seine Augen wurden schmal und stahlgrau. »Du steckst in d-der Scheiße.«

Im Umschlag befand sich ein Stapel Ausdrucke älterer Artikel aus den Webseiten der drei größten Zeitungen von South Florida. Die typischen schreienden Überschriften der Papierversionen fehlten, doch schon der Text war ein Hammer.

Am Montag hatte man die Leiche von Melissa Marks, einem sechsjährigen Mädchen, in einer abgelegenen Gegend der westlichen Everglades im Broward County gefunden. Das Mädchen war in der vergangenen Woche als vermisst gemeldet worden.

Ermittler sagten zwar, die Todesursache sei noch nicht geklärt, doch sie glauben, das Mädchen sei das dritte Opfer einer Sommerserie bizarrer Kindesentführungen und Morde, die Südflorida seit drei Monaten in Schrecken versetzen.

»Wir glauben, dass die gleiche Person für diese und die vorangegangenen Gräueltaten verantwortlich ist«, sagte Jim Hardcastle, Pressesprecher der Polizei von Florida, bei der eine Sondereinheit aus mehreren Behörden koordiniert wird, zu der drei Bezirkssheriffs und das FBI gehören.

»Unsere Ermittlungen zu diesen Morden laufen auf Hochtouren, und wir setzen alles daran, den Täter zu finden.«

Hardcastle weigerte sich, Einzelheiten darüber zu sagen, wie die Polizei Melissas Leiche gefunden hatte, sondern beschränkte sich nur auf die Aussage, dass sie in

einer abgelegenen Gegend etwa zwanzig Kilometer westlich des Highway 27 aufgefunden wurde, der inoffiziellen Grenze zu den immer noch wilden Everglades und den kleinstädtischen Gemeinden des Broward County.
Melissas Eltern, die in einem neu erschlossenen Viertel von Sunset Place wohnen, hatten sie als vermisst gemeldet, nachdem sie am Sonntag mitten in der Nacht aus der Wohnung verschwunden war. Ihre Mutter war aufgestanden, um ihr ein Medikament gegen eine abklingende Krankheit zu geben.
Obwohl Nachbarn und Polizei mit Hunden und Hubschraubern fast sofort und umfassend mit der Suche begannen, konnten sie keine Spuren finden. Erst eine Woche später war das Kind entdeckt worden.
Melissas Verschwinden und ihr Tod ist zwei vorangegangenen Fällen auf erschreckende Weise ähnlich. Im Juni und Juli waren ein siebenjähriger Junge aus dem Westteil von Palmetto Isles und ein fünfjähriges Mädchen aus Palm Ridge entführt worden. Auch ihre Leichen hatte man in abgelegenen Gegenden gefunden.
Die Ermittler weigern sich, Erklärungen zu den Todesursachen abzugeben, und machen auch keine Angaben darüber, wie sie innerhalb von wenigen Tagen nach der Entführung in der Lage gewesen waren, die Leichen aufzuspüren.

Ich schob die Blätter hin und her und sortierte sie nach Datum ab der ersten Entführung. Die Folgeartikel berichteten von der Einschaltung des FBI, der vergeblichen Suche nach Hinweisen, den erschütterten Eltern, Spekulationen und – wenig überraschend – der Angst. Meine Kehle war trocken geworden, und die Blätter fühlten sich zwischen meinen Fingern staubig an. Billy hatte absichtlich die Bilder weggelassen, obwohl mir klar war, dass eigentlich einige dazugehörten: die Schnappschüsse mit den lächelnden Gesichtern der Kinder, Bilder der verwirrten Eltern mit verheulten Augen bei der Beerdigung, von den vielen Blumen, den regennassen Trauerkarten und den Gedenkveranstaltungen an irgendeinem öffentlichen Platz.

Während ich las, war die Sonne über unseren Tisch gekrochen, und Billy, der schweigend und mit übereinander geschlagenen Beinen dasaß, winkte den Kellner zweimal wieder fort. Schließlich hob ich den Kopf. Billy blickte mir direkt in die Augen. »D-Du kriegst w-wohl nicht viel mit, w-was?«, meinte er ohne eine Spur von Ironie.

Der Aufruhr, den die Morde verursacht hatten, war nicht bis zu mir an den Fluss oder durch meine, von mir zum Schutz vor der Welt errichtete Mauer durchgedrungen. Während ich auf den Asphalt der Straße starrte, teilte er mir zu den Fällen alle Insiderinformationen mit, die seit Wochen durch die Gerichte und Rechtsanwaltbüros kursierten.

Die Ermittler hielten nach Möglichkeit Einzelheiten zurück, besonders die Todesursache. Geheim blieb auch, woher sie wussten, wo sie nach den Leichen suchen mussten. Doch irgendwie waren sie bis zu meinem Fluss gekommen und hätten wahrscheinlich nur wenige

Stunden nach mir die Kinderleiche entdeckt. Jetzt hatten sie mich mit dem Mord in Verbindung gebracht. Es gehörte zur ganz normalen Polizeiroutine, mich zu verdächtigen.
Wieder starrte ich quer über die Straße und strich mit den Fingern über die Narbe an meinem Hals. Ich hasste Umständlichkeiten. Eine nach den Gesetzen der Logik funktionierende Welt erträgt sie nicht, aber eine überbevölkerte Welt kann sie nicht vermeiden.
War die Leiche von irgendwo weiter oben am Fluss zu der Stelle getrieben worden, an der ich sie entdeckt hatte? Der Nebenfluss entsprang einem weitläufigen, flachen Sumpfloch, dessen Wasser sich in den Morast zwischen den Zypressen ergoss, und wurde außerdem von einem Kanal gespeist, der zur Entwässerung der Everglades diente. War die Leiche absichtlich an dieser Stelle zwischen den Wurzeln verkeilt worden? Hatte jemand von meinen nächtlichen Ausflügen gewusst? Hatte jemand vermutet, dass ich die Leiche finden würde?
Über den Häuserdächern schoben sich von Westen her dicke, mit der Feuchtigkeit der Everglades vollgesaugte Gewitterwolken Richtung Küste. Doch der Wind, der vom Meer heraufblies, hielt sie zurück. Hier glitzerte die Sonne immer noch heiß auf den Fahrzeugen, die die Straße füllten und sich jedes Mal, wenn die Ampel auf Grün schaltete, weiterbewegten.
»Wenn d-du meinst, d-du solltest m-mit ihnen reden, t-tu es nicht«, sagte Billy.
Ich schüttelte nur den Kopf. Er wusste, dass ich wie ein Polizist dachte. Er wusste, dass ich über Hammonds'

Mannschaft und ihren Kampf mit einem überaus schwierigen Fall nachdachte.

Schließlich winkte er den Kellner heran. Während er geduldig auf meine Antwort wartete, bestellte er einen Salat mit Penne. Als er mich mit einer leicht hochgezogenen Augenbraue ansah, nahm er mein Schweigen als Zustimmung, für mich dasselbe zu bestellen. Billy wusste, dass ich von Dosenfleisch und Obst lebte und mir bestenfalls hin und wieder einen Tarpun aus dem Fluss grillte. Automatisch versuchte er bei jeder Gelegenheit, meine Ernährungsweise zu beeinflussen.

Sein Rat, nicht mit Hammonds und seiner Mannschaft zu reden, bedeutete, dass er mich bat, an meinem Recht auf Aussageverweigerung festzuhalten. Als Polizist hatte ich dieses Recht gehasst, und wegen dieser Erfahrung wusste ich, wie wertvoll es war, wenn man auf der anderen Seite des Gitters stand.

»Sie müssen jeden Glücks- oder Zufallstreffer nutzen, um die Sache aus der Welt zu schaffen«, sagte ich. »Wie, zum Teufel, willst du vier tote Kinder von den Titelseiten kriegen und dafür sorgen, dass dir dein Boss nicht dauernd im Nacken sitzt?«

Ich wusste, dass ein enormer Druck auf jedem lastete, der einen Fall wie diesen lösen musste. Schon bei der ersten Entführung werden sie die Familienmitglieder scharf unter die Lupe genommen haben. Das ist das Standardvorgehen bei Morden, vor allem, wenn Kinder betroffen sind. Aber laut der Zeitungsausschnitte, die Billy mitgebracht hatte, gab es nur einen einzigen Zusammenhang zwischen den ersten drei Familien:

Sie alle wohnten in Neubaugebieten nahe der Everglades. Ob es eine weitere Verbindung zwischen ihnen gab, die vor der Presse geheim gehalten wurde, war reine Vermutung. Wenn sie nicht zutraf, blieb nur die Theorie, dass der Täter ein Fremder war. Während wir aßen, diskutierten wir über die verschiedenen Möglichkeiten.

Billy hatte angefangen, sich ein bisschen für den Fall zu interessieren, seit das zweite Kind gefunden worden war. Die Fernsehnachrichten waren voll davon gewesen. Pressekonferenzen mit verzweifelten, in Tränen aufgelösten Eltern, die um die Freilassung ihrer Kinder flehten. Die ausgesetzten Belohnungen. Der unvermeidliche Druck auf die wegen Kindesmissbrauch verdächtigen Personen. Und in diesem Fall die spürbare Angst in der Öffentlichkeit. Es war genau das, wovon ich überhaupt nichts wissen wollte. Doch sogar wenn ich Billys Rat folgte und mich in Schweigen hüllte, wussten wir beide, dass ich mittlerweile tief drinsteckte. Ich war die erste Person außerhalb der Familien mit einer egal wie schwachen Verbindung zu den Taten. Genau darauf würde sich die Polizei stürzen. Die Frage war nur, mit welcher Wucht.

Nachdem Billy bezahlt und dem Kellner so viel Trinkgeld gegeben hatte, dass sich seine Mittagsschicht auf jeden Fall gelohnt hatte, gingen wir in der vom Asphalt aufsteigenden Hitze, die ich sogar durch meine Sohlen spürte, zum Gericht. Asphalt und Beton glühten wie Brennöfen. Die Gewitterfront war vom Wind aufgehalten worden, doch ihr graues Gesicht plusterte sich immer mehr auf, während die Hitze der Stadt ihren Höhepunkt erreichte.

»Vielleicht k-kriegst du b-bald Besuch«, meinte Billy, während er in die Tasche seines Jacketts griff und mir ein dünnes Mobiltelefon reichte. »Es ist aufgeladen. R-Ruf mich an«, fuhr er gleichzeitig lächelnd und ernst fort. »Aber nicht erst nächsten Monat.«

Ich schüttelte seine Hand, dankte ihm und sah ihm hinterher, als er ging.

Drei Blocks weiter hatte sich mein Hosenbund mit Schweiß vollgesaugt, und meine Füße waren feucht. Als ich zum Parkplatz kam, blickte der Wächter auf seine Schuhe hinab – mir wurde sofort klar, dass etwas nicht stimmte. Als er meinen Parkschein entgegennahm, blickte er mit einem Schulterzucken auf, und, ich schwöre es, seine Augen füllten sich mit Tränen.

»Ich weiß nicht, wie das passiert ist«, begann er, während wir zur Ecke gingen, von der aus ich meinen Pickup in der ersten Reihe stehen sah. »Ich habe keine Kinder oder sonst was bemerkt und auch nichts gehört.«

Er führte mich zur Fahrerseite herum, wo er seufzend und mit einer Geste des Bedauerns zurücktrat.

Auf Hüfthöhe zog sich vom Führerhaus bis fast zur Mitte des vorderen Kotflügels ein langer Kratzer von einem Schlüssel oder Schraubenzieher über den Lack. Als ich mich hinunterbeugte, um ihn zu berühren, sah ich noch die kleinen Löckchen des nachtblauen Lacks, die sich entlang des Kratzers abhoben. Der Wächter mied meinen Blick, starrte auf den Kratzer und wünschte, er wäre nicht da.

Ich dachte an eine Zeit, als ich in Philly sechs Monate lang bei einer Sonderkommission gegen organisiertes Verbrechen eingesetzt war, um Mitglieder einer Bande zu beobachten. Nachdem wir einmal zwei Tage lang Phil Testoro, genannt »der Hummer«, zwischen seinem Reihenhaus in South Philly und seiner Suite in einem Atlantic City Hotel beschattet hatten, war Kevin Morrison, mein Partner, aus unserem Zivilfahrzeug ausgestiegen und durch die Parkgarage geschlendert, in der wir standen. Nachdem er sich vergewissert hatte, dass ihn niemand beobachtete, näherte er sich Testoros Lincoln Continental, während er seine Schlüssel aus der Tasche kramte, und zog eine geschlängelte Linie am Wagen entlang. Dann kam er zurück, als wenn nichts gewesen wäre. Fünf Minuten lang saß ich schweigend neben ihm, bis Morrison schließlich sagte, ohne mich anzublicken: »Er soll ruhig wissen, dass wir ihn beobachten.«

Jetzt berührte ich den Kratzer auf meinem Pick-up und überprüfte – vergeblich, wie ich wusste – die Bürgersteige und Straßenecken auf ein Zivilfahrzeug mit zwei gelangweilten Männern auf den Vordersitzen. »Das ist nicht Ihre Schuld«, sagte ich kopfschüttelnd zu dem Wächter und stieg ein, schaltete die Klimaanlage an und fuhr zurück an meinen Fluss.

5

Als ich auf den Besucherparkplatz der Ranger-Station fuhr, spürte ich wieder die nur allzu vertraute Enge um meinen Kopf, ein schmerzendes Band, das sich in der Höhe der Schläfen außen herum zog. Das Beste war, sich nicht mit dem Druck auf den Schädel zu beschäftigen, weil jeder Gedanke daran das Band wie mit einer Schraubzwinge nur noch enger zusammenzog. Das passiert mir immer, wenn ich Auto fahre. Selbst am Spätnachmittag bewegte man sich Stoßstange an Stoßstange vorwärts, und auch wenn man seinen Vordermann drängte, kam man nicht schneller voran – die Geschwindigkeit auf der Interstate hatte sich auf hundert Stundenkilometer eingependelt, bei denen ich mich eher unwohl fühlte. Auf den Straßen der Innenstadt von Philadelphia wurde man gezwungen, langsam zu fahren. Nur wenn man den Schuylkill Expressway benutzte oder über die Brücken nach New Jersey jagte, hatte man die Chance, schneller vorwärts zu kommen. Hier unten hatte ich mir auf meinen Erkundungstouren wer weiß wie viele alternative Strecken ausgesucht, aber auf der Interstate hielt ich mich immer auf der mittleren Spur und versuchte, mich den Lemmingen anzupassen. Doch Kopfschmerzen bekam ich trotzdem.

Cleve stand an der Bootsrampe und blickte hinauf zu den sich mittlerweile genau über uns auftürmenden, schwarzen Wolken. Ein kräftiger Blitz, und die ganze Front würde aufbrechen. Es würde regnen, als würde jemand »auf einen flachen Felsen pissen«, wie der alte Ranger immer sagte. Der feuchte Ostwind wurde Richtung Westen gesaugt und zerrte an unseren Hosenbeinen und Hemdsärmeln, was aber auch nicht half, mir den Schweiß auf meinem Rücken zu trocknen.

»Da läuft's mir eiskalt den Rücken runter«, meinte Cleve, der zwar immer noch zu dem aufziehenden Sturm hinaufblickte, aber mit Sicherheit die kleine eingewickelte Leiche vom Morgen vor Augen hatte. »War irgendwie anders als bei dem Jungen mit dem Alligator.«

Cleve hatte mir die Geschichte gleich in der ersten Woche nach meiner Ankunft erzählt. Ein achtjähriger Junge war mit seiner Familie im Kanu auf dem Fluss entlanggefahren. An einer halbwegs trockenen Stelle am Ufer waren sie ausgestiegen, um sich ein bisschen auszuruhen. Der Junge wollte sich in einem etwas tieferen Wasserbecken abkühlen, in dem das Wasser strudelte und eine Walze bildete, bevor es weiterfloss. Ob das Alligatormännchen schon im Becken gewesen oder durch die Bewegung aufmerksam geworden war, wusste niemand.

Das Tier hatte den Kopf des Jungen mit den Zähnen gepackt und ihn unter Wasser gezogen, um seine Beute zu ersäufen. Als der Vater des Jungen merkte, was passierte, sprang er hinterher, um seinem Sohn zu helfen, schlug mit dem Paddel auf den Kopf und die Schnauze des Tieres ein, bis es das Kind endlich losließ. Doch es hatte zu lange gedauert, den Jungen durch die Wildnis zu einer Stelle zu bringen, an der ein Hubschrauber landen konnte. Er starb im Trauma-Center.

Cleve war am Landeplatz gewesen und hatte sich um die Wunden des Jungen gekümmert, während die Familie zuschaute.

»Ich habe gesehen, zu was die Natur fähig ist«, sagte er und schüttelte die Vergangenheit von sich ab, als er mir in die Augen blickte. »Aber die Geschichte hier hat mit Natur nichts zu tun, und diese Typen wussten das.«

Dann erzählte er mir von der Fahrt am Morgen mit Hammonds und seinem Ermittlungsteam den Fluss hinauf. Sie hatten kaum ein Wort miteinander gewechselt. Cleve wusste, dass die meisten Menschen, wenn sie hier rausfuhren, auf diese Umgebung reagierten, indem sie sich entspannt unterhielten und einige Fragen stellten. Hammonds' Jungs hingegen hatten geschwiegen und sich vor allem um ein Gerät gekümmert, das sie im Heck des Whalers versteckt hielten. Cleve war außen vor geblieben, sie hatten ihm lediglich Fragen über die Zugänge zur Fundstelle gestellt und wo das Quellgebiet und die nächsten Straßen oder Brücken lagen. Und wo ich wohnte, und wie oft ich kam oder ging.

»Die Einmündung ins Dickicht zu deiner Hütte war zwar nicht zu sehen, aber ich konnte auch nicht lügen«, erklärte Cleve und blickte mich von der Seite her an, um meine Reaktion abzuschätzen.

»Mach dir deswegen keine Sorgen«, erwiderte ich.

Als Cleve die Mannschaft zur Staumauer gebracht hatte, hatte er das Kanu losgebunden und auf die andere Seite getragen. Es fasste nur drei Personen, so dass Hammonds und ein Polizeifotograf in Cleves Boot eingestiegen waren. Dic eingewickelte Leiche hatte genau an der Stelle gelegen, die ich beschrieben hatte. Der Fotograf hatte Bilder geschossen, und Hammonds hatte noch einmal das Gerät überprüft, das sie aus dem Whaler mitgenommen hatten, bevor sie die Leiche aus dem Gewirr der Zypressenwurzeln gehoben hatten. Auf der Rückfahrt hatten die Männer kein Wort gesagt und den schwarzen Leichensack mit Reißverschluss nicht eines Blickes gewürdigt.

»Es war verdammt unheimlich«, schloss Cleve seinen Bericht.

Der Rest des Teams hatte am Dock gewartet, als sie die Leiche an Land brachten. Bevor sie abgezogen waren, hatte Hammonds zu Cleve gesagt, sie würden ihn vielleicht noch einmal brauchen, ohne sich näher darüber auszulassen.

»Ich verstehe nicht, warum«, sagte er und sah zu den dunklen Wolken hinauf, bevor er mir half, mein Kanu ins Wasser zu setzen. »Eigentlich haben sie mich nicht mehr nötig, um sie wieder an die Stelle zu bringen, da sie doch dort ihre GPS-Messung gemacht haben.«

Beinahe hätte ich es geschafft, meine Hütte zu erreichen, noch bevor der Sturm losbrach. Ich war schon unter dem Zypressendach, als der erste gedämpfte Donner von Westen heraufrollte und ein leichter Nieselregen

auf die Baumspitzen traf. Als ich mein Kanu am Steg festband, prasselten die ersten dicken Tropfen durch die Blätter, und bis ich oben an den Stufen angekommen war, war das Geräusch zu einem Tosen angeschwollen. Drinnen zog ich mir das nasse Hemd aus und warf meine Sporttasche neben das Bett. Der erste Platzregen, den ich in South Florida erlebt hatte, hatte mir eine Heidenangst eingejagt. Das Brausen in den Bäumen, gemischt mit dem harten Trommeln auf meinem Blechdach, war so laut gewesen, dass ich mir die Ohren zuhalten musste. Nach ein paar Monaten hatte ich mich daran gewöhnt.
Ich zündete Feuer in meinem Ofen an, löffelte Kaffeepulver aus einer eineinhalb Kilo schweren Dose und wartete, bis das Wasser in meiner alten Metallkanne kochte.
Der Tisch, den die Forscher dagelassen hatten, war so groß wie eine Tür. Immer wieder war daran herumgebohrt und gekratzt worden, und es ließ sich nicht mehr sagen, was sie alles auf ihm ausgegossen, gestapelt oder seziert hatten. Der Lack war an vielen Stellen abgeplatzt, und wo unbekannte Flüssigkeiten eingesickert waren, war das Holz darunter dunkel und fleckig. Der Tisch war ziemlich abgenutzt, wie die meisten Möbel in der Hütte.
An einer Wand stand ein Stockbett mit einer guten, mit Plastik überzogenen Matratze, die ich vom oberen Bett ins untere gelegt hatte. An der anderen Wand standen nebeneinander zwei nicht zueinander passende Schränke, die wahrscheinlich für Kleider oder wissenschaftliche Geräte verwendet worden waren. Einen benutzte

ich für meine Kleider, im anderen verstaute ich meine wachsende Sammlung von Büchern. Reiseerzählungen von Paul Theroux und Jonathan Raban, Bücher, in die ich mich verkroch, um die Straßen von Philadelphia wenigstens für ein paar Stunden zu vergessen. Die verregnete Nacht, in der mich ein Sergeant in einer Nische der U-Bahn-Station Walnut and Locust mit dem Buch *The Kingdom by the Sea* von Paul Theroux erwischt hatte, war auch nur einer der vielen kleinen Rückschritte auf meiner Karriereleiter. Als Billy herausgefunden hatte, dass ich gerne las, ergänzte er meine Sammlung mit Büchern über die Geschichte von Florida und der Karibik. »Du musst die Gegend, in der du lebst, kennenlernen, um dich dort wohl zu fühlen«, hatte er gesagt.

An der dritten Wand stand eine Zeile mit Küchenschränken, einem Haublock, einem vorsintflutlichen Kühlschrank und einem alten Spülbecken. Den Haublock verwendete ich zum Zubereiten von Essen, aber Cleve dachte, dass die Forscher darauf eher Wasser-Mokassinottern und Zwergklapperschlangen, die Wasserschlangen des südlichen Florida, ausgestreckt hatten, um sie zu vermessen und zu kennzeichnen. Ich hatte ihm für sein Mitteilungsbedürfnis gedankt, besonders nach dem Tag vor drei Monaten, als ich beinahe auf eine grüne Wasserschlange getreten war, die sich auf meiner Treppe zusammengerollt hatte, offenbar, um sich noch einmal messen zu lassen.

Das einzige Zugeständnis an die Moderne hier war das abgetrennte Bad am anderen Ende, in dem die Forscher zum Schutz des örtlichen Ökosystems eine chemische

Toilette eingebaut hatten. Das war sicher auch sinnvoll gewesen, damit die Wasserproben nicht verfälscht wurden.
Als es in meinem Wasserkessel zu brodeln begann, mischte sich ein Zirpen unter das Geräusch des Regens. Erst als ich den Ton zum dritten Mal hörte, erkannte ich, dass es Billys Mobiltelefon in meiner Sporttasche war. Ich kramte es heraus, setzte mich auf den Rand des Stockbettes und drückte die Ein-Taste.
»Ja?«
»Satellitennavigationssystem«, sagte er mit weicher, unerschrockener Stimme am anderen Ende. Das Phänomen, dass Billy mal stotterte, mal nicht, machte immer Eindruck auf mich.
»Du hast meine Gedanken gelesen, Herr Anwalt.«
»Jetzt, wo ich mehr als nur ein oberflächliches Interesse an diesen Morden habe, habe ich meine Beziehungen spielen lassen. Die Sonderkommission sucht die Leichen der Opfer mit Hilfe von GPS«, erklärte er und ging in eine technische Beschreibung der Signalsysteme über, bei der mit Hilfe von Satelliten beliebige Koordinaten bestimmt werden und sich überall auf der Erde eine Stelle ausmachen lässt, selbst wenn sie nur einen Quadratmeter groß ist.
Vor Jahren hatte das Militär die GPS-Technik freigegeben, sehr zum Vorteil für die zivile Schifffahrt auf den Meeren. Sogar auf einem Boot in voller Fahrt lässt sich mit Hilfe der Satelliten ausrechnen, wo man sich gerade befindet. In letzter Zeit waren die GPS-Geräte auf tragbare Größen geschrumpft. Bergsteiger und selbst

Amateurwanderer und Jäger hatten sie oft dabei. Cleve hatte sich bereits gedacht, dass Hammonds ein solches Gerät benutzt hatte, und ich hatte mir den Kopf darüber zerbrochen, seit ich nach Hause gepaddelt war.

Billys Info machte die Sache leichter für mich. Hammonds markierte nicht die Stelle, um nach einem Muster zu suchen, wie ich gedacht hatte. Er bestätigte die Koordinaten, die er bereits hatte.

»Der Mörder hat ihnen die GPS-Koordinaten gegeben«, fuhr Billy am anderen Ende fort. »Deswegen war Hammonds schon auf dem Weg, als du am Anlegeplatz ankamst. Wenn du die Leiche nicht gefunden hättest, wären sie eine Stunde später sowieso da gewesen.«

»Glück für mich«, meinte ich.

Ich dachte an Hammonds, der mich am Anlegeplatz angestarrt und versucht hatte, in meinen Augen zu erkennen, ob ich sie täuschen wollte. Ich hatte als Erster die Leiche des vierten Opfers eines Serienmörders gefunden. Aus Gründen, die er noch nicht kannte, wohnte ich fernab der Gesellschaft am Rande der Everglades. Ich konnte gut mit einem Kanu umgehen, und ein Boot gehörte zu den wenigen Möglichkeiten, wie ich inzwischen weiß, um an die entlegenen Stellen zu gelangen, an denen die drei anderen toten Kinder gefunden worden waren.

»Ja. Das ist auch eine gute Argumentation für die Verteidigung«, meinte mein Anwalt. »Warum sollte ein Serienmörder die Polizei direkt in seinen eigenen Hinterhof führen und ihnen außerdem noch einen Tipp geben, bevor sie überhaupt dort sind?«

»Damit man ihn schnappt«, sagte ich. In der Leitung herrschte einige Sekunden lang Stille. »Wir telefonieren später wieder, Billy. Danke.«
In der Nacht, nachdem es aufgehört hatte zu regnen, lag ich im Bett und konzentrierte mich auf die einzelnen Geräusche am Fluss, auf die Tropfen, die vom Dach fielen, auf das platschende Geräusch eines nächtlichen Beutetieres, das einer Eule oder Wasserschlange zu entkommen versuchte. Am Anfang, als ich hierher gezogen war, hatte die Stille einen fast greifbaren Kegel über meine vom Stadtlärm verdorbenen Ohren gelegt. Es war so, als würde man nach einer langen Nachtfahrt mit dem Auto stehen bleiben, den Motor ausschalten und in der betäubenden Stille einfach nur so dasitzen. In der Stadt gab es nur wenige solcher Gelegenheiten, hier waren sie fast der Dauerzustand.
Ein Brise zog durch die Bäume in meine von Jalousien bedeckten Fenster. Die Luft war erdrückend schwül. Dennoch spürte ich dank der Verdunstungskälte des dünnen Schweißfilms auf meinem Körper immer noch jeden Luftzug. Mir war nicht unbehaglich zumute, doch wenn ich die Augen schloss, sah ich das blasse Kindergesicht und die milchigen Augen im Mondlicht. Das Bild vertrieb meinen alten Albtraum. Ich berührte die Narbe an meinem Hals, und irgendwann mitten in der Nacht schlief ich ein.

Um zehn Uhr am nächsten Morgen setzte ich die Rallye auf der I-95 fort. Auf meinem Weg Richtung Süden wurde ich von einem stetigen Strom aus BMWs, Honda

Civics, farbenfrohen Cabriolets und Pick-ups mit Metallkisten auf der Ladefläche überholt. Die Sattelschlepper, Tanklastzüge und Kastenwagen hatten mich auf die rechte Spur gedrängt. Wenn man nicht fünfzehn Stundenkilometer über der Höchstgeschwindigkeit fuhr, war man ihnen einfach im Weg. Wenn man frustriert beschloss, auf die Regeln zu pfeifen und mit hundertdreißig weiterzubrettern, war man immer noch nicht sicher. Jemand, der einem mit hundertvierzig Sachen hinterherjagte, fuhr so lange dicht auf, bis man endlich Platz machte. Das Motto war einfach: Sei aggressiv und achte nicht auf die Regeln. Nur so kommst du gegen diese Einfaltspinsel an.

Vier Stunden zuvor war ich von den Vögeln geweckt worden. Schlangenhalsvögel und einige Reiherarten gingen früh zum Fischen, Silberreiher und Ibisse machten sich erst nach Tagesanbruch an die Arbeit. Im Licht der aufgehenden Sonne kochte ich mir frischen Kaffee und stellte mich auf die Treppe. Während ich durch das Blätterdach der Zypressen spähte, entschied ich, mich bei Hammonds' Sonderkommission zu melden. Als ich Billy angerufen hatte, hatte er versucht, es mir mit seiner ihm eigenen untrüglichen Logik auszureden, doch mir war klar, dass sich die Ermittler auf mich eingeschossen hatten. Wenn ich es schaffen könnte, sie von meiner Unschuld zu überzeugen, würden sie vielleicht etwas Zeit sparen, sich eine andere Strategie überlegen und einer anderen Spur nachgehen. Billy gab den besten Satz von sich, den ein Jurist parat hatte: »Mach kein Angebot.«

Wenn man noch nie etwas mit diesem System zu tun

gehabt hatte, meint man, der typische Spruch »Wovor hast du Angst, wenn du unschuldig bist?« ergäbe noch einen gewissen Sinn. Oft genug habe ich diesen Satz zitiert, wenn ich Verdächtige verhört habe. Doch die Wahrheit ist nicht immer einfach. Ich habe Vergewaltigungsfälle erlebt, bei denen die Anklage auf der Aussage der überfallenen Frau basierte, die sich absolut sicher war. Doch dann wurde die Beweislage durch einen DNA-Test gekippt. Ich habe Männer in der Todeszelle sitzen sehen, die ein Geständnis abgelegt hatten und deren Unschuld sich nach der Verhaftung eines anderen Mannes erwies. Und ich habe Staatsanwälte gesehen, die wegen Behinderung eines Gerichtsverfahrens eingesperrt wurden, weil sie so sehr an ihre Fälle geglaubt hatten, dass sie blind für die Wahrheit geworden waren.

Ich hatte auch das Gesicht eines toten Kindes im Wasser gesehen. Wenn ich verdächtigt wurde, dann hatte sich Hammonds' Team bereits meine Akte aus Philadelphia besorgt und meinen Umzug, meine finanzielle Situation und mein Leben seit der Nacht nachvollzogen, in der ich an einer verregneten Straßenecke einem Jungen in den Rücken geschossen hatte. Vielleicht hatten sie mich aber auch schon von der Liste gestrichen. Aber das Gesicht des Ermittlers hatte so etwas wie ein Nein ausgestrahlt.

Ich weigerte mich, beim aggressiven Spiel auf der Interstate mitzumachen, und hielt mich bis in das Broward County hinein auf der mittleren Spur. Gewöhnlich ließ ich genügend Abstand zwischen meiner vorderen Stoßstange und der Karosserie vor mir, doch hier war es, als würde ich einen Parkplatz in der Innenstadt frei machen. Hinter mir gab es immer jemanden, der diesen Platz beanspruchte, überholte und in die Lücke fuhr, so dass ich wieder ein Stück zurückfiel. Bis zum Broward Boulevard machte ich dieses Bockspringen mit, dann nahm ich die Abfahrt West.

Von der Abfahrt aus sah ich bereits, wie das Gebäude des County Sheriffs aus einem ungewöhnlich sauberen Schrottplatz wie eine Schachtel aus Sandstein und Spiegeln emporragte. Die sechs Stockwerke ließen die heruntergekommenen Einkaufszentren, die alten Schlackenstein-Wohnblöcke und Billigmieten-Bürogebäude kümmerlich erscheinen. Die neue Zentrale war mitten in ein traditionell schwarzes Viertel gesetzt worden. Man hatte gehofft, es würde sich dadurch einiges ändern, doch bis auf das Straßenquadrat, in dem das Gebäude stand, war alles gleich geblieben. In den sechziger Jahren hatte sich die Interstate ihren Weg durchs Viertel gebahnt und das zweigeteilt, was sich einst als Einheit entwickelt hatte. Danach hatten Armut, Kriminalität und die Apathie der Regierung die Situation weiter verschlimmert. Die Straßenblocks um die Zentrale herum wurden von den Streifenpolizisten »Gefahrenzone« genannt. Hier gab es die meisten Einbrüche, Raubüberfälle und Morde im ganzen County. Die Beamten nannten die streunenden Hunde »Zonenwild«, die gelbäugigen Drogenhändler redeten sie mit ihrem Namen an, und sich selbst nannten sie Zoowächter. Das alles erinnerte mich allzu sehr an Philadelphia und brachte mich zurück nach Hause.

Auf dem Parkplatz stellte ich meinen Pick-up ganz hinten im Schatten eines Zylinderputzerstrauchs ab, achtete aber darauf, dass die verkratzte Seite vom Gebäude aus nicht zu sehen war. Dann wagte ich mich hinaus in die glühende Hitze. Es war noch nicht einmal Mittag, dennoch herrschten bereits fast dreißig Grad. Der Asphalt fühlte sich an wie ein niedrig gestellter Brenner. In den zwei Minuten, die ich bis zum Vordereingang brauchte, trat mir der Schweiß auf die Stirn, der im Luftzug der Klimaanlage verdunstete, sobald ich die Glastür passiert hatte.

Die runde Eingangshalle war so hoch wie das Gebäude, darüber wölbte sich ein kuppelförmiges Dach. Der Fußboden bestand aus dunkelgrünem Imitatmarmor, mit dem auch die Seiten und die Oberfläche der kreisförmigen Rezeption verkleidet waren. Obwohl ich ein Meter neunzig groß bin, reichte mir die Oberkante der Theke nur bis zum Brustkorb. Der einzige Hinweis darauf, dass ich nicht in der Eingangshalle irgendeiner Bank im Stadtzentrum stand, war die Frau in Uniform, die auf eine Art auf mich herabsah, die sagen wollte, dass sie ebenso gelangweilt wie beschäftigt war.

Ich fragte nach Hammonds' Büro, und sie schob mir ein Klemmbrett mit einem Anmeldeformular und einen Besucherausweis aus Plastik zu.

»Vierter Stock«, sagte sie und zeigte auf die Reihe der Fahrstuhltüren.

Im vierten Stock musste ich die Sekretärin über eine Gegensprechanlage bitten, mir die Tür zu öffnen. Von dort aus ging ich weiter durch den Empfangsbereich, von dem die Büros durch beigefarbene Türen und halbhohe Glasfronten abgetrennt waren. Das war was ganz anderes als das tot gebohnerte und abgewetzte Innenleben der Polizeizentrale von Philadelphia, die wir immer den »Rundbau« genannt hatten. Doch die Atmosphäre war die gleiche. Die verstohlenen Blicke, das geschäftige Treiben, das »Kennt-jemand-diesen-Kerl?«-Nicken. Niemand hier oben trug Uniform, und niemanden schien es zu stören, dass mir kalt war. Als mich Hammonds' Sekretärin bat, Platz zu nehmen, dankte ich ihr und ging stattdessen auf und ab.

Vom Wartebereich aus konnte ich durch die Scheiben in zwei Büros hineinblicken. In einem schlurften die Jungs mit Krawatten zwischen den mit hüfthohen Wänden abgetrennten Schreibtischen hin und her. Das andere Büro wurde von einem einzelnen Schreibtisch dominiert, und an den Wänden standen Aktenschränke. An der gegenüberliegenden Wand befanden sich zwei Holzfurniertüren. Während ich hin und her ging, wurde eine der Türen geöffnet, und Ms. Richards, die Beamtin, die ich am Fluss gesehen hatte, kam herein und ging zum Schreibtisch.

Sie trug einen cremefarbenen Rock und eine langärmlige seidenartige Bluse, die flatterte, wenn sie sich bewegte. Ihr blondes Haar hatte sie zu einer Art Knoten zusammengebunden, der ihren Kopf nach hinten zu ziehen schien. In ihren hochhackigen Schuhen war sie noch größer, als sie ohnehin schon am Fluss gewirkt hatte. Aerobic, dachte ich, als ich ihre festen Waden begutachtete. Ohne aufzusehen, ging sie vom Schreibtisch zu den Aktenschränken. Ihr Hang zur Athletik war eindeutig. Zweimal schwebte sie an einem Aktenvernichter vorbei, in den sie Blätter hineinsteckte, ohne ihren Blick von dem Schriftstück zu nehmen, das sie las. Einmal drehte sie sich vom Schreibtisch weg, um in einer fließenden Bewegung mit der Hüfte gegen eine Schublade zu stoßen, die so hart zuknallte, dass die Scheiben vibrierten. Tänzerin und Hockeyspielerin, überlegte ich und drehte mich um – die Sekretärin beobachtete mich.

»Mr. Hammonds ist gleich da hinten«, meinte sie. Ob sie grinste, weil ich rot wurde, weiß ich nicht, jedenfalls schien sie sagen zu wollen: erwischt.

Hammonds' Büro war – wie alles hier – wie ein beliebiges modernes Büro eingerichtet. Sein riesiger Schreibtisch stand übereck, eine Wand war von Bücherregalen gesäumt, eine andere von Aktenschränken. Vor dem Schreibtisch standen zwei gepolsterte Stühle. Als ich eintrat, blieb Hammonds sitzen und las noch einige Sekunden lang seine Akte weiter, bevor er sie sorgfältig schloss und sich erhob, um mich zu begrüßen.

»Mr. Freeman, bitte nehmen Sie Platz. Was kann ich für Sie tun?«

Wieder hielt er Augenkontakt, doch diesmal war ich derjenige, der blinzelte.

»Sie sind in einer schwierigen Lage«, begann ich. »Ich wollte mal sehen, ob ich irgendwas tun kann, damit Sie mich von der Liste streichen und an dem Fall in einer anderen Richtung weitermachen.«

Hammonds blickte mir immer noch in die Augen. Ganz

der Profi. Beim Sprechen oder im Verhalten nie Gefühle durchschimmern lassen.
»Habe ich Recht?«
Wieder herrschte Schweigen zwischen uns.
»Sehen Sie, ich war in Philadelphia bei der Polizei.« Ich gab schließlich nach. »Sie arbeiten an dieser Serie von Kindermorden, deswegen wollte ich Ihnen das sagen, damit Sie mich außen vor lassen und mit Ihren Ermittlungen weitermachen können.«
Hammonds blinzelte immer noch nicht. Gerade in dem Moment, in dem ich mir wegen meiner Entscheidung, hier aufzutauchen, innerlich einen Rüffel erteilte, wurde leise an der Tür geklopft, und Detective Diaz trat lächelnd ein, gefolgt von Richards.
»Sie kennen meine Kollegen ja bereits, Mr. Freeman. Sie arbeiten schon von Anfang an bei dem Fall mit. Ich hätte gerne, dass sie sich dazusetzen«, sagte Hammonds, ließ aber das »Wenn Sie nichts dagegen haben« weg.
Diaz begrüßte mich mit kollegialem Händeschütteln. Richards hatte eine zu ihrem Rock passende Jacke angezogen. Sie nickte, verschränkte die Arme und stellte sich hinter einen der Stühle.
»Mr. Freeman hat uns gerade seine Hilfe angeboten«, berichtete Hammonds und blickte mich wieder wartend an.
»Sehen Sie, ich war bei der Polizei. Ich weiß zum Teil, wie das hier funktioniert«, begann ich. »Besorgen Sie sich meine Akten, dann sparen Sie sich eine Menge Zeit.«
»Wir kennen Ihre Akte, Mr. Freeman«, erwiderte Ham-

monds und berührte den Ordner auf dem Schreibtisch mit den Fingerspitzen. »Zwölf Jahre, und dann sieht es aus, als wären Sie durchgedreht.«

Ich hatte nie gelesen, was man in meiner Personalakte notiert hatte, mit welchen Worten die Schießerei geschildert wurde, wie die Psychiater nach den vielen Beratungsstunden meinen Geisteszustand beschrieben hatten und was sie davon hielten, dass ich einen Beruf aufgegeben hatte, der mein Leben gewesen war und in meiner Familie seit Generationen ausgeübt wurde.

»Ja, ein bisschen«, sagte ich schließlich und senkte zum ersten Mal den Blick. Die drei Beamten rückten unmerklich näher.

»Sollten wir einen Rekorder holen, Mr. Freeman?«, fragte Richards.

Ich sah wieder Hammonds an. Seine Wangen wirkten hohl. Die dunklen Tränensäcke unter den Augen ließen keine Regung erkennen.

»Das war keine gute Idee«, sagte ich schließlich, erhob mich und ging Richtung Tür. Niemand hielt mich auf. Als ich die Tür öffnete, sagte Hammonds:

»Wie fühlt es sich an, wenn man ein Kind tötet, Mr. Freeman?«

Ich ließ die Tür hinter mir offen und ging fort, ohne mich noch einmal umzudrehen.

Als ich nach draußen kam, legte sich die Hitze wie ein Nebel auf Gesicht und Arme und verstopfte meine Nase. Die Klimaanlage hatte dafür gesorgt, dass ich zitterte. Draußen brachte mich die Nachmittagshitze wieder zum Schwitzen. Auf halbem Weg zum Parkplatz hörte ich, wie jemand meinen Namen rief.

»Mr. Freeman. Mr. Freeman. Warten Sie, bitte!«

Diaz rannte beinahe, um mich einzuholen. Ich drehte mich um, um zu zeigen, dass ich ihn gehört hatte, ging aber weiter auf meinen Pick-up zu. Als er schließlich neben mir stand, stieß er einmal kräftig die Luft aus.

»Sie müssen Hammonds schon entschuldigen. Er ist in diesen Tagen leicht angespannt«, erklärte der junge Detective, der seine Hände trotz der Hitze tief in seine Taschen versenkte.

»Ist schon okay«, erwiderte ich und schloss die Wagentür auf.

»Diese Morde machen hier jeden nervös, ob Bosse, Politiker oder Bürger. Das FBI drängt und droht, den Fall zu übernehmen, wenn wir nicht bald was vorweisen. Alle wollen den Mörder, und Hammonds ist derjenige, der immer wieder sagen muss, dass wir nicht mal einen glaubwürdigen Tatverdächtigen haben.«

»Und den hat er auch jetzt noch nicht«, erwiderte ich und öffnete die Tür.

»He, ich selbst habe oben im Norden ein bisschen rumgeforscht wegen Ihnen. Niemand hat behauptet, Sie wären nach der Schießerei mit den Jungs durchgeknallt.«

»Stimmt das?«

Diaz betrachtete sich den langen Kratzer im Lack meines Pick-ups und schüttelte den Kopf.

»Aber es wusste auch niemand, dass Sie hierher gezogen sind. Man hat nur gesagt, dass Sie die Abfindung kassiert haben und dann verschwunden sind.«

»Na ja, das war die Idee dahinter«, sagte ich, schloss die Tür und startete den Motor. Diaz, die Hände immer noch in den Taschen, trat zurück, als ich vom Parkplatz fuhr.

Ich fluchte leise vor mich hin, während ich mich in den Verkehr einfädelte. Man sollte immer auf seinen Anwalt hören. Besonders dann, wenn man mit ihm befreundet ist. Ich hatte mir hiermit weiß Gott keinen Gefallen getan. Aber zumindest wusste ich, wo ich stand. Sie waren verzweifelt und hatten mich im Visier, und ich würde weit mehr brauchen als nur ein nettes Lächeln, um da wieder rauszukommen.

Der Verkehr war, als ich mich auf der Auffahrt zur Interstate hinter die anderen Fahrzeuge einreihte, so dicht, wie er schon um zehn Uhr gewesen war und um fünf Uhr nachmittags oder acht Uhr abends immer noch sein würde. Hier gab es keine trägen Südstaatennachmittage.

Als sich die Autoschlange im Rhythmus der Ampeln wieder ein Stück weiterschob, erblickte ich einen Zeitungsverkäufer, der sich an den Autos entlangarbeitete. »Kind Nr. 4 in Palm Beach ermordet« war die Schlagzeile. Als der Typ näher kam, kurbelte ich das Fenster runter. Er hatte ein dickes Gesicht, das in sich selbst gefaltet war, im Mundwinkel steckte eine vom Speichel aufgeweichte Zigarre. Ich musste zweimal hinsehen, bevor ich glaubte, was ich sah, und ihm einen Dollar reichte. Er gab mir die Zeitung, doch als er nach dem Wechselgeld kramte, winkte ich ihn fort.

Die Zeitung auf das Lenkrad abgestützt, las ich den Untertitel.

POLIZEI SIEHT ZUSAMMENHANG ZWISCHEN KINDERMORD IN GLADESIDE UND DEM MONDSCHEIN-MÖRDER
HEUTE ABSCHIED VON ALISSA GAINEY IN DER AUSSEGNUNGSHALLE

Ich überflog die Titelgeschichte und blätterte weiter zur Fortsetzung, wo stand, in welcher Leichenhalle Alissa aufgebahrt war. Eine Hupe ließ mich aufschrecken. Die Autos setzten sich wieder in Bewegung. Ich nahm die Auffahrt Richtung Norden, quetschte mich auf die Interstate und drängte mich auf die mittlere Spur.

In Philadelphia war ich noch im Krankenhaus gewesen, als der zwölfjährige Junge beerdigt wurde, den ich erschossen hatte. Ich hatte in den *Daily News* die Hintergrundberichte gelesen. Dort stand, dass er in North Philadelphia in der Nähe der Temple University die sechste Klasse besucht hätte, dass seine Familie regelmäßig in die Kirche ging und dass eine Spendenaktion ins Leben gerufen worden war. Ich hatte die Krankenschwester gebeten, mir einen Umschlag zu besorgen. Während sie fort war, war ich aus dem Bett gestiegen, hatte meine Brieftasche geholt und sie geleert. Später hatte ich den Namen der Kirche auf den Umschlag gekritzelt und das Geld mit einem Zettel hineingesteckt, auf dem stand, für welche Aktion das Geld bestimmt war. Eine andere Krankenschwester hatte mir versprochen, ihn in den Briefkasten zu werfen. Obwohl ich von meiner Mutter katholisch erzogen worden war, bete ich nicht oft. Doch diesmal betete ich für Lavernious Coleman. Und ich betete, dass kein neugieriger Reporter die Sache mit der Spende herausfinden würde. Und ein bisschen betete ich auch für mich.

Am Forest Hill Boulevard nahm ich die Abfahrt und fuhr weiter Richtung Westen. Nach sieben oder acht Kilometern begann ich, mich an den Hausnummern über den hübschen neuen Läden mit den bescheidenen Markisen mit Werbeaufdruck zu orientieren. Hier war der Versuch unternommen worden, nicht schon wieder eine mit Neonreklamen verschandelte Straße zu schaffen, wie es unzählige in Südflorida gibt. Vielleicht sah das ja besser aus, ein wenig in der Art eines geordneten Brettspiels, doch irgendwie machte es mich nervös.

Ich folgte der Chapel Avenue, die ich gesucht hatte, eine kurvenreiche zweispurige Straße, deren Mittelstreifen mit Gras und Palmen bewachsen war, bis ich die unvermeidlichen dorischen Säulen erblickte. Die architektonische Notwendigkeit einer klassischen Note bei Leichenhallen habe ich noch nie verstanden. Vielleicht hatte es etwas mit der Himmelspforte zu tun, ein Hoffnungsschimmer für diejenigen, die zurückblieben. Die Straße war gesäumt mit Kleinlimousinen und Geländewagen. Ein Aufseher winkte die Wagen, die hier keinen Platz mehr fanden, hinter die Halle weiter. Ich bog zu einem Parkplatz auf der anderen Straßenseite ab, fuhr rückwärts in die Lücke und ließ Motor und Klimaanlage laufen.

Einen Straßenblock weiter stand ein Fernseh-Übertragungswagen. Die Teleskopantenne war nicht ausgefahren, doch die Seitentür stand offen, und mindestens eine Reporterin und ihre Mannschaft arbeiteten auf dem Bürgersteig. Sie hielten ein Pärchen um die dreißig mit einem kleinen Kind im Schlepptau an und fragten, wie ich vermutete, nach dem kleinen Mädchen, das jetzt, betrauert und von Blumen umgeben, in der Leichenhalle lag.

Ich griff wieder zur Zeitung und las die Geschichte über das Mädchen, das ich im Fluss gefunden hatte.

Der Bericht besagte, dass Alissa Gainey, ebenso wie die anderen Kinder, nach Einbruch der Dunkelheit entführt worden war – diesmal aus einem abgezäunten Bereich um den Swimmingpool herum, wo die Eltern einen beleuchteten Spielplatz eingerichtet hatten. »Hier hatte sie ihre kleine Plastikküche, ihren Tisch und ihre Puppen. Stundenlang hatte sie hier draußen einfach nur gespielt«, erzählte die tränenüberströmte Deborah Gainey. »Sie war schon im Schlafanzug. Ihre kleine Decke war weg. Sie hat sie nie aus der Hand gelegt. O Gott, sie ist tot.«

In der Geschichte wurde berichtet, dass die Mutter direkt hinter der Glasschiebetür gesessen und Einträge im Haushaltsbuch gemacht hatte. Sie hatte nichts gehört. Die Türen zum abgetrennten Innenhof waren verschlossen gewesen. Der Mörder hatte die dünne Abtrennung mit einem Rasiermesser oder scharfen Messer sorgfältig aufgeschlitzt. Als die Mutter die kleine Alissa ins Bett bringen wollte, hatte sie gemerkt, dass sie verschwunden war.

»Gladeside, der neue Stadtteil, in dem die Familie Gainey wohnt, besteht aus Einfamilienhäusern. Das letzte war vor zwei Jahren gebaut worden. Der Ort, eineinhalb Kilometer von dem mit Gebüsch bewachsenen Bereich entfernt, der als Puffer zu den Everglades dient, hat große Ähnlichkeit mit denjenigen Orten, aus denen zuvor die anderen Kinder entführt worden waren.«

Abgesehen vom Alter der Opfer schien die Art der Vorstadtviertel die einzige Gemeinsamkeit zu sein, die man bisher bei diesen Fällen feststellen konnte. Das engte die Sache auch nicht besonders ein.

Ich war zwar neu in Florida, doch ich wusste genug über den Kampf, der um die letzten freien Flächen entbrannt war. Angesichts der wachsenden Bevölkerung blickten alle – vom großen Bauunternehmer über den gewöhnlichen Zimmermann bis zum kleinen Jungen, der sich den Traum eines eigenen Bagel-Ladens erfüllen wollte – auf diese unzähligen Hektar offenen Weidelandes und sagten: »Nur noch ein kleines Stück. Was ist schon dabei?«

Seit hundert Jahren ging das schon so, und seit hundert Jahren hatten die Umweltschützer dagegen gekämpft. Gnadenlos hatten Erschließungsunternehmen um jedes Stück freigegebenes Land gefeilscht und sich gegenseitig überboten, während sie immer weiter in die Everglades vorrückten. Die Landbesitzer hatten entweder aus Prinzip nicht verkauft oder die Preise wegen der Nachfrage gnadenlos in die Höhe getrieben. Und die Bauunternehmer mussten jeden einzelnen Neubau verkaufen, um überhaupt schwarze Zahlen zu schreiben. In solchen Geschäften steckte viel Geld. Verdammt viel.

Ich blickte von der Zeitung auf. Immer mehr Pärchen, in dunkle vornehme Anzüge und Kostüme gekleidet, traten durch die zweiflügelige Tür der Leichenhalle. Das

Reporterteam näherte sich einem Mann mittleren Alters, dessen Gesicht rot vor Wut wurde, als er mit dem Finger auf das Gesicht der jungen Reporterin zeigte und sie vom Bürgersteig verwies. Ein uniformierter Polizist tauchte wie aus dem Nichts auf und schob sich zwischen die beiden. Die Reporterin jammerte, und der Mann ging weiter.

Ich wendete mich wieder meiner Zeitung zu und betrachtete auf der Innenseite das Foto von Alissa, das für die Schule aufgenommen worden war. Sie war schmächtig, ihr blondes Haar war zu zwei Zöpfen geflochten, und sie trug ein kornblaues Kleid. Sie war eine ruhige, intelligente und freundliche Schülerin gewesen, wie ihre Vorschullehrerin zu berichten wusste. Und Einzelkind.

Ich dachte an die Decke, die Mrs. Gainey erwähnt hatte, und fragte mich, ob sie mit in dem Segeltuch eingewickelt gewesen war, in dem ich sie gefunden hatte. Hatte der Mörder von den anderen Kindern etwas Persönliches mitgenommen, ein makabres Andenken, eine Trophäe? Oder war das für ihn eine rein technische Angelegenheit? Ich dachte an die Zeitungsausschnitte, die mir Billy im Restaurant gegeben hatte. Eine Entführung in aller Stille und Heimlichkeit war unglaublich riskant. Ich hatte an Fällen gearbeitet, bei denen Kinder von Spiel- und Parkplätzen und aus belebten Kaufhäusern entführt worden waren, aber niemals aus einem Privatgebäude, sofern nicht die Eltern daran beteiligt gewesen waren.

Plötzlich klopfte jemand laut an meine Autoscheibe. Ich zuckte so heftig zusammen, dass ich die Zeitung vor

Schreck in der Mitte auseinanderriss. Draußen stand ein Polizist in der gleichen Uniform wie derjenige, der zwischen die Reporterin und den wütenden Trauergast getreten war. Ich kurbelte das Fenster runter.

»n'Abend, Sir«, grüßte der Beamte. »Wollen Sie auch zur Aussegnungshalle?«

»Äh, ja, äh, ich meine, eigentlich nicht«, murmelte ich. Die Frage hatte mich eiskalt erwischt. Ich wusste wirklich nicht, warum ich hier war.

Der Polizist war jung, wahrscheinlich ein Neuling, der hier eingesetzt wurde, um die neugierige Öffentlichkeit in Bewegung zu halten. Er brauchte mehrere Sekunden, um das Innere meines Wagens und meine Kleidung zu begutachten. Dann blickte er mich konzentriert an und ließ in seinem Kopf einen Film mit ähnlichen Gesichtern abspulen.

»Ich, äh, wollte reingehen und dem Mädchen die letzte Ehre erweisen, aber mir ist nicht gut«, stammelte ich.

»Gut, dann sollten Sie weiterfahren«, meinte der Polizist.

Ich nickte, warf die Zeitung auf den Beifahrersitz und legte den Gang ein. Der Polizist trat zurück und betrachtete sich den Wagen mit dem Kratzer an der Seite. Mir war klar, dass er sich meine Autonummer notierte, als ich wegfuhr.

6

Am Spätnachmittag war ich wieder an der Ranger-Station. Die Sonne hing als weiße Scheibe hinter einer dichten Wolkendecke. Die glatte Oberfläche des Flusses schimmerte wie Zinn. Cleves junger Stellvertreter hatte Dienst, machte sich aber nicht die Mühe, herauszukommen und mit mir zu reden, als ich mein Kanu umdrehte und die Taschen hineinlegte. Wahrscheinlich war er sauer, weil ich ihm zwei Tage zuvor nichts von der Leiche erzählt hatte. Er war noch jung. Er würde darüber hinwegkommen.

Ich setzte mich ins Kanu, stieß mich auf den ruhigen Fluss hinaus und begann zu paddeln, den Blick auf die kahle Zypresse gerichtet, die meine erste Kurve Richtung Westen markierte. Auf dem Wasser war sonst niemand. Morgen begann das Wochenende, dann würden sich ein paar Ruderer mit Booten und Kajaks hier tummeln und an der Einmündung zu meiner Hütte vorbeiziehen. Doch heute gehörte der Fluss mir. Da ich diesmal nicht gegen den Wind ankämpfen musste, hielt ich mich in der Mitte des Wassers, wo ich keine Mühe hatte, gegen die leichte Gezeitenströmung zu rudern. Das einzige Geräusch stammte vom leisen Eintauchen und Durchziehen meines Paddels. Oben auf einer toten

Zypresse hockte am Rand seines aus Ästen gebauten Nestes ein Fischadler und beobachtete mit seinen gelben Augen den Fluss. Fischadler sind Jäger, die in den Mündungsgebieten leben und ruhig und zielsicher mit ihren nadelscharfen Krallen Fische aus dem Wasser ziehen. Als ich das erste Mal einen gesehen hatte, hatte ich ihn für einen Weißkopfseeadler gehalten, doch Cleve hatte mich aufgeklärt und mir den Unterschied in Farbe, Flügelform und Größe gezeigt. Er hatte hinzugefügt, dass es das große amerikanische Nationalsymbol mit dem kleineren Fischadler nicht aufnehmen konnte.

»Ab und zu habe ich gesehen, wie ein Fischadler einen Weißkopfseeadler vertrieben hat, wenn er dachte, sein Nest sei bedroht. Ein Weißkopfseeadler ist ein Aasfresser. Der schnappt sich jederzeit einen Kadaver, wenn sich ihm die Gelegenheit bietet. Aber ein Fischadler ist ein wahrer Jäger.«

Der Vogel blickte mir und dem sich langsam ausbreitenden Kielwasser hinterher. Bald würde sich die Oberfläche wieder beruhigt haben und sein Revier wieder makellos aussehen.

Als ich meinen kleinen Anlegeplatz erreicht hatte, brach das Licht durchs Blätterdach hindurch. Im Westen war die Wolkendecke aufgerissen, und die untergehende Sonne sandte ihre roten Strahlen über den Rest der Zirruswolken. Bevor ich in meine Hütte trat, zog ich mich aus und nahm auf der Veranda eine Dusche mit dem Wasser aus der Regentonne. Die Forscher oder vielleicht auch die reichen Jagdgrundbesitzer hatten gleich unterhalb des Dachabschlusses ein Eichenfass aufgestellt und die Regenrinne dort hineingeleitet, so dass es immer frisches Regenwasser gab. Im Boden des Fasses steckte ein Schlauch mit Düse, und sobald der Schlauch am anderen Ende geöffnet wurde, sorgte die Schwerkraft für den Rest. Diese Dusche hielt zwar dem Vergleich mit den Duschen in der Ranger-Station nicht stand, aber sie reichte, um sich kurz den Schweiß abzuspülen, und ließ einen die Luftfeuchtigkeit leichter ertragen.

Ich kochte mir eine Kanne Kaffee und zog ein altes T-Shirt und eine kurze Hose an. Nachdem ich mir eine Tasse eingeschenkt hatte, setzte ich mich auf den Stuhl mit der geraden Rückenlehne und zog ihn an den überdimensionierten Tisch. Im gelben, warmen Abendlicht in der Hütte beobachtete ich das gekräuselte Muster, das die Sonnenstrahlen auf die gegenüberliegende Wand warfen, und trank genüsslich meinen Kaffee.

Die Hütte bestand nur aus einem einzigen, noch weniger als schlicht eingerichteten Raum, und während ich mit hochgelegten Beinen auf dem Holzstuhl saß, wurde mir klar, dass hier etwas nicht stimmte.

Ich hatte viel Zeit hier verbracht, meistens schweigend und sehr häufig auf diesem Stuhl. Ein einzelnes kleines Zimmer prägt sich der Erinnerung eines Menschen ein, der Stunde um Stunde, Monat um Monat darin sitzt und es regelrecht fühlt. Und diese Erinnerung kann einen schnell in Alarm versetzen, wenn man merkt, dass jemand anderes da gewesen ist.

Gute Forensiker sagen, dass niemand einen Raum betreten kann, ohne ihn zu verändern. Staub wird mit hereingezogen. Das Gewicht eines Menschen drückt etwas hinunter. Die Bakterien, die seinen Mundgeruch verursachen, die Pheromone aus seinem natürlichen Hautfett schweben in der Luft. Und hier hatte sich etwas verändert.

Ich bog den Kopf nach hinten und blickte zu den Lüftungsschlitzen im Kuppeldach ganz oben an der gewölbten Decke. Dank dieser für Florida typischen alten Bauweise stieg die heiße Luft nach oben und entwich, und ich glaubte, tatsächlich zu sehen, dass sich dort oben eine irgendwie veränderte Luft angesammelt hatte. Durch das Fenster auf der Westseite ergoss sich eine Lichtsäule ins Innere. Staubpartikel wirbelten darin herum. Ich folgte der Säule bis nach unten, wo ich im Lichtschein auf den Holzdielen ganz schwach einen Fußabdruck bemerkte.

Es war ein bisschen albern, dass ich mich umdrehte, als könnte jemand hinter mir stehen. Schließlich stand ich auf und kroch auf allen vieren zu dem Fußabdruck. Es war kein Profil zu erkennen. Der Abdruck war flach wie von einem Slipper oder Mokassin. Ich war nach dem Duschen barfuß hereingekommen. Als ich meinen nackten Fuß neben den Abdruck stellte, schätzte ich dessen Größe auf dreiundvierzig bis vierundvierzig. Außerhalb des Lichtflecks waren keine weiteren Spuren mehr zu sehen.

Ich erhob mich und suchte in der Ecke weiter, in die der Abdruck zeigte, nahm jeden Zentimeter des Zimmers unter die Lupe, vom Boden bis zu der Höhe, wo ich hinreichen oder hochklettern konnte, alle Ecken, Schubladen, Schränke und Behälter. Jemand war hier gewesen und hatte entweder etwas mitgenommen oder zurückgelassen.

Nach einer Dreiviertelstunde hatte ich es gefunden. Am hinteren Rand der oberen Matratze meines Stockbettes hatte der Eindringling einen kleinen Schnitt mit einem Rasiermesser angebracht. Als ich mit dem Finger hineinfasste, stieß ich auf ein Kunststoffkästchen von der Größe eines Mobiltelefons. Ich zog es heraus – und hielt ein GPS-Gerät in der Hand.

»Verdammter Dreckskerl«, schimpfte ich laut, legte das Gerät auf den Tisch und setzte mich, um es zu betrachten. Draußen ertönten bereits die ersten nächtlichen Geräusche. Zeternd ließen sich die Reiher in den Bäumen zum Schlafen nieder. Die Leopard- und Schweinefrösche begannen mit ihrem tiefen Brummen.

Die Polizei oder der Mörder, überlegte ich. Jemand hatte mir das Ding untergejubelt, um mir etwas anzuhängen.

Mittlerweile wurde es im Zimmer dunkel. Ich stand auf, zündete die Kerosinlampe an und holte Billys Mobiltelefon aus der Sporttasche. Es war egal, wer das GPS-Gerät bei mir versteckt hatte, ein Team mit einem Durchsuchungsbefehl würde schon auf dem Weg sein. Ich durfte nicht hier sein, wenn sie eintreffen würden. Ebenso wenig wie das GPS-Gerät. Ich blickte noch einmal auf das mich belastende Gerät, dann wählte ich eine Nummer. Nach dem dritten Klingeln wurde abgehoben.

»Station zwölf, hier spricht Ranger Stanton, kann ich Ihnen helfen?«

Der Junge war noch im Dienst. Ich brauchte eine Sekunde, bis mir sein Vorname einfiel.
»Hallo, Mike, hier ist Max Freeman aus der Forscherhütte.«
»Ja?«, fragte er tonlos. Wahrscheinlich fummelte er gerade an den Schulterstücken seiner Uniform herum.
»Hör mal, ich würde dich gerne um einen Gefallen bitten, Mike.«
»Ja, also, Mr. Freeman, ich packe gerade zusammen. Meine Schicht ist schon vorbei.«
»Stimmt«, sagte ich und versuchte, nicht aufdringlich zu klingen. »Mir ist eingefallen, dass ich meinen Pick-up eine Weile nicht brauche. Vielleicht könntest du ihn am Wochenende benutzen, weißt du, sonst steht er nur so rum.«
»Wirklich?«
Die Laune des Jungen hatte sich eindeutig gebessert – ich hatte den richtigen Köder benutzt.
»Klar. Aber du könntest mir einen Gefallen dafür tun. Cleve hat gesagt, du bist ziemlich gut mit Autos, und ich dachte, du könntest mir bei dem Kratzer auf der Fahrerseite helfen.«
»O Mann, den habe ich gesehen, Mr. Freeman. Das ist eine Sünde, Mann. He, ich habe einen Kumpel, der macht das ganz schnell weg. Ich kümmere mich darum, kein Problem.« Er klang begeistert.
Jetzt hing er am Haken.
»Prima. Warum nimmst du ihn nicht einfach gleich mit nach Hause? In Cleves Schublade liegt ein Schlüssel. Es ist der mit dem gelben Pep-Boys-Anhänger.«

Er hatte die ganze Zeit vor seiner Nase gelegen. Doch das schien die Freude des Jungen nicht zu trüben.
»Gut, hab ihn, Mr. Freeman. Wann brauchen Sie ihn zurück?«
»Wie wär's Montag oder Dienstag?«
»Dienstag habe ich Frühschicht«, antwortete er.
»Das passt doch prima.«
Der Junge dankte mir noch einmal. Als ich die Aus-Taste drückte, wusste ich, dass die Hüter des Gesetzes noch nicht am Bootsanlegeplatz eingetroffen waren und dass der Junge den Achtzylinder auf Hochtouren bringen und in Rekordzeit verschwunden sein würde.
Als Nächstes wählte ich Billys Privatnummer. Er hatte noch vor dem zweiten Klingeln abgehoben.
»Ja?«
»Hallo, Billy.«
»Max? Das ist ja ungewöhnlich, dass du nach Sonnenuntergang noch anrufst.«
»Ich muss mich mit dir treffen.«
»Gut. Soll ich zur Ranger-Station kommen?«
Billy spürte die Dringlichkeit, was ihn noch effizienter werden ließ.
»Nein. Hol mich vom Südpark ab, dem, der am Seminole Drive liegt.«
»In Ordnung.«
»Ich werde eine Stunde brauchen, bis ich dorthin gepaddelt bin.«
»Gibt's was, was du mir jetzt schon erzählen willst?«
»Nein. Wir sehen uns dort.«
Ich schaltete das Telefon aus und steckte es zurück in

meine Tasche. Ich wusste, dass ich paranoid war, aber über das GPS-Gerät wollte ich nicht am Telefon reden. Ich hatte zwar nur wenig Zeit in Philly mit den Jungs von der elektronischen Überwachung verbracht, aber es gab unzählige Geschichten über das Abhören von Mobiltelefonen.

Rasch streifte ich mir eine dünne Leinenhose und ein dunkles, langärmliges Hemd über. In meine Reisetasche stopfte ich weitere Kleidung und zog meine schwarzen Reeboks mit der weichen Sohle an. Das GPS-Gerät steckte ich in eine Plastiktüte mit Reißverschluss, in der ich normalerweise Zucker und Salz aufbewahrte. Diese wickelte ich fest in ein Stück dunkles Wachstuch ein, mit dem ich sonst im Kanu meine Sachen vor Feuchtigkeit schützte. Sollte mir auf dem Weg jemand begegnen, könnte ich das Gerät unbeschadet im Wasser versenken und später wieder rausholen.

Bevor ich die Hütte verließ, schmierte ich mir ein Antimückenmittel auf Gesicht, Hals und Handgelenke und löschte die Lampe. Der Beginn meines nächtlichen Rituals.

Am Anfang paddelte ich nur langsam flussaufwärts. In der Luft lag der schwere Geruch von Sumpf und nassen Zypressen. Es war dunkel, der Mond hing wächsern hinter einem Schleier aus hohen Wolken. Doch selbst in diesem ungleichmäßigen Licht konnte ich mich an der nach Süden gerichteten Strömung orientieren. Innerhalb weniger Minuten hatten sich meine Augen an die Dunkelheit gewöhnt, und ich sah, wo das Wurzelgewirr und die Äste begannen. Ich war diesen Weg schon so oft entlanggerudert, dass ich mich selten verschätzte, wann ich dem nächsten Wurzelgewirr oder Ast ausweichen musste. Doch immer wieder blickte ich mich um, weil ich erwartete, dass Scheinwerferlichter auf der Suche nach meiner Hütte durch den Blätterwald tanzten.

Das eingewickelte GPS-Gerät hatte ich unter meinem Sitz verstaut, um es bei Bedarf schnell zwischen irgendwelche Wurzeln schieben zu können. Vielleicht würde die Polizei bis zum Morgen warten. Hammonds und seine Mannschaft hatten schon einmal die Nacht hier draußen genießen dürfen. Es wird sich mittlerweile herumgesprochen haben – mit einem Durchsuchungsbefehl für einen nicht vertrauten Ort waren immer unangenehme Möglichkeiten verbunden, ob es sich um eine Gegend wie diese oder ein dunkles Wohnhaus in der Stadt handelte. Man weiß nie, was hinter der nächsten Ecke auf einen wartet. Man weiß nie, wie jemand reagiert, wenn man dem Gesuchten erzählt, dass er derjenige ist, den es gerade erwischt hat, und dass sich seine Rechte auf Sicherheit und Privatsphäre in seinem eigenen Haus gerade eben in nichts aufgelöst haben. Als Polizist hatte ich so etwas nie gerne getan, und genauso wenig gefiel mir die Vorstellung, dass es mir jetzt passieren sollte.

Das Geräusch des über den Damm stürzenden Wassers hörte ich bereits zehn Minuten, bevor ich dort ankam. Die Strömung wurde stärker, und ich musste mit dem Bug tief eintauchen, damit ich es um die Strudel herum bis zum Betonpfeiler schaffte. Ich zog das Kanu hinauf auf den oberen Flusslauf und setzte meine Fahrt fort.

An der Stelle, wo ich das tote Kind gefunden hatte, öffneten sich die Wolken einen Spaltbreit und ließen das Licht des Mondes hindurch. Irgendwo im Blätterdach ließ ein Streifenkauz seinen zweisilbigen Ruf hören.
Huu-huu.
Es war das erste Mal, dass ich diese Spezies hier am Fluss hörte. Selber huhu, dachte ich.

Als ich den Park erreichte, wartete Billy bei ausgeschaltetem Motor und Licht in seinem Wagen an der Zufahrtsstraße. Zu dieser Stunde hielt sich keine Menschenseele in dem Park auf. Er wird fast ausschließlich von Kanu- und Kajakfahrern benutzt, und ihn einen Park zu nennen macht ihm eigentlich zu viel Ehre. Es gibt einen Bootsverleih für Kanus samt Paddel. Der Tabak spuckende Eigentümer aus Georgia machte sich um spätestens fünf Uhr vom Acker, sobald seine Leihboote zurückgebracht worden waren. Über seinem behelfsmäßigen Büro leuchtete eine einzelne Glühbirne, in deren Licht ich mein Kanu zog. Morgen würde der Typ es als meines erkennen und bis zu meiner Rückkehr bei sich unterstellen.
Billy sah mich erst, als ich ins Licht trat, dann kam er, um mir mit den Taschen zu helfen.
»Kriegst du Schwierigkeiten, wenn du Beweismaterial transportierst?«, fragte ich und hielt ihm das Päckchen mit dem GPS-Gerät hin.
»Nur, wenn w-wir vor Gericht g-gehen. Und w-wenn es das ist, w-was ich denke, dass es ist, g-gehen wir besser nicht vor Gericht.«

Während wir nach Osten Richtung Meer fuhren, erzählte ich Billy vom Fußabdruck und dem GPS-Gerät. Beide dachten wir: untergeschoben. Aber von wem? Von der Polizei oder dem Mörder? Wir erörterten die Möglichkeiten.

Hammonds' Mannschaft stand unter unheimlichem Druck und musste einen Verdächtigen vorweisen. Aber wie ich die Sache auch drehte und wendete, ich konnte mir nicht vorstellen, dass sie so verzweifelt waren und mir das Gerät einfach untergeschoben hatten. Das FBI könnte voreilig gehandelt und versucht haben, der örtlichen Polizei den Erfolg streitig zu machen, aber warum nicht einfach warten, bis Hammonds von alleine auf die Nase fiel? Beide hätten sich problemlos ein GPS-Gerät besorgen können. Und beide kannten die Lage meiner Hütte ziemlich genau von Cleve. Aber wie hätten sie bei mir reinschleichen sollen, ohne gesehen zu werden und ohne eine Spur zu hinterlassen? Polizisten stellten sich in solchen Dingen meistens recht ungeschickt an, wie ich aus Erfahrung wusste. Außerdem verpatzen sie nicht gerne die Chance, einen Fall sauber zu Ende zu bringen, solange sie noch einen Verdächtigen an der Angel haben. Aber wenn man meine Entdeckung der Leiche, den Bericht der Psychologen aus Philadelphia und meine Kanufahrten in den Everglades nimmt, saß der Haken schon tief.

Anderseits war der Mörder ein großes Risiko eingegangen, falls er das Gerät bei mir versteckt hatte.

Es konnte gut sein, dass er sich auf dem Fluss auskannte. Oder sogar von der Hütte wusste. Er konnte von Westen aus den Everglades gekommen sein, aber er hätte mich beobachten müssen, um zu sehen, wann ich weggegangen war. Warum hatte er sich dann nicht gleich als anonymer Anrufer betätigt und der Polizei einen Tipp gegeben? Wenn er das Gerät bei mir versteckt hatte, nachdem ich heute Morgen meine Hütte verlassen hatte, hätte er Hammonds' Mannschaft anrufen können, damit sie mich höchstpersönlich von ihrem Büro zu mir nach Hause begleiten.

»Es ist schwierig, am Freitag einen D-Durchsuchungsbefehl unterschrieben zu bekommen«, erklärte Billy, der das Rätsel mit mir zu lösen versuchte. »Selbst für d-das FBI. Aber sie könnten mittlerweile schon da sein.«

Während wir auf der I-95 über die Atlantik-Überführung fuhren, erhaschte ich einen Blick auf den Mond, der über dem Meer durch die Wolkendecke brach. Wenn der Mörder die Polizei auf mich angesetzt hatte, war er auch da gewesen und hatte mich von irgendwo aus dem Wald heraus beobachtet und wie ein guter Jäger gewartet, bis die Falle zuschnappen würde. War er immer noch dort draußen? Als Billy auf die A1A abbog und Richtung Süden zu seinem Apartmentturm mit Meeresblick fuhr, ärgerte ich mich über mich und meinen Verfolgungswahn, blickte aber trotzdem nach hinten, als wir auf die Einfahrt zu den Atlantic Towers einbogen.

7

Ich hatte zwei Wochen in Billys Penthousewohnung verbracht, als ich nach Florida gezogen war. Doch ein Ort wie dieser verliert nie seinen Reiz.

Der Fahrstuhl hielt in der zwölften und obersten Etage und öffnete sich auf einen Flur, der nur ihm gehörte und am anderen Ende zu einer hübschen doppelflügeligen Tür aus Eichenholz führte. Billy drückte die europäische Messingklinke nach unten und schob die Tür weit auf, um meine Taschen hindurchzubekommen. Er betätigte einen Schalter an der Wand, und der große, fächerförmige Wohnbereich wurde in das gedämpfte Licht der indirekten Beleuchtung getaucht. Der dicke Teppich und die mit Stoff bespannten Wände waren in feinem Blau und Grün gehalten. Die ausladenden Ledersofas und Sessel waren dunkel, doch die Tische aus hellem Holz verliehen der Wohnung einen Hauch von Leichtigkeit. Überall schimmerten Onyxskulpturen und Edelstahl, an den Wänden hingen mehrere Gemälde. Eines davon, mein Lieblingsbild, war »Der Landstreicher«, ein Ölgemälde des flämischen Malers Hieronymus Bosch aus dem fünfzehnten Jahrhundert, über das ich während meines ersten Aufenthalts stundenlang nachgedacht hatte.

Das Ganze wurde dominiert von der vom Boden bis zur Decke reichenden Glasfront, die nach Osten zum Meer hinausging. Billy öffnete die mittlere Tür; er wusste, dass ich nicht widerstehen konnte. Ich trat auf die Terrasse hinaus in die salzige Meeresbrise, die mir das Gefühl gab, jung zu sein. Das Meer war schwarz. In der Ferne erkannte ich die Lichter von Frachtern oder Fischkuttern. Selbst in der Dunkelheit spürte man die Weite. Für jemanden, der sein Leben lang eingepfercht zwischen hohen Mauern in der Stadt gelebt hatte, war dies hier ein fremdes Land. Billy hatte mir erzählt, dass er beschlossen hatte, nie wieder im Erdgeschoss wohnen zu wollen, nachdem er nach Südflorida gezogen war und begonnen hatte, richtig viel Geld zu verdienen. Er hatte so viel Zeit auf den rissigen Bürgersteigen und Straßen von Philadelphia verbracht, und nachdem er es geschafft hatte, von dort wegzukommen, hatte er sich nach einem Ausblick ohne Schatten gesehnt. Das verstand ich, doch für mich war es immer noch zu hoch und zu ungeschützt.

Billy ließ mich einige Minuten an der Brüstung stehen, bevor er aus der Küche »Was zu trinken?« rief.

Ich grinste, weil ich wusste, dass er bereits Boodle, meinen Lieblingsgin, über Eis goss. Als ich hereinkam, stand das Glas auf der breiten Küchentheke, daneben das Wachstuchpäckchen. Ich setzte mich auf einen Hocker und nahm einen Schluck.

»D-Du bist dran«, sagte er und trank seinen Chardonnay aus einem Kristallglas.

Als ich das GPS-Gerät ausgepackt hatte, konnte Billy

seine Aufregung und Begeisterung nicht mehr zurückhalten.
»D-Darf ich?«, fragte er und streckte die Hände aus. Nachdem ich genickt hatte, schnappte er sich das Ding und ging in sein Arbeitszimmer. Dort standen eine Reihe von Rechnern und Modems sowie eine ganze Wand voll mit juristischen und wissenschaftlichen Büchern. Ich blieb an der Küchentheke, trank meinen Gin und betrachtete den »Wanderer«, während Billy herumtüftelte. Von draußen drang das rhythmische Rauschen der Meereswellen herein, aus dem Büro das unregelmäßige Geräusch des Tippens auf einer Computertastatur.
»Du hast Recht mit dem Unterjubeln. Man kann die letzten Einstellungen aufrufen, die bei dem Gerät gemacht wurden«, rief Billy aus seinem Arbeitszimmer. »Es gibt vier. Ich habe im Internet ein geologisches Vermessungsblatt aufgerufen, und die letzte Einstellung entspricht der Stelle am Fluss, wo du die Leiche gefunden hast. Die anderen sind draußen in den Everglades und könnten sehr gut mit den Plätzen übereinstimmen, an denen die anderen Leichen gefunden worden sind.« Billy redete von der anderen Seite der Wand aus. Die räumliche Trennung sorgte dafür, dass er nicht mehr stotterte.
»Das ist ein erdrückender Beweis. Wenn die Polizei das bei dir gefunden hätte, hätten sie gar nicht anders können, als dich in den Knast zu stecken.«
»Das wusste der Mörder bestimmt auch«, sagte ich so laut, dass er es hören konnte.
»Wir haben es hier nicht mit irgendeinem Hinterwäldler

oder einem angenervten Grenzbewohner zu tun, der sich gegen die neuen Siedler wehrt. Dieser Typ hier hat einen Plan«, erwiderte er.

Dass Billy das Wörtchen »wir« verwendet hatte, hieß, dass er sich nicht mehr nur einfach zurücklehnte und davon ausging, dass ich nicht in die Sache verwickelt war, sondern dass er aktiv eine Theorie darüber entwickelte, wer und warum jemand am Rand der Everglades Kinder umbrachte.

Während ich an der Theke von meinem Gin nippte, erzählte er, wie er mit Freunden aus dem gerichtsmedizinischen Institut Kontakt aufgenommen hatte, die ihm wohl ordentlich was schuldig sein mussten. Er hatte erfahren, wie die Kinder getötet worden waren.

Das erste Opfer war an Klapperschlangengift gestorben. Dazu waren dem Kind laut Billys Quelle zwei punktförmige Wunden im Bein verpasst worden, die einem wirklichen Schlangenbiss auffallend ähnlich gesehen hatten. Doch die Gerichtsmediziner waren sich nicht sicher, ob der Mörder tatsächlich dafür gesorgt hatte, dass das Kind von einer Schlange gebissen wurde, oder ob er den Biss vorgetäuscht und das Gift selbst verabreicht hatte. Es kamen beide Möglichkeiten in Betracht.

Anfang des zwanzigsten Jahrhunderts hatte es in Florida mehr Klapperschlangen als in allen anderen amerikanischen Bundesstaaten gegeben. Erst in den vierziger Jahren hatten professionelle Schlangenjäger das neu erworbene Land von ihnen befreit. Da sie Kopfgeld bekamen, gossen sie häufig Benzin in die Erdhöhlen, in denen die Schlangen nisteten, und schnappten sie sich, sobald sie versuchten, den Flammen zu entkommen. Durch den Verkauf der Schlangenhäute hatte sich ein kleines Geschäft entwickelt, ähnlich dem mit Fell und Federn, das einst in Florida Hochkonjunktur hatte. Und in den letzten Jahren hatten einige medizinische Betriebe ihre Nische gefunden, indem sie die Schlangen zur Herstellung eines Gegengiftes melkten. Es war nicht schwierig, wenn man das Wissen und den Mut dazu hatte.

Das zweite Kind war an einem Hieb durch die Kehle gestorben. Dieser stammte von einer dicken, siebeneinhalb Zentimeter langen Klaue einer großen Wildkatze, möglicherweise eines Florida-Panthers, wie die Experten von der Forensik vermuteten. Die glänzende, aber vergilbte Klaue hatte der Mörder der Leiche beigelegt. Diese Leiche war genauso eingewickelt gewesen wie diejenige, die ich am Fluss gefunden hatte. Der Florida-Panther stand schon seit langem auf der Liste der bedrohten Tierarten, weil er von den frühen Siedlern gejagt worden war und heute durch die zunehmende Zersiedelung der einst offenen Gebiete immer noch verdrängt wird.

Das dritte Kind war ertränkt worden, doch der gerichtsmedizinische Befund hatte ergeben, dass das Wasser aus der Lunge eine so hohe Konzentration an Kunstdünger enthielt, wie sie in Proben aus dem Fluss, dem Kanal oder dem See nie festgestellt wurde.

»Der Typ schickt eindeutig Botschaften«, stellte Billy fest.

»Und warum versucht er dann, mir die Sache anzuhängen?«, fragte ich.
»Wer weiß? Vielleicht war Hammonds' Team schon zu nahe an ihm dran. Vielleicht ist es ihm zu heiß geworden. Der Typ kennt sich in den Everglades offenbar aus. Vielleicht wusste er, dass du dort lebst, und hat die Gelegenheit beim Schopf gepackt.«
»Ich glaube ganz und gar nicht, dass Hammonds nahe dran ist.«
Im anderen Zimmer wurde geschwiegen. Ich wollte Billy gegenüber nicht zugeben, dass ich gegen seinen Rat gehandelt hatte und zu Hammonds gegangen war. Ich wechselte das Thema.
»Da bringt also jemand Kinder um und versucht halbherzig, wenigstens die Todesursachen natürlich aussehen zu lassen, aber dann hinterlässt er überall in den Everglades seine Botschaften, damit die Polizei herauskriegt, was er getan und wo er es getan hat. Warum? Nur, um allen eine Heidenangst einzujagen?«
Vor ein paar Jahren hatte ich von einer Reihe von Angriffen auf Touristen in Miami und auf einem Rastplatz in Nordflorida gelesen. Am Anfang hatte es die Tourismusbranche hart getroffen, doch jetzt war es nur Erinnerung, und für die Horden von Touristen, die erst danach zum ersten Mal nach Florida kamen, war es nicht einmal mehr das.
»Die Immobilienleute flippen schon aus«, antwortete Billy. Wieder hörte ich das Tippen aus dem anderen Zimmer. »Es gibt mindestens ein Dutzend neuer Bauprojekte entlang der Grenze zu den Everglades, und die

Nachrichten über diese Morde würgen die Verkäufe ab. Man spricht von Verlusten in Millionenhöhe, wenn die Projekte platzen, ganz zu schweigen von den Jobs in der Bauindustrie, die auch daran hängen.«

»Du willst doch nicht etwa behaupten, dass jemand, der auf die Zimmerleute und Erschließungsunternehmen sauer ist, die Kinder umgebracht hat? Ach, komm schon«, sagte ich.

»Landerschließung war hundert Jahre lang die treibende Kraft für die Wirtschaft in Südflorida. Als der Platz an den Küsten zu knapp wurde, ist man weiter in den Westen in Richtung der Feuchtgebiete vorgedrungen. Man hat die Everglades mit Kanälen ausgetrocknet und die gesamte Natur des Landes geändert«, erklärte Billy. »Die Seminole-Indianer waren deswegen ziemlich aufgebracht. Die Umweltschützer haben ebenfalls dagegen gekämpft. Aber es wird trotzdem weitergemacht.«

»Die Audubon Society wird zum Serienmörder?«, fragte ich zynisch.

»Überall gibt es Durchgeknallte. Das weißt du genau.«

Ich erinnerte mich an das Viertel in West-Philadelphia, wo John Africas so genannte Zurück-zur-Natur-Gruppe MOVE sich in einem Gebäudekomplex in der Innenstadt verbarrikadiert und wegen Verbrechen gegen die Menschheit gegen die Behörden gewettert hatte. Zurück zur Natur mitten in einer der größten und ältesten Städte des Landes. Das muss man sich mal vorstellen.

Mit Megafonen informierten die Mitglieder der Gruppe die Passanten über ihr Recht auf Freiheit und wiesen auf die Zerstörung hin, deren sich die Menschen schuldig machten. Gemäß ihrer naturalistischen Sichtweise glaubte MOVE nicht an das Sammeln von Müll oder an die Grundlagen der modernen Hygiene. Ihr Wohnkomplex begann zu stinken. Die Nachbarn beschwerten sich. Das Gesundheitsamt gab Anordnungen raus, die von MOVE ignoriert wurden. Bald beschwerten sich die Nachbarn auch über die Kinder, die im Dreck lebten, verwahrlosten und möglicherweise in Gefahr waren. MOVE weigerte sich, andere Leute aufs Grundstück zu lassen. Sie verbarrikadierten es und waren bewaffnet.

Mein Vater arbeitete in Zwölf-Stunden-Schichten in West Philadelphia und erzählte uns eines Morgens, dass die Stimmung in dem Wohnkomplex immer angespannter wurde. Schließlich versuchte die Polizei, Mitglieder von MOVE zu verhaften. Es wurde geschossen. Als Nächstes erfuhren wir, dass der Bürgermeister einem Plan zugestimmt hatte, eine Bombe in den MOVE-Bunker zu schmeißen. Jahre später hörten wir, dass der Sprengmeister drei Ladungen bereitgestellt hatte, von denen jede einzelne gereicht hätte. Jemand hatte alle drei zusammengepackt und von einem Hubschrauber abwerfen lassen. Der ganze Block ging in Flammen auf. Elf Menschen kamen ums Leben, darunter vier Kinder. Einundsechzig Wohnungen wurden zerstört.

Ja, ich wusste, dass es Durchgeknallte gab, und zwar auf beiden Seiten.

Billy kam aus seinem Büro und legte das GPS-Gerät und den Ausdruck eines topografischen Messblattes auf die

Theke. Ich glättete die Karte, während er unsere Gläser nachfüllte. Auf den Schnittpunkten der Längen- und Breitengrade hatte er drei rote Kreuze hingezeichnet. Ich erkannte meinen Fluss und die Stelle oberhalb des alten Dammes. Die anderen Kreuze befanden sich in ähnlichen abgelegenen Gebieten fernab von Straßen oder Wegen.

Während Billy in üblicher Manier etwas zum Essen auf den Tisch zauberte, ging ich wieder auf die Terrasse und blickte hinaus auf den dunklen Ozean, lauschte dem Brausen der Wellen und dachte an tote Kinder, deren Gesichter im Mondlicht glänzten.

8

Am nächsten Morgen schreckte ich aus dem Schlaf. Die Matratze war zu weich und die Luft zu kühl, und ich wusste nicht, wo ich war.
Ich stützte mich auf dem Ellbogen ab und starrte auf die elfenbeinfarbene Wand vor mir, bis ich Billys Gästezimmer erkannte. Nachdem ich am Abend zuvor seine hervorragenden spanischen Omelettes gegessen hatte, hatten wir uns auf die Terrasse gesetzt, getrunken, die Blicke auf den unsichtbaren Horizont gerichtet, und uns Szenarien ausgemalt. Billy hatte meine Fragen zu den Everglades beantwortet, aber eingeräumt, er sei weiß Gott kein Fachmann. Doch er kannte Leute – Billy kannte immer irgendjemanden –, denen er mich vorstellen konnte. Einige seien Führer, hatte er gemeint, Männer, die die Wege auf den Flüssen, durch die Sümpfe und zu den abgelegenen Inseln wie ihre Westentasche kannten. Sie würden auch viele derjenigen kennen, die draußen am Rande der Zivilisation lebten, die Einsiedler und diejenigen, die sich von der Gesellschaft verabschiedet hatten.
Ich hatte mich zu ihm gedreht, als er »Einsiedler« gesagt hatte. Er hatte gewusst, dass er in gewisser Weise mich beschrieben hatte.

»Ich w-werde ein Treffen arrangieren«, hatte er gesagt und sein Glas in meine Richtung geneigt. »G-Gute Nacht.«

Jetzt spürte ich die Nachwehen vom Gin und der Klimaanlage. Mir brummte der Schädel, und meine Kehle war trocken wie Pergament. Ich zog mich an, ging in die Küche und löste drei Aspirin in einem Glas Wasser auf. Billy hatte neben einer Schüssel mit Obstsalat eine Nachricht hinterlassen. Er war ins Büro gegangen und würde mittags anrufen. Eine Kanne mit frischem Kaffee stand bereit. Mit einer vollen Tasse ging ich auf die Terrasse hinaus. In der Morgensonne hatte das Meer die gleiche Farbe wie der Himmel. Aus dieser Höhe vermittelte der Horizont die Illusion, dass man die Erdkrümmung wirklich sehen konnte. Ein leichter Ostwind überzog die Wasseroberfläche mit einem Muster wie Kord, und etwa auf halbem Weg zum Horizont hatte sich das Wasser seltsam dunkelblau gefärbt. Seit zwei Tagen blies der Wind von Osten, und der Golfstrom, der das warme Wasser aus dem Golf von Mexiko zwischen der Spitze von Florida und Kuba hindurchschiebt, war deswegen näher an die Küste gerückt. Diese gewaltige Meeresströmung fließt gleichmäßig mit fünfeinhalb Stundenkilometern an der Ostküste der Vereinigten Staaten entlang nach Norden, bis ihre riesigen Wassermassen schließlich die Britischen Inseln erreichen und sich mit dem Nordatlantik vermischen.

Der Rand des Golfstroms verlagert sich ständig, und bei Ostwind rückt er näher an die Küste von Florida. Schiffsleute erkennen an der Farbe des Wassers, wenn sie ihn erreicht haben – ein tiefes, durchscheinend schimmerndes Blau, wie es nirgends sonst auf diesem Planeten zu finden ist. Wissenschaftler meinen, das Wasser des Golfstroms sei dreimal so durchsichtig wie das in einem gewöhnlichen Hotel-Swimmingpool, und da es bis zu einer Tiefe von hundertachtzig Metern hinunterreicht, hat man den Eindruck, das Weltall würde sich vor einem ausbreiten.

Billy hatte mich während meiner ersten Tage hier in Florida auf seiner zehn Meter langen Segelyacht mitgenommen, und als er das Boot in den Golfstrom gelenkt hatte, konnte ich nur ungläubig ins Wasser starren. Irgendwie zog es einen tief hinab an einen Ort, wo man alles vergaß, die unbedeutenden materiellen Anker und die sich beständig drehenden Schleifsteine. Eine Stunde lang hatte ich am Bug gelegen und in die Tiefe geschaut. Ich war sicher, dass ich nur meine Hand ins Wasser zu halten bräuchte, um ein Stück Blau herauszuschöpfen.

Nach meiner dritten Tasse Kaffee ging ich wieder hinein, zog mir ein paar Turnschuhe an und fuhr mit dem Fahrstuhl hinunter. Der Portier in der Eingangshalle begrüßte mich mit Namen.

»Schön, Sie zu sehen, Mr. Freeman. Viel Spaß beim Laufen.«

Ich umrundete den Swimmingpool vor dem Haus und stapfte durch den Sand bis zur Flutmarke. Auf dem harten Sand machte ich ein paar Dehnübungen, dann rannte ich fünf Kilometer. Nach dem ersten Drittel hatte ich einen freien Hals, nach dem zweiten hatte ich den Gin ausgeschwitzt, und nach dem dritten war ich fast tot. Erschöpft kam ich wieder vor Billys Hochhaus an, zog die Schuhe und das schweißdurchtränkte Hemd aus und watete in die Brandung. Dort legte ich mich auf den Rücken, schloss die Augen, lag zwanzig Minuten lang in der Sonne und ließ die warmen Wellen über mich schwappen, bevor ich schließlich nach oben ging. Am Pool reichte mir ein Angestellter ein Handtuch, der Türsteher in der Eingangshalle übergab mir einen zugeklebten Umschlag.

»Das ist gerade für Sie abgegeben worden, Mr. Freeman.«

Ich drehte den Umschlag in meinen Händen hin und her. Groß genug für eine Vorladung. Doch es stand nichts drauf.

»Von Mr. Manchester?«, wollte ich wissen.

»Nein, Sir. Von einem Kurier, Sir.«

Im Fahrstuhl drückte ich Billys Codenummer, riss den Umschlag auf und schüttelte den Inhalt heraus. An den Ecken leicht gebogen, da wo die Nieten herausgezogen worden waren, lag die Aluminiumplakette meines Voyager-Kanus in meiner Hand. Die aufgedruckte Seriennummer gehörte zu meinem Boot. Ich hielt das rechteckige Stück Metall an den Seiten und drehte es herum. Nichts Auffälliges. Keine Nachricht. Die Glocke ertönte, als der Fahrstuhl die Penthousewohnung erreicht hatte. Ich stieg aus und stand zitternd in der kalten Luft der Klimaanlage.

Ich rasierte und duschte mich und kochte mir gerade eine frische Kanne Kaffee, als mich Billy kurz nach Mittag anrief. Am Abend zuvor hatte ich darauf beharrt, mehr über die Gebiete zu erfahren, in denen die anderen Kinder gefunden worden waren. Billy rief an, um mir den Namen eines Piloten in Broward County durchzugeben, der in den Everglades Führungen machte und gegen Geld über die Sümpfe flog. Er würde auch die meisten anderen Führer sowie die Fischer und Jäger kennen, die sich dort häufig aufhielten.

»Er heißt Fred Gunther, und lass dich nicht abwimmeln, wenn er ein bisschen angespannt ist«, warnte Billy. »Diese Morde haben vielen einen Schrecken eingejagt. Ich habe das Gefühl, dass selbst die Führer ängstlich nach hinten über die Schulter schauen.«

Er gab mir die Adresse eines Hangars auf einem kleinen Privatflugplatz.

»Nimm meinen anderen Wagen aus der Garage. Die Schlüssel liegen im Schreibtisch.«

Von der Kanuplakette erzählte ich ihm nichts. Ich hatte sie zurück in den Umschlag gesteckt und zusammen mit dem GPS-Gerät in einer Tasche verstaut, wohl wissend, dass ich Beweismaterial sammelte, das mich entweder retten oder auf Hammonds' Abschussliste setzen würde. Billy war von mir schon weit genug in die Sache verwickelt worden, indem ich ihm das GPS-Gerät gezeigt hatte. Das für Polizisten typische unangenehme Gefühl im Nacken und zwischen den Schulterblättern verstärkte sich. Ich würde meinen Freund nicht noch weiter hineinziehen. Eine Stunde später saß ich in Billys Jeep

Grand Cherokee und bog auf die Interstate ein. Den Rückspiegel behielt ich genauso im Auge wie den Verkehr vor mir.
Ich folgte Billys Wegbeschreibung, verließ die I-95 und fuhr auf dem Cypress Boulevard weiter nach Westen. Zypressen gab es nirgends. Stattdessen war die Straße gesäumt mit Einkaufszentren, in denen sich Fingernagelstudios, Schnapsläden und chinesische Restaurants drängten. An den Ecken gab es Selbstbedienungstankstellen, wo der einzige Angestellte durch eine Schublade das Bargeld von den Kunden entgegennahm, die nicht an der Zapfsäule mit Kreditkarte bezahlten.
Weiter westlich wurde das Gewerbegebiet von einem Wohngebiet abgelöst. Kleine fünfundzwanzig Jahre alte Blockhäuser mit einem Stück Wiese dazwischen standen in Reihen hintereinander, von Maschendrahtzäunen oder hin und wieder einem Holzzaun abgetrennt. Tauschte man die Palmen mit Ahornbäumen und die weißen Dachziegel mit Schindeln aus, könnte man meinen, man sei in Lindenwold in New Jersey.
Als ich die Ringstraße um den Flugplatz erreicht hatte, suchte ich die Firma Avics Aviation mit der Nummer sechsunddreißig. Nach einer halben Runde hatte ich den bronzefarbenen Hangar entdeckt und fuhr an den Rand, von wo aus ich mehrere Flugzeuge im Blickfeld hatte, die auf dem rissigen Hallenvorfeld standen. Gebückt unter dem Flügel einer einmotorigen Cessna, stand ein großer Mann mit weiten Khakihosen und einem weißen Polohemd. Er kramte im seitlichen Gepäckabteil. Ich beobachtete ihn einige Minuten lang, während er sich

leichtfüßig um das Flugzeug herum bewegte, geduckt unter Streben hindurchging und außen verschiedene Stellen überprüfte.

Ich stieg aus, stapfte durch die Mittagshitze und rief laut »Hallo«, um das Rumoren eines Flugzeugs zu übertönen, das auf die Rollbahn hinausfuhr. Noch einmal musste ich laut rufen, bevor der Mann seinen Kopf hochriss, nur knapp eine Strebe verfehlte und dann mit einer geschmeidigen Bewegungen unter dem Flügel hindurchtauchte und auf mich zukam. Er war gar nicht so unbeholfen, wie er aussah.

»Ich suche Fred Gunther.«

»Der bin ich.«

»Max Freeman«, stellte ich mich vor und streckte die Hand aus. »Billy Manchester hat Sie mir empfohlen.«

»Stimmt«, entgegnete Gunther und schob die Sonnenbrille auf der Nase nach unten, um mich mit seinen hellgrünen Augen anzublicken.

Als er mir seine Hand gab, schien sie meine zu verschlucken. Seine Finger fühlten sich an wie aufgedunsene Würstchen, die an den Knöcheln angebunden waren, und seine Haut war trocken und glatt wie Wachspapier. Noch nie im Leben hatte ich so große Hände gesehen.

»Kommen Sie, verschwinden wir hier aus der Hitze.«

Ich folgte ihm in den Hangar, passte mich seinem Schritt an und überlegte, dass er etwa Schuhgröße siebenundvierzig haben musste, kleiner auf keinen Fall. Im Hangar führte mich Gunther zu einem kleinen Büro, dessen Wände bis auf halbe Höhe aus Fenstern bestanden. Er schloss die klapprige Holztür hinter uns, setzte sich hinter einen Metallschreibtisch und nickte zum fadenscheinigen Sofa. Die Hitze, die uns gefolgt war, setzte die an der Wand befestigte Klimaanlage ratternd in Gang. Ich schlug das Angebot des fleckigen Sofas aus und zog einen Stuhl mit gerader Rückenlehne an seinen Schreibtisch.

Im Büro roch es nach Öl und Benzin. An der Wand hinter Gunther hingen zwei Kalender, einer mit einem Bild eines Bikini-Mädchens, das irgendein glänzendes Werkzeug in der Hand hielt, das andere mit einem Bild eines großen Barsches, der aus dem Wasser sprang.

»Billy hat mir vor ein paar Jahren einen großen Gefallen getan, als ein paar Kunden versucht haben, mich wegen eines Missverständnisses zu verklagen. Deswegen schulde ich ihm was«, sagte Gunther, stützte seine Ellbogen auf dem Schreibtisch ab und ließ seine klodeckelgroßen Hände nach unten fallen. »Aber ich muss Ihnen gleich sagen, dass mir nicht wohl dabei ist. Die Menschen draußen in den Everglades werden wegen dieser Kindermorde furchtbar empfindlich. Besonders wenn behauptet wird, es könnten Leute aus den Everglades sein, die versuchen, die Landentwickler abzuschrecken.«

»Wo haben Sie denn das gehört?«

»Es spricht sich rum, wenn Polizisten kommen und Fragen stellen und vor allem von Verlängerungen von Genehmigungen und der County-Steuer reden«, erklärte Gunther.

Hammonds, dachte ich. Sein Team und das FBI würden jede Möglichkeit nutzen. Aber dachten sie wirklich, es könnte irgendein verrückter Hinterwäldler sein, der sich aus den Kleinstädten am Rand der Everglades Kinder schnappt?

»Nun, ich weiß nicht, was Billy Ihnen erzählt hat, aber ich bin wirklich nur daran interessiert, mehr über die Landschaft zu erfahren«, meinte ich.

Gunther blickte zuerst auf seine Hände hinab, dann in mein Gesicht, als wäre er drauf und dran, sich dafür zu entschuldigen, dass er mir nicht helfen könnte.

»Mr. Manchester hat gesagt, Sie seien mal Polizist gewesen.«

»Das war ich mal, ja. Mir wurde in den Hals geschossen, danach habe ich den Dienst quittiert«, erzählte ich, selbst überrascht über meine Offenheit.

Das Gesicht meines Gegenübers schien sich zu verändern, als er den Grund hörte. Als würde die Schusswunde etwas ändern.

»Also, dann«, meinte er mit Blick auf die Uhr. »Mein Kunde für vier Uhr dreißig hat abgesagt. Dann fliegen wir mal los.«

Auf dem Weg zum Flugzeug flimmerte die Luft in der Hitze über dem Rollfeld. Gunther kam zur Passagierseite und zeigte mir, wie ich den Griff nach unten drücken musste. Gerade als er die Tür aufgezogen hatte, ertönte hinter uns der Ruf eines Streifenkauzes: *huu-huu*. Gunther riss den Kopf herum und ließ den Blick über die Kronen der australischen Pinien auf der anderen Seite der Straße gleiten.

»So einen habe ich noch nie am Tag gehört«, sagte er. »Und in dieser Gegend überhaupt noch nicht.«

Nach ein paar Sekunden, in denen er weiter die Bäume

abgesucht hatte, zuckte er mit seinen breiten Schultern und bückte sich unter dem Flügel hindurch, um zur anderen Seite des Flugzeugs zu gehen. Ich stieg ein, zog die Tür zu und blickte hinaus in die Bäume.

Erst als Gunther eine scharfe Kurve flog, machte ich mir ernsthaft Sorgen. Während er alles vorbereitet und das Flugzeug übers Rollfeld gelenkt hatte, war ich gefangen von seinen Bewegungen. Schalter kippen, Funkgerät prüfen, Messinstrumente einstellen und Hebel betätigen. Mit eindrucksvollen und sparsamen Bewegungen schwebten seine großen Hände im Cockpit umher.

Doch ich war noch nie zuvor in einem kleinen Flugzeug gesessen, und als wir die erste steile Kurve nahmen und Richtung Westen dem Himmel entgegenflogen, hatte ich das Gefühl, in einer Achterbahn zu sitzen. Gunther muss gesehen haben, dass ich blass wurde.

»Suchen Sie sich einen Punkt am Horizont und konzentrieren Sie sich darauf«, sagte er über die blechern klingenden Kopfhörer. »Es ist wie bei einem kleinen Boot auf dem Meer, nur ohne Wellen.«

Ich fixierte einen weit entfernten Sendemasten und bekam langsam Vertrauen in das stetige Dröhnen des Motors und die Vibrationen im Cockpit. In der Ferne schoben sich ein paar Wolken über den blauen Hintergrund, die aussahen wie zerfetzte Segel. Es war einer jener seltenen Sommertage, an denen sich keine Gewitterwolken auftürmten. Am Boden glitzerten die Strahlen der Nachmittagssonne im Glas oder Metall. Schließlich schaute ich nach unten und sah, wie die Landschaft unter uns vorbeizog. Wir folgten dem Verlauf einer Asphaltstraße. Die kleinen weißen Dächer in den schon vor langer Zeit erschlossenen Gebieten waren bereits teilweise erneuert worden. Weiter westlich wurden die Dächer größer und waren mit orange- und terrakottafarbenen gewölbten Ziegeln gedeckt. Die Straßen waren ringförmig angelegt, um nicht den Eindruck zu vermitteln, als lebte man auf einem Reißbrett, und die Häuser scharten sich wie Blütenblätter um eine Reihe von Seen. Als ich Gunther nach ihnen fragte, erklärte er, alter Kalkstein sei mit riesigen Löffelbaggern ausgehoben und auf den Baustellen wieder abgeladen worden, wo er als solides Fundament diente. Die Löcher, die zurückgeblieben waren, hätten den Grundwasserspiegel gesenkt, und es sei alles getan worden, um sie irgendwie natürlich aussehen zu lassen.

»Ufergrundstücke im Sumpf«, sagte er. Über die Kopfhörer war es unmöglich, auch nur eine Spur von Spott aus seiner Stimme herauszuhören.

Ohne dass sich unter uns viel veränderte, flogen wir etwa eine Viertelstunde weiter, bis Gunther nach vorne wies. »Da ist die Grenze, jedenfalls jetzt noch«, sagte er. Zuerst bemerkte ich, dass weiter vorne die Farbe wechselte. Entlang eines von Norden nach Süden verlaufenden Highway wurde der Unterschied deutlicher. Die Gewerbegebiete und die mit gewölbten Ziegeln gedeckten Dächer wechselten abrupt zu einem offenen Feld mit rostfarbenem Gras.

Die endlose Weite, mit der sich die Landschaft unter uns

ausbreitete, war atemberaubend. So weit das Auge reichte, bot sich uns das gleiche Bild, und sobald wir über die Straße hinweggeflogen waren, bildete der Horizont die einzige Grenze. Kansas, war mein erster Gedanke. Ich war nie im Westen gewesen, doch als Vorlage für die Beschreibungen von goldfarbenen Kornfeldern in den Schulbüchern musste ein Ausblick wie dieser hier gedient haben.

Gunther zog das Flugzeug nach unten, so dass ich mehr erkennen konnte. Jetzt sah man, dass das Riedgras weniger einheitlich war und das Grün des nachgewachsenen Grases durchschimmerte. An manchen Stellen spiegelten sich die Sonnenstrahlen im Wasser, das sich hier ansammelte und daran erinnerte, dass der Boden nicht fest war. Alles war von einer Wasserdecke überzogen, alles wuchs durch sie hindurch.

Ich hatte nicht gemerkt, dass Gunther nach Norden abgedreht hatte und auf einen dunkelgrünen Fleck am Horizont zuzusteuern schien. Als wir näher kamen, sah ich eine Ansammlung von Bäumen, die aus dem Meer aus Riedgras herausragte.

»Ein *hammock*, eine mit Hartholzbäumen bewachsene Insel«, erklärte Gunther, als wir die Bäume umkreisten. Ich erkannte den gedrehten Gumbo-Limbo und die Meertraube, die auch an meinem Fluss wuchsen.

»Hier raus kommt man nur mit einem Luftkissenboot oder bei Hochwasser vielleicht mit einem Skiff«, erklärte Gunther. Als ich nicht antwortete, blickte er zu mir herüber.

»Hier wurde die Leiche des ersten Kindes gefunden.«

Nach einer Kehrtwendung flogen wir nach Süden zurück. Die Sonne war gelblicher geworden und beleuchtete von hinten ein neues Band aus hohen gestreiften Wolken.

»Die zweite Leiche lag neben einem Präriflüsschen in der Nähe des Nationalparks, die dritte wurde weiter nördlich gefunden, in einem der Kanäle, die in den Lake Okeechobee münden. Und ich vermute, über die vierte wissen Sie Bescheid.«

Ich sah zu Gunther hinüber, dessen scharfes Profil sich vor dem durch das Seitenfenster kommenden Licht deutlich absetzte. Offenbar hatte Billy mehr erzählt, als Gunther bisher hatte durchblicken lassen.

»Wer würde wissen, wie man zu diesen Stellen kommt?«, fragte ich und betrat ein Terrain, das er freigegeben hatte.

»Schauen Sie, Sie müssen wissen, dass es da draußen eine Menge seltsamer Gestalten gibt. Leute, deren Väter und Großväter seit Anfang neunzehnhundertzwanzig ein hartes Leben geführt haben. Sie haben sich von der Küste fern gehalten und den Fortschritt gegen das eingetauscht, was sie für Freiheit hielten, und was sie taten, war nicht immer legal«, erklärte er. »Klar, ich bin für sie ein Außenseiter, aber ich habe mit ihnen zusammengesessen und zugehört, wenn sie erzählt haben, wie sie Aufseher, Steuereintreiber und Grundstücksspekulanten durch Schüsse aus dem Hinterhalt verjagt haben; wenn sie das bedroht gesehen haben, was sie als ›ihre‹ Everglades betrachten.«

»Dann könnte es doch ein Einheimischer sein, der das

Land hier kennt und vielleicht durchgedreht ist?«, fragte ich.

»Vielleicht. Aber selbst Führer wie ich und die Jäger und Fischer, die an der Küste leben und ständig hier rauskommen, können an diese Stellen gelangen. Und sogar die Umweltschützer kommen hier raus. Wenn es um den Kampf gegen die Landerschließung geht, sind sie auch nicht gerade zimperlich.«

Beide verfielen wir in Schweigen. Jetzt schien Gunther derjenige zu sein, der sich auf einen Punkt in der Ferne konzentrierte, damit ihm nicht übel wurde.

»Es ist ein weiter Weg vom Miteinander-Trinken und Darüber-Reden bis zu dem Punkt, an dem man tatsächlich loszieht und Kinder umbringt, um den Leuten Angst einzujagen«, fuhr er schließlich fort.

Die Sonne hatte sich mittlerweile orangerot gefärbt und versprühte lilafarbene und rote Streifen in die tief stehenden Wolken. Wir überflogen eine Fischzuchtanlage, die abgeschieden im Gras lag und deren Anlegestelle weit in den Kanal mit seinem klaren Wasser ragte. Vom verwitterten Gebäude aus führten Spuren von Luftkissenbooten durchs Riedgras.

Gunther drehte Richtung Osten ab, als der Motor das erste Mal stotterte. Als beim zweiten Stottern der Motor den Takt änderte, sah ich hinüber zu Gunther, der versuchte, die Probleme in den Griff zu bekommen.

»Mist, was ist das?«, sagte er nur.

Beim dritten Stottern schlingerte das Flugzeug, und die Spitze senkte sich nach unten. Gunther schwieg, doch die Falten um seine Augen herum sagten mir, dass wir abstürzten. Plötzlich kippte der Horizont weg, als Gunther versuchte, das Flugzeug zurück zur Fischzuchtanlage zu lenken. Blauer Himmel verwandelte sich in sonnenverbranntes Gras. Ich hatte gerade noch Zeit, mich an der Konsole vor mir festzuhalten. Den Aufprall bekam ich nicht mehr mit.

9

Es können zehn Sekunden oder zehn Minuten gewesen sein, die ich ohnmächtig gewesen war. Oder vielleicht hatte sich mein Hirn wegen des Schocks auch einfach nur ausgeschaltet, und ich war überhaupt nicht ohnmächtig gewesen. Gunther allerdings war ohne Bewusstsein.

Als ich wieder etwas sah, hing er mit dem Oberkörper über dem Steuerhebel. Sein Kopf war gegen die Windschutzscheibe gepresst, und zwischen seinen Augenbrauen und über seine Wange zog sich ein kleines Rinnsal aus Blut.

Ich versuchte, ihn zu berühren, doch ich hatte mich im Sicherheitsgurt verheddert und wurde, weil das Flugzeug nach vorne gekippt war, nach unten gezogen. Wir waren in die Everglades abgestürzt und hatten uns ins Wasser und den schwarzen Matsch gebohrt. Der Propeller und der größte Teil des Motors waren verschwunden, irgendwo vor uns eingesunken. Die Flügel sahen aus, als wären sie flach vom Himmel gefallen, und lagen auf den geknickten Halmen des Riedgrases, und im Cockpit stand das Wasser kniehoch. Ich drehte mich wieder zu Gunther: In der Mitte seines Oberschenkels hatte sich der Knochen durch die Hose gebohrt. Offener

Knochenbruch, diagnostizierte ich. Und Gott allein wusste, was ihm sonst noch fehlte.
Ich versuchte eine rasche Bestandsaufnahme an mir selbst vorzunehmen, doch als ich meine Schulter bewegen wollte, jagte ein heftiger Schmerz durch meinen Brustkorb. Ich hatte in Frankie O'Haras Sportstudio oft genug eine abgekriegt, um sagen zu können, dass ein paar Rippen gequetscht, aber hoffentlich nicht gebrochen waren. Ich atmete leicht ein und aus und griff nach ein paar Sekunden mit der linken Hand nach dem Armaturenbrett, so dass mein Gewicht nicht mehr auf dem Gurt lastete. Ich fummelte am Verschluss, und als ich ihn endlich öffnen konnte, rutschte ich mit den Füßen auf den schräg stehenden Boden des Cockpits. Ich lehnte mich auf der Kante meines Sitzes nach hinten und berührte mit den Fingerspitzen Gunthers Halsschlagader. Sie pulsierte. Schwach, aber sie pulsierte. Gunther hatte nicht daran gedacht, bei den ersten Aussetzern des Motors nach dem Funkgerät zu greifen. Jetzt hing es verbogen in dem zertrümmerten Armaturenbrett und war bereits teilweise von dem steigenden Wasser bedeckt. Nutzlos, wie ein Blick zeigte.
Ich musste hier weg. Ich musste Gunther hier rausschaffen. Und es wurde bereits dunkel. Wer würde uns hier draußen finden? Wer wusste überhaupt, dass wir hier waren?
Einen Schritt nach dem anderen, sagte ich mir. »Du kannst niemanden erkennungsdienstlich erfassen, wenn du ihn noch nicht geschnappt hast«, hatte Sergeant

McGinnis auf der Polizeiakademie gesagt. »Und du kannst ihn nicht schnappen, wenn du noch nicht weißt, wo du suchen sollst.«

»Und kannst lange suchen, wenn er tot ist«, hatte einer der frechen Anfänger immer geflüstert.

Mit der rechten Hand drehte ich den Griff nach unten und rüttelte an der Tür. Jede Bewegung tat mir seitlich an den Rippen höllisch weh, doch ich schaffte es, aufs Sitzpolster zu klettern und mich auf einen Flügel hinaufzuziehen. Ich stand. Mein linkes Knie knirschte. In einem Knöchel spürte ich klopfende Schmerzen. Weit hinten im Riedgras sah ich vor dem rötlichen Schimmer des Sonnenuntergangs, der den Horizont immer noch erleuchtete, die Silhouette des Dachs der Fischzuchtanlage. Nur noch etwa hundertfünfzig Meter trennten uns von der Anlage, so weit hatte Gunther es geschafft. Ich wusste nicht, wie ich ihn die restliche Strecke dorthin bringen sollte.

Ich kroch über den Flugzeugrumpf zum anderen Flügel und zerrte an der Tür. Gunther hatte seinen Gurt entweder nicht befestigt, oder er war von alleine aufgegangen. Falls ein Wirbel angeknackst war, konnte ich darauf jetzt keine Rücksicht nehmen. Beide waren wir nass bis auf die Knochen. Es wurde dunkel, und selbst bei den üblichen vierundzwanzig Grad in Südflorida würde eine Nacht unter freiem Himmel unsere Körpertemperatur absenken. Gunther hatte einen offenen Bruch und wahrscheinlich auch innere Blutungen. Ich hatte als Polizist genug Erste-Hilfe-Kurse besucht, um zu wissen, dass wir ganz tief in der Scheiße steckten. Wieder sah ich zu Gunther. Er wog etwa hundert Kilo und war ohnmächtig. Selbst wenn ich ihn rausziehen konnte, würde ich niemals in der Lage sein, ihn hundertfünfzig Meter weit zu tragen. Wieder überkam mich das alte Gefühl eines Polizisten, der von irgendwoher Schüsse hört und in die entgegengesetzte Richtung abhauen möchte. Kämpfen oder fliehen. Selbstschutz. Der Himmel glühte im Westen immer noch. Ich beugte mich vor, packte den Piloten unter dem Arm und begann, ihn aus dem Flugzeug zu ziehen.

Ich brauchte dazu zwanzig Minuten. Was meine Rippen anging, hätte ich schreien können vor Schmerzen. Dass Gunther ohnmächtig war, erwies sich in gewisser Weise sogar als Erleichterung. Zumindest bekam er nicht bewusst mit, dass sein Oberschenkel gebrochen war, während ich ihn auf den Flügel hinauszerrte. Nur einmal stöhnte er und verdrehte die Augen. Ich beugte mich hinunter und spürte seinen leichten Atem auf meiner Wange. Ich setzte mich hin und überlegte den nächsten Schritt.

»Okay, Fred, was kommt als Nächstes?«, sagte ich laut. Wenn ich ihn mitnehmen wollte, müsste auch er etwas dafür tun. Wenn ich wollte, dass er überlebte, musste ich mich davon überzeugen, dass er es konnte. Mir war klar: Ich würde ihn aufgeben, wenn ich nicht daran glauben würde.

Ich stellte mich wieder auf, peilte die schwächer werdende Silhouette des Dachs der Fischzuchtanlage an und stellte mir im Kopf die Route vor. Einmal ins Riedgras getaucht, würde ich nichts mehr sehen können. Die gerade Kante des Flügels war auf einen Punkt etwa fünfzehn Grad rechts vom Gebäude gerichtet. Diesen konnte ich zunächst als Anhaltspunkt benutzen.

Ich ließ mich am Flügel hinunter ins dichte Riedgras. Der Untergrund gab mir keinen besonders guten Stand, aber ich sank wenigstens nur bis zu den Knien im Wasser ein. Ein Stück weiter vom niedergedrückten Gras entfernt tauchte ich aber plötzlich bis zur Hüfte ein. Der Boden war glatt, und meine Reeboks wurden mir beinahe von den Füßen gesaugt, als ich einen Schritt vorwärts ging. Niemals würde ich Gunther hier tragen können. Grübelnd starrte ich ins warme Wasser, das meine Kleider durchdrang. Konnte ich das Wasser irgendwie umgehen? Nein. Der Schlamm war mein Feind. Konnte ich ihn umgehen? Nein. Das Wasser, der Schlamm und Gunthers Gewicht waren meine Feinde.

Ihn vom Wasser tragen zu lassen – das war meine einzige Chance.

Verfügte ein Flugzeug von dieser Größe über ein Floß? Wahrscheinlich nicht. Und ich hatte im Cockpit nichts gesehen, das nach einer Schwimmweste aussah. Ich watete zurück bis zur Ladeluke, in der Gunther herumgewühlt hatte, als ich zu seinem Hangar gekommen war. Ich umfasste den in einer Vertiefung sitzenden Griff, der sich beim Öffnen nach außen drehte, und riss die Tür auf. Im Innern war es dunkel. Ich zog alles heraus, was ich fand: eine zusammengerollte Plane aus Segeltuch, Angelausrüstung, einen weit hinten verstauten Schlafsack und eine große Tasche mit Reißver-

schluss, auf der seitlich das Logo des US-Tauchsportverbandes prangte.
Ich zögerte nur eine Sekunde lang, während der ich auf die neue, cremefarbene Segeltuchplane schaute, dann zog ich die Tasche zu mir heran und öffnete den Reißverschluss. Eine Tauchermaske, ein Schnorchel, ein Atemregler mit Mundstück, ein Paar riesige Flossen, das ärmellose Oberteil eines Tauchanzugs und etwas, das ich zu finden gehofft hatte – eine Tarierweste.
»Du bist ja ein Scuba-Taucher, Fred«, sagte ich laut. Wahrscheinlich flog Gunther gelegentlich ein paar Kunden runter zu den Florida Keys, wo vor der Küste die einzigen lebenden Korallenriffe vor dem Festland der Vereinigten Staaten liegen.
Ich hatte gesehen, wie die Jungs vom Rettungsteam in Philadelphia Scuba-Ausrüstung benützt hatten. Sie waren eines Morgens in ihren glatten, schwarzen Tauchanzügen am Ufer des Delaware River hinuntergerutscht und hatten im Wasser nach einem Mordopfer gesucht. Über ihren Oberkörpern und verbunden mit den Sauerstoffflaschen hatten sie Tarierwesten getragen, die mit Luft gefüllt und bei Bedarf wieder entleert werden konnten, je nachdem, ob man hinabtauchen, einfach nur schweben oder wieder an die Oberfläche wollte.
Ich nahm die Weste und den Tauchanzug aus Freds Tasche und kletterte wieder auf den Flügel.
»Also gut, Fred. Wir werden einen kleinen Ausflug machen. Hilf mir, hier rauszukommen, und ich verspreche dir, dass wir es schaffen.«
Ich prüfte Gunthers Puls. Vielleicht redete ich es mir

nur ein, aber er schien stärker geworden zu sein. Ich schob seine Arme in die Weste und verschloss sie vor seiner Brust. An einem kleinen Ventil stand »Aufblasen mit Atemluft«. Ich legte los. Mit jedem Atemzug schienen meine Rippen zweimal zu schreien. Nach zehn Minuten tierischer Schmerzen war die Arbeit erledigt.
Dann schnappte ich mir das Oberteil des Tauchanzugs und schob es unter Gunthers gebrochenen Oberschenkel. Zum Festbinden zog ich seinen Gürtel aus der Hose. Daran hing eine Lederscheide mit einem kurzen Messer, dessen Klinge seltsam gebogen, aber so scharf war, dass ich den Taucheranzug ohne Schwierigkeiten durchtrennen konnte. Nachdem ich den Anzug zurechtgeschnitten hatte, band ich ihn mit dem Gürtel fest. Auch die dicken Schnürsenkel von Gunthers Stiefeln schnitt ich ab, als mir plötzlich das Messer ins Wasser fiel und ich es nicht mehr sehen konnte. Aus einem unerfindlichen Grund fluchte ich wegen des Verlusts.
»Also gut, Fred. Jetzt kommt der Moment der Wahrheit.«
Ich zog den schweren Körper an den Rand des Flugzeugrumpfes, bis seine Beine hinunterbaumelten. Dann stieg ich wieder ins Wasser, suchte mit beiden Beinen Halt auf dem zerdrückten Gras und zog Gunther Zentimeter für Zentimeter zu mir herunter. Abgestützt durch meinen Oberkörper, rutschte er ins Wasser, wo ich ihn flach hinlegte. Die Tarierweste hielt seinen kräftigen Oberkörper an der Wasseroberfläche. Sogar der zerschnittene Taucheranzug schien seinem verletzten Bein ein wenig Auftrieb zu verleihen.

Mittlerweile war es fast dunkel, und ein paar Sterne prangten bereits am Himmel. Meine geübten Augen hatten sich an die Dunkelheit gewöhnt, und das weiße Flugzeug schimmerte noch leicht. Ich orientierte mich an der Kante des Flügels plus fünfzehn Grad und ging ein Stück weiter ins Wasser.

»He, Fred, das ist auch nicht anders, als nachts zu paddeln«, sagte ich mit Blick auf Gunthers blasses Gesicht. »Volle Kraft voraus!«

Ich weiß nicht, wie viel Zeit vergangen war. Wir befanden uns in der Hölle auf Erden. Man hat kein Zeitgefühl für die Ewigkeit.

Jeder Schritt durch das Grasmeer erforderte mehrere Arbeitsgänge. Ich schob die hohen Sägezahnblätter mit dem rechten Arm zur Seite und versuchte, mit einem Fuß irgendwie Halt zu finden. Dann zog ich mit der linken Hand Gunther am Schultergurt der Tarierweste hinter mir her und versuchte, den anderen Fuß auf etwas annähernd Stabiles zu setzen. Ich hatte schon geschwitzt, bevor ich losgegangen war, und nach drei Schritten in die Graswand hinein hatten mich die Moskitos umzingelt. Ich spürte sie in meinem Haar, wusste, dass die wenigen, die ich auf meinem Nacken erwischte, im gleichen Moment durch andere ersetzt wurden. Der Schwarm war so dicht, dass ich beim Atmen einige in meinen Mund zog. Mit der freien Hand versuchte ich, sie fortzuscheuchen. Dann schob ich das Gras zur Seite, bewegte einen Fuß, zog Gunther einen halben Meter hinter mir her, bewegte den anderen Fuß, wedelte mit der Hand nach den Insekten. Dann wieder von vorne. Gleich am Anfang stolperte ich einmal und landete mit dem Kopf unter Wasser, womit ich mir aber wenigstens ein paar Sekunden die Moskitos vom Hals hielt. Also tauchte ich freiwillig alle paar Schritte unter. Seltsamerweise schienen die Moskitos an Gunther kein Interesse zu haben. Vielleicht spürten sie den Geruch des nahen Todes. Vielleicht lockten sie der Gestank meines Schweißes und meiner menschlichen Ausdünstungen an.

Ich prüfte den Puls des Piloten. Immer noch da.

»Bleib bei mir, Kumpel. Du musst mir helfen«, sagte ich und schob das Gras zur Seite, bewegte einen Fuß, zog Gunther hinter mir her …

Das Flugzeug war schnell aus meinem Blickfeld verschwunden. Ich dachte, ich könnte in Gedanken eine Linie ziehen und mich dann mit Hilfe meiner eigenen Spur daran entlanghangeln. Doch sobald wir vom Gras und der Dunkelheit eingeschlossen waren, konnte ich nicht mehr sagen, ob wir geradeaus auf die Fischzuchtanlage zusteuerten oder nach rechts oder links vom Weg abkamen. Über mir hatten sich die Sterne tausendfach vermehrt, und zweimal hatte mein Herz einen Satz gemacht, als der Wind einen kurzen Moment das Gras geteilt und einen Lichtschimmer freigegeben hatte. Zuerst dachte ich, es wäre ein Suchscheinwerfer, bis ich merkte, dass es der Mond war, der im Osten aufging und sein Licht flackernd über die Everglades schickte. Ich ging weiter.

Die kalte Nachtluft entzog dem Wasser seine Wärme.

Meine Beine wurden kalt. Meine Konzentrationsfähigkeit ließ nach. Gunther hatte ein paar Mal gestöhnt, als ich an der Tarierweste gezogen hatte. Er rutschte hin und her. An manchen Stellen war das Wasser so flach, dass ich auf dem guten Untergrund einen ganzen Meter auf einmal vorwärts kam. Im tieferen Wasser waren es nicht einmal dreißig Zentimeter. Ich zählte die Schritte, schloss die Augen, um mich darauf zu konzentrieren, zwanzig zu schaffen, dann ruhte ich aus und nahm die nächsten zwanzig in Angriff. Während meine Kräfte schwanden, stieg der Mond über dem Gras auf und hing in der Luft wie eine schmutzige Silbermünze. Der Schmerz in meinen Rippen legte sich wie ein schweres Korsett um meinen ganzen Oberkörper. Die Schnitte vom scharfen Gras auf meinen Armen und im Gesicht spürte ich nicht mehr. Ich reduzierte die Schritte zwischen meinen Ruhepausen auf zehn.

Ich versuchte, an mein Kanu zu denken, an den Rhythmus und die Schläge des Paddels im Wasser. Ich versuchte, ans Rennen zu denken, mich trotz des Schmerzes anzutreiben, und verfluchte mich, weil ich am Morgen fünf Kilometer gerannt war. Die Energie hätte ich jetzt gut gebrauchen können. Ich versuchte, die Sterne als eine Art Wegweiser zu nutzen, um nicht vom Weg abzukommen. Schon seit langem hatte ich meine Schritte nicht mehr gezählt.

Ich hatte aufgehört zu schwitzen, konnte mich aber nicht mehr daran erinnern, warum das schlecht war. Ich hatte die Moskitos nicht mehr wahrgenommen, dann hatte ich die Anzahl der Schritte auf fünf reduziert und

aufgehört, mit Gunther zu reden. Ich dachte mehr als einmal, dass ich ihn einfach zurücklassen sollte.
Ich war dabei aufzugeben, als ich meinen Arm zum tausendsten Mal durchs Gras schob und mit der Rückseite auf etwas Festes stieß. Der Schmerz schien ein paar Gehirnzellen wieder zum Leben zu erwecken.
Ein Pfosten, dachte ich und löste meine verkrampfte Hand von Gunthers Weste, um auch mit dieser das rechteckige Stück Holz vor mir zu untersuchen. Wie ein Blinder tastete ich am Pfosten entlang nach oben. Darauf befand sich eine Plattform, die in die entgegengesetzte Richtung wie eine Art Rampe nach unten abfiel. Ich riss Gunther herum, stieg mit einem Fuß auf festes Holz und zog seinen Oberkörper aus dem Wasser. Sobald er auf sicherem Untergrund lag, kletterte ich die Planken hinauf dem Mond entgegen.
Wir waren von Süden her auf die Fischzuchtanlage gestoßen. Die kurze Rampe muss dazu gedient haben, Kanus oder Skiffs hinaufzuziehen. Im Mondlicht schimmerte das verwitterte Holz wie stumpfe Knochen, und das bis zum Horizont reichende Riedgras hatte die Farbe von Asche angenommen. Mit steifen Knien, kaum in der Lage, mich aufrecht zu halten, stolperte ich am Dock entlang. Die Tür zur Haupthütte war nicht verschlossen. Quietschend drehte sie sich in ihren Angeln.
Im Innern war es dunkler als draußen, aber wie in meiner eigenen Hütte konnte ich an einer Wand die Umrisse eines Tisches und mehrerer Betten erkennen. Auf einer alten Truhe lag eine glitschige blaue Regenplane.

Diese schnappte ich mir und ging zurück zu Gunther. Wieder stöhnte er, als ich ihn auf die ausgebreitete Plane zog.

»Schlafenszeit, Fred«, sagte ich, drehte zwei Enden zusammen und zerrte ihn irgendwie die Rampe hinauf und in die Hütte. Dort zog ich von einem der Betten eine Matratze auf den Boden. Nachdem ich die Luft aus Gunthers Weste abgelassen und sie ihm ausgezogen hatte, rollte ich ihn auf die Matratze und deckte ihn mit allem zu, was ich finden konnte.

Schließlich setzte ich mich auf den Rand eines Bettes. Ich atmete schwer und flach, als würde meine Lunge nur mit halber Kraft arbeiten. Von der Hüfte abwärts war ich mit Schlamm verkrustet, meine Arme waren mit einer Mischung aus Blut und Wasser überzogen, das Gesicht von den Moskitostichen angeschwollen.

Der Mond schien durch ein altmodisches Fenster mit Fensterkreuz. Gunther lag mit dem Gesicht nach oben. Ich wusste nicht, ob er tot oder lebendig war. Ich blickte auf den Punkt an seinem Hals, wo sich der Puls befand, aber ich konnte mich nicht bewegen. Ich merkte nicht einmal, dass ich rückwärts aufs Bett fiel.

Ich spürte die Rotorblätter des Hubschraubers eher, als dass ich sie hörte, ein Wummern in der Luft, das die Holzwände um mich herum zum Beben brachte. In meinem Dämmerzustand spürte ich das Trampeln von Stiefeln auf dem Hartholzboden, weil das Vibrieren bis an meine gebrochenen Rippen vordrang und seltsamerweise an den Knochen kitzelte.

Ich spürte die Worte, streng und mit Dringlichkeit gesprochene medizinische Begriffe, dann hatte ich das Gefühl, aus warmem Wasser gehoben zu werden, und aller Schmerz fiel von mir ab. Ich hatte genug Zeit in der Hölle verbracht. Es war Zeit, zu gehen.

10

Als ich aufwachte, lag die steife Decke kalt auf meinem Körper, und instinktiv fasste ich mit meiner rechten Hand links an meinen Hals. Diesmal war er nicht verbunden, sondern ich spürte nur die weiche münzgroße Narbe. Ich lag in einem Krankenhausbett, aber die letzten achtzehn Monate in Florida waren nicht nur ein Traum gewesen.

Ich versuchte, die Augen zu öffnen, doch die Lider schienen zugeklebt zu sein. Als ich sie schließlich zwang, sich zu bewegen, fühlten sie sich an wie Sandpapier, das über meine Hornhaut rieb. Billy Manchester stand mit verschränkten Armen am anderen Ende des Bettes.

»Guten M-Morgen, Max.«

Ich blinzelte noch ein paar Mal und versuchte zu schlucken, doch mein Mund war völlig ausgetrocknet.

»He, Anwalt«, krächzte ich schließlich.

»D-du lebst.«

Die Feststellung sollte der locker klingende Versuch eines Witzes sein. Wie weit sie der Wirklichkeit entsprach, wusste ich nicht.

»Bestanden irgendwelche Zweifel?«

»Ich war hier, als m-man dich eingeliefert hat. Aber mit

D-Dehydrierung und Unterkühlung bei gleichzeitiger Entkräftung ist nicht zu spaßen.«
»Wie lange?«
»Du w-warst gestern und die ganze N-Nacht über immer mal wieder kurz bei Bewusstsein«, erklärte Billy. Er schenkte ein Glas Wasser ein und steckte einen Strohhalm ins Glas, bevor er seine Geschichte erzählte.
Als ich am Samstagabend nicht in seinem Apartment aufgekreuzt war und er mich weder übers Mobiltelefon noch in Gunthers Büro erreichen konnte, hatte er den Sheriff angerufen. Als dieser ihm von meinem geplanten Treffen mit Gunther erzählt hatte, hatten sie ihn per Funk mit einem Rettungsteam in Verbindung gesetzt, das bereits der Meldung nachging, dass Gunther samt Flugzeug vermisst wurde.
Die Familie des Piloten war schon am Hangar eingetroffen. Billy hatte bestätigt, dass der Jeep neben dem Rollfeld ihm gehörte. Um elf Uhr am Sonntagmorgen hatte ein Privatflieger per Funk gemeldet, er habe in der Nähe der Fischzuchtanlage in den Everglades ein abgestürztes Flugzeug gesehen. Eine Stunde später waren ein Ranger mit einem Luftkissenboot sowie ein Hubschrauber an der Anlage eingetroffen. Der Hubschrauber war mit Schwimmern ausgerüstet, so dass er im Sumpf landen und uns auf dem Luftweg ins Krankenhaus bringen konnte.
»Gunther?«
»Er lebt. Aber es k-kann sein, dass er sein Bein verliert.«
Ich griff nach dem Wasserglas und trank aus dem Strohhalm. Meine Arme waren geschwollen, und die unzäh-

ligen feinen Schnittwunden vom Riedgras waren mit durchsichtiger antiseptischer Creme überzogen. Billy ging im Zimmer auf und ab.

»Dein N-Name ist überall in den Nachrichten. Man musste h-heute schon einen Reporter hier vom Flur verjagen.«

Der Ranger, der zuerst in der Fischzuchtanlage eingetroffen war, hatte die Gegend nach unserem Abtransport noch eine Weile überwacht. Er war der Spur im niedergetretenen Gras gefolgt, die wir auf dem Weg vom Flugzeug zur Hütte gezogen hatten. Er hatte den Reportern erzählt, er würde es nicht glauben, hätte er es nicht mit eigenen Augen gesehen. Die Presse schrie förmlich nach einem Interview am Krankenhausbett. Billy als mein Anwalt hatte mit einem einzigen, nicht gestotterten »Nein« abgelehnt.

Ich wusste, wie unwohl sich Billy vor Kameras und Kassettenrekordern fühlte. Doch seine Unruhe bedeutete mehr als das.

Nachdem ich am späten Sonntagnachmittag versorgt worden war, hatte er sich auf den Weg gemacht, um seinen Jeep abzuholen. Er hatte das Taxi weggeschickt und war in seinen Wagen gestiegen. Als er rückwärts vom Parkplatz fahren wollte, hatte er im Spiegel die Nachricht auf der Heckscheibe bemerkt. Er hatte angehalten und war um das Auto herumgegangen, um sie zu lesen. Die Worte waren in die leichte Schmutzschicht geschrieben worden: »Treib's nicht zu bunt mit Mutter Natur.«

Irgendwo in meinem verstaubten Gedächtnis grub ich

die Erinnerung an die Eule aus, die aus einer Gruppe Pinien herausgerufen hatte.

»Ich h-habe Hammonds angerufen. Er hat gesagt, die S-Spurensicherung würde sich das anschauen.«

»Und das Flugzeug?«, fragte ich.

»Ich kenne j-jemanden bei der Bundesluftfahrtbehörde.«

Ich hatte keinen Zweifel: Wenn sie das Flugzeugwrack untersuchten, würden sie herausfinden, dass jemand daran herummanipuliert hatte.

Billy ging immer noch auf und ab.

»Hammonds ist mit seinen Leuten draußen«, meinte er. »Sie m-möchten mit dir reden. Ich habe gesagt, d-das geht nur, wenn ich dabei bin.«

Ich sah Billy in die Augen, und als er meinen Blick erwiderte, wusste ich, dass er über meinen dämlichen Besuch bei Hammonds Bescheid wusste. Ich nickte.

»S-sei vorsichtig. Du bist noch nicht aus d-dem Schneider«, warnte er mich, als er hinausging, um die Detectives zu holen.

Hammonds trat als Erster ein, gefolgt von Diaz und Richards. Diaz nickte, und ich schwöre, dass er mir beinahe zublinzeln wollte. Richards stellte sich an die gegenüberliegende Wand, strich sich eine blonde Strähne aus dem Gesicht und verschränkte die Arme.

Hammonds nahm den Platz am Bettende ein, Modell »Professionalität«. Er trug einen pechschwarzen Anzug, die Krawatte saß fest um seinen Hals. Doch seine Schultern hingen in einer Art herunter, wie sie es vor drei Monaten mit Sicherheit noch nicht getan hatten.

»Ich bin leicht bestürzt, dass ein Expolizist, der freiwillig aus dem Dienst ausgeschieden ist, hierher kommt und ungebeten seine Nase in die Ermittlungen um einen Serienmörder steckt«, begann Hammonds, der trotz der angespannten Situation nicht die Fäuste ballte.

»Da sind wir uns einig«, sagte ich mit immer noch trockener, kaum hörbarer Stimme.

»Wir haben am Samstagmorgen bei Ihnen eine Hausdurchsuchung vorgenommen«, erwiderte er.

»Aufgrund eines Hinweises?«

Hammonds sah kurz zu Diaz, der nur mit den Schultern zuckte.

»Ein anonymer Hinweis, dass wir vielleicht ein wichtiges elektronisches Teil finden würden, das für unsere Ermittlung wesentlich sein könnte.«

»Und?«

»Nichts. Eine Enttäuschung.« Hammonds hielt meinem Blick stand.

»Vielleicht finden Sie einen besseren Verdächtigen, wenn Sie nach jemandem suchen, der sich mit Flugzeugen auskennt. Zumindest so weit, dass er sie abstürzen lassen kann.« Trotz der betäubenden Medikamente spürte ich eine Welle der Wut durch meinen Körper strömen.

»Wir sind schon dran. Eigentlich hatten wir Ihren Freund Gunther im Visier, bevor Sie hier aufkreuzten.«

»Als Verdächtigen?«, fragte ich, mit Blick auf Billy.

»Als Person mit einem weitreichenden Kreis von Freunden, die sich in den Everglades auskennen und von denen einige extreme Ansichten vertreten.«

»Soweit ich das richtig verstehe, ist das ein großer Personenkreis«, meinte ich.

»Dass Sie mit ihm zu tun haben, lässt diesen Kreis irgendwie kleiner werden.«

»Oh, ich verstehe.« Ich hatte das Gefühl, dass mein Blutdruck beträchtlich zu steigen begann. »Ich habe mit diesem Typen in einer Serie von Kindermorden zu tun, dann entschließen wir uns zum gemeinsamen Selbstmord und lassen unser Flugzeug in den Everglades abstürzen. Nachdem wir also runtergekracht sind und Gunther halb tot ist, ändern wir unseren Plan, und ich ziehe ihn die ganze Nacht durch den Sumpf und lege mich mitten im Nichts einfach hin, ohne zu wissen, ob uns jemand da draußen findet, bevor wir zu Fischfutter verschrumpelt sind.«

Hammonds starrte mich mit unbewegter Miene an.

»Wenn diese Scheißtheorie das Beste ist, was Sie bisher vorweisen können, *Detective*, dann wundert es mich nicht, dass Sie diesem Arschloch immer noch hinterherjagen.«

Nach meinem Ausbruch herrschte Totenstille im Zimmer, bis ich einen Hustenanfall bekam, bei dem mir meine Brust zu platzen drohte. Billy versuchte, mir einen Schluck Wasser einzuflößen. Mehrere Sekunden lang brachte niemand ein Wort heraus.

Ich sah Richards an, die auf den Infusionsbeutel mit Salzlösung starrte. Ihre Augen waren gerötet, ihr Blick drückte Schmerz aus. Ich hatte diesen Blick schon einmal gesehen – in meinem Badezimmerspiegel bei mir zu Hause in Philadelphia.

»Glauben Sie wirklich, dass ich es war?«, fragte ich sie. Sie wollte etwas sagen, wandte sich dann aber ab und verließ rasch das Zimmer. Diaz räusperte sich und trat einen Schritt vor.

»Sie war heute Morgen bei der Beerdigung von dem Kind, das Sie gefunden haben«, erklärte er, bevor Hammonds ihm ins Wort fallen konnte.

»Mr. Freeman.« Seiner Stimme nach zu urteilen, hatte er sich durch meinen Wutausbruch nicht beeindrucken lassen. »Wir suchen immer noch das elektronische Gerät. Und Mr. Manchester hat darauf hingewiesen, dass unsere Suche vielleicht nicht vergeblich sein müsste.«

Ich wandte mich zu Billy, der kein Wort sagte.

»Wenn Sie Lust auf eine Zusammenarbeit haben, rufen Sie Detective Diaz an«, sagte Hammonds und verließ das Zimmer.

Diaz legte eine Visitenkarte auf meine Bettdecke. Diesmal zwinkerte er tatsächlich, bevor er ging. Erschöpft schloss ich die Augen und genoss die Stille im Zimmer. Ich spürte meinen Herzschlag unter der Bettdecke und bildete mir ein, ich würde spüren, wie die Salzlösung in meine Vene tropfte.

»Du meinst, wir sollen ihm das GPS-Gerät geben?«, fragte ich, ohne die Augen zu öffnen.

»Ich glaube, w-wir sollten vernünftig sein. Sie könnten den Besitzer über d-die Seriennummer ausfindig machen. Sie könnten verdammtes G-Glück haben.«

Billy schützte mich nicht mehr nur rechtlich, sondern auch körperlich. Der Mörder hatte eine Kehrtwendung vollzogen, als er Gunthers Flugzeug manipuliert hatte.

Er hatte seine Bedrohung und seinen Zielbereich erweitert. In meinem Krankenzimmer gab es keine Fenster, nur die gebrochen weißen Wände. Es wirkte leer, völlig leer.

»Was ist mit der Frau?«, fragte ich, über mich selbst überrascht, als mir die Frage entschlüpft war.

»Ich vermute, s-sie hat sich zu sehr d-drauf eingelassen«, antwortete Billy. »Du weißt, w-wie das Kind starb, d-das du gefunden hast?«

Ich hatte in den letzten Tagen die Nachrichten verpasst.

»Dehydrierung«, sagte er. »Das Mädchen bekam kein Wasser. W-wahrscheinlich mehrere Tage lang.«

Ich hielt meine Augen geschlossen. Ich hatte Richards gesehen, als sie das Zimmer betreten hatte, und ihr Parfüm gerochen. Ich hatte gesehen, wie sie eine Strähne aus ihrem Gesicht gestrichen und hinters Ohr gesteckt hatte, eine Bewegung, die mein Inneres mehr aufgewühlt hatte als alle gebrochenen Rippen.

»Billy«, sagte ich. »Hol mich hier raus, ja?«

11

Es war das erste Mal, dass ich sie aus der Nähe sah. Sie kauerte mit dem Gewehr im Schatten und atmete genauso rhythmisch und tief, wie ich es anschließend jahrelang morgens im Bett beobachten würde.
An jenem Tag befanden wir uns in einer leer stehenden Grundschule in Philadelphia. Die gesamte Elektrik war schon seit langem von der Abrissfirma abmontiert worden, die in wenigen Wochen das dreißig Jahre alte Gebäude in der Nähe der Lehigh Avenue in Kensington dem Erdboden gleichmachen würde. In dem spärlichen Licht, das durch die teilweise vernagelten Fenster drang, schien der Staub von der alten abgehängten Decke zu schneien.
Die Spezialeinheit der Polizei von Philadelphia verwendete das Gebäude zu Übungszwecken. In den leeren Klassenzimmern und Fluren sollte gelernt werden, wie man geschlossene Räume stürmt. Meg war seit achtzehn Monaten dabei. Sie war Streifenpolizistin. Eine gute. Hart, wenn sie hart sein musste, und einigermaßen freundlich, wenn sie es sein wollte. Zumindest erzählte man sich das auf dem Revier. Außerdem konnte sie teuflisch gut mit einem Zielfernrohrgewehr umgehen, weswegen sie zur Spezialeinheit geholt worden war.

Ich war auf Einladung von Tommy Gibbons hier, den ich von der Polizeiakademie kannte. Er hatte mich gebeten, auf einen Sprung vorbeizukommen und mir dieses spezielle Training anzusehen. Vor ein paar Jahren schon hatte mich Gibbons überreden wollen, dass ich mich zur Spezialeinheit bewarb. Mein Mangel an Ehrgeiz hatte ihn geärgert. Mich hatte sein ständiger Enthusiasmus geärgert. Irgendwie waren wir trotzdem Freunde.

»Ach, jetzt komm schon, Max. Du brauchst nur zuzuschauen«, sagte er hinter seinem perfekt gezapften Schaefer im McLaughlin's. »Ich weiß, dass hinter diesem nichtssagenden Blick ein Kerl steckt, der es faustdick hinter den Ohren hat. Ich weiß es. Du hast dieses besondere Etwas, das man dazu braucht. Komm einfach hin und sieh den Leuten bei der Arbeit zu. Vielleicht lässt du dich ja anstecken.«

Ich war bei meinem dritten Bier. Es war Sommer. Aus der Jukebox dudelte eine dreißig Jahre alte Version des Hits »Up on the Roof« von den Drifters. Während ich auf die Eichenholz-Schneckenverzierung des berühmten hundert Jahre alten Barspiegels schaute, sagte ich aus bis heute unerfindlichen Gründen: »Ja, okay.«

Am nächsten Tag lehnte ich gegen einen leeren Feuerlöscher-Metallkasten und beobachtete das Team, das sich im Flur für eine Übung »Raumsondierung« in Position stellte. Insbesondere beobachtete ich die Frau, die mein zuvor träges Herz erobern und anschließend zertreten würde.

Megan Turner war schwarz gekleidet, bewaffnet und gefährlich. Ihr Profil hatte etwas, das meinen Blick gegen meinen Willen anzog – eine gerade Nase, leicht hervorstehende Wangenknochen und ein zierliches, aber ausgeprägtes Kinn. Doch eigentlich waren es die Augen, die mich an diesem ersten Tag am meisten faszinierten. Aus der Entfernung von fünf Metern schien das kalte Blau das gebrochene Licht zu absorbieren, schien sich nicht darin zu spiegeln, sondern auf unheimliche Weise so etwas wie gefühlsbeladene Gedanken durch den Raum zu schicken. An diesem Tag waren es ihre Augen und ihr Haar.

Bald nach ihrer Abwerbung zur Spezialeinheit war Meg im Team eine Stufe nach oben gestiegen, weil sie in der Lage war, auf zweihundert Meter Entfernung mit einem Zielfernrohrgewehr fünf von fünf Schüssen vom Kaliber 308 in einem Loch von der Größe einer Münze zu platzieren. Gute Scharfschützen sagen, sie zielen auf einen Punkt vor dem Ohr, wo die Koteletten enden. Ein Treffer dort mit einer 308er würde den Verdächtigen sofort töten, bevor er als Reflex seine eigene Waffe betätigen könnte.

Doch an diesem Tag war Meg mit ihrem MP5-Sturmgewehr für die Deckung eines Teamkollegen zuständig, der ein Klassenzimmer mit Hilfe eines Spiegels inspizierte.

Als das Sechserteam in Position ging, stand sie in einer Ecke des Flurs. Obwohl ihre Augen bereits auf den Türpfosten des Zimmers gerichtet waren, spürte ich, wie sie mich aus den Augenwinkeln heraus beobachtete. Sie trug schwarze Handschuhe mit abgeschnittenen Fingern, und bevor sie ihre endgültige Position einnahm, löste sie, wohl wissend, dass ich sie beobachtete, eine Strähne ihres langen, blonden Haars aus ihrer Baseballmütze und schob sie hinter ihr Ohr. Viel später wurde mir klar, dass hinter dieser Geste eine wohl kalkulierte Absicht steckte. Im gleichen Augenblick verliebte ich mich in sie.

Sobald die Übung begann, hielt sie ihr Gewehr auf den Türpfosten gerichtet, während sich ihr Partner leise wie eine Schlange zentimeterweise entlang der Fußleiste an der schmutzigen, verkratzten Wand vorarbeitete. Als er die offene Tür erreichte, zog er einen kleinen Spiegel mit langem Griff heraus, ähnlich dem eines Zahnarztes, schob ihn um die Ecke und drehte ihn in alle Richtungen, um das Zimmer zu betrachten.

Über zweiunddreißig Minuten hinweg stieg die Temperatur im Flur. Und über zweiunddreißig Minuten hinweg beobachtete ich Megan Turner, wie sie höchst konzentriert ihren Einsatz absolvierte. Winzige Schweißperlen zeigten sich am Rand ihrer Mütze und liefen über Stirn und Nacken. Die Luft wurde stickig, das Atmen fiel schwer. Megan, die ihre Waffe ununterbrochen im Auge behielt, zuckte kein einziges Mal. Nie zuvor hatte ich jemanden mit einer solchen Konzentrationsfähigkeit gesehen.

Als der Officer auf dem Boden »Alles klar« rief, fuhr ich so heftig zusammen, dass ich mit der Schulter gegen den Kasten für den Feuerlöscher stieß. Megan atmete nur leicht hörbar aus, während sich ihre Mundwinkel zu einem leichten Grinsen verzogen.

Nach der Übung versammelten sich die Scharfschützen

auf dem Parkplatz, wo sie ihre schwarze Kleidung und schusssicheren Westen auszogen, sich Becher voller Wasser über die Köpfe gossen und sich mit Mineralgetränken erfrischten. Ich hielt mich in der Nähe von Gibbons und einem der Teamleiter auf, als Megan den Kopf hob und bemerkte, dass ich sie erneut beobachtete.

»Und, was meinen Sie, Freeman?«, fragte sie. Ihre Stimme wirkte viel zu weich und weiblich.

»Eindrucksvoll«, antwortete ich, überrascht, dass sie meinen Namen kannte.

»Ist die Herausforderung groß genug?«

»Vielleicht.«

»Ich hätte Sie gerne.«

Gibbons sowie der Rest des Teams sah auf, doch niemand schien die Augen zu verdrehen. Meg löste eine Strähne aus ihrem mittlerweile nassen Haar und steckte sie hinters Ohr.

Ein »Ja« war alles, was ich herausbrachte.

Wir gingen sechs Monate miteinander, und ich versuchte jeden Tag, herauszufinden, ob ich mich wegen ihres Durchhaltevermögens in sie verliebt hatte, das man brauchte, wenn man mehrere Minuten lang das Fadenkreuz eines Zielfernrohrs auf den Kopf eines Verdächtigen hält, oder wegen ihrer Fähigkeit zu weinen, als sie ein Kind von ihrer drogenabhängigen Mutter nach einem Notruf wegen häuslicher Gewalt weggeholt hatte. Beide Eigenschaften faszinierten mich und machten mir gleichzeitig Angst.

Wie ich darüber hinwegkam und ihr einen Heiratsan-

trag machte, weiß ich heute noch nicht. Ich war ganz und gar nicht der Typ, der gerne Verpflichtungen einging, eine Eigenschaft, die eher auf meine Teilnahmslosigkeit als auf eine Vermeidungsstrategie zurückzuführen war. Ich hielt mich nicht für einen Mann, der eine Partnerin brauchte. In der Highschool hatte ich nie eine Freundin gehabt, ich war mit Freundinnen ausgegangen, die Freunde für mich organisiert hatten, machte aber selten von mir aus den ersten Schritt. Frauen beunruhigten mich. Ich war in einem von Männern dominierten Haushalt aufgewachsen und hatte nur wenig Ahnung davon, wie die weibliche Psyche funktionierte. Ich erforschte sie lieber aus der Ferne, versuchte, Antworten auf ihre seltsamen emotionalen Fähigkeiten zu finden, hatte aber offenbar keinen Erfolg. Selbst Megan war für mich nicht zu durchschauen. Doch ihre Energie nahm mich gefangen.
Die Hochzeitsfeier in South Philadelphia fiel relativ bescheiden aus. Ihre Familie war riesig und weit verstreut. Von meiner Seite kamen viele Polizisten, meistens Freunde und Familienangehörige von der Seite meines Vaters. Nach der Hochzeit fuhren wir eine Woche nach Atlantic City. Meg entdeckte Blackjack, und die Croupiers und Pit-Bosse, die Hauptverantwortlichen in den Kasinos, liebten sie. Sie fluchte, wenn sie verlor, und kreischte, wenn sie gewann. Ihr Lächeln und ihr leuchtend blondes Haar sorgten dafür, dass jeder am Tisch glücklich über ihre Anwesenheit war. Oft stand ich etwas abseits vom grünen Tisch und beobachtete sie, fuhr nur ab und zu über den hauchdünnen Stoff ihrer

Bluse am Rücken, um sie daran zu erinnern, dass ich auch noch da war.

Drei Jahre lang lebten wir in einer kleinen Wohnung in einem Reihenhaus, eingezwängt zwischen die engen Straßen im Zentrum nördlich von Lombard. Wir gingen ins Walnut Street Theater, wo sie schweigend zusah, mir dann aber lauthals schreiend im Irish Pub auf der anderen Straßenseite zuprostete. Wir fuhren mit der Broad-Street-U-Bahn ins Veterans Stadion, wo ich den Phillies schweigend beim Spiel zusah und wir uns anschließend laut grölend im McLaughlins's zuprosteten. Wenn sie in den Nautilus Club zum Sport ging, ließ ich sie alleine. Wenn ich mich mit meinen Büchern zurückzog, ließ sie mich alleine. Wenn wir uns liebten, war sie enthusiastisch. Ich bin mir immer noch nicht sicher, was ich war.

Während unserer Ehe war Meg die ganze Zeit bei der Spezialeinheit beschäftigt. Manchmal, wenn sie mitten in der Nacht gerufen wurde, zog ich meine Uniform an und ging mit, redete mit den Jungs, die die Schaulustigen in Schach hielten, und versuchte, sie mir vorzustellen, wie sie im Gebäude oder auf dem Dach mit angelegtem Gewehr dalag. Aber in der Nacht, als sie einen bewaffneten Verbrecher umlegte, der auf dem Universitätsgelände in Overbrook drei Geiseln in seine Gewalt gebracht hatte, war ich zu einem anderen Einsatz ausgerückt.

Der Typ war nach einem Raubüberfall bereits von der Campus-Polizei gejagt worden und hatte einen Wachmann verletzt. Er war drei Studentinnen ins Wohnheim hinterhergelaufen und hatte sich mit ihnen im Aufenthaltsraum im zweiten Stock verbarrikadiert. Schreiend hatte er gedroht, sie umzubringen, wenn ihn die Polizei verhaften würde.

Megs Team hatte Bereitschaftsdienst gehabt, und nachdem die Uniformierten die Studentenzimmer geräumt hatten, um den Aufenthaltsraum zu isolieren, nahmen sie ihre Positionen ein. Meg befand sich im dritten Stock des Studentenwerks auf der anderen Straßenseite und hatte freie Sicht auf das Zimmer mit den Geiseln. Ihre Teamkollegen krochen leise die Flure entlang, während die Kontaktperson, die mit der Verhandlung betraut war, eine Salve von Flüchen zu hören bekam, die der Geiselnehmer vom einzigen Telefon in dem Zimmer in den Hörer brüllte. Dieses Telefon hing an der Wand und befand sich in Meg Turners direkter Schusslinie.

Die Verhandlungen waren kurz. Beim vierten Mal, als die Kontaktperson anrief, in dem Versuch, den Geiselnehmer am Reden zu halten, zerrte er eine der Frauen zu sich ans Telefon. Er legte seine Waffe an den Kopf des Mädchens. Meg sah durch das Zielfernrohr, dass er den Finger an den Abzug gelegt hatte. Sein Gesicht sah sie im Profil.

»Ihr Arschlöcher habt mich schon einmal zu viel angerufen, und jetzt werdet ihr sehen, womit ihr das zu bezahlen …«

Der Mann brachte seinen Satz nicht zu Ende. Die Kugel traf ihn genau an seiner rechten Kotelette. Alle drei Studentinnen blieben unverletzt.

Stunden später, nach meiner Schicht und der Nachbesprechung der Spezialeinheit, fand ich sie alle im

McLaughlin's. Die Kneipe war voll. Die Phillies spielten in New York, und man konnte auf dem hoch oben hängenden Bildschirm beobachten, wie sie von den Mets eine ordentliche Tracht Prügel verpasst bekamen. Überall hingen Polizisten herum, die dienstfrei hatten, sie strömten rein und raus und vermischten sich mit den Mitgliedern der Spezialeinheit.

Draußen fiel ein leichter Regen, als ich in den Vorraum trat und sie durch die beschlagene Scheibe beobachtete. Sie saß am Ende der polierten Bar, ihr perfektes Profil scharf umrandet vom Licht, das vom antiken Spiegel reflektiert wurde. Ihre eisig blauen Augen strahlten dieselbe elektrisierende Wärme aus, die ich am ersten Tag im Flur der Grundschule gesehen hatte.

Sie war weder betrunken noch laut. Sie schien aber nur wenige Stunden, nachdem sie einen Mann getötet hatte, auch nicht besonders aufgewühlt zu sein. Sie sah einfach nur verdammt gut aus. Doch ihr Blick bewegte sich immer wieder zu einem blonden, breitschultrigen Kollegen einer anderen Spezialeinheit. Er lächelte breit und fuchtelte angeregt mit den Händen. Ich hatte ihn schon zuvor gesehen, und mein Gespür für seine Begierde hatte mir gesagt, dass ich ihn lieber meiden sollte.

Ich stand hinter der Glasscheibe und beobachtete, wie sie mit ihm spielte. Wasser tropfte von meiner Jacke und sammelte sich um meine Schuhe herum. Meine Frau griff zu ihrem Bier, trank einen Schluck und löste, den Blick auf diesen anderen Mann gerichtet, eine Strähne aus ihrem langen Haar und schob sie hinter ihr Ohr.

12

Mir ist kalt. In meinem Traum höre ich Wasser, das durch Betonrinnen gurgelt. Der Regen wird vom Wind, der um das Wanamarkers-Gebäude fegt, die Chestnut Street entlanggetrieben und peitscht in mein Gesicht. Im Zentrum von Philadelphia strömt das Wasser wie eine schwarze Masse durch die Überflutungskanäle. Ich renne, meine Reeboks klatschen auf den nassen Bürgersteig. Ich keuche, schnappe nach Luft, während der Regen in mein Gesicht prasselt, weil ich den Kopf nach oben gerichtet halte, um nach der Ecke der Dreizehnten Straße Ausschau zu halten. Aber ich bin verwirrt. Komme ich näher? Oder entferne ich mich? Renne ich darauf zu? Oder weg von ihr? Plötzlich trete ich mit dem Fuß auf etwas. Ich rutsche, verliere das Gleichgewicht und falle.

Das kratzende Geräusch von hartem Plastik auf Beton reißt mich aus dem Schlaf. Ich schlage die Augen auf und umklammere die Arme eines Liegestuhls. Ich sitze auf Billys Terrasse in der Sonne, es ist später Vormittag.

Ich stand auf, ging in die Küche und versuchte, den Traum aus meinem Kopf zu verbannen. An der Spüle spritzte ich mir Wasser ins Gesicht. Ich war zurück in der Welt.

Billy war ins Büro gegangen. Zwei Abende zuvor hatte er mich aus dem Krankenhaus mitgenommen. Mit ein paar sorgfältig gefalteten Fünfzig-Dollar-Scheinen hatte er die Leute von der Sicherheitsabteilung des Krankenhauses dazu überredet, mich durch den Hinterausgang hinauszulassen, um die herumlungernden Journalisten zu umgehen. Er hatte extra bis nach den Hauptnachrichten abends um neun Uhr gewartet, weil dann die Reporter die Zelte für ihre Live-Berichterstattungen abgebrochen haben würden.

»Ich befürchte, du hast deine Anonymität eingebüßt«, meinte er.

Billy hatte natürlich Recht. Nach dem Flugzeugabsturz stand mein Name in den Unfallberichten. Gunther würde sich erholen. Und solange der Ranger immer noch damit hausieren gehen würde, wie ich wohl den Piloten zur Fischzuchtanlage geschleppt haben mochte, war die Presse darauf aus, eine Heldengeschichte daraus zu machen. Mein Vorteil in diesem Schlamassel war, dass ich unter keiner Adresse zu finden war und kein Telefon hatte, wo ich angerufen werden konnte. Keine Fotos, keine Einschaltquoten, kein Held.

Aber ich wusste auch, dass nicht alle Reporter gleich waren und sklavisch den neuesten Ereignissen hinterherhechelten. Jemand würde Hammonds und seine Mannschaft im Krankenhaus gesehen und sich überlegt haben: Warum verhörte der Beamte, der die Ermittlungen bei der Kindermordserie leitete, einen Typen, der in den Everglades mit einem Flugzeug abgestürzt war? Dem Fernsehen mochte das ja egal sein, aber die Zeitungen würden sich fragen, ob sie aus einem Kerl, der wegen der Serienmorde vernommen wurde, einen Helden machen sollten oder nicht. Die Medien mochten die Geschichten nicht, die nicht in ihre Schubladen passten. Wie macht man ein Porträt über einen Polizisten, der während der Ausübung seines Dienstes angeschossen wird, dabei aber ein zwölfjähriges Kind tötet? Ich weiß, wie das geht: Sie halten sich im Hintergrund, um zu beobachten, wie sich die Sache entwickelt. Vielleicht lassen sie auch ganz von einem ab. Ich hoffte, Hammonds wäre so gescheit, sie ziehen zu lassen.

Einen ganzen Tag lang hatte es funktioniert: Ich hatte mich nicht nur in der warmen Morgensonne geaalt, sondern war auch am Nachmittag auf der Terrasse im Schatten liegen geblieben. Um mich mit Flüssigkeit zu versorgen, hatte Billy ein Getränk aus Fruchtsaft mit Wasser und Vitaminen zubereitet. Ich konnte sogar etwas essen, zunächst etwas Brühe, dann ein Stück dünnes Pita-Brot. Ich schlief immer wieder ein, bis mich die Schmerzen in meinen Rippen und diejenigen aus meinen Träumen abwechselnd wieder weckten.

An diesem Morgen war mein Körper ganz steif, doch mein Kopf ließ mir keine Ruhe mehr. Ich stand auf und ging hinein, schenkte mir eine Tasse Kaffee ein, mit der ich eine Schmerztablette hinunterspülte, und blickte durch die Fensterfront hinaus zum Horizont. Die Kaffeetasse musste ich mit beiden Händen anheben, weil ich zitterte, wenn ich sie nur mit einer Hand nahm. Obwohl ich geschlafen und meine Medikamente eingenommen hatte, war ich immer noch wacklig auf den Beinen.

Meine Haut war trocken wie Papier, meine Lippen waren immer noch geschwollen und rissig. Der heiße Kaffee tat weh, aber ich konnte meiner Sucht nicht widerstehen. Diaz' Visitenkarte lag auf der Theke – ich griff zum Telefon.

»Hier ist der Anrufbeantworter von Detective Vince Diaz. Wenn Sie eine Nachricht …«

Ich wartete auf den Piepston.

»Hören Sie, Diaz. Hier ist Max Freeman. Ich habe Ihr elektronisches Teil gefunden. Wenn Sie es abholen möchten, rufen Sie mich an.« Ich hinterließ Billys Mobilnummer, obwohl ich mir dachte, dass die Polizei eine Anruferkennung zwischengeschaltet hatte und wahrscheinlich Billys Nummer schon kannte. Ich blickte auf die digitale Uhr am Herd. Acht Minuten später rief Diaz zurück.

»He, Mr. Freeman, das ist echt großartig. Ich würde gerne so schnell wie möglich vorbeikommen. Mir dieses Ding gleich mal ansehen, okay?«

Ich gab ihm die Adresse und bat ihn, mich von der Eingangshalle aus anzurufen, wenn er eintreffen würde.

»Tja, das hat uns irgendwie überrascht, dass Sie so schnell aus dem Krankenhaus abgehauen sind.«

»Etwa in einer Stunde?«, fragte ich.

»Ja, gut, in einer Stunde.«

Ich beendete das Gespräch und wählte die nächste Nummer.

»Ranger-Station zwölf, Cleve Wilson.«

»Cleve, hier ist Max Freeman.«

»Gütiger Himmel, Max. Wo warst du bloß?«

Kann sein, dass es eine Frage war, oder einfach nur ein Ausdruck seiner Verwunderung.
»Ich hatte zu tun, Cleve. Ich erzähle dir alles, wenn ich wieder da bin, aber ich weiß noch nicht, wann das sein wird.«
»Weißt du, dass diese Detectives noch mal mit einem Durchsuchungsbefehl hier waren? Ich musste ihnen deine Hütte zeigen«, sagte er mit einem entschuldigenden Unterton in der Stimme. »Aber ich bin mitgegangen, um aufzupassen, dass sie kein Chaos veranstalten.«
»Ist schon in Ordnung, Cleve. Ich bin dir sehr dankbar dafür.«
»O Mann, und sie haben nichts ausgelassen, wenn du weißt, was ich meine.«
Cleve war ein Meister in puncto Untertreibung.
»Haben sie sich für was Besonderes interessiert?«
»Na ja, sie sind ein bisschen munter geworden, als sie im Matchbeutel deine Neun-Millimeter gefunden haben.«
Die Waffe hatte ich ganz vergessen. Ich saß in Billys Küche und fragte mich, wie ich in der Lage gewesen war, dieses Ding so weit aus meinem Bewusstsein zu verbannen, dass es schließlich auch aus meinem Gedächtnis verschwunden war – samt dem Gefühl von der Waffe in der Hand, dem Geruch und dem Echo, das von den Mauern und Scheiben auf der Dreizehnten Straße zurückgeworfen worden war.
»Aber sie haben sie nicht mitgenommen«, fuhr Cleve rasch fort, um die Stille zu durchbrechen. »Ich habe gehört, wie sich einer der Typen gefragt hat, ob das deine alte Dienstwaffe war. Dann haben sie sie zurückgelegt.«

»Echt? Ja gut, danke, Cleve. Wie gesagt, wir reden miteinander, wenn ich wieder da bin. Eigentlich rufe ich wegen meinem Pick-up an.«

»Der steht hier. Der Junge hat ihn zurückgebracht, und weil der Kratzer weg und der Wagen blitzblank war, dachte ich, es hätte schon gestimmt, dass er ihn benutzen durfte. Aber ich habe die Schlüssel wieder in meinen Schreibtisch gelegt.«

»Danke, Cleve.«

Ich drückte die Aus-Taste und trank Kaffee, während ich zusah, wie unten am Strand die Badegäste vor dem aufziehenden Regensturm flohen.

Ich traf Diaz in der Eingangshalle. Er hatte eine kleine Sporttasche dabei und einen Becher Kaffee in der Hand. Ich hatte in der Zwischenzeit geduscht und mir eine leichte Baumwollhose sowie das größte langärmlige Hemd angezogen, das ich finden konnte. Meine Haut spannte immer noch und schälte sich an den Unterarmen, entweder von der Salbe gegen die Moskitobisse oder weil sie ausgetrocknet war. Die Percocet sorgten dafür, dass mir die Rippen nicht mehr allzu sehr wehtaten.

Diaz stand unter Beobachtung des aufmerksamen Portiers, dem er seine Dienstmarke gezeigt hatte, bevor er ihn mich hatte anrufen lassen. Der Portier verneigte sich leicht, als ich ihm dankte, behielt uns aber dennoch im Auge, als wir in einen Nebenraum abseits der Eingangshalle gingen.

»Hübsches Plätzchen«, meinte Diaz, der sich auf den

Rand eines Ohrensessels setzte und die gewölbte Decke betrachtete.

Ich nahm auf dem daneben stehenden Sofa Platz und stellte die Tasche zwischen meine Füße auf den Marmorfußboden.

»Ist die für mich?«, fragte er.

»Hören Sie, lassen Sie uns Klartext reden. Ich will nicht, dass die Sache irgendwie auf Billy Manchester zurückfällt. Dieses Ding geht auf direktem Weg von mir zu Ihnen. Niemand sonst ist daran beteiligt oder weiß davon«, erklärte ich. Diaz blickte auf seine Hände.

Ich hatte unter Verfolgungswahn gelitten, und den Ermittlern gegenüber war ich erst recht viel zu misstrauisch gewesen, um ihnen das GPS-Gerät auszuhändigen. Es war ein perfekter Beweis gegen mich, selbst wenn ich derjenige war, der es der Polizei übergab. Jetzt griffen sie nach jedem Strohhalm und bezogen noch mehr Leute, einschließlich mich, in den Kreis der Verdächtigen mit ein. Aber ich wollte nicht, dass man einen Mann in einer Position wie Billy am Wickel packte, nur weil ich Beweismaterial zurückgehalten hatte.

»Ich glaube nicht, dass das ein Problem sein wird. Niemand in unserem Umfeld wusste, wer Ihr Anwalt war, aber als wir uns in der Juristenwelt umgehört haben, schien ihn jeder zu kennen. ›Beste Beziehungen‹ und ›schlau‹ waren die Worte, die wir immer wieder zu hören bekamen. Und ich glaube, das Ding da rauszurücken ist auch ganz schön schlau«, meinte er mit einem Blick in mein Gesicht.

Ich griff in die Tasche und zog das GPS-Gerät heraus,

das ich zuvor wieder in die Plastiktüte gesteckt hatte. Ich erklärte ihm, wie ich es in der aufgeschlitzten Matratze gefunden hatte, und berichtete von dem kaum wahrnehmbaren Fußabdruck in meiner Hütte.
»Alle Positionen der Leichen sind darin verzeichnet«, sagte ich und gab Diaz das Gerät. »So habt ihr sie gefunden, oder?«
Als der Detective aufblickte, war mir klar, dass sein weiteres Vorgehen nicht mehr von Hammonds gedeckt war.
»Sie wissen, was hier läuft. Ich habe mir Ihre Akte aus Philadelphia besorgt«, begann er. »Dieser Typ spielt mit uns, und wir drehen jetzt jeden Stein um, den wir finden. Ich kam zu dem Schluss, dass wir auf unsere Chance warten müssten, auf einen Fehler. Und als Sie den Fluss entlanggepaddelt kamen, haben wir gehofft, Sie seien dieser Fehler.«
Ich wusste, dass er mir in die Augen sah, um meine Reaktion abschätzen zu können.
»Vielleicht nützt es uns nichts, den Hersteller und Verkäufer aufzuspüren. Vielleicht landen wir auch diesmal wieder auf einem Holzweg. Aber es ist besser, als herumzusitzen und zu warten, bis das nächste Kind verschwindet.«
»Und vielleicht ist er damit ja auch fertig«, meinte ich. »Vielleicht hat er ein neues Ziel.«
Diaz schien diesen Gedanken einen Moment durchzuspielen.
»Na ja, ich will Sie nicht beleidigen, aber wenn es stimmt, dass er jetzt hinter Ihnen statt hinter dem

nächsten Kind her ist, werden nicht viele unbedingt meinen, dass das ein Schaden ist.«

Zögernd hielt ich immer noch die Henkel der Sporttasche fest. Als Diaz aufstand, zog ich eine Tüte mit der verbogenen Aluminiumplakette von meinem Kanu raus.

»Ich glaube, darin steckt mehr Wahrheit, als ihr Jungs überhaupt ahnt.« Ich griff in die Tüte nach meinem zweiten zurückgehaltenen Beweisstück.

Eine halbe Stunde später saßen wir in Diaz' Zivilfahrzeug und fuhren Richtung Fluss. Er war ärgerlich geworden, als ich ihm erklärt hatte, woher die Plakette stammte. Es war das erste Mal, dass ich ihn wütend sah und ihm ein paar spanische Brocken rausrutschten.

»O Mann, das ist Arbeit der Spurensicherung! *Mierda*, Sie wissen doch, wie man mit Beweisen und Tatorten umgeht!«

Er hatte sich wieder beruhigt, als wir zum Bootsverleih im Park fuhren, wo ich mein Kanu an dem Abend zurückgelassen hatte, als ich mich vor der Hausdurchsuchung aus dem Staub gemacht hatte, und wo der Mörder die Plakette abgenommen haben musste.

Mittlerweile waren wir uns einig, dass die Chance, irgendwo Fingerabdrücke zu finden, in weite Ferne gerückt war und es uns wohl auch nicht weiterbringen würde, den Boten zu identifizieren, der die Plakette abgegeben hatte.

»Genau so hat er uns die ersten GPS-Koordinaten geschickt«, sagte Diaz. »Direkt ins Büro des Sheriffs.«

Seitdem hatte er seine Vorgehensweise geändert und einmal sogar die GPS-Zahlen per E-Mail aus einem Internet-Café in der Stadt losgeschickt. Man brauchte vom FBI kein Täterprofil erstellen zu lassen, um zu wissen, dass es sich bei diesem Menschen nicht um eine Sumpfratte von einem Naturschützer handelte, der auf Städter schoss, die sich in seinem Revier herumtrieben.

»Er kennt die Everglades. Er weiß, wie er in diese Gegenden kommen und wieder verschwinden kann, ohne gesehen zu werden. Er weiß genug über Technik, um sie nutzen zu können. Und mit absoluter Sicherheit weiß er, wie man mit den Ängsten von Menschen spielt«, fuhr Diaz fort. »O Scheiße, wir wissen ja nicht einmal, ob es tatsächlich nur ein Einzeltäter ist.«

Der Detective wurde still, während wir nach Westen weiterfuhren. Er hatte die Grenze schon überschritten, indem er von den Ermittlungen geredet hatte. Angesichts seines Frusts bezweifelte ich, dass er und seine Kollegen irgendwelche Anhaltspunkte hatten. Aber was die Vorschriften zum Tatort anging, hatte er Recht. Die Polizei hatte es zumindest verdient, einen Blick auf die Beweise zu werfen.

Nach der Abfahrt vom Seminole Drive führte unser Weg weiter an einer Reihe von Zypressen vorbei bis zur Zufahrtsstraße zum Park. Ein warmer Sprühregen prasselte auf die Windschutzscheibe, und Diaz blickte zögernd zum Himmel. Doch als ich ausstieg und Richtung Fluss ging, folgte er mir.

Ham Mathis, der Betreiber des Kanuverleihs, leerte gerade das Eiswasser aus dem Kühlgerät, in dem er kalte

Getränke für seine Kunden bereithielt. Er schielte unter der Kapuze seiner gelben Regenjacke hervor und spuckte braunen Tabaksaft ins nasse Gras, als er mich kommen sah.

»He, Ham, wie geht's denn so?«

Der alte Mann aus Georgia stellte das Kühlgerät ab und hob den Kopf.

»He, Max«, grüßte er zurück und warf einen verstohlenen Blick auf Diaz, der hinter mir herlief. »Es tut mir echt Leid um dein Boot.«

Wieder spuckte er ins Gras, dann führte er mich hinter seinen Wohnwagen. Dort lag das Wrack meines Kanus.

»Ich habe es hierher gezogen, damit es die Kunden nicht sehen«, erklärte er.

Das Boot lag umgedreht auf dem Schaudeck, so wie ich es zurückgelassen hatte, doch jemand war darauf getreten. In der Mitte des Rumpfes klafften Löcher wie verzerrte schwarze Mäuler. Die einzelnen Rippen waren systematisch zerbrochen worden. Es muss eine unheimliche Mühe gekostet haben, die stabile Hülle des Bootes so systematisch zu zerstören.

Ich ging zum Bug und untersuchte die linke Seite, wo die Plakette angebracht gewesen war. Die herausgerissenen Nieten hatten vier gezackte Löcher hinterlassen.

Alle drei starrten wir lange auf die zerbrochene Hülle meines Kanus.

»So sah es aus, als ich neulich morgens hergekommen bin«, sagte Mathis schließlich. »Vorher habe ich hier noch keinen Fall von Vandalismus erlebt.«

»Wurde noch etwas anderes zerstört?«, fragte Diaz.

»Nichts außer deinem Paddel«, antwortete Mathis mit Blick auf mich. »Durchgebrochen wie einen Ast und ans Ufer geworfen.«
Ich zeigte Diaz, wo ich das Kanu fünf Tage zuvor untergestellt hatte. Es war klar, dass wir auf dem Boot keine Fußabdrücke oder andere Spuren mehr finden würden. Mathis hatte am selben Morgen den County Sheriff angerufen, und ein Streifenpolizist war vorbeigekommen, um den Bericht aufzunehmen. Während sich Diaz von Mathis in dessen kleinem Wohnwagen die Aktennummer geben ließ, ging ich zum Fluss hinunter. Das Wasser war in dem schwächer werdenden Licht dunkelgrün geworden und vom Regen aufgewühlt. Große Kreise bildeten sich dort, wo schwere Tropfen von den Zypressenzweigen fielen. Der Geruch nach nassen Bäumen und Gras, den ich erst hier draußen kennen gelernt hatte, hing schwer in der Luft. Am anderen Ufer saß ein Reiher auf einem Baumstamm und suchte das Wasser nach etwas Essbarem ab. Plötzlich hob er den Kopf, krächzte einmal und flog los, als hätte er vor etwas Angst, das hinter ihm war. Ich spähte ins dunkle Dickicht, konnte aber nichts erkennen.
»Wütend?«
Diaz' Stimme erschreckte mich. Er war vom Wohnwagen ans Ufer gekommen und stand hinter mir, die Hände in den Taschen, den Rücken zum Schutz vor dem Regen leicht gebeugt.
»Der Kerl, der Ihr Kanu zertrümmert hat, wollte Ihnen damit nicht nur sagen, dass er Ihnen folgt. Er ist wütend«, sagte Diaz.

»Ja«, stimmte ich zu und wandte mich wieder dem Dickicht auf der anderen Seite des Flusses zu. »Aber nicht so sehr, dass er sich zeigt.«
Diaz' Piepser unterbrach unser Gespräch, und er zog sich zu seinem Wagen zurück, um von dort aus zu telefonieren. Eine Minute später ließ er die Scheinwerfer aufblinken und drückte auf die Hupe. Ich rief Mathis zu, dass ich später mit meinem eigenen Wagen wieder vorbeikommen würde. Er winkte mir zum Abschied zu. Noch bevor ich die Tür von Diaz' Wagen zuschlagen konnte, drückte er aufs Gaspedal.
»Ein Notfall.« Er presste die Lippen zusammen. »Ein Kind wird vermisst.«

13

Diaz wendete im Gras neben der Zufahrtsstraße und fuhr mit quietschenden Reifen auf die Seminole Road. Als er Richtung Osten raste, war mir klar, dass er nicht vorhatte, mich abzusetzen.

Auf der Fahrt bis zur Interstate befestigte er das Blaulicht auf dem Autodach. Trotz der vom Regen glitschigen Straße nahm er die Auffahrt sehr zackig. Ich zog es vor, zu schweigen, und legte nur den Sicherheitsgurt an. Ich war schon an einigen Verfolgungsjagden beteiligt gewesen, doch anders als es in den Filmen mit Mel Gibson und den anderen Jungs aussieht, schafft man auf den städtischen Straßen selten mehr als achtzig Stundenkilometer. Als sich Diaz in den Verkehr auf der Interstate einfädelte, hatte er bereits hundert Sachen drauf. Auf der linken Spur beschleunigte er auf fast hundertvierzig, dann erst begann er zu reden.

»Die Meldung kam vor einer Viertelstunde rein. Das Gleiche wie die letzten Male – irgendeine neue Wohnsiedlung mit Namen Flamingo Lakes draußen in Westland«, erklärte er, als würde ich die Gegend kennen. Er jagte an einem Honda vorbei, der auf die Innenspur gewechselt war, als er das Blaulicht in seinem Rückspiegel bemerkt hatte.

»Wir haben da eine Mannschaft rausgeschickt, und sie haben bereits eine K-9 und eine Hundestaffel angefordert. Bisher haben wir immer ein bisschen gewartet, ob sich die Vermisstenmeldung auch wirklich bestätigt, aber das können wir uns nicht länger leisten.«

Wir fuhren dicht auf einen Geländewagen auf, bis Diaz auf die Hupe drückte und halb auf den linken Notstreifen fuhr, damit der Fahrer vor uns das Blaulicht in seinem Seitenspiegel sehen konnte.

»Muevete, hijo de puta!«

Als der Geländewagen endlich Platz fand, um auszuweichen, sahen wir, dass sechs weitere Fahrzeuge vor uns herschlichen. Diaz drückte sich weiterhin auf dem Notstreifen herum und zwang die Vorausfahrenden zum Ausweichen, als würde er ein Energiefeld vor sich herschieben.

»Ein sechsjähriges Mädchen«, sagte er tonlos, während er auf der mittlerweile leeren Spur auf hundertfünfundvierzig beschleunigte. »Hat auf einem eingezäunten Grundstück am See gespielt. Diesmal hat der Mörder einen Hund umgebracht, der ihm im Weg war.«

Schweigend blickte ich Diaz von der Seite an. Er presste die Lippen zusammen.

Selbst bei dieser Geschwindigkeit brauchten wir eine halbe Stunde bis in das benachbarte County. Als wir nach Flamingo Lakes hineinfuhren, taten meine Waden weh, weil ich zu der Sorte unverbesserlicher Mitfahrer gehöre, die instinktiv mitbremsen wollen. Nach der Abfahrt von der Interstate hatten wir uns nach Westen durch den Vorstadtverkehr gequält, sechs rote Ampeln

überfahren und ein Dutzend andere Fahrzeuge zu Vollbremsungen gezwungen.
Als wir schließlich in die breite Sackgasse einbogen, standen dort bereits einige Einsatzfahrzeuge mit rot und blau blinkenden Lichtern. Diaz musste einen Block weiter entfernt parken. Auf dem Weg in die Gasse kamen wir an zwei Fernsehübertragungswagen mit ausgefahrenen Antennen, einer Gruppe Nachbarn mit Mobiltelefonen und einigen K-9-Einsatzfahrzeugen mit bellenden Hunden vorbei. In der Einfahrt war, rückwärts eingeparkt, ein großer Kastenwagen vom Rettungsdienst. Auf dem Briefkasten stand der Name Alvarez. Das Haus schien für einen Tatort viel zu chaotisch zu sein.
Ich hielt mich direkt hinter Diaz und passte mich seinem Schritt an, als er sich nickend seinen Weg an mehreren uniformierten Polizisten vorbeibahnte. Niemand beachtete mich. Zwei Detectives in Zivil standen hinter der Haustür und sprachen in ihre Telefone. Wir drängten uns vorbei.
In dem großen, zweistöckigen Haus herrschte eine ganz andere Stimmung als draußen. Alle Lichter schienen eingeschaltet worden zu sein, was ein Gefühl von Kahlheit und Leere wie in einem Nachtclub eine halbe Stunde nach Feierabend vermittelte. Die Einrichtung war in hellen Beige- und Pastelltönen gehalten und makellos, die Möbel jedoch – Sofas und überdimensionale Sessel – waren von den Wänden weggezogen worden.
»Bei der letzten Entführungsmeldung haben wir bereits

eine Stunde lang gesucht, als das Mädchen hinter einem Sofa hervorgekrabbelt kam«, flüsterte Diaz, als würde er meinen verwirrten Blick deuten können. »Sie war hinter ein Sofa gekrochen und eingeschlafen.«

Im Haus wurde nur leise gesprochen. Ich folgte Diaz in die Küche, wo Detective Richards an einem polierten Holztisch saß, neben ihr eine andere Frau, die ihre Ellbogen auf den Tisch stützte und die Hände auf die Augen drückte, so dass ihre Finger in ihrem dunklen Haar verschwanden. Richards hatte einen Arm sanft um die Schultern der Frau gelegt und berührte ihren Kopf, während sie ihr Haar streichelte und sie mit leisen Worten zu trösten versuchte.

Diaz fing Richards' Blick auf. »Hammonds?«, formulierte er mit den Lippen.

Richards zeigte mit einem Finger hinters Haus und sah mir dann direkt in die Augen. Grün oder grau, überlegte ich. Gleich darauf wandte sie sich wieder der Frau zu, einer Mutter, deren Gemütslage ich mir weder vorstellen konnte noch wollte. Ich folgte Diaz durch die Glastür hinaus auf die Terrasse.

In einer Ecke des Hinterhofs stand Hammonds mit einer Gruppe von Männern, die genau gleich angezogen waren wie er – Anzüge ohne Jacketts, Krawatten, schicke Schuhe für die Stadt. Ich dachte, die anderen müssten vom FBI sein, doch Hammonds schien die Fäden in der Hand zu haben, auch wenn ich nicht wusste, wie lange noch. Er stand in der Mitte, sein graues Haar schimmerte im Licht zweier hoch oben an den Hausecken montierter Scheinwerfer. Ich blieb auf der Steinterrasse, während Diaz zu der Gruppe ging. Das schräg abfallende Grundstück war von einem niedrigen Zaun umgeben. Auf einer Seite stand ein blau-orangefarbenes Klettergerüst aus Plastik, daneben lag eine gelbe Decke der Polizei – und darunter der Hund.

Als ich den Kopf hob, redete Diaz mit Hammonds, der nicht in meine Richtung blickte, sondern nickte und Diaz eine klobige Taschenlampe reichte.

»Das Kind hat im Hof gespielt, während die Mutter drin das Geschirr abgewaschen hat«, erklärte Diaz wie bei einer Lagebesprechung, als er zurückkam. »Sie hat nichts Ungewöhnliches gehört. Die Sonne ging unter, es wurde spät, und deswegen ging sie nach draußen, um das Kind reinzurufen, und dann sah sie den Hund da liegen. Sie schaute sich um. Kein Kind. Dann drehte sie durch.«

Ich folgte ihm in den hinteren Teil des Hofs.

»Der Zaun hat dazu gedient, dass der Hund und das Kind nicht abhauen. Sie sind vorsichtige Leute und haben sich wegen des Sees Sorgen gemacht.«

Wir sprangen über den hüfthohen Zaun. Diaz schaltete die Taschenlampe an, ließ den Lichtkegel über den Boden gleiten, bis er auf eine Reihe kleiner gefalteter Kärtchen im Gras fiel, auf denen jeweils eine Nummer stand.

»Die Streifenpolizisten kamen als Erstes hier raus und haben die Mutter gefunden, die knietief im Wasser stand. Sie sind ihr gefolgt, so dass es hier eine Menge Fußabdrücke gibt. Aber diese hier«, sagte er und beleuchtete einen tiefen Abdruck neben einem Kärtchen mit der Nummer eins, »könnten das dieselben sein wie die, die Sie in Ihrer Hütte gesehen haben?«

Ich beugte mich zu dem Abdruck hinunter, dann zum nächsten und zu dem dritten, der deutlich in dem von der Taschenlampe beleuchteten Matsch zu sehen war. Sie waren, soweit ich das sehen konnte, gleich groß. Bei dem dritten Abdruck war deutlich zu erkennen, dass die Schuhe kein Profil hatten und ziemlich sicher Größe dreiundvierzig waren.

Diaz schwenkte den Lichtstrahl weiter ins Wasser, wo Rohrkolben und Wasserlilien wuchsen. Ich bat ihn, noch weiter nach links zu leuchten. Dort endeten – wohl an der Grundstücksgrenze – abrupt die Wasserpflanzen. Der gepflegte Golfrasen der Nachbarn zog sich exakt bis zum Ufer hin, das völlig frei von Bewuchs war.

»Unkrautvernichter«, sagte Diaz, der meinen verwunderten Blick bemerkte. »Das Erschließungsunternehmen hat versucht, das Grundstück als künstlich angelegtes Feuchtgebiet zu verkaufen, um die Umweltschützer zu beruhigen. Sie haben das heimische Zeug im Wasser wachsen und sogar alles jäten lassen, was nicht in Florida heimisch ist.«

Er schwenkte den Lichtstrahl zurück ins Gras, das hinter dem Haus des Opfers bis ins Wasser reichte.

»Es ist herrlich, wenn man Vögel beobachten will, aber einigen Eigentümern gefällt es nicht. Sie meinen, das Wassergras sieht aus wie Unkraut und behindert nur die Aussicht, so dass sie alles kaputtsprühen.«

Dann leuchtete er wieder auf die Fußabdrücke zwischen den Wasserlilien.

»Was ist mit den Abdrücken?«

»Könnte sein«, antwortete ich. »Ich habe gedacht, der bei mir zu Hause könnte von einem Mokassin oder etwas Ähnlichem stammen. Ich meine, es war kein Profil zu erkennen. Genau wie bei diesen hier.«

»Gummistiefel«, meinte Diaz. Ich sah auf. »Gummistiefel«, wiederholte er. »In der Art, wie Windsurfer oder Scuba-Taucher sie tragen. Sie sind wie schwarze Neopren-Socken, die man sich über den Fuß zieht. Die braucht man, damit man sich in den Taucherflossen nicht die Füße aufscheuert oder sich nicht verletzt, wenn man im Wasser auf Muscheln oder andere Sachen tritt.«

Ich nickte und blickte auf die Abdrücke, dachte über Fred Gunthers Tasche mit der Scuba-Ausrüstung und der sauberen Segeltuchplane im Gepäckfach seiner Cessna nach. Die gleiche Art von Plane, die eng um die Leiche von Alissa Gainey gewickelt gewesen war und im Mondlicht geschimmert hatte.

Wir gingen zurück zum Haus. Hammonds und seine Gruppe standen immer noch herum, und immer noch hatte er mich keines Blickes gewürdigt.

»Dann kommt er also von der Wasserseite her. Vielleicht liegt er draußen im hohen Gras und wartet auf seine Gelegenheit, während er die Mutter und das Kind beobachtet.«

Diaz gehörte zu den Polizisten, die ihre Theorien immer laut erörtern, ihre eigene Stimme hören müssen, um einen Fehler in der Logik oder Abfolge zu erkennen. Ich kannte mehrere wie ihn und hörte einfach nur zu.

»Er kommt also so spät wie möglich aus der Deckung,

weil er die Dunkelheit nutzen will. Er springt über den Zaun und schnappt sich das Kind, verhindert irgendwie, dass es anfängt zu schreien und – zack. Zurück ins Wasser und weg.«

Während Diaz redete, wurde das Geräusch eines Hubschraubers immer lauter. Er näherte sich von Osten und schwenkte einen Lichtkegel über den Boden und den See. Über einer halbmondförmigen, mit Rohrkolben und Gras bewachsenen Fläche blieb er in der Luft stehen. Einer der Männer in Hammonds' Gruppe blickte nach oben und redete in sein Mobiltelefon. Der Hubschrauber legte sich schräg und flog direkt über uns. Der Wind zerrte an unseren Kleidern. Eine Ecke der Plane neben der Kinderrutschbahn wurde hochgerissen und legte das angewinkelte Hinterbein und die Hüfte eines großen Deutschen Schäferhundes frei. Das braunschwarze Fell hatte seinen natürlichen Glanz bereits verloren.

»Sie haben den Hund vergessen«, erinnerte ich Diaz, als der Hubschrauber weiterflog.

»Oh, stimmt.« Zum ersten Mal blickte er ihn an. »Ein sauberer Schnitt, und die Kehle ist durch. Noch bevor das Tier anfangen kann zu bellen.«

»Hat er das schon mal gemacht – ein Haustier umgebracht?«

»Nein. Beim ersten Mal kam er mitten in der Nacht, ist durchs Fenster geklettert und hat sich das Kind geschnappt. Der Hund, laut dem Vater ein echter Kläffer, hat überhaupt nicht angeschlagen.«

»Er wird leichtsinnig.«

»Oder immer wütender«, meinte Diaz.
Als ich aufblickte, stand Richards auf der Terrasse und beobachtete uns. Sie trug dunkle Jeans und ein weißes, kurzärmliges Hemd. Die Scheinwerfer hinter ihr umgaben ihr Haar mit einem Lichtkranz, und im Gegenlicht zeichneten sich unter dem dünnen Stoff die Umrisse ihrer Brüste und ihrer schmalen Taille ab. Ich drehte mich zur schwarzen Wasseroberfläche, während Diaz zu ihr ging, um mit ihr zu reden.
Auf der gegenüberliegenden Seite des Sees beleuchtete der Hubschrauber eine andere Stelle, schwebte wie eine mechanische, an einer leuchtenden Stange befestigte Libelle in der Luft. Hammonds würde die gesamte Gegend von Streifenpolizisten durchsuchen und Nachbarn befragen lassen, ob sie ein fremdes Boot am Ufer oder einen Wagen am Straßenrand gesehen hätten, die nicht hierher gehörten.
Wie war der Mörder aus der Wildnis an einen Ort wie diesen gelangt? Wie konnte er sich so unbemerkt bewegen? Ich habe Verbrecher in Philadelphia gekannt, Einbrecher, kleine Gauner und Drogenhändler, die alle Winkel und Verstecke in der Stadt so gut kannten, dass man ihnen bei einer Verfolgungsjagd nie hinterherkommen und ihre Spur nie finden konnte. Aber würde man sie einfach in den Pinienwäldern von South Jersey aussetzen, wären sie aufgeschmissen und würden an den Baumstämmen nach einem Münztelefon suchen.
Aber dieser Typ hier kannte beide Welten. Und er hatte die Mauer dazwischen überwunden.
»Max?«

Diaz stand neben mir und hatte eine Grenze überschritten, die zu überschreiten ich ihn nicht gebeten hatte – er hatte mich beim Vornamen genannt. Ich folgte ihm zurück auf die Terrasse.

»Hören Sie, ich werde das GPS-Gerät und die Marke von Ihrem Kanu ins Labor bringen lassen. Vielleicht ist in dem Speicher von dem Ding noch mehr drin, und mit etwas Glück finden wir womöglich einen Fingerabdruck.«

Ich nickte und ging mit ihm zum Haus. Wir blieben vor Richards stehen, die ihre Arme in der für sie typischen Weise verschränkt hatte, die bedeutete: Das hier ist mein Terrain. Doch sie blickte mir direkt ins Gesicht; in der grünen Iris schimmerten kleine, goldene Flecken.

»Wie geht's der Mutter?«, fragte ich.

»Ihre Schwester ist bei ihr«, antwortete Richards. Ihre Stimme kratzte leicht wie die eines Rauchers.

»Fällt Ihnen zu dem da draußen was ein?« Sie deutete mit dem Kopf Richtung See.

»Ich weiß nicht genau.«

»Wenn er Ihnen folgt und Sie stoßen noch vor uns auf ihn, dann lassen Sie ihn nicht einfach stehen«, meinte sie.

Ich öffnete den Mund, schloss ihn aber wieder. Genau diese Sache machte mir an Frauen Angst – wie konnten sie in ihrem Kopf so schnell umschalten? Einen Verbrecher umpusten und im nächsten Moment einen Typen an der Bar anmachen? Eine trauernde Frau trösten und im nächsten Moment von jemandem verlangen, einen Menschen umzubringen?

»Gehen wir«, forderte mich Diaz auf. »Wir bringen schnell das Zeug hier weg, dann fahre ich Sie zurück.« Im Haus warf ich einen letzten Blick durch die Terrassentür. Richards hatte sich mit einem Knie im Gras abgestützt und zog die gelbe Plane wieder über den Hund.

14

Ich fuhr mit Diaz zum gerichtsmedizinischen Labor, wo ich auf dem leeren, gut beleuchteten Parkplatz im Wagen sitzen blieb. Nach zwanzig Minuten kam er wieder heraus und entschuldigte sich dafür, dass er mich doch nicht nach Hause fahren könne. Er vertraute mich einem jungen Officer an, der aussah, als sei er noch auf der Highschool.

»Der Fall ist brandheiß, so dass ich lieber daran arbeiten sollte«, erklärte er. »Ich rufe Sie an, wenn wir irgendwas aus den … äh … Beweisen herausholen sollten.«

Während der Fahrt zurück zu Billy schwieg ich. Der Junge hatte sich von mir anstecken lassen und redete ebenfalls kein Wort. Billy hatte ich vom Mobiltelefon aus angerufen und gesagt, wo ich war. Die Annehmlichkeit eines Telefons in meiner Tasche machte mir allmählich Sorgen. Während meiner Dienstjahre hatte ich ein Funkgerät mit mir herumgetragen, mittlerweile aber geglaubt, ich hätte diese Zeiten hinter mir gelassen.

Als ich eintraf, rief der Nachtportier bei Billy an und ließ mich durch. Oben angekommen, sah ich, dass Billy in der Küche beschäftigt war. Zwei rosa Scheiben Thunfischsteak brutzelten in der Pfanne, aus dem Herd drang der Duft von Knoblauchbrot. Seit der Hafergrütze am

Morgen hatte ich nichts gegessen, und jetzt war es fast zehn Uhr. Ich setzte mich an die Theke, als mir Billy einen Teller mit geschnittenen Äpfeln und ein großes Glas Wasser servierte.

»Danke, Mama«, sagte ich, doch der Witz kam nicht gut an.

»W-was war d-da unten los?«, fragte er, ohne von seiner Arbeit aufzublicken. »Ich h-habe die Online-Berichte gelesen, aber d-da gab's nur die gewöhnlichen P-Presseerklärungen.«

Er deutete mit dem Kinn auf den Videobildschirm, der am Ende der Theke in die Wand eingelassen war. Zu sehen war die Webseite der Lokalzeitung.

Ich erzählte, dass die Fußspuren ins Wasser führten, man offenbar das FBI an den Ermittlungen beteiligte und ein Hund umgebracht worden war. Während meines Berichts legte er den Thunfisch auf zwei Teller zu den dampfenden Okraschoten und stellte das Knoblauchbrot dazwischen. Er aß im Stehen, drückte ein paar Tasten auf der Fernbedienung und erweckte den Bildschirm mit einer Live-Berichterstattung der regionalen Nachrichten zum Leben. Hauptthema war die Entführung.

Ein junger Reporter mit Brille befand sich in der Gegend des Tatorts und hielt einen Monolog. Immer wieder zeigte er nach hinten zu dem zweistöckigen rosa Haus. Die Kamera schwenkte herum und zoomte auf die mehr als einen Straßenblock vom Tatort entfernte Absperrung, die Grenze für die Reporter. Als der Reporter wieder zu sehen war, kritzelte er Kreise auf einen

Block und nannte den Namen des vermissten Mädchens. Er stellte die Verbindung zu den anderen Morden her und spekulierte, dass auch sie ein Opfer des, wie die Presse ihn mittlerweile nannte, »Mondscheinmörders« sei.

»Ein weiteres unschuldiges Opfer wurde still und heimlich von zu Hause entführt. Die Polizei kann nichts tun, nur warten«, plapperte der Reporter. Als ein Foto des Mädchens und ein Interview mit einer ihrer Lehrerinnen gezeigt wurde, stand ich auf und machte mir eine Tasse Kaffee. Vor der Maschine stehend, lauschte ich dem Reporter, der die Nachbarn interviewte und sie fragte, ob sie jetzt Angst um ihre Familien hätten. Eine Frau meinte, sie würde versuchen, ihr Haus zu verkaufen; drei ihrer Bekannten hätten das Gleiche vor. Ein Mann redete geheimnisvoll von »bewaffnetem Schutz« und »man tut, was man tun muss«.

Billy schaltete den Bericht aus, und ich setzte mich wieder hin.

»Also w-wenn sie dich zuschauen lassen, b-bist du zumindest von ihrer Liste gestrichen«, erklärte er, immer noch ganz der Anwalt.

»Hilfreich war, dass ich zum Zeitpunkt der Entführung mit einem der Detectives zusammen war«, sagte ich und nippte an meinem Kaffee. »Aber einmal verdächtig, immer verdächtig.«

»N-Na ja, d-du hast einen F-Fan.« Billy reichte mir einen Zettel aus seinem Büro.

Fred Gunther hatte aus dem Krankenhaus angerufen und bat um meinen Besuch.

»Hat er gesagt, wie es ihm geht?«
»Hat d-deprimiert geklungen. Mit dem Bein wissen sie immer noch nicht Bescheid.«
»Irgendwas gesagt, warum er mich sehen will?«
Billy schüttelte den Kopf.
»Vielleicht w-will er dir nur d-danken.«
In der Nacht träumte ich von der Stadt. Ich renne vom Haus meiner Mutter in Philadelphia in der Nähe des St. Agnes Hospital die Mifflin Street zur Front Street und dann Richtung Norden. Die Sommerhitze flimmert in einer dicken Suppe aus Staub und Abgasen. Mein Gesicht habe ich dem Delaware River zugewandt, wo ich auf eine kühlende Brise von der anderen Seite hoffe, auf der Camden liegt. Containerschiffe treiben flussabwärts. Von der Promenade aus sehe ich nur die Aufbauten, die sich wie Gebäude auf Rollen bewegen. Dann gehe ich auf dem Pflaster an der South Street vorbei. Ich knicke dauernd mit dem Fuß um, meine Knie tun weh, doch ich achte nicht auf den Schmerz, sondern gehe weiter. Ich weiß, dass es im Park am Penn's Landing einen Brunnen gibt – mein Ziel ist es, mir kühlendes Wasser ins Gesicht und über die Schultern zu spritzen. Doch als ich endlich den breiten, kniehohen Brunnen erreiche und mich über das klare Wasser beuge, bedecke ich das Spiegelbild meines Gesichts im Wasser mit den Händen, doch es sind Lavernious Colemans Wangen, die ich berühre, es sind seine Augen, die milchig werden. Ich versuche, meine Hände wegzuziehen, doch ich kann nicht, die Finger stecken in den Rohrkolben und Wasserlinsen der Everglades fest, und das Riedgras zieht mich hinab.

Schweißgebadet wachte ich auf. Ich hörte mein Herz unter der Bettdecke in Billys Gästezimmer schlagen. Ich setzte mich auf, schwang die Füße aus dem Bett und rieb mein Gesicht. Ich wusste, dass die Nacht für mich vorbei war. Draußen brandete das Meer leise und schwarz gegen den Strand. Ich setzte mich auf die Terrasse und wartete, bis das erste Licht über den Horizont kroch.

Ich brauchte meinen Pick-up wieder. Brauchte mein eigenes Fahrzeug, musste mich in meinem eigenen Tempo fortbewegen. Brauchte das Gefühl, die Kontrolle zu haben, statt immer von anderen abhängig zu sein und mich in die Richtung drehen zu müssen, die sie bestimmten.
Trotz Billys Protest fuhr ich mit dem Taxi zur Ranger-Station. Um zehn Uhr traf ich ein, gerade als Mike Stanton den Whaler belud, um eine Fahrt auf dem Fluss zu unternehmen. Mein Wagen stand auf dem Besucherparkplatz unter einer Laterne. Der Junge sah, wie ich aus dem Taxi stieg und den Fahrer bezahlte, kümmerte sich aber weiterhin nur um seine Arbeit.
Ich ging zum Pick-up, inspizierte ihn kurz und öffnete die Fahrertür. Ein Schwall heißer, abgestandener Luft kam mir entgegen. Ich warf meine Taschen hinein und ging hinüber zur Bootsrampe.
»Gute Arbeit mit dem Kratzer, Mike. Wie viel schulde ich dir?«
»Etwa fünfzig Dollar, Mr. Freeman«, antwortete er, als er schließlich doch zu mir aufblicken musste. »Meine Freunde und ich haben es selbst gemacht.«

»Und wie fährt er?«
»Ja, gut. Allerdings wurde ich in meinem Leben noch nie so oft an die Seite gewinkt«, sagte er.
Ich versuchte, so unschuldig wie möglich dreinzublicken.
»Viermal in zwei Tagen von Polizisten, die mir alle möglichen Fragen gestellt haben – wer ich bin, wo der Besitzer des Pick-ups ist und ob Sie den Staat verlassen haben. Das war die Sache nicht wert, deswegen habe ich ihn nicht mehr benutzt und einfach hier stehen lassen.«
»Tut mir Leid wegen all der Schwierigkeiten.« Ich reichte ihm fünf Zwanzig-Dollar-Scheine. Kommentarlos nahm er alle fünf.
»Ach, Mr. Freeman«, hielt er mich auf, als ich mich gerade wegdrehen wollte. »Cleve hat gesagt, Sie könnten sein Kanu nehmen, das dort hinten um die Ecke steht, wenn Sie wollen. Ihres wurde zertrümmert, habe ich gehört?«
»Danke«, erwiderte ich ohne eine weitere Erklärung.
Mit einem leichten Schuldgefühl ging ich zu meinem Wagen. Ich wusste, dass der Junge hinter mir den Kopf schüttelte.
Der Verkehr am Mittag unterschied sich in keiner Weise von dem zu anderen Zeiten an Arbeitstagen, wobei jetzt aber der gesunde Menschenverstand hinter den Lenkrädern saß. Kein Blaulicht, keine Sirenen, peinlich genaue Einhaltung der Gesetze. Ich brauchte mehr als eine Stunde zum Krankenhaus, und als ich nach dem Zimmer von Fred Gunther fragte, reichte mir die Dame vom

Empfang eine Besuchermarke. Dann sollte ich der blauen Linie auf dem Fußboden folgen.
Eigentlich wollte ich, seit ich vor zwei Jahren im Rollstuhl aus dem Jefferson in Philadelphia, mit einem Einschussloch im Hals und dem Termin für die Nachsorge beim Psychiater, geschoben worden war – zwei Dinge, um die ich nicht gebeten hatte –, kein Krankenhaus mehr von innen sehen. Jetzt war ich innerhalb von fünf Tagen zum zweiten Mal hier. Ich hasste Krankenhäuser, hatte gesehen, wie meine Mutter, innerlich vom Krebs aufgefressen, im Krankenhaus gestorben war und sich geweigert hatte, sich Schmerzmittel verabreichen zu lassen. Ihre knotige, ledrige Hand hatte sich eng um meine Finger geschlossen, mit dem letzten Atem hatte sie ein katholisches Gebet gehaucht. Ich schüttelte den Kopf, um die Bilder zu vertreiben. Ich hasste Krankenhäuser.
Ich lief durch die in Pastelltönen gehaltenen Flure und wich dem in Grün, Blau oder Rosa gekleideten Krankenhauspersonal aus. Es war eine durch Farben strukturierte Welt, in der Schwarz keinen Platz hatte.
Gunthers Tür stand offen, und er war alleine. Der Medienzirkus hatte sich zur nächsten Neuigkeit weiterbewegt. Gunther lag mit geschlossenen Augen im Bett, die großen Hände über der Brust aufeinander gelegt, die Finger ineinander verschränkt. Ein kurzer Blick auf die Bettdecke verriet mir, dass sich darunter zwei Beine befanden. Als ich wieder in sein Gesicht sah, war er wach.
»Wie geht's?«, fragte ich und versuchte, nicht zu zeigen, dass mir die Situation unangenehm war.

»Ging schon mal besser.«
Seine Stimme klang rau und müde. Ich wartete, bis er ganz wach war. Mit Hilfe seiner starken Schultern und Arme verlagerte er sein Gewicht.
»Wie lange müssen Sie noch hier drin bleiben?«
»Eine Weile. Sie sagen, ich würde mein Bein behalten können.«
»Ich bin froh, das zu hören.«
»Dank Ihnen.«
Darauf ging ich nicht näher ein. Es wäre doch nur eine abgedroschene Phrase dabei herausgekommen. Uns war das Repertoire an Nettigkeiten ziemlich schnell ausgegangen.
»Könnten Sie die Tür schließen, Mr. Freeman?«
Ich schob die schwere Tür ins Schloss. Als ich wieder ans Bett trat, war Gunther ganz und gar nicht mehr teilnahmslos.
»Ich hatte viel Zeit zum Nachdenken«, begann er. »Und ich war nicht sicher, wem ich alles erzählen sollte, aber mir scheint, Sie sind der Richtige.«
Ich nickte. Er zögerte, doch ich wartete. Das gehört zur üblichen Technik bei Verhören.
»Ich habe draußen in den Everglades ein paar Freunde, eher Bekannte, die nicht … äh … so ganz zu den üblichen Leuten gehören. Einige sind hier geboren, andere, wie ich, sind einfach hier reingewachsen und ertragen es nicht, dass sich alles ändert.«
Seine Stimme war lauter geworden, und es schwang eine Spur von Angst mit.
»Das hatten Sie bereits erwähnt«, erwiderte ich, in der

Hoffnung, dass er zum Punkt kam, ich ihn mit meiner Bemerkung aber nicht verstummen ließ.

»Bevor diese Sache mit den Kindern anfing, haben sich die Leute, die da draußen leben, von der Außenwelt vollkommen abgeschottet. Sie haben sich gegen alles verteidigt, was von außen kam. Dabei ging es nicht immer freundlich zu. In den Fünfzigern wurde ein Jagdaufseher getötet. In den Anfangstagen verschwanden ein paar Steuereintreiber. Wir haben über die alten Geschichten gelacht, aber die Dinge haben sich geändert. Selbst die Seminole-Indianer haben aus den Küstenbewohnern Kapital geschlagen, indem sie sie zu den Reservaten geschleppt und in den Indianerkasinos beim Glücksspiel ausgenommen haben. Einmal an Neujahr durften sie sogar so ein dämliches Rockkonzert für sechzigtausend Jugendliche veranstalten.«

Ich stellte mich an die Seite des Bettes, ging näher ran. Nur du und ich, Kumpel.

»Und jetzt lachen diese Bekannten nicht mehr?«

»Irgendwann hat der ganze Mist angefangen. Eine Gruppe von Kanufahrern, die ohne Fremdenführer in den Everglades unterwegs waren und dort übernachtet haben, wurde mitten in der Nacht wie aus dem Nichts überfallen. Ihr Wasser wurde gestohlen. Die Rippen ihrer Kanus zertrümmert. Einige Ausflügler sind auf dem Kanaldeich über ein Nest von Klapperschlangen gestolpert, aber an einer Stelle, wo sich Klapperschlangen normalerweise nicht aufhalten.«

»Hat sich jemand dazu bekannt?«

»Nicht direkt.«

Gunther trug in seinem Kopf einen Kampf zwischen seinem Gewissen und seiner Angst aus.

»Ich glaube nicht, dass die alten Haudegen so was machen, aber mit einigen von den Jüngeren kann man nicht immer reden«, fuhr er fort.

Ich ergriff die Gelegenheit, um ihn noch einmal zu unterbrechen. »Haben Sie Namen?«, fragte ich.

Gunther seufzte, stieß die Luft durch die Nase aus und schloss die Augen. Ich befürchtete, einen Schritt zu weit gegangen zu sein, doch er öffnete nach einer Weile die Augen wieder und griff nach einem Notizblock und einem Stift und begann zu schreiben.

»Gehen Sie dorthin und fragen Sie nach Nate Brown. Ich habe schon mit den Leuten geredet, und sie werden sich mit Ihnen zusammensetzen.«

Der zwischen Gunthers Finger gequetschte Stift sah aus wie ein dunkler Splitter, der in seiner riesigen Hand steckte.

»Wie kommt's, dass Sie das mir und nicht der Polizei erzählen?«

»Diese Leute reden nicht mit der Polizei. Seit hundert Jahren haben sie alles vermieden, was mit Behörden zu tun hat.«

»Und warum wollen sie jetzt mit mir reden?«, fragte ich und traf damit einen wunden Punkt. Sein blasses Gesicht bekam einen Anflug von Farbe. Sein Blick wurde hart und eindringlich.

»O Mann! Jemand hat versucht, uns umzubringen!«

Wir lauschten beide dem Echo seiner Angst. Dann nahm ich ihm das Blatt aus der Hand.

»Mr. Gunther, jemand hat vier Kinder umgebracht. Kinder, die weit unschuldiger waren als Sie oder ich.«
Er schloss erneut die Augen, lag schweigend da wie am Anfang.
Leise zog ich die Tür hinter mir zu.

15

Nate Brown? Nie gehört. Aber wenn du in die Gegend der Loop Road fährst, kommst du in eine ganz andere Welt.«

Während ich vom Parkplatz des Krankenhauses fuhr, beschrieb mir Billy den Weg zum Loop Road Frontier Hotel, dessen Adresse mir Gunther auf den Zettel geschrieben hatte und wo sich Nate Brown und seine Bekannten mit mir treffen wollten.

Auf dem Weg Richtung Miami erzählte er mir auch die Geschichte des Ortes.

Nur fünfzig Kilometer entfernt von Miami, der glitzernden Lasterhöhle, deren Politik von Latinos und deren Skyline von Hochhäusern bestimmt wurde, also einer durch und durch modernen Stadt, gab es einen Ort, der sich dem Fortschritt und in vielerlei Hinsicht auch dem Gesetz verweigerte.

Die Loop Road war Anfang des zwanzigsten Jahrhunderts von Träumern in die Everglades geschlagen worden, von Männern, die dachten, sie könnten einen Weg durch ein Gelände pflügen, das sie für nutzloses Sumpfland hielten, und die beiden florierenden Städte Miami am Atlantik und Tampa an der Golfküste von Florida miteinander verbinden.

Es waren tapfere Männer mit Geld und Macht. Und sie machten Fortschritte.

Sie begannen mit dem Bau einer Straße, indem sie Kalkstein aus dem Wasser baggerten, aufhäuften und zusammenstampften. Doch wie so oft im Leben machten andere Männer mit noch mehr Macht und Geld ihre Pläne zunichte. Schließlich wurde eine Straße im unteren Teil der Halbinsel gebaut. Viele der daran beteiligten Arbeiter kamen dabei ums Leben. Sie ertranken in den ausgedehnten Wasserfeldern, wurden bei Sprengungen verstümmelt oder verschwanden in alten Morastlöchern, die einen Stiefel, ein Bein und einen ganzen Mann in die Tiefe ziehen konnten.

Doch als 1946 die Straße von Tampa nach Miami – Spitzname: Tamiami Trail – endlich fertig wurde, hatte man die ursprüngliche Straße sozusagen links liegen lassen. Die Loop Road, heute eine Straße ins Nichts, wurde nie fertig. Und eine Straße ins Nichts und inmitten des Nichts zieht eine seltsame Mischung von Menschen an. Ein halbes Jahrhundert lang war die Loop Road vor allem ein Ausgangspunkt für Alligatorjäger, Vogelfänger und nicht wenige Schwarzbrenner gewesen. Sogar in den Jahren, als das Töten von gefährdeten Alligatoren und Schmuckreihern verboten war und die Prohibition Einzug hielt, blieb die Loop Road der Ausgangspunkt für Wilderer, Alkoholschmuggler, Kautionsflüchtlinge und Kriminelle, die einen Ort suchten, wo man wenig Fragen stellte und keinen Wert auf Behörden legte.

»Diese Gegend hat eine lange Tradition als Ort für Außenseiter«, fuhr Billy fort. »Die Menschen, die dort leben, mögen keine Fremden, keine Regierungen und keine Landentwickler, und sie verachten das Gesetz.«

Als Billy zum Ende seines Geschichtsunterrichts gekommen war, hatte ich auf der I-95 die Abfahrt zur Southwest Eighth Street erreicht und fuhr Richtung Westen.

»Ich weiß nicht, ob ich alleine da rausfahren würde, wenn ich du wäre.«

»Ja, danke.« Ich drückte die Aus-Taste.

Nach nur wenigen Kilometern hatte ich die Stadt, die Bodegas, die Einkaufszentren, ja sogar die Ampeln hinter mir gelassen. Hier draußen gab es kleine Orangen- und Avocadohaine, hektargroße Farmen mit tropischen Bäumen und Gruppen von Elliott-Kiefern. An manchen Stellen führte die Straße zwischen dicht stehenden, mit Moos bewachsenen Eichen hindurch, deren Äste über der Straße zusammengewachsen waren und einen dunklen, grünen Tunnel bildeten, der mich sehr an meinen Fluss erinnerte.

Ich musste mich noch weiter nach Süden durchschlagen, und als ich am Spätnachmittag die Loop Road erreicht hatte, türmten sich im Westen Gewitterwolken auf und schoben sich Richtung Osten.

Das Frontier Hotel auf der Loop Road schien eher ein ländliches Rasthaus mit Südstaaten-Flair als ein Hotel zu sein. Als ich es endlich gefunden hatte, fuhr ich auf den mit Muscheln gedeckten Parkplatz, der zu einem Viertel voll stand mit alten Pick-ups, ein paar verstaubten Pkws und einem Sattelschlepper mit aufgeklappter Motorhaube. Ich schaltete den Motor ab, der tickend abkühlte, während ich mir überlegte, ob ich einen Fehler begangen hatte.

Seitlich des verdeckten Eingangs zum Hotel standen drei Jungs, schätzungsweise Anfang zwanzig, und unterhielten sich. Mit den Absätzen ihrer Cowboystiefel stützten sie sich auf der Stoßstange eines verbeulten Ford Pick-up ab. Sie trugen Jeans und enge, dunkle T-Shirts sowie Baseballmützen mit jeweils einem anderen Logo auf der Stirnfront. Sie sahen nicht anders aus als Hunderte anderer gelangweilter Gruppen junger Männer, die ich als Streifenpolizist in Philadelphia von den Straßenecken weggejagt hatte. Ich bemerkte, wie sie in meine Richtung schielten.

Ich stieg aus, schloss die Tür ab und ging auf das Gebäude zu, als der Größte des Trios rief: »He, Mr. Wunderauto. Haben Sie sich verfahren?«

Ich weiß, ich hätte nicht darauf eingehen sollen. Ich weiß, ich hätte weitergehen und das Gelächter hinter mir ignorieren können. Ein Leben ist voller hätte, sollte und könnte. Aber ich blieb stehen und drehte mich der Gruppe zu.

»Ich glaube nicht.«

»Na, aber ich glaube das schon«, sagte der Große und kam näher, wie ich es mir gedacht hatte. Ein solches Verhalten hatte ich schon allzu oft gesehen.

Er war so groß wie ich, aber fünfzehn Kilo schwerer, das meiste davon war Fett. Er hatte ein feistes Gesicht, und trotz seiner Fünfziger-Jahre-Meckifrisur trug er in seinem linken Ohr einen kleinen Ring. Seine braunen Augen glänzten vom Alkohol. Ja, betrink dich oder kiff dich zu, damit deine Reaktionsschnelligkeit sinkt und die Sauerstoffaufnahme beeinträchtigt wird, und dann fange einen Kampf an. Idiotie kennt keine Grenzen, dachte ich.

»Bist du Polizist?«, fragte er mit einem verächtlichen Grinsen und kam so nahe, dass ich ihm hätte eine verpassen können. Er war mutiger, als ich dachte.

»Nein«, erwiderte ich. »Brauchst du einen?«

»Wir brauchen hier draußen keine dämlichen Polizisten«, antwortete einer seiner beiden Kumpel, die sich noch nicht von der Stoßstange wegbewegt hatten.

»Gut«, meinte ich und wollte weitergehen, als der Große deutlich hörbar einatmete.

Selbst professionelle Kämpfer verraten ihre Absichten, wenn sie auf eine bestimmte Weise einatmen. Aus einem natürlichen Instinkt heraus atmen sie ruckartig ein, bevor sie die Energie sammeln und zum Schlag ausholen oder mit voller Wucht nach vorne stürzen. Jeder tut das. Amateure sind nur lauter und nachlässiger.

Als ich das leise Pfeifen hörte, wirbelte ich herum, um seinen ersten Schwinger, den er auf meinem Hinterkopf landen wollte, mit meinem linken Unterarm zu parieren. Während meiner Stunden im Sportstudio hatte ich eine Menge Schläge abgewehrt, und dieser hier hatte es in sich. Sein zweiter Schwinger, der meinen rechten Ellbogen traf, fühlte sich an wie ein Schlag mit einem Baseballschläger. Der Junge kannte sich aus mit der Hebelkraft und arbeitete mit seinem ganzen Gewicht. Doch seine Bewegungen waren vorauszusehen, so dass ich keine Probleme mit der Deckung hatte – Fäuste auf

Schläfenhöhe und die Ellbogen vor meinen Brustkorb. Kopf und Herz schützen, hatte Frankies Vater auch zu den professionellen Boxern immer gesagt, die er trainiert hatte.

Angestachelt von seinen Freunden, schlug der Große auf mich ein. Ich wehrte seine Schläge ab, die auf Schultern und Arme niederprasselten. Er keuchte bereits, hatte sich verausgabt. Nur einmal versuchte er einen Tiefschlag zu landen, und obwohl ich ihn mit dem Ellbogen abwehrte, traf er meine Rippen, die ich bei der Bruchlandung mit dem Flugzeug gequetscht hatte. Der Schmerz brannte wie Feuer.

Dann entschied sich ein weiterer Junge, mitzumischen, und näherte sich mir von der Seite. Seine dürre Faust traf mich auf die Wange, und ich wusste, die Schlägerei musste ein Ende finden, bevor sie mich zu dritt platt machten.

Ich ging um den Großen herum, hielt Abstand von seiner rechten Hand und fand genau den richtigen Zeitpunkt für meinen Konter. Als er gerade tief Luft holte, stemmte ich meinen rechten Fuß gegen den Boden und versetzte ihm mit der ganzen Kraft, die ich mir in tausend Stunden Paddeln und Dauerlauf am Strand antrainiert hatte, einen kurzen Hieb mit der Faust direkt unterhalb des Brustbeins. Einen solch perfekten Hieb hätte Frankies Vater gerne einem seiner schlaksigen Mittelklasse-Footballer beigebracht. Der leise Knall, mit dem dem Dicken die Luft durch die Kehle entwich, hörte sich an, als würde eine Blase auf der Wasseroberfläche platzen.

Er fiel wie ein Sack auf den Hosenboden, und als er die Arme seitlich herabhängen ließ und die Augen weit aufriss, sah er aus wie ein alter Teddybär, den man in einer Ecke vom Kinderzimmer vergessen hatte.
Seine Freunde blieben verblüfft und wie angewurzelt stehen und blickten auf ihn hinab, während ich mich umdrehte und die Stufen zur Veranda hinaufging. Ohne ein weiteres Wort trat ich durch die Tür des Loop Road Frontier Hotel.

Ich stand in so etwas wie einer Eingangshalle, wo ich mich schwankend an die Wand lehnte. Meine Knie und Hände zitterten, und ich wusste, dass meine Pupillen geweitet waren, auch wenn ich sie nicht sehen konnte. Adrenalin. Das ließ sich nicht vermeiden. Diese biologische Reaktion wird bei jedem Tier ausgelöst, egal, ob es jagt oder gejagt wird. Das Adrenalin fließt durchs Blut und hilft beim Kampf oder bei der Flucht. Und es fließt, egal, wofür man sich entscheidet.
Ich ging ein paar Schritte hin und her, öffnete und schloss die Hände, um das unangenehme Gefühl loszuwerden. Der enge Durchgang, in dem ich stand, war, ähnlich wie meine Hütte am Fluss, mit Elliott-Kiefernholz getäfelt. Doch das Holz hier war poliert und schimmerte dunkel im Licht eines kleinen Kronleuchters an der zweieinhalb Meter hohen Decke. An der unbesetzten Rezeption stand ein am oberen Rand verstaubtes Schild mit dem Hinweis: »Keine Zimmer«.
Ein Hotel ohne Zimmer. Das wunderte mich nicht.

Doch als ich hörte, dass irgendwo Gläser aneinander geschlagen wurden, folgte ich dem Geräusch um die Ecke, hinter der ich einen Barraum vermutete.
Den ich dort auch vorfand. Er wirkte durch das dunkle Holz und die Lampen mit Rauchglasschirmen düster. An einer Seite stand eine Bar aus Mahagoniholz, dahinter hing ein beeindruckender, drei Meter langer Spiegel mit schnörkeligem Rahmen in gleichem Ton wie das Mahagoniholz. Zwei Männer saßen an der Bar, an einem großen runden Tisch vier weitere. Die gegenüberliegende Zimmerecke, die mit Sitzbänken unterteilt war und wo mindestens noch ein runder Tisch stand, war zu dunkel, so dass ich nicht viel erkennen konnte. Zudem gab es hier keine Fenster.
Ich setzte mich auf einen Barhocker. Die Frau hinter dem Tresen beachtete mich volle fünf Minuten nicht. Sie war dünn, ihr blond gebleichtes Haar hatte sie mit einem roten Band zu einem büscheligen Pferdeschwanz gebunden, ihre Jeans hielt sie mit einem Cowboygürtel zusammen. Als Oberteil trug sie ein weißes gefüttertes Hemd mit Dreiviertelärmeln, das wir oben im Norden immer als langärmliges Unterhemd anzogen. Schließlich bequemte sie sich zu mir.
»Was kann ich dir bringen?«
Ich hatte bereits beobachtet, was man hier am liebsten trank.
»Budweiser«, bestellte ich.
»Dreifünfzig.«
Ihr Gesicht war bleich und hart, und das einzige Makeup bestand aus einem Lippenstift. Mit ihren stumpfen,

braunen Augen sah sie an mir vorbei und rührte sich nicht, bis ich einen Zehn-Dollar-Schein auf die Bar legte. Erst dann holte sie mir eine kalte Flasche Bier und ein nasses Glas. Auch als sie mir das Wechselgeld gab, ließ sie keinen Laut hören. Die anderen Gäste zwei Plätze weiter hielten ihre Blicke stur auf ihr Kartenspiel gerichtet.

Ich stützte die Ellbogen auf die Bar. Meine Arme und Schultern taten mir von den Schlägen des Riesen weh. Als ich in den Spiegel gegenüber blickte, sah ich, dass mein Gesicht vom Schlag des anderen Jungen bereits anschwoll. Im Mund spürte ich eine Stelle, wo die Zähne das Fleisch aufgerissen hatten. Ich hob das Glas an die Lippen, spülte den Mund einmal aus und schluckte die Mischung aus kaltem Bier und Blut hinunter. Ein schwitzender, zitternder Fremder mit einem frischen Bluterguss im Gesicht schien den Stammgästen keinen zweiten Blick wert zu sein.

Ich drehte mich auf dem Hocker herum. Über einer Reihe von Bänken hing eine bestimmt vier Meter lange Alligatorhaut, über dem Kleiderständer fletschte ein widerlicher, ausgestopfter Rotluchs die Zähne. Ich leerte mein Glas und überlegte, dass ich die Barfrau nach Nate Brown fragen könnte, wenn sie mir das nächste überteuerte Bier andrehen würde.

Ich hatte meinen Rücken dem Eingang zugewandt, als die Jungs vom Parkplatz hereinkamen. Offenbar hatten sie sich mit ein paar Schluck aus einer Flasche, die sie in ihrem verrosteten Pick-up verstaut hatten, mehr Mut angesoffen. Schlurfend kamen sie näher und stellten sich

um mich herum in Position. Die anderen Gäste schien dies nicht zu kümmern.
»Du bist eine verdammte Drecksau«, gab der dürre Foulspieler bekannt. Der Große hielt sich außerhalb meiner Reichweite, sein Atem ging immer noch stoßweise, sein Gesicht war blass.
Die Männer an der Bar drehten die Köpfe in unsere Richtung, und die ausgemergelte Frau verschränkte die Arme vor der Brust, als würden sie sich eine eher langweilige Wiederholung eines alten Spielfilms ansehen.
»Steh auf, Drecksau«, krächzte der Große.
Ich umklammerte meine Flasche. Plötzlich war ich erschöpft, meine Adrenalindrüsen spielten verrückt.
»He, Cory Brooker, macht mir hier drin nicht wieder alles kaputt«, warnte die Barfrau, ohne jedoch näher zu kommen.
Der Kreis wurde enger. Der Foulspieler atmete ein, und sein rechter Arm hob sich. Kurz bevor mein Fuß zwischen seinen Beinen landen konnte, griff eine braune, verschrumpelte Hand in den Kreis und umklammerte den Unterarm des Jungen. Er versuchte, sich zu wehren, doch als er sich umdrehte, um zu sehen, wer ihn an seinem Schlag hindern wollte, wurde er blass und wich zurück.
Als der Mann mit der runzligen Hand in den Kreis trat, richteten sich alle Augen auf ihn. Sein kurz geschnittenes, stahlgraues Haar stand kerzengerade von der von der Sonne gegerbten Kopfhaut ab, und seine Augen waren so blass, dass sie fast farblos waren. Noch immer

hielt er den Arm des Dürren fest. Die Muskeln an seinem eigenen Arm sahen aus wie gedrillte Kabel.

»Das mag ich nicht.« Die Autorität in seiner Stimme ließ uns alle vier zusammenfahren.

»A-Aber Mr. Brown, das ...«, begann der Große zu winseln.

»Halt's Maul«, fuhr ihn der Alte an.

Die drei Jungs blickten einander an und wichen zurück, die Köpfe gesenkt. Der Alte sah ihnen hinterher, bis sie aus der Tür draußen waren, dann drehte er sich zu mir.

»Nate Brown«, stellte er sich vor und streckte seine Hand, die für mich mittlerweile etwas Magisches hatte, in meine Richtung. »Sie sind derjenige, der Fred Gunther aus dem Sumpf gezogen hat?«

»Max Freeman«, stellte ich mich vor und ergriff seine Hand, die sich wie ein Haufen Münzen in einem Lederbeutel anfühlte.

»Kommen Sie mit, Max.«

Ich folgte ihm in die hinterste Ecke der Bar, während sich die anderen an der Theke wieder ihrem Kartenspiel widmeten. An Browns rundem Holztisch angekommen, stellte er mich den drei Männern im mittleren Alter vor, die sich höflich erhoben und meine Hand schüttelten.

Rory Sims, Mitch Blackman, Dave Ashley.

Wortlos setzte ich mich auf den letzten freien Stuhl. Bis auf Ashley trugen alle die gleiche Messerscheide an ihrem Gürtel.

Brown setzte sich und füllte ein schweres Glas mit zwei

Fingerbreit Whisky, das er mir hinschob. Auch die anderen hatten ein Whiskyglas vor sich stehen. Nachdem er sein eigenes voll geschenkt hatte, stellte er die Flasche auf den Boden neben seinen Stuhl.

»Fred Gunther ist ein guter Kerl. Wir alle nennen ihn einen Freund. Deswegen wollen wir Ihnen als Erstes dafür danken, was Sie für ihn getan haben«, begann Brown. »Und auf Freds Rat hin haben wir zugestimmt, dass es vielleicht helfen könnte, mit Ihnen zu reden.«

Die anderen nickten, außer Ashley, der in sein Whiskyglas starrte.

Brown fuhr fort. Sein leichter Südstaatentonfall weckte in mir die Lust, an meinem Glas zu nippen.

»Von uns hier draußen ist niemand scharf auf das Gesetz, am wenigsten ich. Aber diese Kindermorde haben eine Menge Leute aufgeregt, und wir glauben, dass es gut für uns sein würde, wenn wir so eine Art Vermittler hätten. Sie wissen schon, was ich meine.«

Ich sah einen nach dem anderen an, bis ich überzeugt war, dass sie von mir eine Antwort auf eine nicht gestellte Frage erwarteten. Langsam schob ich mein Glas in einem kleinen Kreis auf dem Tisch umher.

»Ich weiß nicht genau, wie ich Ihnen helfen könnte«, erwiderte ich, als ich endlich der Versuchung nachgab und einen Schluck trank. Die anderen taten es mir nach. Der Whisky brannte in der offenen Wunde in meinem Mund, doch in der Kehle löste er eine wohlige Wärme aus.

»Gunther hat uns zu verstehen gegeben, dass Sie vielleicht in ... äh ... einer ähnlichen Situation sind wie viele von uns hier draußen«, sagte Sims, ein Mann mit Glatze und Bart, dessen Manieren und Hemd mit Kragen ihn eher wie einen Außenseiter in der Gruppe aussehen ließen. »Das heißt, er hat angedeutet, dass Sie vielleicht selbst unter Verdacht standen, aber wohl Ihre Unschuld bewiesen haben«, fuhr er fort.

Billy schien Gunther wirklich mehr erzählt zu haben, als ich selbst wusste.

»Hören Sie, Mr. Freeman«, fiel Blackman ein, der meinen Nachnamen aussprach, als bestünde er aus zwei Wörtern. »Die Leute hier draußen werden ziemlich gepiesackt, und wir wollen einfach nicht, dass ein Unschuldiger der verdammten Regierung ins Netz geht.«

Ich trank noch einen Schluck und blickte Blackman über den Rand meines Glases an. Seine Augen drückten eine Unruhe aus, die die anderen am Tisch nicht zeigten.

»Schauen Sie, ich arbeite ebenso wie Gunther als Fremdenführer. Ich habe mein ganzes Leben hier draußen verbracht, und wir können diese schlechte Werbung genauso wenig brauchen«, sagte Blackman etwas ruhiger.

»Wir dachten, dass Sie eine Art Verbindungsglied zu den Behörden sein könnten, weil Sie ja früher mal Polizist waren«, erklärte Sims. »Unsere Erfahrung könnte tatsächlich hilfreich sein.«

»Haben Sie eine Vermutung, wer damit zu tun haben könnte?«, fragte ich mit Blick auf Ashley, der als Einziger noch nichts gesagt hatte.

»Wenn wir wüssten, wer es war, hätten wir uns schon längst selbst darum gekümmert«, sagte Brown und griff nach unten zur Flasche.

»Wir haben viel Arbeit in den Schutz der Everglades gesteckt, Mr. Freeman«, ergriff Sims wieder das Wort. »So jemand kann uns viel Schaden zufügen.«
Als Brown die Gläser wieder füllte, deckte ich meines mit der Hand ab.
»Ich weiß nicht genau, ob ich zu den Leuten, die in der Mordserie ermitteln, den Draht habe, von dem Gunther geredet hat«, sagte ich. »Aber ich bin sicher, dass sich alles, was Sie anbieten, weitergeben lässt.«
Am Tisch wurde es eine Zeit lang still. Ich hatte oft genug mit Verrätern, Informanten und Gaunern zu tun gehabt, so dass ich wusste, dass wir einen heiklen Moment erreicht hatten. Und diese Männer hatten oft genug Spuren verfolgt, gejagt und bei ihren Ködern geduldig gewartet, so dass sie wussten, dass sie ihre Deckung erst verlassen durften, wenn es so weit war. Ich wartete noch ein paar Sekunden, bevor ich mich erhob. Ein Chor aus kratzenden Stuhlbeinen setzte ein.
»Nun, Mr. Gunther weiß, wie er mich erreichen kann.«
Als ich durch die Kneipe ging, beobachtete mich die Frau hinter der Bar. Das Wechselgeld von meinem Bier lag immer noch dort. Ich nickte ihr zum Abschied zu, und ich schwöre, sie hat versucht zu lächeln.
Draußen war der Himmel im Westen mit violetten und roten Streifen durchzogen, und die Reste eines Regenschauers tropften vom Dach der Veranda. Der Pick-up des großen Jungen war fort, doch als ich den Parkplatz überquerte, sah ich, dass sie nicht abgezogen waren, ohne ein Andenken für mich zu hinterlassen.
Auf der Beifahrerseite war die Windschutzscheibe ein-

geschlagen. Ein Spinnennetz aus Rissen zog sich von einem Loch zu den Seiten. Auf der Fahrerseite verliefen drei Kratzer von der Motorhaube bis zum Heck. Die Scheinwerfer hatten sie nicht zertrümmert – weil sie wahrscheinlich wollten, dass ich aus ihrem Teil der Welt ungehindert wieder herausfand.

16

Erst als ich den Tamiami Trail wieder erreicht hatte, rief ich Billy an. Die Auseinandersetzung mit dem Empfangskomitee ließ ich aus und gab ihm eine kurze Beschreibung meines Treffens mit den Leuten von der Loop Road. Ich nannte ihm die Namen der vier Männer am Tisch, in dem Wissen, dass er seiner natürlichen Neugier nicht würde widerstehen können.

Auf der Fahrt Richtung Osten nach Miami brach sich das Licht der Scheinwerfer und Straßenlaternen durch die gesprungene Windschutzscheibe und behinderte meine Sicht auf den nächtlichen Horizont. Von der Interstate aus sah ich, wie sich ein Streifen aus Neonlicht durch die Stadt schlängelte, eine künstlerische Ergänzung zur Metrorail-Linie. Das Centrust Building war in grünblaues Schweinwerferlicht getaucht, ein Tribut an das Baseballteam Florida Marlins. Vor dem schwarzen Hintergrund der Biscayne Bay wirkten die Lichter in den Hochhaustürmen wie eine gewaltige künstliche Installation. Der Kontrast zu der verwitterten Holzkonstruktion des Loop Road Hotel war geradezu mit Händen greifbar.

Als ich die Wohnung betrat, hatte Billy eine frische Tasse Kaffee, ein in Streifen geschnittenes Hühnchen mit schwarzen Bohnen und Reis, das er sich hatte bringen lassen, sowie einen Stapel Computerausdrucke vor sich, die er als Dossiers bezeichnete – seine Infos über Brown, Sims, Blackman und Ashley. Außerdem war er nicht alleine.

Er saß auf der Terrasse mit einer Frau, die er als Dianne McIntyre vorstellte, »eine Anwältin, d-die ihr Büro in demselben Gebäude hat wie ich«.

Sie war so groß wie Billy, hatte eine Figur wie eine Schwimmerin – breite Schultern und schmale Hüften –, die sie in eine teure dunkelblaue Bluse aus reiner Seide und einen pechschwarzen Rock gehüllt hatte. Sie schien sich in Billys Wohnung so heimisch zu fühlen, dass sie die Schuhe ausgezogen hatte und auf Strümpfen umherlief.

Während ich an der Theke aß, standen sie mit ihren Weingläsern in der Küche. Als ich von meinem Teller aufsah, blickte Billy mich an.

»W-Was ist mit deinem Gesicht passiert?«

Wie ertappt fasste ich an meine geschwollene Wange. »Eine Tür«, sagte ich.

Die Frau zog eine ihrer dünnen Augenbrauen hoch und pulte unfein mit der Zunge zwischen ihren Backenzähnen. Billy akzeptierte meine Verschwiegenheit und griff zum ersten Blatt auf dem Stapel Papier.

»Dianne kennt zufällig d-diesen Sims. S-Sie hat für ihn in einer Umweltsache gearbeitet.«

Ich konnte sehen, wie sehr sich Billy bemühte, sein Stottern unter Kontrolle zu bekommen, und ich litt mit ihm. Aber die Frau schien sich nicht daran zu stören.

»Das ist schon mehrere Jahre her«, erklärte sie. »Ein Streit mit einem sehr einflussreichen Landentwickler, der so eine Art Mega-Sportkomplex in einer Gegend der Everglades bauen wollte, die nie zuvor angerührt worden war. Sims war jahrelang bei den Umweltschützern gewesen und hatte für ziemlich starken Widerstand gegen das Projekt gesorgt. Er war so gerissen, dass er am Schluss die alten Everglades-Bewohner für sich gewonnen hatte, weil er sie davon überzeugen konnte, dass ihre Art des Lebens genauso bedroht war wie die Flora und Fauna der Region.«

»O-Ohne Zweifel Männer w-wie dein Mr. Brown«, meinte Billy, der durch den Stapel blätterte.

»Die Sache nahm offenbar eine üble Wendung, und angeblich wurde Sims von einigen der Hintermänner des Landentwicklers bedroht«, fuhr McIntyre fort. »Kurz darauf wurden handgeschriebene Plakate an den öffentlichen Angelplätzen und sogar in einigen abgelegenen Geschäften in kleinen Städten aufgehängt, auf denen stand, dass man denjenigen, die Sims etwas antun, die Eingeweide rausreißen und den Alligatoren zum Fraß vorwerfen würde.«

Die Anwältin wirkte auch jetzt ganz gelassen, weder schockiert noch amüsiert. Nur die Tatsachen, Ma'am. Ich sah sie mir genauer an.

»Das Projekt verlief schließlich im Sand, und Sims schien sich nicht mehr im Zentrum des Geschehens zu befinden. Während der letzten Jahre habe ich nicht mehr viel von ihm gehört.« Sie trank einen Schluck von ihrem Wein.

Nate Browns Geschichte war ganz anders verlaufen, und der größte Teil davon war unbekannt.
Billy hatte im Internet einige alte Zeitungsartikel und Protokolle gefunden, die etwas Licht auf den schrumpligen, alten Mann warfen, vor dem alle so viel Respekt hatten, dass drei aufgeblasene Schlägertypen auf einen Wink von ihm kuschten.
Nathaniel Brown war in den Everglades geboren und hatte die im Hinterland notwendigen Fähigkeiten nur aus einem Grund erlernt – um zu überleben. Über seine Eltern gab es keinen Eintrag, ebenso wenig wie ein offizielles Dokument über sein Leben, bis er aufgrund der Wehrpflicht in eine Infanteriedivision gesteckt wurde. Es gab einen Hinweis auf zwei Silbersterne, die man ihm für außerordentliche Tapferkeit verliehen hatte: Er hatte während eines Hinterhalts in den Bergen eine deutsche Spezialtruppe der Gebirgsjäger hochgehen lassen, und zwar »alleine, wobei er unter den Feinden für zahlreiche Opfer gesorgt hatte«. Dann hatte er die Verletzten seines eigenen Trupps verarztet und für ihr Überleben gesorgt. Zwei Wochen lang waren sie in den Wäldern von den eigenen Leuten abgeschnitten gewesen, bis sie schließlich gefunden wurden.
Erst ein Jahrzehnt nach Browns Entlassung tauchte sein Name wieder auf, als er im Zusammenhang mit dem Tod eines Jagdaufsehers verhaftet und verurteilt wurde. Bis dahin hatte er sich einen Ruf als Alligatorwilderer gemacht, der sich so gut in den Everglades auskannte, dass man ihn nie schnappte.
Aber in den Gerichtsprotokollen war zu lesen, dass

Brown eines Nachts von einem Jagdaufseher verfolgt wurde, der ihn verdächtigte, mehrere Alligatorhäute in seinem Boot zu transportieren.

Die Jagd führte durch zahlreiche Nebenflüsse am Rande der Florida Bay. Brown lockte den Aufseher angeblich in eine Gegend voller Sandbänke. Selbst in der Dunkelheit konnte er die leichten Strömungen wahrnehmen, auf denen er sein ganzes Leben lang unterwegs gewesen war. Anders der Jagdaufseher. Dieser fuhr sein Boot mit hoher Geschwindigkeit in die Ausläufer einer Sandbank, wurde hinausgeschleudert und brach sich das Genick. Brown verschwand zwischen den Mangroven.

Drei Tage später, vermutlich nachdem Brown vom Tod des Jagdaufsehers gehört hatte, stellte er sich freiwillig. Sein Pflichtverteidiger konnte aushandeln, dass er nur wegen fahrlässiger Tötung verklagt wurde. Er saß sechs Jahre ab, die letzten beiden in einem Arbeitslager in der Nähe der abgeschiedenen Ten Thousand Islands an der Westküste Floridas. Nach seiner Entlassung tauchte er wieder unter. Kein Führerschein, kein Grundbesitz. Nichts.

»Und Sie haben diesen Kerl gesehen?«, fragte Dianne McIntyre, deren Neugier zum ersten Mal geweckt worden war. »Er muss schon fast achtzig sein.«

Billy füllte die Weingläser nach. Dianne legte die Hände um ihr Glas. Sie hatte ein fast perfektes Profil, und ihr kastanienbraunes Haar fiel über ihre Wangen, als sie sich über ihr Glas beugte. Sie stand nur auf einem Bein, das andere hatte sie wie in einer Kussszene aus einem

Fünfziger-Jahre-Film nach hinten abgeknickt. Der Wein schien ihr zu schmecken.

»Diesen B-Blackman kenne ich doch«, sagte Billy, der immer noch die Dossiers durchblätterte. »Er ist – oder vielmehr w-war – Fremdenführer wie Gunther.«

Billy erzählte, dass er versucht hatte, von Blackman eine eidesstattliche Erklärung zu bekommen, als er Gunther wegen der Sache mit seinem Kunden verteidigt hatte.

»Fred hat gesagt, er hätte damals mit Blackman zusammengearbeitet. Es hätten ihn zwar alle übereinstimmend für den besten Führer in den Everglades gehalten, aber er sei immer schlecht drauf gewesen.«

Billy hatte mehrere Einschreiben an die Postfachadresse von Blackmans Firma gesendet, aber nie eine Antwort erhalten. Als die Leute, die Gunther verklagt hatten, die Klage fallen ließen, hatte Billy die Sache nicht weiterverfolgt.

Blackman hatte bei den Behörden die übliche Spur hinterlassen – Führerschein, Sozialversicherung und Gewerbeanmeldung –, aber die alten Gerichtsakten lieferten wenig Aufschlussreiches. Doch in den letzten Jahren hatten sich einige Kunden über ihn beschwert. Dazu gehörte eine Anklage wegen Körperverletzung, weil er einem Teilnehmer an einer Angelexkursion aus dem Staat New York in einem Wutausbruch die Angelrute übers Gesicht gezogen hatte.

Blackman hatte behauptet, es sei ein Unfall gewesen. Der New Yorker hatte sich darauf eingelassen, die Sache in einer vorgerichtlichen Instanz zu klären. Blackman wurde für ein leichtes Vergehen bestraft und musste die

Gerichtskosten übernehmen. Als ich mir sein Gesicht in Erinnerung rief, fiel mir ein, wie aufgebracht seine Stimme im Hotel an der Loop Road geklungen und dass er meinen Namen fast spöttisch ausgesprochen hatte.

Dave Ashley war ein unbeschriebenes Blatt. Das schweigsame Mitglied des Brown'schen Klüngels war in den Akten nicht zu finden. Die Suche unter anderen Schreibweisen seines Namens und meine Schätzung seines Alters auf Anfang vierzig brachten auch keine Ergebnisse. Kein Führerschein, keine Adressen, niemals vor Gericht erschienen. Nichts. Die Anwälte waren überrascht, dass heutzutage ein Mann seines Alters existieren konnte, ohne auf seinem Weg von der Geburt bis zu seinem Tod einen einzigen elektronischen Fingerabdruck zu hinterlassen.

»Es gab eine Ashley-Gang, eine bekannte kriminelle Familie, die Anfang des zwanzigsten Jahrhunderts in Südflorida ihr Unwesen trieb«, erinnerte sich McIntyre.

Beide, Billy und ich, müssen völlig dumm aus der Wäsche geschaut haben. Kleine Fältchen zeigten sich um McIntyres Augen, als sie einen Schluck Wein trank und zu erzählen begann.

Die Ashleys waren eine arme, weiße Familie, die kurz nach neunzehnhundert nach Florida gekommen war und sich ihren Lebensunterhalt mit dem Bau von Henry Flaglers Eisenbahnlinie verdient hatte, die bis in den damals wilden Süden von Florida reichte. Während der Vater und die älteren Jungs Eisenbahnschwellen zurechthackten, mauserte sich der junge John Ashley zu einem geschickten Jäger und Fallensteller in den Everglades. Dann kam der Tag im Jahre 1911, an dem die Leiche eines Seminole-Indianers namens DeSoto-Tiger im Kanal trieb. Es hieß, der junge John sei als Letzter mit Tiger zusammen gesehen worden, als dieser auf dem Weg nach Miami gewesen war, um Otterfelle im Wert von tausendzweihundert Dollar zu verkaufen. Die Felle wurden schließlich verkauft – aber vom jungen John.

John wurde verhaftet und eingesperrt, konnte aber fliehen, und während der nächsten zehn Jahre gingen er und die Familie einer neuen Beschäftigung nach: Sie raubten Banken aus, schmuggelten Rum von den Bahamas und setzten ihr kriminell erwirtschaftetes Geld dazu ein, die örtlichen Gesetzeshüter zu bestechen.

»Dann wurde einer der Sheriffs aus Palm Beach, der noch zur alten Garde gehörte, der erklärte Feind der Ashleys«, sagte McIntyre. »Jahrelang war er ihnen auf den Fersen, einmal hatte er sie sogar fast erwischt, aber es kam zu einer Schießerei, und einer seiner Deputies, sein Cousin, wurde getötet. Schließlich, neunzehnhundertvierundzwanzig, hat er auf der Brücke über den Sebastian River einen Hinterhalt gelegt. Als John und drei seiner Gang nach den Waffen griffen, wurden sie alle vier niedergeschossen. Die Übrigen wurden nach und nach getötet, gefangen genommen oder konnten fliehen. Aber die Nachfahren? Wer weiß.«

Als sie fertig war, sahen wir sie beide voller Bewunderung an.

»Hat ganz schön lange gedauert, was?«, sagte sie mit einem Lächeln über den Rand ihres Weinglases hinweg.

Ich dachte an Ashley, wie er, in sich zusammengesackt, auf seinem Stuhl saß, in sein Whiskyglas schaute und es ebenso im Kreis drehte wie ich. Könnte ein genetisch verankerter Hass auf das Gesetz und die Liebe zur Wildnis einen Menschen zum Mörder werden lassen? Nun ja, es gab schon weniger bedeutende Motive.

Während ich Billys Küche aufräumte, tranken er und seine Anwaltsfreundin ihren Wein auf der Terrasse. Ich schaltete den Bildschirm über der Theke ein, um mir die Nachrichten anzusehen. Die Menschenjagd nahm immer größere Ausmaße an. Der See und das Grundstück hinter dem zweistöckigen pastellfarbenen Haus in Flamingo Lakes wurden immer noch nach winzigsten Fasern der Kleidung des Täters oder seinen Fußspuren, nach Anzeichen eines Boots am Ufer oder einer durchs Gras gezogenen Leiche untersucht. Nachbarn hatten sich in Gruppen organisiert und sorgten ebenso wie in den anderen Fällen dafür, dass Zettel mit dem Foto des vermissten Mädchens verteilt wurden.

Die Information über den toten Hund war durchgesickert. Ein Reporter berief sich auf eine »den Ermittlern nahe stehende Quelle«, die bestätigte, dass der Hund durch den Schnitt mit einer »rasiermesserscharfen Klinge« durch die Kehle getötet worden war, noch bevor er einen Laut von sich geben konnte.

»Meine Quelle folgert, dass der Täter über große Kraft und Kenntnisse der Anatomie von Hunden verfügen muss, um ein Tier so gezielt und schnell umzubringen«, berichtete der Reporter in genau dem richtigen Ton –

einer Mischung aus professionellem Wissen und einer ernsten Warnung, bevor er zurück ans Studio gab.
Bei den anderen Entführungen hatte es drei oder vier Tage gedauert, bis die Polizei die GPS-Koordinaten erhalten hatte, und ich wusste, dass Hammonds' Leute von reinem Aktionismus getrieben waren. Das FBI bot alle verfügbaren Kräfte auf, doch mir fiel vage der Wahnsinn von Atlanta ein, als der Fall Wayne Williams erst nach zweiundzwanzig Morden an Kindern und Jugendlichen endlich abgeschlossen werden konnte. Zweiundzwanzig.
Ich schaltete den Fernseher aus, als Billy und Dianne McIntyre wieder hereinkamen. Sie schnappte sich ihre Kostümjacke von der Sofalehne und schlüpfte in ihre Schuhe, während Billy die Gläser in die Spüle stellte. Meine Anwesenheit kam den beiden ungelegen. Der Mitbewohner, der nicht hier sein sollte, der unerwünschte Eindringling.
»Billy«, begann ich. »Ich wollte gerade gehen …«
»Max, war nett, Sie kennen zu lernen«, unterbrach mich Dianne geschickt. »Ich muss dringend gehen. Punkt acht muss ich eine beeidigte Aussage hinterlegen.«
Lächelnd schüttelte sie meine Hand. Es war nicht der Alkohol, der in ihren dunklen Augen schimmerte, sondern ihre Intelligenz, die sich dahinter verbarg. Sie und Billy gingen hinaus in den Flur und schlossen die Tür hinter sich. Ich schenkte mir eine Tasse Kaffee ein, die ich mit auf die Terrasse nahm. Hoch oben am Sommerhimmel glänzte eine Halbmondsichel und beleuchtete die Ränder der Wolken. Es war absolut windstill, und

von unten drang schwach der gleichförmige Rhythmus der Meereswellen herauf, die auf dem Sandstrand ausliefen.
In weniger als fünf Minuten war Billy wieder bei mir. Er hatte sein Glas aus der Spüle geholt und ließ sich schweigend auf einen Stuhl fallen. Ich stand am Geländer.
»Nette Frau«, unterbrach ich die Stille. Ohne Erfolg.
»Brillant«, brachte er schließlich ohne Stottern hervor.
Als ich ihn anblickte, hatte er sein Gesicht dem Mond zugewandt. Ich fragte nicht, wen oder was er meinte, und nach einer weiteren Redepause trank er schließlich einen Schluck von seinem Wein und wechselte das Thema, welches auch immer es gewesen sein mochte.
»Wo h-hast du dich denn so übel verletzt?«
Ich erzählte ihm von den jungen Hinterwäldlern, von der heftigen Auseinandersetzung auf dem Parkplatz und davon, wie Brown schon bei seinem ersten Auftritt klar gemacht hatte, dass er eine wichtige Rolle in der Loop-Road-Gesellschaft spielte.
»G-Glaubst du wirklich, d-dass sie dich brauchen, damit der Druck von ihnen genommen wird?«
»Nein, da läuft noch was anderes. Blackman ist wütend, Ashley ist verdrossen, Sims will es irgendwie allen recht machen, und Gunther schleppt ein schlechtes Gewissen mit sich herum«, sagte ich in dem Versuch, meine Beobachtungen auf das Wesentliche zu reduzieren. »Und Brown versucht, alle zu retten.«
»Ein Mann im Schützengraben mit vielen Verwundeten«, meinte Billy.

Am Morgen suchte ich in den Gelben Seiten eine Werkstatt, um meine kaputte Windschutzscheibe reparieren zu lassen. Sie boten an, die Scheibe vor Ort auszutauschen, so dass ich ihnen Billys Adresse und das Fahrzeugmodell nannte.

Als ich auflegte, schien mein Kiefer noch mehr wehzutun. Und der Knoten in meinem linken Unterarm fühlte sich an wie eine ganze Sammlung kleiner Murmeln. Ich trank einen Schluck Kaffee und rief Fred Gunther im Krankenhaus an.

»Ja. Das tut mir Leid. Manchmal gehen sie mit Fremden ein bisschen grob um«, meinte Gunther, nachdem ich etwas Gift über meine Auseinandersetzung auf dem Parkplatz und die Zerstörungswut gegen meinen Wagen verspritzt hatte.

»He, die erzählen sich immer noch die Geschichte von einem jungen Typen aus der Stadt, der einen der Gäste ›armes Landei‹ genannt hatte. Und zack, schon war er mit einem Messer aufgeschlitzt, von den Eiern bis zu den Rippen, durch die Kleider durch. Die Bar war voller Menschen, und natürlich hatte niemand was gesehen, als die Polizei kam.«

»Die stehen wohl echt auf Messer«, meinte ich.

Die Stille am anderen Ende schien etwas zu bedeuten zu haben, nur war mir nicht klar, was. Ich wünschte, ich würde Gunther gegenüberstehen, um sein Gesicht sehen zu können. Bisher hatte er noch nicht gefragt, was seine »Bekannten« mir erzählt hatten.

»Sie müssen meine Schwerfälligkeit schon entschuldigen, Mr. Gunther«, sagte ich schließlich. »Aber ich bin mir nicht sicher, warum Sie mich da rausgeschickt haben oder was ich für Ihre Freunde tun soll.«

»Bekannte«, schnauzte Gunther, die erste Bemerkung, die er nicht erst lange und umständlich in seinem Gehirn herumgewälzt hatte, bevor sie den Weg nach draußen fand.

»Haben Sie jemals mit Blackman zusammengearbeitet?«

»Das ist eine Weile her«, antwortete er. »Ich habe ein bisschen mit ihm zu tun gehabt, weil er schon immer und ewig dort war und alle Angelplätze und Stellen für die Wildschweinjagd in den Everglades kannte. Aber im Umgang mit Menschen ließ er viel zu wünschen übrig.«

»Dann waren Sie also sein Partner?«

Ich merkte, wie ich in meine alte Gewohnheit als Polizist verfiel, konnte es aber nicht verhindern.

»Wir hatten einige gemeinsame Kunden«, erklärte Gunther, der wieder vorsichtig wurde. »Ich habe ihm Händler vermittelt und neue Ausrüstung besorgt, die auf den Markt kam. Manchmal flog er mit mir in der Gegend herum, um neue Plätze zu suchen, die man Touristen zeigen konnte.«

»Und das hörte irgendwann auf?«

»Er wurde richtig arrogant den Kunden gegenüber und zeigte immer weniger Toleranz. Man buchte ihn nicht mehr. Er schadete meinem Geschäft, anstatt dass er mir half.«

»Aber er war immer noch Ihr Freund.«

»Mein Bekannter. Ja.«

Mir war klar, dass ich Gunthers Toleranz oder Verpflichtung mir gegenüber – oder was auch immer ihn dazu veranlasst haben könnte, mir zu vertrauen – überstrapazierte. Aber ich wollte mehr.

»Was ist mit diesem Ashley?«

»Über Ashley weiß niemand so richtig was, außer Nate. Er wohnt irgendwo in der Nähe von Myersons Hammock in den nördlichen Everglades und scheint nur aufzukreuzen, wenn er seine Häute verkaufen will und um den Fremdenführern zu erzählen, wie es mit den Fischbeständen und dem Wild steht. Er lebt wie die Leute von früher. Angeblich hat er mit der alten Ashley-Gang zu tun, aber niemand weiß, ob das stimmt. Er hängt immer mit den Leuten in der Loop-Bar herum, wenn Nate da ist, und hört sich den ganzen Quatsch an. Wenn ich ehrlich bin, weiß ich gar nicht, warum er überhaupt da war. Ach, Mist, eigentlich weiß ich gar nicht, warum überhaupt einer von uns da war.« Ich spürte, wie er seine Worte abwägte. »Ist aber egal, ich bin sowieso bald weg von hier.«

»Weg aus dem Krankenhaus?«

»Weg aus Florida«, antwortete er. »Meine Familie wohnt oben im Staat New York, und ich gehe nach Hause.«

Jetzt war ich dran, meine Worte auf die Goldwaage zu legen. Im Kopf dieses Mannes ging mehr vor, als er sagte. Vor zwei Tagen war er stinkwütend gewesen, weil jemand versucht hatte, ihn umzubringen. Heute gab er alles auf und wollte sich aus dem Staub machen.

»Glauben Sie, dass einer Ihrer Bekannten irgendwas mit den Kindermorden zu tun hat?«

Ich hörte, wie er am anderen Ende atmete.

»Danke, dass Sie mir das Leben gerettet haben, Mr. Freeman. Auf Wiederhören.«
Er legte auf.

Ich hob gerade die Tasse an die Lippen, als das Telefon klingelte und ich vor Schreck zusammenfuhr – der Kaffee lief über mein Kinn. Der Portier von unten war dran.
»Mr. Freeman, hier ist ein Herr von AA Auto Glass. Er braucht Ihre Schlüssel, Sir.«
Als ich durch den Vordereingang nach draußen ging, stand auf dem Besucherparkplatz ein Kastenwagen mit dem Logo der Werkstatt neben meinem Pick-up. Auf der anderen Seite lehnte Detective Diaz an der Motorhaube seines Wagens.
Er trug seine mir mittlerweile vertraute Kluft: dunkle Leinenhose und ein weißes Oxford-Hemd mit hochgekrempelten Ärmeln. Seine Krawatte saß locker, die Sonnenbrille war auf seiner Nase ein Stück heruntergerutscht. Er schlug im Schatten eines Zylinderputzerstrauchs die Zeit tot und redete mit dem Mechaniker wie mit einem Kumpel.
»Guten Morgen, Mr. Freeman«, grüßte Diaz mich vertraulich.
»Detective.« Ich nickte.
Als der Mechaniker hörte, dass ich seinen Gesprächspartner mit einem Polizeititel ansprach, schielte er ihn aus dem Augenwinkel heraus an. Wahrscheinlich hatte Diaz davon nichts erzählt, während er ihn ausgefragt hatte.

»Was führt Sie an so einem heißen und ohne Zweifel anstrengenden Tag hierher?«
Diaz antwortete nicht, sondern wies nur mit einem Nicken zum Mechaniker.
Also redete ich zuerst mit ihm und gab ihm die Schlüssel. Als er aus seinem Wagen seine Sachen holte, ging ich zu Diaz zurück, der immer noch an der Motorhaube lehnte. Er hatte rückwärts eingeparkt, die übliche Praxis bei Polizisten mit Zivilfahrzeugen. Wenn er sein Gewehr oder die kugelsichere Weste aus dem Kofferraum holen müsste, würden Passanten ihn nicht so leicht dabei beobachten können.
»Also, was ist los? Haben Sie mit dem Gerät irgendwas anfangen können?«, fragte ich.
»Nein, überhaupt nicht«, antwortete Diaz. »Wir versuchen immer noch, den Händler rauszufinden, aber es könnten Hunderte sein, und wahrscheinlich wurde das Gerät bar bezahlt. Ach was, wahrscheinlich ist es sogar geklaut.«
Ich nickte und wartete ab.
»Also, was ist los?«
»Sie hatten Ärger?«, fragte er zurück, statt zu antworten, und zeigte mit der Rückseite seiner Hand auf meine Wange.
Ich verlor die Geduld. »Diaz, verdammt, was wollen Sie?«
Der Mechaniker sah von seiner Arbeit auf. Diaz kehrte ihm den Rücken zu und blickte mir ins Gesicht.
»Wir haben einen Verdächtigen, Max. Er ist gerade bei uns. Wird verhört.«

Diese Info hätte Hammonds nicht unbedingt einem Außenseiter zugesteckt, und außerdem hätte Diaz deswegen nicht extra zu mir fahren müssen.
»Während des Verhörs fiel Ihr Name«, fuhr er fort.
»Ja?«
»Ja. Hammonds möchte, dass Sie zu uns ins Büro kommen.«
»Darf ich fragen, wer dieser Verdächtige ist?«
»Er heißt Rory Sims. Irgend so ein Umweltaktivist«, sagte Diaz. »Kennen Sie ihn?«
Ich antwortete nicht. Ein neuer Felsbrocken hatte sich mit scharfen, unregelmäßigen Kanten in meinem Hirn festgesetzt.
»Soll ich vorne oder hinten sitzen?«

17

Ich fuhr vorne mit, aber es war so still, als wäre ich nach hinten verfrachtet und mit Handschellen an die Ringe im Boden gefesselt worden.

Als ich Diaz fragte, was Sims gesagt hätte und warum sie ihn für einen Verdächtigen hielten, blickte er nur auf die Überholspur und sagte: »Anonymer Tipp.« Er weigerte sich, mehr rauszurücken, also stützte ich meinen Arm auf der Lehne ab, hüllte mich ebenso in Schweigen und versuchte, den Felsbrocken selbst zu schleifen.

Wenn jemand Sims verpfiffen hatte, was könnte Hammonds veranlasst haben, das für bare Münze zu nehmen? Seine Mannschaft hatte sich bestimmt schon Hunderte, wenn nicht gar Tausende vager Tipps und haltloser Beschuldigungen angehört. Wenn die Information Hand und Fuß haben sollte, ergab sie immer noch keinen Sinn. Würde sich ein Umweltschützer so sehr in sein Anliegen verrennen, dass er gewalttätig werden würde? Und wie, zum Teufel, sollte ein Typ wie er sich heimlich in bewohnte Gegenden oder an einen Ort wie meine Hütte am Fluss schleichen, ohne Spuren zu hinterlassen?

Von der Vierergruppe in der Bar an der Loop Road konnte ich mir bei Sims am wenigsten vorstellen, dass er durch den Sumpf flitzte. Er hatte nicht diesen gewissen Blick in den Augen. Kinder umzubringen war nicht das Gleiche wie das Aufstellen von Streikposten gegen die staatliche Umweltschutzbehörde oder die Organisation einer Demonstration zum Weißen Haus. Ein Gehirn müsste eine Zeitlang vor sich hin brüten, bis die Motivation groß genug sein würde, um das zu tun, was dieser Mörder tat. Sims war einfach nicht der Typ für so was. Das konnte man regelrecht riechen. Aber was hatte er Hammonds über mich erzählt?

Als wir endlich auf den Parkplatz vor dem Polizeigebäude fuhren, drehte Diaz drei Runden, weil er seinen Wagen unbedingt in den Schatten der verdorrten Bäume stellen wollte. Doch er musste mit einem Platz in der mittleren Reihe in der prallen Sonne vorlieb nehmen. Der Himmel schien zu glühen. Als wir ausstiegen, überquerte Diaz den Parkplatz, als wollte er einem Regenguss entkommen.

»Ich hasse den Sommer«, sagte er mehr zu sich selbst als zu mir, als er durch den Seiteneingang zu einem Fahrstuhl ging, der ganz offensichtlich nicht für die Öffentlichkeit bestimmt war.

Die Türen öffneten sich zu einem Großraumbüro mit Trennwänden. Ich hatte bereits die Orientierung verloren, als wir durch eine andere Tür hindurch das halb verglaste Büro betraten, in dem ich beim Begaffen von Richards' Beinen erwischt worden war.

Diesmal war hier mehr los. Auf einem langen Klapptisch standen eine Reihe neuer Telefone und Laptops, dazwischen überall halb volle Styroporbecher mit Kaffee.

Drei junge Männer mit den gleichen sorgfältig geschnittenen Haaren und gebundenen Krawatten hingen an den Telefonen. Sie standen gebeugt vor dem Tisch und tippten Notizen in die Laptops. Diaz hob zur Sekretärin grüßend die Hand, die im gleichen Moment zum Hörer griff. Keiner der FBI-Agenten sah uns an, als sie uns hereinwinkte und wir in Hammonds' Büro eintraten.
Das FBI machte mittlerweile keinen Hehl mehr daraus, dass sie sich in Hammonds' Revier ausbreiteten. Vor seinen Regalen stand eine Landkarte von Südflorida mit den riesigen Everglades und den farblich gekennzeichneten Counties und Gemeinden entlang der Ostküste. Mehrere Nadeln mit Plastikköpfen steckten in der Karte. Die roten markierten die Orte, an denen die ersten vier Leichen gefunden worden waren. Eine davon steckte an meinem Fluss, eine gelbe dort, wo meine Hütte stand. Die Büromöbel waren an die Wand geschoben worden, an dem freien Platz stand jetzt ein Tisch mit zwei Laptops, einem externen Modem und einem Zip-Laufwerk. Nach hinten ergoss sich ein Wust an Kabeln. Hammonds hatte zwar noch seinen Stuhl, doch mir war klar, dass auch dieser auf dem Spiel stand.
Zwei Typen vom FBI suchten sich ein paar Akten zusammen, meldeten einen der Computer ab und sahen für FBI-Beamte ungewöhnlich verärgert aus. Hammonds saß wartend und mit aneinander gelegten Fingerspitzen hinter seinem Schreibtisch. Auch Richards war da. Sie saß halb auf dem Computertisch und trug wieder ein hellgraues Kostüm, dazu eine weiße Bluse mit steifem, engem Kragen. Sie hatte die Füße über-

kreuzt, um einen Fußknöchel trug sie ein Goldkettchen. Ich ließ meinen Blick über den Boden wandern, bis die FBI-Typen draußen waren, und als die Tür ins Schloss fiel, sah ich zu Hammonds auf. Seine Augen waren geschlossen.

»Kommen wir gleich zur Sache, Mr. Freeman«, begann er. Er versuchte, seiner Stimme die Autorität zu verleihen, die er vielleicht gerade zu verlieren begann. »Mag sein, dass Sie sich in Philadelphia nicht gerade als großer Polizist hervorgetan haben, wie Ihre Akten vermuten lassen, aber so gescheit, dass Sie die Vorschriften kennen, sind Sie ja wohl noch.«

Schweigend stimmte ich beiden Punkten zu.

»Die Nähe zum Tatort hat Sie zum Verdächtigen im Mordfall des Kindes der Familie Gainey gemacht. In der Nähe der anderen Leichen haben wir nie jemanden gefunden. Ihre Psychologen aus Philadelphia haben Ihnen Instabilität attestiert. Es gab da diese Schießerei, in der Jugendliche verwickelt waren.«

Ich musste mich zwingen, dem nun offenen, aber schmerzvollen Blick seiner müden, geschwollenen Augen nicht auszuweichen.

»Als Sie mit dem GPS-Gerät und der Kanumarke ankamen, haben wir versucht, Sie neu in dem Fall einzuordnen. Ihre Mitarbeit neulich Abend am Tatort hat ein Übriges getan.« Er schob sich auf seinem Stuhl nach hinten und verschränkte die Arme.

»Aber, verdammt noch mal, Freeman, Ihr Name taucht in diesem Chaos immer wieder auf, und dieser Zufall gefällt mir gar nicht.«

Na, da hatte ich wohl Unrecht mit der schwindenden Autorität in seiner Stimme.

»Was möchten Sie wissen?«, fragte ich. Wenn sie wirklich ihre Karten aufdecken wollten, war es für beide Seiten Zeit, ehrlich zu spielen.

»Woher kennen Sie diesen Rory Sims?«

Ich erzählte ihnen von dem Treffen an der Loop Road, das Gunther arrangiert hatte. Sie mussten Gunther kennen, da sie ihn nach dem Flugzeugabsturz verhört hatten.

»Sie haben Gunther offenbar so sehr über mich ausgequetscht, dass diese Leute mich – in ihren Kategorien gedacht – für vertrauenswürdig hielten, weil ich unter Verdacht stand«, meinte ich.

»Für einen Außenseiter ist es nicht gerade einfach, mit den Leuten von der Loop Road ein vernünftiges Wort zu wechseln«, warf Diaz von hinten ein. »Uns haben sie in ihrem Landei-Singsang bisher nur Mist erzählt.«

Ich machte mir nicht die Mühe, mich umzudrehen.

»Wer war bei diesem Treffen dabei?«, ergriff Hammonds wieder das Wort.

Ich nannte die Namen.

»Blackman kennen wir«, sagte Richards. »Er ist ein miesepetriger Fremdenführer, der ein paar Mal wegen geringfügiger Vergehen verklagt wurde, meistens wegen kleiner Meinungsverschiedenheiten mit Kunden. Aber soweit wir wissen, hat er Leute, die hier wohnen, weder verbal noch tätlich bedroht. Aber haben Sie tatsächlich mit Nate Brown gesprochen?«

Richards klang so verwundert, dass ich mich zu ihr umdrehte. Zum ersten Mal sah sie mich an, als wäre ich ein menschliches Wesen und nicht nur jemand, den sie bei einer Gegenüberstellung vor sich hatte.

»Ja«, bestätigte ich. »Ein knurriger alter Kauz, der nicht viel geredet hat, aber offenbar der Drahtzieher hinter diesem Treffen war.«

Richards informierte die anderen über Browns Vergangenheit als Krimineller und Soldat. Sie wusste zudem, dass er von der Drogenbehörde verdächtigt wurde, seine Kenntnisse über die Everglades genutzt zu haben, damit die Marihuanaschmuggler Ende der siebziger Jahre ihre Ladungen mitten in der Wildnis abwerfen konnten.

»Aber seit Jahren gibt's nichts Neues mehr in den Akten über ihn. Alle dachten, er sei tot«, schloss sie ihren Bericht.

Ich war beeindruckt. Sie blickte von einem Gesicht zum anderen.

»Was ist mit diesem Ashley?«, fragte Hammonds. »Was gibt's über ihn zu erzählen?«

Richards schüttelte den Kopf. Und ich hatte auch nicht mehr zu bieten.

»Da bleiben wir dran«, meinte Hammonds. »Einer von euch beiden.«

Diaz machte sich Notizen, Richards nickte nur. Hammonds räusperte sich und sah mich an. Jetzt war er an der Reihe, die Karten auszubreiten.

»Wir haben uns Sims heute Morgen aufgrund eines anonymen Tipps geholt. Einer von den FBI-Leuten hat den Anruf entgegengenommen. Die Stimme war offenbar verzerrt, aber es wird sowieso nicht jeder x-beliebige

Anruf aufgezeichnet. Als der Agent dem Anrufer sagte, einfach nur einen Namen fallen zu lassen, würde nicht viel bringen, hat dieser sich auf einen Reptilienforscher unten in Dade County berufen. Er meinte, Sims wüsste, woher er Klapperschlangengift bekommen könnte, und legte auf. Nur die Ermittler aus dem engeren Kreis wissen, dass das erste Kind durch Klapperschlangengift starb. Mir ist klar, dass in einem so komplizierten Fall immer mal wieder Informationen durchsickern, deswegen habe ich nicht allzu viel Vertrauen in die Information, aber wir haben uns Sims trotzdem vorgeknöpft.«

»Wir hatten schon mal mit dem Schlangenspezialisten von der University of Miami geredet«, schaltete sich Diaz ein. »Er und Sims haben eine lange gemeinsame Geschichte. Beide kennen sich mit den Wanderbewegungen von Schlangen aus, und Sims beobachtet sie im Auftrag des Spezialisten, nachdem ihnen kleine Sender eingepflanzt wurden«, erklärte Diaz.

»Der Punkt ist, wir haben ihn uns geholt, aber er leugnet jeglichen Zusammenhang und tut so, als könnten Sie für ihn bürgen«, sagte Hammonds.

»Dann ist er noch da? Ich werde mit ihm reden. Dann soll er es selbst erklären.«

Hammonds drehte sich zur Seite.

»Musste ihn laufen lassen. Wir hatten nichts in der Hand. Außerdem hatte er ein verdammt gutes Alibi für die Nacht, als das Alvarez-Mädchen entführt wurde. Seine Anwälte hätten ihn sowieso ein paar Stunden später rausgeboxt. Ich würde aber gerne wissen: Warum ausgerechnet Sie, Freeman? Warum Sie und diese Sumpfbewohner?«

Seine Worte drückten genau das aus, worüber ich mir seit der Nacht, in der ich das Gesicht des toten Kindes im Mondlicht gesehen hatte, mein Gehirn zermarterte. Warum ich?

»Das habe ich Ihnen schon gesagt. Diese Leute dachten, ich könnte als eine Art Verbindungsmann fungieren. Ich denke, sie wollten ihre Hilfe anbieten«, erklärte ich spontan. Der Gedanke war mir erst jetzt gekommen. »Aber welche Art von Hilfe weiß ich nicht.«

»Jetzt gibt es noch ein Kind da draußen, Freeman.« Hammonds sah mich mit seinen geröteten Augen an. »Ich denke, im Schlangennest wird es langsam zu heiß, und eine Schlange nach der anderen kommt rausgekrochen.« Er hielt meinem Blick stand. »Auch wir brauchen Hilfe, verdammt noch mal.«

Hammonds lehnte sich in seinem Stuhl zurück. Die Besprechung war zu Ende. Diaz brachte mich nach draußen. Als wir drei durch das vordere Büro gingen, machten sich die FBI-Agenten diesmal nicht die Mühe, ihr Interesse zu verbergen. Sie versuchten, etwas in unseren Gesichtern zu erkennen, unsere Körpersprache zu interpretieren. Verdächtiger oder Verbündeter? Neue Informationen oder wieder nur Mist?

»Ich brauche was zu essen«, meinte Diaz. »Los, kommen Sie, wir besorgen uns was.«

Diaz fuhr. Ein paar Blocks vom Büro des Sheriffs entfernt kamen wir in ein Viertel, in dem irgendwie eine

Gruppe alter Eichen überlebt hatte und inmitten einer Arbeitersiedlung einen großen schattigen Platz bildete. Die Baumstämme waren mit Moos überzogen, dazwischen stand eine Hand voll Picknicktische. Hier im Schatten war es bestimmt zwölf Grad kühler als in der Sonne. Seitlich befand sich ein kleines, weißes Bretterhaus, an dem drei Zweihundert-Liter-Töpfe standen. Eine unglaublich süß duftende Dampfwolke stieg von den Töpfen auf ins Blätterdach.

Während Diaz mit einem kleinen, drahtigen Schwarzen sprach, der lächelnd Rippenstücke auf einem gewöhnlichen Haublock zerhackte, trippelte Richards trotz der Löcher und herausstehenden Wurzeln grazil mit ihren hochhackigen Schuhen über die Wiese zu einem Tisch. Ich folgte ihr.

»Sie sind natürlich eingeladen«, meinte sie und beobachtete Diaz, der angeregt mit dem Koch diskutierte, der nun statt des Hackbeils eine Zange in der Hand hielt und das Fleisch auf den Grill legte.

»Diaz ist Kubaner in der zweiten Generation, und wenn er etwas Essbares riecht, das er noch nicht kennt, muss er es probieren. Es heißt, hier gibt's die besten gegrillten Rippchen südlich der Mason-Dixon-Linie«, erklärte Richards, die dem Wechselspiel zwischen ihrem Kollegen und dem kleinen Glatzkopf zuschaute. »Ich persönlich glaube, Diaz ist süchtig.«

Offenbar war Diaz nicht der Einzige. Die Schlange aus Büroangestellten mit weißen Hemden und Arbeitern in Overalls zog sich bis zur Straße hin. Geduldig warteten sie vor einem Klapptisch, an dem sie ihr Geld gegen einen Styroporbehälter mit gegrillten Rippchen eintauschen konnten.

Richards hatte sich mir gegenüber hingesetzt. Wir schwiegen. Ich konnte nicht gut mit Frauen reden und dachte, wir würden beide Diaz beobachten, doch als ich mich ihr zuwandte, sah ich, dass ihr Blick auf etwas hinter mir gerichtet war. Ich drehte mich um – auf der anderen Straßenseite spielten Kinder auf einem Schulhof. Sie kletterten auf großen orangefarbenen und blauen Plastikgestellen herum und spielten Fangen im Gras. Jetzt, da ich mich auf die Kinder konzentrierte, hörte ich, wie sie unbeschwert schrien und lachten. Sie schienen sich nicht um die Hitze zu kümmern. Sie schienen sich um überhaupt nichts zu kümmern außer darum, auf die Rutschbahn zu klettern, das Kind mit dem roten T-Shirt zu fangen oder mit ihren dünnen Beinen immer mehr Schwung zu holen, um auf der Schaukel noch höher zu fliegen. Sie waren im wahrsten Sinne des Wortes noch unschuldig.

»Also, seit wann leben Sie schon hier?«

Ich wirbelte vor Schreck herum. Richards hatte die Hände gefaltet und beobachtete mich.

»Äh, über ein Jahr.«

»Und Sie haben die ganze Zeit in der Hütte am Fluss gelebt?«

»Ja, meistens. Am Anfang, als ich hierher kam, habe ich eine Weile bei Billy … äh … Manchester gewohnt.«

»Bei Ihrem Anwalt?«

»Genau.«

»Keine Familie?«

»Nein, ich bin alleine.«

Ihre Augen, die jetzt wieder mehr grün als grau wirkten, machten mich nervös, deshalb sah ich auf ihre Hände. Langsam ließ sie die Fingerspitzen über ihre Haut gleiten. Die Nägel waren kurz geschnitten und farblos lackiert. Einmal berührte sie den schlichten goldenen Ehering an der linken Hand.

»Sie waren meistens Streifenpolizist?«

»Ja. Eigentlich fast immer.«

»Aber ich habe in Ihren Akten gelesen, dass Sie kurz im Büro des Detectives gearbeitet haben. Hat's Ihnen nicht gefallen?«

»Nicht besonders«, antwortete ich und hob mein linkes Bein über die Bank, so dass ich ihr frontal gegenübersaß. »Immer nur Stress, um einen Fall so schnell wie möglich abzuschließen. Nicht genug Zeit, um richtig darüber nachzudenken, um Sicherheit zu bekommen. Ich war nicht sehr … äh … effizient.«

Jetzt wagte ich einen Blick in ihre Augen.

»Sie gehen gerne raus?«, fragte ich. »Um zu ermitteln, meine ich«, schob ich schnell nach.

Ihr kurzes Lächeln wirkte ehrlich.

»Ich meine, Sie scheinen ja richtig gut zu sein.«

»War bisher ganz in Ordnung. Bis auf diesen Fall. Aber wahrscheinlich hat's mir auf der Straße auch besser gefallen.«

»Wie lange arbeiten Sie schon mit Diaz zusammen?«

Sie schüttelte leicht den Kopf, ihr Lächeln verzog sich zu einem schiefen Grinsen.

»Ich bin seit zwölf Monaten in Hammonds' Gruppe.

Seit mein Mann gestorben ist. Sie dachten, es sei besser für mich.« Sie sah wieder an mir vorbei zum Spielplatz.
»Ihr Mann war Polizist?«
»Ja, Streifenpolizei. Eines Nachts ging in einem Laden die Alarmanlage los. Sie wissen schon, so eine Anlage, die oft falschen Alarm auslöst. Als er dort ankam, marschierten drei Jungs, die mitten im Sommer Jacken anhatten, rückwärts aus dem Laden, und als sie den Streifenwagen gesehen haben, haben sie sich aus dem Staub gemacht.«
Eine Haarsträhne fiel über ihr Gesicht. Sie schob sie nicht zurück.
»Sein Partner rannte den beiden Älteren hinterher, Jimmy dem Kleinen. Der Junge rannte in eine Sackgasse, die von einem Bauzaun versperrt war, und saß in der Falle.«
Sie hielt ihre Augen auf mich gerichtet. Hinter ihnen ließ sie die Szene wieder auferstehen.
»Jimmy lag zwei Meter vom Zaun entfernt. Zwei Schüsse aus einer halb kaputten Kaliber 22. Eine Kugel hat ihn in der Weste getroffen, aber die andere ging direkt durch sein Auge und hat ihn innerlich zerfetzt. Seine Waffe hatte er gar nicht gezogen. Er wurde ins Krankenhaus gebracht, kam aber nicht mehr zu Bewusstsein.«
Automatisch hatten sich meine Finger zu meinem Hals bewegt. »Das tut mir Leid«, sagte ich. »Hat man das Kind geschnappt?«
Sie nickte, als sie ihren Blick wieder auf den Spielplatz hinter mir richtete.
»Hauptschüler. Elf Jahre.«
Diaz kam und stellte drei viereckige Styroporbehälter

auf den Tisch, während wir beide unseren eigenen Gedanken nachhingen und aneinander vorbeischauten.
»Was ist los?«, fragte er und schaute uns an.
»Hast du eine Extraportion Soße mitgebracht?«, fragte Richards, als hätten wir gerade übers Wetter geredet.
»Natürlich. Hochwürden mit der magischen Soße«, antwortete Diaz und kletterte über die Bank neben seine Kollegin. »Er behandelt mich immer gut.«
Während des Essens wurde kaum geredet. Diaz wollte noch mehr Einzelheiten über Ashley und Nate Brown wissen. Als ich die beiden mit ihrer abgetragenen, verwaschenen Kleidung und den Falten beschrieb, die sich tief in ihre Gesichter gegraben hatten, weil sie oft stundenlang im offenen Gelände in der Sonne auf der Lauer gelegen hatten, wurde mir klar, dass keiner von ihnen Schmuck getragen hatte. Keinen Ring, keine Uhr, keine auffällige Gürtelschnalle. Doch als sie sich erhoben hatten, um mich zu begrüßen, hatte ich bemerkt, dass sie und auch Blackman eine kleine Messerscheide aus Leder am Gürtel trugen. Sims war der Einzige der Gruppe, bei dem ich kein Messer gesehen hatte. Diese Kleinigkeit erschien mir aber zu unwesentlich, um sie Diaz und Richards zu erzählen.
»Das ist echt gut, das Zeug hier, Diaz, aber wir müssen gehen«, sagte Richards schließlich.
Auf dem Weg zur Polizeistation schlug Diaz vor, dass mich Richards zurück zu Billy fahren könnte.
»Ich würde das ja selbst übernehmen, aber ich setze mich lieber ans Profil von Ashley und schaue mal, ob wir was finden«, erklärte er.

Bevor Richards sich zu Wort melden konnte, sagte ich, dass Billy im Gericht sei und sie mich dort absetzen könnten.

»Ich werde dann mit ihm zurückfahren.«

Richards blickte schweigend geradeaus durch die Windschutzscheibe in die Sonne. Diaz fuhr mehrere Blocks bis zum Gericht und hielt am Straßenrand. Ich dankte ihm für das Mittagessen und stieg aus. Das Fenster auf der Beifahrerseite surrte nach unten, und Diaz beugte sich über Richards' Schoß zu mir herüber.

»Wir bleiben in Kontakt?«

Ich tippte aufs heiße Dach und wartete, bis Diaz' Kopf wieder verschwunden war. Bei meiner Antwort blickte ich in Richards' Augen.

»Das hoffe ich.«

Sie warteten, bis sich die automatischen Schiebetüren des Gerichtsgebäudes hinter mir geschlossen hatten, bevor sie weiterfuhren. Ich blieb hinter der Scheibe stehen und sah ihnen hinterher. Ich fragte mich, ob Richards mir mit der Geschichte von ihrem Mann einen Bären aufgebunden hatte. Ein psychologischer Trick, um mich aufgrund der Gemeinsamkeit etwas lockerer zu machen. Doch dann erinnerte ich mich an ihre Augen, als sie auf der anderen Straßenseite die Kinder auf dem Spielplatz beobachtet hatte. Vielleicht war sie eine gute Ermittlerin, vielleicht sogar eine gute Lügnerin, was man bei Verhören manchmal sein muss. Aber sie hatte auch etwas Echtes. Nicht einmal ein Profi könnte so gut lügen.

Ich ging zu den Telefonen im Flur und rief Billy an. Als

guter Anwalt sagte er mir, ich solle nicht überall meine Nase reinstecken.

»Max, ich dachte, du wärst von der Liste gestrichen. Lass dich doch von dieser abgekarteten Sache nicht so vereinnahmen, dass du noch tiefer reingerissen wirst.«

»Was Sims ihnen erzählt hat, hat mich wieder auf die Liste gebracht. Dieser Hammonds spielt ein hartes Spiel.«

»An je mehr Orten du dich zeigst, desto mehr Indizien wird er dir anhängen. Mach es ihm nicht allzu leicht, Max.«

18

Sims hatte mich verpfiffen. Oder vielleicht hatte Hammonds ihm die Info entlockt. Auf jeden Fall musste ich zu ihm.

Ich hatte Billy gebeten, mit seiner befreundeten Anwältin Kontakt aufzunehmen, damit sie mir die Telefonnummer und Adresse eines Labors auf dem Grundstück von Florida Electric im Süden von Dade County besorgte.

Als Sims am Telefon meine Stimme erkannte, zögerte er. »Meine Güte, ich wollte doch nicht, dass Sie in Schwierigkeiten geraten«, entschuldigte er sich. Am Telefon ließ sich nicht sagen, wie ernst er es meinte.

»Na ja, was Sie wollten und was dabei rausgekommen ist, passt jedenfalls nicht zusammen«, erwiderte ich mit improvisierter Schärfe in der Stimme. »Ich hatte mir gerade diese Kerle vom Hals geschafft, und dann haben sie mich aufgrund Ihrer Aussage wieder am Schlafittchen gepackt und noch mal verhört. War es das, was Sie und Ihre Freunde meinten, als Sie sagten, ich würde genauso in der Tinte sitzen wie Sie? Jetzt haben Sie nämlich mir den Schwarzen Peter zugespielt.«

Am anderen Ende herrschte Stille. Ich hörte nur seinen Atem und merkte, wie Sims nachdachte.

»Hören Sie, ich wollte nicht, dass Sie da noch weiter reingeraten. Die Sache wird langsam unheimlich«, sagte er schließlich.

Er klang genauso angestrengt wie Gunther, als ich ihn im Krankenhaus angerufen hatte.

»Ja? Erzählen Sie«, forderte ich ihn auf.

»Nicht am Telefon.«

»Wo sollen wir uns treffen?«, hakte ich sofort nach und schob ihn sozusagen durch die Tür, die er bereits geöffnet hatte.

»Kennen Sie den Weg zum E-Werk?«

Ich bat ihn um die Wegbeschreibung, und nachdem ich das Gespräch beendet hatte, setzte ich mich hin und dachte über Hammonds' Worte nach, dass ich meine Nase nicht in seine Ermittlungen stecken sollte. Ich kam zu dem Schluss, dass mir seine Warnung egal war. Die Mitglieder der Loop-Road-Gang waren entweder hochgradig paranoid, oder sie hatten vor irgendetwas oder irgendjemandem höllische Angst, und nur ich konnte sie dazu bringen, dass sie endlich den Mund aufmachten. Hammonds würde sie nie so weit bringen. Ich rief Billy noch einmal an, erzählte ihm, wohin ich fahren wollte, und hörte mir seine Einwände an. Dann ging ich hinaus vors Gerichtsgebäude und winkte ein Taxi heran. Als ich dem Fahrer sagte, ich wolle zum Turkey Point, drehte er sich zu mir um. »Dade County?«, fragte er. Ich nickte und reichte ihm einen Hundert-Dollar-Schein aus meiner Brieftasche. Lächelnd stellte er die Klimaanlage höher.

Am Ende des United States Highway 1 fuhren wir auf

dem Palm Drive nach Osten zum Meer. Diese Gegend lag südlicher als die Touristenstrände und das prahlerisch glitzernde South Miami. In sanften Hügeln breiteten sich zu beiden Seiten der Straße braune, brachliegende Tomatenfelder aus. Auch einige Baumschulen waren hier vertreten, die in schier endlosen Reihen Palmen in unterschiedlichen Größen gepflanzt hatten. Am Hinweisschild zu einer Nebenstraße bogen wir ab und landeten vor dem Maschendrahtzaun mit dem Schild von Florida Electric: »Privatgrundstück. Besucher melden sich bitte am Sicherheitseingang.«

Der Taxifahrer zögerte, doch Sims hatte gesagt, ich solle nicht auf das Schild achten, so dass ich den Fahrer drängte, einen Feldweg entlangzufahren, der vom Parkplatz abzweigte und zu einem kleinen Blockhaus führte, das einsam auf einem kleinen Hügel stand.

Ein schmutziger weißer Van, das einzige sichtbare Fahrzeug, stand am Vordereingang. Das mit Stuck verzierte Gebäude aus Schlackenstein war in fadem Beige gestrichen und hatte keine Fenster, dafür aber eine dicke Metalltür. Ich gab dem Taxifahrer weitere fünfzig Dollar und meinte, wenn er in einer Stunde wieder da wäre, könnte er mich nach Palm Beach zurückbringen. Wieder lächelte er und versprach in gebrochenem Englisch, er werde da sein.

Als das Taxi fortfuhr, drückte ich auf den Klingelknopf neben der Tür. Die Stimme von Sims ertönte durch die knackende Sprechanlage. Ich gab mich zu erkennen, und der Türöffner summte.

Ich betrat ein Labor mit zwei Räumen: weiße Boden-

fliesen, Neonbeleuchtung, sterile Wände. In einem Raum standen zwei Schreibtische nebeneinander, darauf häuften sich Papierstapel und Akten. Die Computer waren ein paar Generationen älter als die, die Billy in seinem Arbeitszimmer benutzte. Der andere Raum war mit Vitrinen voller Bücher, Glasfläschchen, Kunststoffmodelle und beschrifteter Behälter eingerichtet. In der Mitte befand sich ein langer Edelstahltisch. Hier stand Sims neben einer großen blau-weißen Kühlbox.
Ich versuchte, energisch zu wirken, aber ich schaffte es nicht, mein drohendes Gehabe aufrechtzuerhalten, das ich am Telefon geübt hatte. Also sorgte ich dafür, dass sich Sims durch mein Schweigen unwohl fühlte.
»Ich … äh … könnte Ihre Hilfe brauchen«, sagte er und schlug mit der Hand auf die Kühlbox.
Mit seiner Bitte hatte er mich überrumpelt. Entweder war er zu nervös, um zu reden, oder er vertauschte ganz raffiniert unsere Rollen. Ich ihm helfen?
Er trug ein Jeanshemd mit hochgekrempelten Ärmeln, Jeans und Wanderstiefel mit dicken Sohlen. Ich schätzte sie auf Größe dreiundvierzig.
»Klar«, sagte ich und trat an den Tisch.
»Tut mir Leid, Mr. Freeman. Ich wusste nicht, wie lange Sie bis hierher brauchen würden, und mein ungeplanter Besuch beim Sheriff heute Morgen hat meinen Zeitplan durcheinander gebracht. Ich habe mit der Arbeit schon angefangen, und leider kann ich jetzt nicht einfach abbrechen«, erklärte Sims, während er zu einem der Schränke ging und eine Schublade öffnete. Aus dieser holte er ein Tablett mit Instrumenten und eine Schachtel

Latexhandschuhe, die er beide neben die Kühlbox auf den Tisch stellte.
»Wir untersuchen das Wanderverhalten von so vielen heimischen Klapperschlangen, wie wir können, und diese hier muss bald wieder dort freigelassen werden, wo wir sie gefunden haben.« Er klopfte auf die Kühlbox. »Deswegen muss ich ihr einen Chip einpflanzen, solange sie noch kalt und lahm ist.«
Sims zog sich ein Paar Handschuhe über und wickelte ein Päckchen mit einem Mikrochip und einer dicken Nadel für eine Spritze aus. Er erklärte, dass die Bewegungsmuster von Schlangen erforscht werden, indem man ihnen einen Chip in die Schuppenschicht einsetzt. Ich nickte. Man brauchte nicht Detektiv zu sein, um zu begreifen, welche Rolle ich hier spielen sollte. Sims bestückte die Spritze mit dem Chip und legte sie auf eine Ecke des Tisches.
Anschließend öffnete er vorsichtig die Kühlbox ein paar Zentimeter weit. Nach einem Kontrollblick griff er hinein. Seine Bewegungen schienen in Anbetracht dessen, was sich in der Kühlbox befand, zu langsam, doch als er seine Hand wieder herauszog, hielt er darin den spatenförmigen Kopf einer ausgewachsenen Klapperschlange. Er zog einen Meter des Tieres heraus, griff mit der anderen Hand in die Mitte und bedeutete mir mit einem Wink, die Schlange an der hinteren Hälfte festzuhalten.
»Fest, aber nicht zu fest«, sagte er. »Sie brauchen nur aufzupassen, dass sie sich nicht windet, wenn wir sie auf den Tisch legen.«

Ich weiß nicht, warum ich tat, was er von mir verlangte. Aber ich hielt die Hälfte einer zwei Meter langen Giftschlange in meinen Händen. Die Haut des Tieres war glatt, der Körper so hart wie ein Feuerwehrschlauch unter Druck. Die Schlange spannte die Muskeln an, während ich sie auf den Edelstahltisch drückte, und die scharfen Schuppen kratzten in meiner Handfläche. Ich griff mit einer Hand weiter oben zu und ließ sie langsam über ihren kühlen Körper gleiten.

»Sie liegt schon eine Viertelstunde auf Eis, deswegen ist sie ein bisschen träge«, sagte Sims. »Halten Sie sie einfach nur fest, während ich ihr diesen Chip einsetze.«

Den Kopf der Schlange konnte ich nicht sehen. Mit der linken Hand hielt Sims das Tier direkt hinter dem breiten Maul, damit es nicht, wie ich vermutete, herumschnellen und ihn beißen konnte.

»Ich hatte ehrlich nicht die Absicht, die Neugier der Polizei noch mehr anzustacheln, als ich von unserem Treffen erzählt habe, Mr. Freeman«, begann Sims plötzlich. Offenbar konzentrierte er sich weniger auf die Schlange als ich.

»Ich denke, es ist mir beim Verhör einfach nur so rausgerutscht. Die Polizei kann sehr überzeugend sein – auf unangenehme Weise.«

»Manchmal haben sie auf Menschen so einen Einfluss«, bestätigte ich, versuchte aber, mich gleichzeitig auf Sims' Worte und die sich bewegenden Muskeln unter meinen Händen zu konzentrieren. »Aber mal ganz von vorne: Warum, meinen Sie, wurden Sie verhört?«

»Das ist schon für sich genommen ein Rätsel«, antwortete er. »Die Polizei hatte bereits mit Professor Murtz geredet, dem Leiter von diesem Labor. Sie wollten wissen, wie man Schlangen melkt. Wir machen das hier auch öfter. Das ist nämlich ziemlich einfach. Sehen Sie, die Giftzähne sind genauso gebaut wie Spritzen.« Er drehte den Kopf der Schlange herum und drückte seitlich zwischen die Kiefer, so dass die Schlange den Mund aufriss. Die einen Zentimeter langen, nadelspitzen Zähne glitzerten mir entgegen.

»Man hält sie über einen Behälter mit einer gummiähnlichen Membran. Sie beißen rein, weil sie denken, es ist so was wie Haut, und pumpen ihr Gift raus. Meistens sind sie ganz scharf darauf, zuzubeißen. Eine Schlange will überleben, und das Gift ist einerseits ihre Verteidigung, aber gleichzeitig ihr Weg, um an etwas Essbares zu kommen. Der Beißreflex ist ein Instinkt. Wenn man sie reizt, beißen sie. Das Problem ist, dass wir uns hier immer wieder mit ihnen beschäftigen müssen, und dann kann es sein, dass man irgendwann einmal doch nicht schnell genug ist.«

Sims griff zur Spritze und hielt sie zwischen den Zähnen, um die gemusterte Haut der Schlange nach einer passenden Stelle abzutasten, an der er den Chip einsetzen könnte. Er gab mir ein Zeichen, den hinteren Teil der Schlange anzuheben, und er entschied sich für eine Stelle in der Nähe der Bauchseite. Während er den Kopf festhielt, drückte er den Chip unter die Schuppen. Anschließend tupfte er über die Stelle und zeigte auf die Kühlbox. Wir hoben die Schlange hinein und schlossen den Deckel.

»Professor Murtz hat der Polizei schon beim ersten Mal alle Infos gegeben und auch gesagt, dass eine Menge Menschen so was tun könnten, angefangen von Wissenschaftlern über Hobby-Schlangenliebhaber bis zu jedem guten Schlangenjäger hier aus dem Süden«, fuhr Sims fort, während er die Handschuhe abstreifte. »Wir konnten uns ihr Interesse nicht erklären, und ich dachte, sie wollten mich heute noch einmal dazu befragen. Aber irgendwie sind sie immer wieder auf das Treffen an der Loop Road zurückgekommen, und als Ihr Name fiel, hatte ich den Eindruck, ich würde nichts erzählen, was sie nicht schon vorher gewusst hätten.«
»Ja. Mein Name wird auffällig oft mit Orten in Verbindung gebracht, die mir nicht angenehm sind«, sagte ich und rieb die Hände aneinander. Die Handflächen juckten nicht nur von den glatten Schuppen der Schlange, sondern auch von der Anspannung meiner Nerven.
Sims wickelte die Spritze wieder ein und legte sie zurück in die Schublade. Dann wusch er sich die Hände an einem in den Schrank eingelassenen Waschbecken. Ich überlegte, ob ich das auch tun sollte.
»Sie wussten, dass Sie dort gewesen waren«, sagte er, als er sich umdrehte und die Hände mit einem Papierhandtuch abtrocknete. »In der Hotelbar«, fuhr er fort, als er meinen verwirrten Blick bemerkte. »Ich weiß nicht, wie, aber ich bin mir sicher, sie wussten es. Von mir wollten sie wissen, warum Sie da waren.«
Ich brauchte einen Moment, um wieder klar im Kopf zu werden. Natürlich wussten sie es. Wieso auch nicht? Hammonds war mir auf den Fersen, seit ich mit meinem

Kanu an der Anlegestelle der Ranger-Station mit der Nachricht über ein totes Kind aufgetaucht war.

»Das bezweifle ich nicht«, sagte ich. »Und ich würde selbst gerne wissen, warum ich da draußen war.«

Sims schien meine Frage einige Sekunden lang zu überdenken, während er das feuchte, braune Papierhandtuch ohne Sinn und Zweck, aber sorgfältig zusammenfaltete. Dann warf er es in den Abfalleimer und ging zur Kühlbox, die er an beiden Griffen vom Tisch hob. Mit dem Kopf nickte er zur Tür hin.

»Setzen wir das Tier aus«, sagte er. Als ich ihm die Tür aufhielt, fragte ich mich, warum ich zuließ, dass er mir Anweisungen gab.

Wir stellten die Box hinten in den Van. Während Sims auf einer unbefahrenen asphaltierten Straße Richtung Osten fuhr, erklärte er mir – so gut er konnte –, was er über meine Einladung in die Loop Road Bar wusste.

»Sie müssen wissen, dass da draußen in den Everglades die Menschen seit Generationen ein Leben führen, das sich sehr von dem unterscheidet, das man heutzutage, in der modernen Zeit, für das richtige Leben in Florida hält.«

»Ja, die Lektion habe ich schon von Gunther gelernt«, warf ich ein. Vor uns führte die Straße schnurgerade und scheinbar endlos durch dichtes, tief hängendes Grün. In dem alten Van gab es keine Klimaanlage, und selbst der Wind, der durch die offenen Fenster hereinwehte, war warm. Mir fiel die Schlange ein, die sich hinten in der wärmer werdenden Luft bewegte.

»Was ich sagen will: Für einige von ihnen sind die Everglades so etwas wie ihr Zuhause, und man kann nicht einfach in ein fremdes Zuhause kommen, ohne dass man bemerkt oder verdächtigt wird.« Er wartete, bis ich eine Antwort gab.

»Sie meinen meine alte Forscherhütte am Fluss?«, fragte ich schließlich.

»Den Menschen in den Everglades fällt so etwas auf. Diese Hütte war jahrelang von ihnen benutzt worden, solange sie leer stand. Aber sie haben auch Respekt. Man wusste, dass Sie da waren, aber niemand wusste so genau, warum. Sie wussten, dass Sie kein Jäger oder Fischer waren. Es wurde spekuliert, dass Sie nachts irgendwelchen Forschungen nachgehen, aber der Professor und ich haben niemanden gefunden, der Sie kannte.«

»Und wie genau kam es dazu, dass ich in den Mittelpunkt des Interesses gerückt bin?«, wollte ich wissen. Sims war mittlerweile von der Straße auf einen Feldweg abgebogen. Auch hier stand ein »Durchfahrt verboten«-Schild mit dem Logo des E-Werks. Sims schaltete einen Gang runter und fuhr einen Weg entlang, der zu beiden Seiten von Mangroven und langen, in stehendes Wasser hineinreichenden Halbinseln gesäumt war.

»Das sind Kühlkanäle. Von Menschenhand angelegt, um das Wasser aus dem Reaktor hierher zu leiten«, erklärte Sims. Er beantwortete eine Frage, die ich nicht gestellt hatte, um die eigentliche Frage nicht beantworten zu müssen.

»Das Unternehmen verfügt über riesige Grundstücke

hier draußen. Sie können zwar verhindern, dass Menschen das Gelände betreten, aber nicht, dass Tiere ihren Weg hierher finden. Deswegen haben sie Professor Murtz und mich eingestellt. Um die einheimische Tierwelt zu erforschen und ihr Wachstum und Wanderverhalten zu beobachten. Damit geben sie sich umweltbewusst und tun uns gleichzeitig einen Gefallen. Wir haben hier sogar einen Brutplatz für amerikanische Krokodile eingerichtet. Der eine Platz hat ausgereicht, um bei einer Art, die vor mehreren Jahren als bedroht galt, wieder für genügend Nachwuchs zu sorgen.«

Ich versuchte, das Gespräch wieder auf mein Thema zu lenken. »Und das Gerede über mich als der große Geheimnisvolle, der in der alten Forscherhütte lebt?«

»Ich weiß nicht, wer als Erster damit ankam. Man redet hier draußen viel, aber in den seltensten Fällen weiß man, wer damit angefangen hat oder ob etwas Wahres dahinter steckt. Aber das Gerede ist bis zur Bar vorgedrungen. Und dann hat Blackman gesagt, er hätte erfahren, Sie seien in Zusammenhang mit den Kindermorden verhört worden.«

»Ich nehme an, das hat ein bisschen den Druck von den Einheimischen genommen.«

»Dem kann ich nicht widersprechen.« Sims hielt mitten auf dem Weg an, mitten im Gelände. Er stieg aus, ich ebenfalls. »Es wurde viel geredet, seit die Mordserie an den Kindern begonnen hat. Zum Teil war es das gleiche, vom Whisky beseelte Geschwätz wie damals, als man jahrelang versucht hatte, das Auswuchern der Kleinstädte in Richtung Westen zu stoppen«, erzählte Sims, während er die hintere Tür des Vans öffnete und die Kühlbox herauszog.

»Am Anfang waren sie ziemlich hart drauf und haben Sachen gesagt wie ›Es wurde aber auch Zeit‹ oder ›Mehr Macht den Mördern‹. Aber dann kamen die Ermittler und FBI-Agenten und haben Leute in den Lagern und auf den Farmen verhört, und man wurde nervös.«

Er stellte die Kiste etwa drei Meter entfernt auf die Erde und kam zum Wagen zurück. Ich behielt den Deckel im Auge, als würde er gleich aufspringen wie bei einem Schachtelmännchen.

»Es hätte ihnen gefallen, wenn man einen Außenseiter wie Sie drangekriegt hätte. Aber dann haben wir von Ihnen und Gunther gehört. Und soweit ich weiß, war es Gunther, der gesagt hat, Sie seien oben im Norden bei der Polizei gewesen. Das war der Moment, in dem Nate Brown beschlossen hat, dass wir mit Ihnen reden sollten.«

Sims holte einen Golfschläger aus dem Wagen. Ein Putter, dachte ich zuerst. Doch dann sah ich, dass der Kopf abgeschnitten und das Ende zu einem Haken umgebogen war.

Sims ging zur Kühlbox und öffnete den Deckel mit dem Schläger. Aus dem Innern der Box war ein Rasseln zu hören. Die Schlange hatte sich aufgewärmt. Sims trat näher und stocherte eine Weile in der Box herum, dann hob er die Schlange heraus. Sie hatte sich um das untere Drittel des Golfschlägers gewickelt. Der Schwanz wand und krümmte sich in der Luft, führte ein Eigenleben,

unabhängig vom Kopf, der kerzengerade in die Höhe ragte.
Mit der am Stock hängenden Schlange ging er näher zur Böschung am Wegrand. Etwa einen Meter weiter unten wuchsen Wassergräser und Mangroven. Als er die Schlange absetzte, rollte sie sich zusammen und klapperte noch lauter.
»Wahrscheinlich bleibt sie dort eine Weile liegen, bis sie sich in der Sonne aufgewärmt hat«, erklärte Sims. Er stand viel zu nahe bei der Schlange, wenn der Radius, in dem sie gefährlich werden konnte, wirklich drei Meter betrug, wie ich gelesen hatte. »Das ist ungefähr die Stelle, an der wir sie vor ein paar Tagen gefunden haben. Wir hoffen, dass sie hier irgendwo zu Hause ist.«
Wir beobachteten, wie die Zunge der Schlange vorschnellte, und lauschten dem Rasseln. Schließlich setzte sie sich in Bewegung und glitt ins Gras und die Böschung hinunter. Zuerst verschwand ihr Körper, dann war auch das Rasseln nicht mehr zu hören. Sims trat an den Rand und blickte hinunter.
»Weg«, stellte er fest und wandte sich mir zu. »Ich weiß immer noch nicht, warum sie sich für das Schlangengift interessiert hatten.«
Ich blickte ins Gras und zu den Mangroven hinunter, überrascht, wie schnell das Tier verschwunden war.
»Wegen dem ersten toten Kind«, sagte ich. »Es ist an einer Spritze mit Schlangengift gestorben.«
Ich blickte zu Sims auf. Sein Mund stand leicht offen, sein Gesicht war vor Verblüffung erstarrt. Ja, er konnte mit Computern umgehen. Er hatte einen Van und

kannte sich in den Everglades und mit GPS so gut aus, dass er spielend leicht die Geräte bedienen konnte. Er hatte sogar Schuhgröße dreiundvierzig. Aber der Ausdruck in seinen Augen sagte mir, dass er von dem Schlangengift nichts gewusst hatte. Vielleicht war er bis zu einem gewissen Punkt in die Sache verwickelt gewesen, aber mit den Morden hatte er nichts zu tun.

19

Mein Pick-up stand auf dem Parkplatz, als ich vor Billys Haus aus dem Taxi stieg. Die neue Windschutzscheibe schimmerte zwar im Sonnenlicht, doch die drei Kratzer im Lack weckten in mir eine nicht zu unterdrückende Wut. Die Schlüssel hatte der Mechaniker beim Portier hinterlegt, der mich nach oben in Billys Penthouse-Wohnung ließ. Ich kochte mir eine Kanne Kaffee, von der ich die Hälfte trank, während ich meine Taschen packte. Den Rest goss ich in einen großen Becher mit Segelmotiv. Mein Gepäck warf ich in meinen Pick-up und fuhr zur Ranger-Station.

Als ich den Wagen auf meinem Stammplatz abstellte, sah ich, dass Cleve und sein Gehilfe den Boston Whaler aus dem Wasser gezogen und auf einen Anhänger geladen hatten und die Algen und Schmutzflecken von der Schiffshülle abschrubbten. Cleve warf seine Bürste in einen Blecheimer, wischte sich die Hände an der Hose ab und begrüßte mich mit einem Handschlag.

»Max, schön, dass du wieder da bist.«

Der Gehilfe sah mit leicht geöffnetem Mund an mir vorbei zu meinem Pick-up. Er ließ ihn wieder zuschnappen und drehte sich mit einem missbilligenden Kopfschütteln zur Seite. Cleve und ich gingen zum Büro.

»Ich habe noch kein neues Kanu«, sagte ich. »Aber wenn das Angebot noch gilt, würde ich mir gerne deines leihen, um zur Hütte zu rudern.«
»Kein Problem. Aber ich muss den Schlüssel holen«, erwiderte Cleve und ging zu seinem Schreibtisch.
»Nach allem, was passiert ist, bin ich rausgerudert und habe ein Schloss an der Tür angebracht. Ich dachte, damit sind deine Sachen in Sicherheit«, erklärte er und legte mir den Schlüssel auf die Hand, blickte aber noch eine Weile darauf. »Das erste Mal, dass ich so was tun musste.«
Ich bekam ein schlechtes Gewissen, als hätte ich ihm etwas weggenommen.
»Tut mir Leid«, entschuldigte ich mich.
»Ist nicht dein Fehler. Die Dinge ändern sich.«
Wir trugen das Kanu ins Wasser, und ich holte mein Gepäck aus dem Wagen. Bevor ich einstieg, sah ich zu Mike Stanton, der immer noch den Boston Whaler schrubbte.
»Wenn du willst, kannst du die neuen Kratzer auch wieder wegmachen«, rief ich. »Gegen Bezahlung natürlich.«
Er warf einen Blick hinüber zu meinem Wagen. »Ja. Gut. Vielleicht.«
Ich nickte, setzte den rechten Fuß in die Mitte des Kanus, hielt mich mit beiden Händen am Rand fest und stieß mich ab.
Meine Rippen taten immer noch weh von dem Flugzeugabsturz, und Arme und Schultern waren als Folge meines Kampfes auf dem Parkplatz an der Loop Road verspannt. Und meine Lunge war ausgetrocknet von der

Luft aus Klimaanlagen und hatte unter dem Mangel an körperlicher Bewegung gelitten. Cleves Kanu war fremd für mich, und das Paddel lag eigenartig in meiner Hand. Ich versuchte, einen Rhythmus zu finden, und fuhr weiter in die Strömung hinein, doch auch nach den ersten Kurven um die Mangroven herum klappte es nicht. Ich konnte mich nicht an ein fremdes Boot gewöhnen. Die Last war anders verteilt, ich fand nicht das richtige Gleichgewicht. Alles war anders – nur der Fluss war der gleiche.

Immer noch kräftig schwitzend und mit pochendem Herzen, erreichte ich die Einmündung zu meiner Hütte. Als ich ins kühle Dickicht eintauchte, hörte ich auf zu paddeln. Eine Florida-Rotbauchschildkröte hielt auf einem umgekippten Baumstamm Wache, den Kopf vorgestreckt, so dass die gelbe, pfeilartige Markierung auf dem Gesicht in Richtung Fluss wies. Der weiße Sommerhimmel schimmerte durchs Blätterdach, die Sonnenstrahlen sprenkelten den darunter liegenden Farn. In der Ferne hörte ich leichtes Donnergrollen. Ich machte es mir auf meinem Sitz bequem und ließ mich treiben.

Als ich meine Hütte erreichte, goss es bereits in Strömen. Der Regen auf dem Blätterdach klang, als würde man Stoff zerreißen. Ein heftiger Blitz nahm den Bäumen einen Moment jede Farbe. Ich band das Kanu an die Anlegestelle, rannte mit den Taschen die Stufen hinauf und drehte den Türgriff. Doch die Tür ließ sich nicht öffnen.

Ich hatte das Schloss vergessen, das Cleve angebracht

hatte, und kramte in meinen Taschen nach dem Schlüssel. Sobald ich in der Hütte war, zog ich mein Gepäck herein. Das Wasser tropfte von meinen Kleidern, und ich kniff die Augen zusammen, um in der einsetzenden Dämmerung etwas erkennen zu können. Ich hatte mich zu sehr an Billys luftige, modisch eingerichtete Wohnung gewöhnt.

Die Kerosinlampe fand ich sofort und zündete den Docht an. Hammonds' Leute waren bei der Hausdurchsuchung ganz anständig gewesen. Mit Ausnahme einiger Möbelstücke, die verschoben worden waren, sah es hier genauso aus wie bei meinem Aufbruch. Ich machte im Ofen ein Feuer und setzte Wasser auf, um Kaffee zu kochen. Meine alte Emailtasse hatte einer der Beamten auf die Abtropffläche der Spüle gestellt.

Draußen zuckten die Blitze, und das Wasser floss am Dach hinunter auf den Zimtfarn unter den Fenstern. Ich zog meine nassen Kleider aus und setzte mich nackt auf meinen Holzstuhl, kippte ihn nach hinten, legte die Beine auf den Tisch und lauschte dem Regen.

Halb träumend, halb in meinen Erinnerungen treibend, lag ich in meinem Bett. Meine Haut war feucht von der schwülen Luft, und jedes Mal, wenn ich meine Augen schloss, sah ich, wie blaue und rote Blitze durch die Blätter zuckten.

Ich war wieder in Philadelphia. Es war Vormittag, der Bürgersteig war noch nass vom Nieselregen, und in der Ferne, hoch oben auf dem Hügel, war die gelbe Rückseite des Museum of Art zu erkennen. Auf den Stufen davor hatte Sylvester Stallone als »Rocky« der Welt wütend mit der Faust gedroht. Im Hintergrund schlängelte sich der Schuylkill River durch einen Park mit Ahornbäumen, schattigen Spazierwegen und Granitfelsen. An diesem Morgen lag eine junge Frau unter den Azaleen zwischen dem Museum und der Bootshausreihe. Ihr Trainingsanzug war voller Matsch und halb von ihrem Körper gerissen, einer ihrer Laufschuhe fehlte, und ihre Kehle war von einem Ohr zum anderen durchgeschnitten.

Ich arbeitete bei den Center City Detectives und sollte, in der Hackordnung ganz unten angesiedelt, laut meinem neuen Lieutenant das »Handwerkszeug« von der Pike auf lernen. An diesem Morgen hatten wir unseren ersten Einsatz.

Es dauerte nicht lange, bis das Opfer identifiziert war. Obwohl die Frau keinen Ausweis bei sich hatte und an dem Schlüssel, der in dem noch vorhandenen Schuh gesteckt hatte, keine Adresse hing, bemerkte ich das Etikett vom Laden, in dem der Trainingsanzug gekauft worden war, einem kleinen Spezialgeschäft für Jogger auf dem Rittenhouse Square. Man brauchte nur fünf Minuten den Benjamin Franklin Parkway entlang und von dort rüber zur Walnut Street zu fahren. Dem Verkäufer fiel die Kinnlade runter, als er das Polaroidfoto sah, das wir von der Frau gemacht hatten.

»Susan Gleason«, sagte er und wandte sich ab. Sie war Stammkundin. Eine leidenschaftliche Joggerin, die auf der anderen Seite des historischen Platzes in einem jahrhundertealten Gebäude wohnte, das nach der Renovierung zu erhöhten Preisen vermietet wurde. Er wusste, dass sie jeden Morgen von dort zum Fluss und entlang der Bootshäuser rannte. Alle drei Monate hatte sie sich neue Schuhe gekauft. Eine sehr gute Kundin.

Wir ließen uns die Adresse von der Hausverwaltung bestätigen. Gleason, eine sechsunddreißigjährige Börsenanalystin, wohnte alleine, liebte die Stadt und arbeitete Tag und Nacht. Das Joggen schien ihr einziges Freizeitvergnügen zu sein.

Überall blitzten Blaulichter, als wir an den Tatort zurückkehrten. Die Leiche war fortgeschafft worden, den zweiten Schuh hatte man fünfzig Meter entfernt auf einem Parkplatz in der Nähe eines der Ruderclubs gefunden. Andere Detectives hatten mehrere Jogger befragt, die morgens auch dort entlangrannten. Einige erkannten den Trainingsanzug der Frau. Einige wussten auch, dass auf dem Parkplatz frühmorgens oft ein alter Chevy Impala mit einem orangefarbenen Parkausweis für städtische Mitarbeiter stand.

»Ein großer, seltsam aussehender Weißer saß immer da drin und hatte das Fenster runtergekurbelt. Jeden Morgen war er da, außer am Wochenende«, erzählte ein Jogger. »Von da aus sieht man den Fairmount Dam. Ich dachte, er würde nur einfach die Aussicht genießen, bevor er zur Arbeit musste.«

Im Matsch neben den Azaleen fand man Abdrücke von Schuhen Größe achtundvierzig. Die Mannschaft schwärmte in die verschiedenen Abteilungen der städtischen Betriebe in der Stadtmitte aus.

Ein leitender Angestellter der U-Bahn im Rathausbereich erkannte den Impala aufgrund der Beschreibung. »Ja, der Besitzer heißt Arthur Williams. Ein großer Kerl und irgendwie langsam, wenn Sie wissen, was ich meine.«

Williams arbeitete in den U-Bahn-Stationen, kehrte den Müll weg und putzte die Graffiti von den Wänden. Er war über vierzig Jahre alt. Ruhig. War an diesem Tag nicht zur Arbeit gekommen, was ungewöhnlich war.

Wir erhielten seine Adresse in North Philadelphia und fuhren mit zwei Wagen dorthin. Eine Frau aus den besseren Kreisen vom Rittenhouse Square war ermordet worden, als sic in einem beliebten Park am Fluss joggen war. Man sparte nicht an Einsatzkräften, um die Sache bis zu den Abendnachrichten unter Dach und Fach zu haben.

Das Haus im Norden Philadelphias lag mitten in einem heruntergekommenen, langweiligen Viertel. Die Dächer bildeten eine gerade Linie, und die Häuser hingen alle miteinander zusammen, so dass man am Anfang eines Straßenblocks auf der vorderen Veranda stehen und acht Türen weiter seinen Nachbarn sehen konnte, falls der ebenfalls vor seinem Haus stand. Nur ein Holzgeländer trennte eine Veranda von der nächsten.

Wir wurden von einer älteren Frau empfangen, die mit uns durch die Fliegentür hindurch sprach.

»Mrs. Williams?«

»Nein, Sir. Ich bin Fanny Holland, die Schwester von Mrs. Williams.«

»Ist Arthur zu Hause, Ma'am?«

Sie sah, wie die anderen Detectives um den an der Straße geparkten Impala herumgingen.
»Er wird doch nicht seine Stelle verlieren?«, fragte die alte Dame, als sie uns eintreten ließ. »Er hat bisher noch nie blaugemacht.«
Zwei Detectives stiegen die schmale Treppe nach oben. Mein Partner und ich gingen mit Fanny Holland in die Küche und ließen sie am Tisch Platz nehmen. Sie lauschte auf die Geräusche, die durch die mit Rissen überzogene Zimmerdecke drangen. Die Wohnung sah derjenigen ähnlich, in der ich aufgewachsen war. Sie roch nach muffigen Steppdecken und Einreibemittel, nach alter Pappe und schmutzigen Zierdeckchen. Genau so eine Wohnung hatte meine Mutter krank gemacht.
Die Detectives begleiteten Arthur nach unten. Groß, fügsam, verwirrter Kinderblick. Er hatte im Bett gelegen und drei Decken über sich gezogen. Er trug immer noch seine Arbeitskleidung einschließlich seiner großen Stiefel, die voller Matsch waren. Er stolperte, weil seine dicken Handgelenke hinter seinem Rücken gefesselt waren. »Sie war viel zu schön, um zu sterben«, winselte er immer wieder leise vor sich hin. »Sie war viel zu schön, um zu sterben.«
Ich hatte die undankbare Aufgabe, der Tante die Geschichte zu erklären, während der Rest der Mannschaft Arthur auf die Polizeidienststelle brachte. Die alte Frau war verwirrt und überrascht, schien meine Worte nicht zu verstehen.
Eine Frau angreifen? Das könne er nicht. Es gebe keinen

Schlägertypen auf der Straße, egal, ob Mann oder Frau, der ihn seit seinem zehnten Lebensjahr nicht hätte umhauen können.

Die Frau mit einem Messer getötet? Dazu sei er nicht in der Lage.

Nachdem Fanny die Situation eingeschätzt hatte, holte sie die verborgenen Leichen aus dem Familienkeller. Und ich hörte zu.

Arthur war als Kind geistig zurückgeblieben gewesen. Niedriger IQ und Mamasöhnchen. Als sein Vater abhaute, fiel er noch weiter zurück. Seine Mutter hielt durch, »bis ihr alles zu viel wurde«.

Sie hatte Selbstmord begangen. Hatte sich im Garten die Pulsadern aufgeschnitten. An ihrem Lieblingsplatz. Hatte in ihrem Korb ein Messer mit nach draußen genommen. Sie war tot, als Arthur nach Hause kam.

»Seitdem durfte man nicht mal mehr ein Buttermesser auf dem Tisch liegen lassen«, erzählte die alte Frau. »Und er soll einer Frau die Kehle durchgeschnitten haben? Unmöglich.«

Arthurs einzige Angewohnheit war, jeden Morgen ganz früh das Haus zu verlassen und sich ein grünes Plätzchen zu suchen. Eine Art Garten. An den Wochenenden im Winter ging sie mit ihm in die Glaspavillons der Longwood Gardens. Das war das Einzige, an dem er hing.

Als ich zur Dienststelle kam, wimmelte es auf dem Parkplatz bereits von Übertragungswagen der Fernsehstationen. Im Flur gegenüber den Verhörzimmern drängten sich die Detectives. Ich schnappte mir einen

der leitenden Ermittler und erzählte ihm, ich hätte von Williams' Tante einige wichtige Informationen erhalten.
»Gut, Freeman. Schreiben Sie alles auf, wir werden es dann zu den Akten legen. Der Kerl hat schon gestanden.«
Der leitende Ermittler wollte nichts von IQ, zerstörter Kindheit und einer Mutter wissen, die sich die Pulsadern aufgeschnitten hatte.
»Der Kerl hat an den Bootshäusern Frauen aufgelauert. Hat sich eine Gaudi daraus gemacht, jeden Morgen Frauen beim Joggen zu beobachten. Der Druck in seiner Hose wird zu groß, er schnappt sich eine, sie wehrt sich, und er schneidet ihr die Kehle durch. Seine Fußabdrücke sind neben der Leiche. Ihr Schuh liegt auf dem Parkplatz, wo er heute Morgen gesehen wurde. Das einzige Problem: Wir haben das Messer nicht gefunden. Wahrscheinlich liegt es im Fluss. Und wir haben keine DNA-Probe und werden auch keine kriegen, weil es zu einer eigentlichen Vergewaltigung nicht mehr gekommen ist. Und was meinen Sie damit, das ergibt keinen Sinn, Freeman? Der Kerl hat gestanden. Immer wieder sagt er: ›Sie war viel zu schön, um zu leben. Sie war viel zu schön, um zu leben.‹ Was wollen Sie mehr?«
Trotz meines Vorschlags, den Fall noch einmal zu überdenken, wurde Anklage erhoben. Der Lieutenant hörte mich höflich an und meinte: »Ein Fall wie dieser hat eine gewisse Dringlichkeit, Freeman. Manchmal muss man die Fakten schnell zusammentragen und handeln. Sie können nicht jedes Steinchen umdrehen. Manchmal ist das eben so.«

Ich sagte ihm, dass ich dachte, er hätte den falschen Mann eingesperrt. Drei Wochen später stimmte er meiner Rückversetzung zum Streifendienst zu. Arthur Williams wanderte ins Gefängnis und ist vielleicht immer noch dort.

Als ich aufwachte, lag mein Finger auf der münzgroßen Wunde an meinem Hals. Den größten Teil der Nacht war ich zwischen Traum und Wachen hin und her gewandert, gefangen zwischen diesen beiden Welten, als gehörte ich in keine von beiden.

Ich kletterte aus dem Bett, zündete den Ofen an und stellte mich ans Fenster, das nach Osten hinausführte. Das erste Tageslicht fiel durch die immer noch vom Regen tropfenden Blätter. Ich hörte das tiefe Ächzen eines Schlangenhalsvogels, den ich schließlich in einem kleinen Stück stehenden Wassers entdeckte. Nur sein Kopf und sein biegsamer Hals waren zu erkennen. Ich beobachtete ihn eine Weile, wie er seinen Kopf zum Fischen ins Wasser streckte, dann wollte ich Kaffee kochen. Auf dem Weg zum Herd streifte ich mir eine verblichene kurze Hose über und hörte, beziehungsweise spürte, wie Holz auf Holz stieß. Die als Fundament dienenden Pfähle hatten vibriert, vielleicht war es auch die Treppe gewesen. Regungslos blieb ich stehen und lauschte, dann hörte ich es wieder. Offenbar litt ich unter Verfolgungswahn, denn ich schlich zu meinem Matchbeutel und kramte nach dem Päckchen aus Ölzeug. Die Beamten waren bei der Hausdurchsuchung wirklich umsichtig gewesen und hatten meine 9-mm-Handfeuerwaffe wieder eingepackt. Eine Stoffschicht zwischen der Waffe und dem Sechzehn-Schuss-Patronenrahmen sorgte dafür, dass die beiden Metallteile nicht aneinander rieben. Die Leute kannten sich mit Waffen aus.

Ich löste die Abzugssperre, schob den Patronenrahmen in den Griff und nahm die Waffe in die rechte Hand. Seit zwei Jahren hatte ich sie nicht mehr benutzt und starrte auf den Lauf. Trotz der Verpackung zeigte sich bräunlicher Rost an den Kanten. Die Luft in Florida war feucht.

Wieder spürte ich das Vibrieren. Diesmal schien Absicht dahinter zu stecken. Ich ging zur Tür und öffnete sie langsam mit der linken Hand. Unten auf der Treppe saß, mit dem Rücken an einen Pfosten der Anlegestelle gelehnt, Nate Brown. Sein graues Haar glänzte im Licht. Er hatte keine Schuhe an. Ein Fuß stand flach auf dem Deck, der andere hing in das fünf Meter lange Skiff. Mit einer leichten Bewegung dieses Beins ließ er den Bug gegen die Pfähle schlagen.

»Sie haben wohl keinen Wecker, was?«, meinte er, ohne aufzublicken.

Ich schob die Pistole hinten in den Hosenbund und trat hinaus auf die Veranda.

»Normalerweise kriege ich keinen Besuch«, sagte ich, fügte aber schnell hinzu: »Jedenfalls nicht so früh.«

Ich ging zwei Stufen hinunter und setzte mich oben auf den Treppenabsatz. Brown blieb, wo er war. In der linken Hand hielt er die Kapsel eines Seegrashalms und löste den weichen Inhalt mit einem stark gekrümmten Messer heraus, um ihn zu essen. Das Messer sah dem verdammt ähnlich, das ich Gunther nach dem Flugzeugabsturz aus der Scheide gezogen hatte und das mir aus Versehen ins Wasser gefallen war.

»Die Pistole werden Sie nicht brauchen«, sagte er, als er sich schließlich zu mir umdrehte. Ich versuchte, in seinem Blick etwas zu erkennen.

»Ich habe gehört, wie Sie sie geladen haben.«

Ich zog die Waffe aus dem Hosenbund, da sie auf meine Wirbelsäule gedrückt hatte, und legte sie neben mich. Im Licht der aufgehenden Sonne sah ich einen dunklen Fleck, wo das Wasser aus Browns Kleidung tropfte. Seine Hosen und die untere Hälfte seines Jeanshemds waren nass. Offenbar war er von Westen her durch den Sumpf gewatet, um meine Hütte in der Dunkelheit zu suchen. In der Nacht hatte wegen des Gewitters am wolkenverhangenen Himmel kein Mond geschienen.

»Wie wär's mit Kaffee?«, fragte ich. »Ich wollte gerade einen kochen.«

»Dazu haben wir keine Zeit«, antwortete er mit der gleichen autoritären Stimme wie ein paar Tage zuvor in der Loop Road Bar. »Wir müssen gehen.«

Ich wollte gerade fragen, wohin, als er mir das Wort abschnitt.

»Wegen dem kleinen Mädchen. Sie müssen mitkommen und sie holen.«

Als er aufstand, bemerkte ich in seinen blassen Augen etwas Gehetztes, das nicht zu seinem Gesicht passte.

»Das entführte Mädchen? Wo?«, fragte ich und griff unbewusst nach meiner Waffe. »Wo ist sie? Ist sie tot?«

»Da drüben in den Glades«, antwortete Brown mit

einem Kopfnicken Richtung Westen. »Ihr geht's nicht gut. Aber sie lebt.«
»Wer ist bei ihr? Ist jemand bei ihr? Können wir einen Hubschrauber hinfliegen lassen?« Mir schnürte es beinahe die Kehle zu.
»Im Moment ist niemand bei ihr. Und niemand außer mir kann sie finden. Sie müssen sie holen«, sagte er mit leiser, aber durchdringender Stimme. »Nur Sie. Gehen wir.«
Ich ging zurück in die Hütte, legte die Waffe auf den Tisch und streifte mir rasch meine Kleider über, nahm mir aber die Zeit, um mir meine Kampfstiefel anzuziehen, die ich nur selten trug. Dann nahm ich Billys Mobiltelefon und wählte seine Nummer. Es meldete sich nur der Anrufbeantworter, auf dem ich die Nachricht hinterließ, dass ich mit Brown auf dem Weg in die Glades sei und ihn später über die Einzelheiten informieren würde. Ich stopfte ein Erste-Hilfe-Päckchen in eine wasserdichte Gürteltasche, die ich mir um die Hüfte band. Während ich die Treppe hinunterpolterte, steckte ich auch das Telefon ein. Brown erhob keine Einwände.
Ich kletterte ins Heck des Skiffs, Brown setzte sich auf den breiten Sitz, der etwa ein Drittel der Bootslänge vom Bug entfernt war. Mit einer Bootsstange aus Zypressenholz, die fast so lang war die das Skiff, schob er uns den Kanal hinunter und auf den Fluss zu.
»Mit zwei Leuten liegt das Boot besser im Wasser«, sagte er, als wir stromaufwärts fuhren.
Der Alte schien sein Boot wie mit Zauberhand zu bewegen. Mit seinem Stock lenkte er es mit einer Geschwin-

digkeit den Fluss hinauf, die ich nur zu meinen besten Zeiten mit dem Kanu erreichen konnte. Er stand aufrecht, schob das Boot mit der ganzen Länge des Stocks vorwärts, bückte sich hin und wieder unter einem Zypressenstamm hindurch, ohne aus dem Rhythmus zu kommen. Als er sich nach vorne beugte, sah ich die kurze Lederscheide an seinem Gürtel mit dem gebogenen Messer. In dem Moment fiel mir meine Waffe ein – ich hatte sie auf dem Tisch liegen lassen. Ebenso wenig hatte ich daran gedacht, Cleves neues Schloss an der Tür abzuschließen. Die Waffe hatte ich schon einige Zeit nicht benützt, und ich konnte nur hoffen, dass ich sie auch jetzt nicht brauchen würde.
Den Damm hatten wir in zwanzig Minuten erreicht, die Hälfte meiner üblichen Zeit. Ich half Brown, das Skiff hinüberzuheben. Es hatte einen flachen Boden, bestand aus seetauglichem Sperrholz und war einfach, aber zweckmäßig gebaut. Die Technik, um ein solches Skiff sowohl zu bauen als auch zu lenken, wurde unter den Bewohnern der Everglades seit Generationen weitergegeben. Nachdem Brown das Boot wieder vom Ufer abgestoßen hatte, behielt ich ihn im Auge, als wir an der Stelle vorbeikamen, an der ich die eingewickelte Leiche des Kindes gefunden hatte. Nichts in seinem Verhalten ließ irgendwelche Schlüsse zu, kein Zögern, kein Blick zu der betreffenden Stelle, auch kein Abwenden des Kopfes. Er konzentrierte sich nur auf die Stange, und seine Schultern und Rückenmuskeln unter dem ausgeblichenen Baumwollhemd bewegten sich wie die eines Rennpferds.

»Ich glaube, sie wird es schaffen« und »Wir sind gleich da« waren die einzigen Antworten auf meine Fragen über das Mädchen.

Frustriert lehnte ich mich zurück und beobachtete ihn. Die Sonne stand mittlerweile am östlichen Horizont, machte das Blau am Himmel noch intensiver und bohrte sich durch das Blätterdach über dem Fluss wie Licht durch eine Schicht aus Gaze. Wir fuhren am Kanupark vorbei, wo ich mein Verlangen unterdrückte, Ham Mathis in seinem Bootsverleih einen Gruß zuzurufen.

Nach weiteren dreißig Minuten trieb Brown das Boot durch eine seichte Stelle mit Rohrkolben und Wassergras zu einem Kanaldeich, wo aus einem Durchlass dem Fluss frisches Wasser zugeführt wurde. Brown sprang in das kniehohe Wasser. Auch ich stieg aus dem Boot, als er ein paar Mal daran zerrte, um es über den Deich zu ziehen. Ich versuchte, am Heck zu schieben, war aber keine große Hilfe. Wieder wunderte ich mich über die Kraft, die in diesem – wie wir bereits festgestellt hatten – fast achtzigjährigen Mann steckte.

Von der Böschung des Grabens hatte ich einen guten Blick über die Everglades und versuchte, mich zu orientieren, doch Brown hatte sein Boot bereits wieder ins Wasser gesetzt. Mit seinem Schweigen schien er jedoch zu schreien: »Schaff deinen Arsch hier runter.« Ich wusste, dass wir uns auf dem L-10-Kanal befanden und tief in die Everglades vordrangen. Das Kanalsystem war vor achtzig Jahren gezogen worden, um den Fischfang und die landwirtschaftlichen Produkte vom Lake Okeechobee, dem riesigen flüssigen Herzen Floridas, zu den

Frachthäfen an den Küsten transportieren zu können. Aber ich wusste nicht, wie weit wir fahren würden oder wie schnell wir vorwärts kamen. Jetzt, im offenen Wasser, nutzte Brown die volle Kraft, die er aus dem Einsatz seiner Stange herausholen konnte, und kam fast hundert Meter pro Zug voran. Er schwieg, bis auf die wenigen Male, wenn er im Gras am Ufer einen Alligator entdeckte oder wenn in der Ferne eine Schnauze wie ein treibender Ast mit dunkler Rinde aus dem Wasser ragte.

»Alligator«, rief er dann. Nicht als Warnung, sondern wie ein Polizist in einem Streifenwagen, der zu seinem Partner »Fixer« oder »Crackhead« sagt, wenn sie durch ein Drogenviertel fahren. Und diese Gegend hier gehörte zu Browns Revier. Diese Gegend kannte er. Dies hier war seine Heimat, und ich war ihm ausgeliefert.

Obwohl die Sonne immer höher stieg, schien er überhaupt nicht müde zu werden oder langsamer fahren zu wollen. Er schwitzte nicht einmal. Ich war voller Bewunderung dafür, wie er das Boot ohne erkennbare Anstrengung vorwärts trieb. Nach mehr als einer Stunde lenkte er das Skiff plötzlich an die Seite. Keine Markierung. Kein Weg. Nichts, was diese Stelle von den vielen Kilometern unterschied, die wir zurückgelegt hatten. Als er ins Wasser sprang, folgte ich ihm, und gemeinsam zogen wir das Skiff die Böschung hinauf. Im Westen erstreckte sich eine riesige Frischwassermarsch, die in der Sonne genauso glitzerte wie das Wasser, das ich von Gunthers Flugzeug aus gesehen hatte, und die dunkelgrüne Linie am Horizont war gezackt wie eine Gebirgskette. Wir mussten das Skiff etwa dreißig Meter durchs flache Wasser und um dichte Grasbüschel in der Größe von Autos herumziehen, bis wir eine Rinne erreichten, die sich zu einer mit Bäumen bewachsenen Insel ein gutes Stück vor uns schlängelte. Brown warf mir ein etwa ein Liter fassendes, durchsichtiges Einmachglas mit Wasser zu. Es war mit einem Gummiring und einer Metallklammer verschlossen.

»Wir sind gleich da«, sagte er und zog sein Hemd aus. Darunter trug er ein ärmelloses weißes T-Shirt. Mein Hemd hatte ich bereits ausgezogen und zum Schutz vor der Sonne über Kopf und Schultern gehängt. Als wir wieder losfuhren, stellte sich Brown weiter hinten in sein Skiff und lenkte es in die Mitte der Rinne. Ich saß breitbeinig in dem Skiff und blickte abwechselnd nach vorne, in dem Versuch, die Orientierung zu behalten, und hinauf zu Brown, der hinten im Boot stand, eingerahmt vom blauen Himmel, den Blick in die Ferne gerichtet.

»Wer hat sie hierher gebracht, Nate?«, wollte ich wissen, fragte mich aber, ob er es verraten würde.

»Das kann ich nicht sagen«, antwortete er. Ich war mir nicht sicher, ob er damit meinte, dass er es wusste, aber nicht sagen wollte, oder dass er darüber lieber nicht nachdachte. Aber irgendwie glaubte ich, dass nicht er es war, der sie hierher gebracht hatte.

Kurze Zeit darauf hatte ich die Orientierung verloren. Ich hatte keine Ahnung, warum wir an irgendwelchen Stellen abbogen oder nicht. Ab und zu stellte ich mich auf die Plattform und brachte das Boot zum Schwanken, sah aber, dass wir uns den Bäumen näherten. Dann setzte ich mich wieder hin und trank einen Schluck aus dem Einmachglas. Die Hitze nahm zu, und der Duft des warmen Riedgrases, der an Heu in einer Scheune im Sommer erinnerte, bildete mit dem süßlichen Modergeruch eine eigenartige Mischung. Hier roch es anders als an meinem Fluss, wo alles von Feuchtigkeit überdeckt wurde. Hier wurde in einem nur zwei Meter hohen Bereich ein Kampf ausgetragen zwischen der sengenden Sonne und dem alles durchdringenden Wasser. Und wir glitten mitten hindurch.

Ich wusste nicht, wie viel Zeit vergangen war. Eine Stunde, vielleicht mehr, als die Wand aus Bäumen immer höher und klar erkennbar wurde. Schließlich trieb Brown das Boot mit dem Bug ins Gras, so dass wir, als wir ausstiegen, auf halbfestem Boden standen, und zerrte es auf einen trockenen Damm.

»Wir müssen zu Fuß weiter«, sagte er und ging los.

Ich schob das Einmachglas mit dem Wasser in meine Tasche und folgte ihm, spähte nach vorne in der Hoffnung auf einen Hinweis auf unser Ziel. Meine Stiefel gaben bei jedem Schritt schmatzende Geräusche von sich, während wir dreißig Meter weit durch knöcheltiefen Matsch wateten. Dann stiegen wir einen stufenförmigen Abhang zu einem trockenen Kamm hinauf und tauchten ins Dickicht der Insel.

Ich zog mein Hemd wieder an, das auf der verschwitzten Haut kleben blieb. Im Schatten fühlte es sich ganz schnell wie ein kaltes, nasses Stück Stoff an. Diese Insel war voller alter Bäume: rötliche Gumbo-Limbos mit ihren seltsam gebogenen und gewundenen Stämmen, in

Südflorida heimische Mahagonibäume, deren Bestand aber fast vollständig abgeholzt worden war, und schuppige, schwarz gefleckte Poisonwood-Bäume, wo bereits die bloße Berührung giftig ist.
Es gab keinen Weg. Brown bahnte sich seinen eigenen. Ich versuchte, ihm zu folgen, doch wo er sich geschmeidig unter riesigen Spinnennetzen hindurchduckte, bekam ich sie mitten ins Gesicht. Während ich mir die klebrigen Fäden aus dem Gesicht wischte, stolperte ich über Dornengestrüpp oder eine Wurzel. Immer wieder verschwand Brown vor mir im Schatten des Dickichts.
Ich hatte Mühe, mit ihm Schritt zu halten, watete durch Wassergräben und kletterte über umgekippte Baumstämme. Doch meine Augen hatten sich an das dämmrige Licht gewöhnt, und nach ein paar Minuten bemerkte ich Bäume, die in einem unnatürlich rechten Winkel zueinander standen. Doch es war eine Hütte, die sich vor uns abzeichnete, und als wir zur Lichtung kamen, sah ich, dass sie der meinen nicht unähnlich, aber recht heruntergekommen war. Aus groben Stämmen zusammengezimmert, stand sie halb verwittert und wackelig auf einem Hügel. An den Ecken begann das Holz bereits zu modern. Der First des mit Teerpappe gedeckten Dachs war gerissen und in der Mitte durchgesackt. Neben der Hütte, an einem hohen Holzgestell, das in einer anderen Welt als Kinderschaukel gedient haben könnte, hingen ein bis zwei Meter lange Alligatorhäute.
Brown war am Rand der Lichtung stehen geblieben und blickte zur Hütte. Er kniff die Augen zusammen, als

würde hier immer noch die Sonne scheinen, seine Schultern hingen leicht nach vorn. Er würde nicht weitergehen, und zum ersten Mal auf dieser Fahrt wirkte er müde.

»Sie müssen sie holen«, sagte er mit einem Nicken zur Hütte hin.

20

Ich ging den Hang hinauf, auf dem das Gras niedergetrampelt war. An der Treppe angekommen, drehte ich mich zu Brown um, der keine Anstalten machte, mir zu folgen. Die Treppe knarrte, als ich auf die erste Stufe trat.

An der Tür, die aus Holzplanken bestand, zögerte ich und lauschte in die Stille. Dann drehte ich am Türknauf und trat geduckt und rasch ein.

Im Raum war es fast dunkel. Die einzigen beiden Fenster waren so schmutzig, dass sie nur mattes, gelbes Licht hindurchließen.

Langsam richtete ich mich auf. Rechts neben mir lag ein dreibeiniger Tisch umgekippt an der Wand, die Asche in der Feuerstelle links war kalt. In der Mitte stand ein einzelner, in Richtung der Tür gedrehter Stuhl, als hätte hier jemand gewartet. In einer Ecke lagen Scherben von einer Öllampe. Der Raum roch nach Tierfett, verdorbenem Essen und nassem Rauch. Meine Augen gewöhnten sich an die Dunkelheit, trotzdem hätte ich sie beinahe übersehen.

Sie lag auf dem Boden unter einem Holzbett, eingewickelt in eine schmutzige Kinderdecke. Ihre Augen waren geschlossen, aber als ich das Mädchen berührte,

spürte ich, wie der weiche Muskel unter meiner Hand vibrierte.
»Es ist alles in Ordnung, Kleines. Es ist okay. Ich werde dir helfen. Jetzt wird alles gut«, flüsterte ich.
Ich legte meine Hände um sie und zog sie langsam unter dem Bett hervor. Sie wehrte sich nicht, jammerte aber ganz leise. Es tat mir weh, zu wissen, dass dies vermutlich die einzige Anstrengung war, zu der sie noch fähig war.
Ich zog eine Decke vom Bett, rollte sie zusammen und legte sie unter ihren Kopf. Ihr Gesicht war schmutzig und geschwollen, und die Augen und Wimpern waren verklebt. Mir fiel ein, dass sie bestimmt am Verdursten war, und ich zog das Einmachglas aus meiner Tasche.
»Hier, Kleines. Trink ein bisschen Wasser.«
Ich berührte mit dem Glas ihre rissigen Lippen, konnte sie aber zunächst nur anfeuchten. Der größte Teil des Wassers lief an Kinn und Hals hinab, hinterließ Spuren auf der schmutzigen Haut. Dann öffnete sie den Mund wie ein winziger Fisch, der zu atmen versuchte, und begann zu schlucken.
Ich tastete sie nach Verletzungen ab, suchte nach Blut. Sie zuckte unter meinen Berührungen nicht zusammen, sondern hielt die Augen geschlossen. Vielleicht konnte sie sie nicht öffnen. Vielleicht wollte sie sie niemals wieder öffnen. Nach der oberflächlichen Untersuchung schnappte ich mir das Mobiltelefon und wählte die 9-1-1. Noch bevor mir die Telefondame irgendwelche Fragen stellen konnte, gab ich mich als Polizist zu erkennen und bat sie, mich zu Vincente Diaz von der Spezialeinheit in

Broward durchzustellen. Ja, natürlich war das ein Notfall. Dreimal wurde ich weiterverbunden, und dreimal musste ich meinen Satz wiederholen. Mir kamen es wie zehn Minuten vor, bis ich endlich Diaz dranhatte. Im Kino und Fernsehen wird der Öffentlichkeit weisgemacht, die Polizei würde mit Hilfe aufwändiger Technik effizient arbeiten. Aber so gut sind die Jungs längst nicht.

»Vince Diaz«, meldete er sich endlich.

»Diaz, hier ist Max Freeman.«

»Max. Seit wann sind Sie wieder im Dienst?«

Ich überging seinen Sarkasmus.

»Diaz, ich habe das Mädchen, die kleine Alvarez.«

Stille am anderen Ende. Ich dachte, unser Gespräch sei unterbrochen worden oder die Satellitenverbindung sei gestört.

»Diaz?«

»Gut, gut, Freeman. Immer mit der Ruhe, ja? Beruhigen Sie sich. Erzählen Sie mir, was passiert ist.«

Diaz hatte auf Vermittler umgeschaltet, und mir wurde klar, dass ich die falschen Worte benutzt hatte.

»Ich habe sie gefunden, Diaz. Ich habe das Mädchen gefunden, und sie lebt. Aber Sie müssen sofort Hilfe hier rausschicken.«

»Großer Gott. Sie haben sie gefunden? Wie, zum Teufel ... Wo sind Sie, Max?«

Ich hörte, wie er die Neuigkeit in den Raum hineinrief, die Nachricht mit den anderen teilte, bevor er wieder mit mir redete.

»Gut, Max. Sie lebt? Richtig? Sie haben gesagt, sie lebt? Wo sind Sie, verdammt?«

Ich stand auf und ging hinaus, damit die Verbindung besser wurde. Nate Brown war verschwunden. Wenn der Alte mit der Sache was zu tun hatte, hatte er eine Kehrtwendung gemacht, indem er mich hierher geführt hatte. Sollte er andererseits wirklich versucht haben, den Mörder zu finden, wie seine Gruppe in der Loop Road Bar behauptet hatte, hatte er vielleicht Erfolg gehabt. Und dann hatten sie die Sache womöglich schon auf ihre Weise geregelt. Aber, egal, ich hatte das Gefühl, Brown würde nicht zurückkommen, und ich hatte keine Ahnung, wo ich war.

Ich blickte hinauf in die Bäume, als ob dort ein Straßenschild hängen würde. Doch hier war nicht die Ecke Dreizehnte Straße und Chestnut Street. Man konnte keine Adresse nennen.

»Wir sind in den Everglades«, sagte ich. »Irgendwo südlich von meinem Fluss abseits des L-10-Kanals. Westlich davon und irgendwo auf einer langen, mit Bäumen bewachsenen Insel.«

Ich stellte mir vor, wie Diaz und die anderen in Hammonds' Büro gingen und mit den Fingern von der gelben Stecknadel aus, die meine Hütte kennzeichnete, über die Karte fuhren.

Auf der Veranda war es ruhig. Der Wind in den Bäumen hatte sich gelegt, und von dem Gestell mit den Alligatorhäuten wehte der Gestank eines verrottenden Kadavers herüber. Kein Vogel war zu hören. Kein Blatt rührte sich. Es herrschte Totenstille.

»Lieber Himmel, Max, das ist ja ein riesiges Gebiet«, meldete sich Diaz wieder. »Können Sie eine ungefähre

Kilometerangabe machen? Irgendeinen Orientierungspunkt?«

Ich ging in die Hütte zurück und wiederholte die allzu vage Wegbeschreibung ab dem Kanal. In diesem Moment sah ich es.

Ich weiß nicht, wie ich es hatte übersehen können. Vielleicht hatte ich nicht so genau auf den Stuhl geachtet, weil er keine Gefahr darstellte und weil ich das Mädchen gesehen hatte. Jetzt blickte ich auf das dunkle Stück Stoff auf dem Stuhl, auf dem ein GPS-Gerät lag. Es war fast das gleiche Modell, das ich in meiner Hütte am Fluss gefunden hatte.

»Ich glaube, ich habe eine bessere Möglichkeit«, sagte ich zu Diaz und ging mit dem Gerät hinaus ins Licht. »Ich habe ein GPS-Gerät.«

Billy hatte mir gezeigt, wie man das Gerät bedient, das ich mitgebracht hatte. Bei dem hier war die Batterie noch geladen, und ich fragte die aktuelle Position ab, nannte Diaz die Längen- und Breitengrade und vergewisserte mich, dass ich alles richtig gemacht hatte.

»Ja, die Angaben ergeben Sinn, Mr. Freeman.«

Hammonds war am Telefon.

»Wir schicken einen Rettungshubschrauber los. Kann er dort irgendwo landen?«

Hammonds' Stimme klang angespannt, aber beherrscht.

»Ja«, erwiderte ich und dachte an das trockene Stück Land, an dem Brown und ich die Insel betreten hatten. »Östlich von meiner Position ist der Boden trocken.«

Ich ging hinaus, um zum ersten Mal die Gegend um die Hütte herum zu erkunden.

»Wir sind in der Mitte einer Insel, aber die Marsch ist nur etwa hundert Meter von hier entfernt.«
Hinter der Hütte fiel der Boden zu einem sieben Meter breiten Wasserband ab. Ein natürlicher Kanal schlängelte sich ins Dickicht zwischen den Bäumen. Am Ufer lag ein hölzernes Skiff, das fast wie das von Brown aussah, sowie ein flaches, verbeultes Aluminiumboot mit einem alten Außenbordmotor am Heck.
»Und Sie können auch mit einem Boot herkommen«, sagte ich und ging langsam auf die andere Seite der Hütte hinüber.
»Wir haben die Koordinaten schon an die Leute von der Logistik weitergegeben«, erwiderte Hammonds.
Dieser Teil der Hütte lag im Schatten. Von hier aus sah ich, dass hinter dem Alligatorgestell ein langer halbierter Stamm einer Zypresse lag. Das Kernholz war fast vollständig mit schwarzen Flecken übersät. Fliegen summten um die Oberfläche und auch um einen dicken Stumpf herum. Hier wurden die Alligatoren geschlachtet. Ein Beil steckte mit halber Klinge im Stumpf, daneben ein Messer. Der Griff war glatt und blank poliert, die kurze, glänzende Klinge stark gebogen.
»Mr. Freeman?« Ich hielt das Telefon immer noch an mein Ohr. Es war Hammonds, der sich vorsichtig meldete. »Mr. Freeman, sind Sie alleine mit dem Mädchen?«
»Ja«, erwiderte ich. »Sieht so aus.«
»Gut, bleiben Sie in der Leitung.«
Er gab das Telefon an Diaz zurück. Vom Stumpf der Zypresse aus ging ich einen schmalen, ausgetretenen

Weg entlang, der nach unten in ein Dickicht aus Trompetenblumen und Farn führte.

»Max, wir kommen raus. In welcher Verfassung ist das Mädchen? Wie geht's ihr, medizinisch gesehen?«

»Der Atem ist regelmäßig, aber wahrscheinlich ist sie fast verdurstet«, erklärte ich und schob mit einem Arm Zweige und Ranken zur Seite, bis ich eine kleine Lichtung erreicht hatte.

»Wie sieht's mit Verletzungen aus?«

Auf der Lichtung herrschte ein unerträglicher Verwesungsgestank. Der Boden war übersät mit Innereien und Knorpeln, die nach dem Schlachten hier abgeladen worden waren. Ich wollte gerade zurückgehen, als ich ihn aus dem Augenwinkel sah.

Vom dicken Stamm eines Poisonwood-Baums hing die Leiche von David Ashley, um den Hals ein gelbes Nylonseil, unter ihm ein einfacher umgekippter Holzstuhl wie der aus der Hütte. Sein Kopf war zur Seite geneigt, und seine trüben Augen waren auf mich gerichtet.

»Ach, und Diaz«, meldete ich mich wieder. »Am besten bringen Sie noch einen Leichensack mit.«

»Einen was? Ich dachte, Sie hätten gesagt, sie sei …«

»Das Mädchen ist okay«, fiel ich ihm ins Wort. »Aber hier ist jemand, dem es nicht so gut geht.«

Ich blieb in der Leitung, während ich von der Lichtung zurückging.

Auch Diaz bewegte sich. Die Verbindung wurde schlechter, im Hintergrund hörte ich jemanden rufen und Befehle erteilen.

»In Ordnung, Max. Wir sind auf dem Weg. Ich habe

Ihre Nummer. Wir bringen ein Team mit. Max? Ihnen geht's gut?«

»Ja.«

Ich drückte die Aus-Taste und ging zurück in die Hütte, wo ich mich neben das Mädchen setzte. Sie hatte sich nicht bewegt. Ich gab ihr noch etwas Wasser, aber die Augen öffnete sie immer noch nicht. Als ich sie berührte, stöhnte sie. Ich blieb in der Nähe, hielt das Telefon fest und fasste sie nicht noch einmal an.

Fünf Minuten, bevor ich den Hubschrauber hören konnte, wurden die Vögel draußen unruhig. Ich trat auf die Veranda. Ein Schwarm Mangrovenreiher erhob sich aus den Bäumen und flog zur Marsch hinaus. Dann erst hörte ich die Rotorblätter, die durch die Luft schnitten. Vom etwas tiefer liegenden Wald drang nervöses Kratzen und Scharren herauf, dann platschte etwas ins Wasser. Ein Fisch konnte das nicht gewesen sein.

Der Lärm wurde lauter, und die Blätter und Äste wirbelten und peitschten in der Luft, als der Hubschrauber über mir schwebte. Schließlich flog er in Richtung der Marsch weiter und verschwand hinter den Bäumen.

Es wurde wieder ruhig, und ich musste noch eine Viertelstunde warten, bis ich am Knacken der Äste hörte, wie jemand aus der Richtung des Hubschraubers durchs Unterholz gerannt kam. Richards war die Erste, auf dem Kopf eine Baseballmütze und ihr Haar zu einem Pferdeschwanz zusammengebunden. Wie eine Schwimmerin arbeitete sie sich durchs Dickicht, griff mit den Armen nach vorne und schob alles zur Seite, was ihr in den Weg kam. Ihre Jeans war bis zur Hälfte der Oberschenkel nass, und als sie näher kam, sah ich auf ihrem Gesicht Striemen, wo zurückschnellende Äste sie wie eine Peitsche getroffen hatten.

»Wo ist sie?«, fragte sie, sobald sie in Hörweite war, drängend, aber nicht schroff. Ich trat zur Seite, als sie die Treppe herauf- und an mir vorbeirannte. Ihre grünen Augen leuchteten vor Aufregung. Sie konnte ihre Gefühle kaum noch unter Kontrolle halten. Diaz kam fünf Minuten später. Er trug hohe Stiefel und achtete mehr auf seinen Weg, als Richards es getan hatte.

»Lieber Himmel, Max«, keuchte er außer Atem, als er die Veranda erreicht hatte. »Das ist ja widerlich hier.«

Er blickte sich prüfend um und kniff die Augen zusammen, als er das Alligatorgestell entdeckte.

»Die Sanitäter kommen gleich«, sagte er und trat durch die Tür.

Richards saß auf dem Bett und hielt das Kind schaukelnd in ihren Armen. Zuerst dachte ich, sie würde ein Wiegenlied singen, hörte dann aber, dass sie immer nur denselben Satz wiederholte: »Jetzt bist du in Sicherheit, jetzt bist du in Sicherheit.« Das Mädchen drückte ihr Gesicht an Richards' Hals und schluchzte. Ihr ganzer Körper vibrierte. Sie hatte die Augen geöffnet, und ich hoffte, dass sie das, was sie sah, eines Tages vergessen würde.

Während Richards das Kind in ihren Armen wiegte, bemerkte sie die schmutzige Decke, in die das Mädchen gewickelt war. Der Anblick schien sie zu verwirren, und sie zog sie herunter und legte sie zur Seite.

Ich hatte nicht auf die Decke geachtet, doch irgendetwas an der Größe und Farbe weckte in mir die Erinnerung an die verängstigten Worte einer Mutter. Das Mädchen der Familie Alvarez war aus dem Hinterhof entführt worden, doch Alissa Gainey war bei der Entführung schon zum Schlafengehen vorbereitet gewesen.

»Sie war schon im Schlafanzug. Ihre kleine Decke war weg. Sie hat sie nie aus der Hand gelegt. O Gott, sie ist tot.«

Ich legte in meinem Kopf einen kleinen rauen Stein zur Seite, um ihn später zu bearbeiten, und beobachtete Diaz, der im Zimmer umherging und mit seinen Polizistenaugen alles registrierte, ohne etwas zu berühren. Ich wusste nicht, ob er die Vorschriften beachtete oder einfach nur vom Dreck angewidert war. Ich erzählte ihm von dem Stuhl und dem GPS-Gerät, das darauf gelegen hatte. Er sah es sich an.

»Es ist, als hätte er ein Schild an die Tür gehängt, auf dem steht: ›Gut, ihr habt mich gefunden, aber für das Mädchen ist es zu spät.‹«

Ich begann, meine eigene Theorie zu erläutern, denn ich glaubte mittlerweile, dass Nate Brown das GPS-Gerät hier hatte liegen lassen – die einzige Möglichkeit, um für schnelle Hilfe zu sorgen –, hielt aber mitten in meinen Ausführungen inne und nickte nur. Vielleicht hatte Hammonds Recht mit dem Schlangennest. Aber jetzt hatten die Schlangen ihre Flucht aufgegeben und fraßen sich gegenseitig.

Doch wenn Brown mit der Entführung zu tun hatte, warum hatte er die Sache nicht zu Ende gebracht oder war einfach abgehauen? Wenn er zufällig auf den Tatort gestoßen war, welche Möglichkeiten hätte er gehabt? Mit seinem Skiff zum nächsten Telefon zu staken und die 9-1-1 anrufen? Offensichtlich kannte er den Weg zu meiner Hütte. War er vor ein paar Tagen schon einmal dort gewesen und hatte das andere GPS-Gerät bei mir versteckt, um mich zu belasten? Doch irgendwie konnte ich mir den alten Mann nicht in Gummistiefeln mit weichen Sohlen vorstellen.

Von draußen drang der Lärm der Sanitäter herein, die sich ebenfalls einen Weg durchs Unterholz bahnten. Wir gingen hinaus, und Diaz zeigte ihnen, die eine Trage und zwei große orangefarbene Transportkisten mit medizinischer Ausrüstung mitbrachten, den Weg. Sie stapften die Treppe hoch, und ich fragte mich, ob der Boden die vielen unerwarteten Gäste von David Ashley aushalten würde.

Diaz und ich beobachteten durch die Tür hindurch die Mannschaft beim Auspacken ihrer Ausrüstung. Entweder wollte das Kind nicht von Richards fort oder umgekehrt. Sie hielt das Mädchen fest, während es untersucht wurde. Da ich hier nicht gebraucht wurde, wandte ich mich ab.

»Also, wo ist der Tote?«, fragte Diaz. Ich führte ihn zur Rückseite der Hütte. Immer noch registrierte er alles genauestens, machte sich einen inneren Plan von der Gegend und den Zugangswegen und versuchte, sich zu orientieren. Er war ein guter Polizist, doch ich bezweifelte, ob sich jemand von außerhalb in Ashleys Welt hier zurechtfinden konnte.

Die Sonne hatte ihren Zenit schon überschritten, und der Wind, der wie üblich um diese Zeit eingesetzt hatte, fing sich in den Blättern der Baumspitzen, brachte sie zum Schaukeln und ließ die Sonnenstrahlen hindurch, die den Boden aus toten Zweigen und vertrocknetem Laub sprenkelten.

»Welcher Mensch kann denn auf diese Weise leben?«, fragte Diaz.

Ich behielt meine Meinung für mich und ging weiter, doch Diaz packte mich am Ellbogen.

»Hören Sie, Max. Ich verrate Ihnen keine Geheimnisse, wenn ich Ihnen sage, dass Sie wieder auf Hammonds' Liste der Verdächtigen stehen«, meinte er und sah mich an, als wollte er mir zu verstehen geben, ich hätte in ihm einen Verbündeten gefunden. Auch das gehörte zu einer guten Verhörtechnik, und wer sie gut beherrschte, war nicht leicht zu durchschauen. Im Moment konnte ich jedenfalls nicht sagen, ob sein Angebot ehrlich gemeint war.

»Es ist das zweite Mal, dass Sie ein Kind finden. Es wird schwer sein, zu beweisen, dass Sie nichts damit zu tun haben.«

Er hatte Recht. Jetzt hatte ich wirklich etwas damit zu tun.

»Der Mann soll denken, was er will«, erwiderte ich und versuchte meinen Verdacht, dass Hammonds mich überwachen ließ, möglichst nicht zu beachten. »Ich glaube, Sie haben im Moment Wichtigeres zu tun, egal, was Ihr Chef über mich denkt.«

Diaz zuckte mit den Schultern und wandte den Kopf ab.

Vielleicht war er auf meiner Seite.
Als wir die Rückseite der Hütte erreicht hatten, bemerkte Diaz die beiden Boote und fragte, ob der alte Außenbordmotor funktionierte. Als wir an die Stelle kamen, wo die Alligatoren geschlachtet wurden, presste er seine Hand auf die Nase, sah sich einmal um und drehte sich wieder weg. Über das Messer im Baumstumpf sagte er nichts.
»Wie sind Sie überhaupt hier rausgekommen?«, fragte er.
Ich erzählte ihm, dass Brown bei Tagesanbruch in meiner Hütte aufgetaucht war und mich durch den Kanal und die Marsch hierher gebracht hatte.
»Der geheimnisvolle Mann aus den Everglades? Der Kriegsheld? Und Sie haben keine Angst gehabt, dass dieser alte Mann – dieser starke alte Mann, müsste ich wohl sagen – Ihnen in dieser Wildnis eins überbraten und sie den Alligatoren zum Fraß vorwerfen würde?«
»Ja, darüber habe ich nachgedacht«, antwortete ich im Weitergehen.
Ich führte ihn den Pfad entlang zu Ashleys Leiche. Ein Schwarm laut summender Insekten hatte sich in der mittäglichen Hitze versammelt. Der Anblick eines erhängten Menschen schien Diaz weniger auszumachen als vorhin der des Schlachtplatzes. Er hatte schon genug tote Menschen gesehen, und mit diesem hier hatte er kein Mitleid.
»Über diesen Mann haben wir nichts gefunden, solange er gelebt hat«, sagte Diaz. »Kein einziger Akteneintrag. Keine Verhaftungen. Kein Eigentum. *Nada.* Finger-

abdrücke werden wir von ihm erst haben, wenn sie ihm im Leichenschauhaus abgenommen werden. Wie alt sieht er aus? Vierzig? Fünfundvierzig? Wie kann heutzutage jemand leben – selbst hier draußen –, ohne eine Spur zu hinterlassen?«

Als ich keine Antwort gab, stieß Diaz die Leiche am Bein an, so dass sie sich langsam drehte.

»Er fühlt sich also von den Übergriffen der Zivilisation bedrängt, und wie ein Tier, das sein Revier verteidigt, tötet er die Jungen seiner Feinde, um sie abzuschrecken.«

Die von Diaz entwickelte Theorie mochte falsch sein, aber von Ashleys schwarz werdenden Lippen war kein Widerspruch zu erwarten.

»Dann sieht er, dass es nicht funktioniert. Er wird psychotisch, bringt sich selbst um und lässt zu, dass das Kind hier an diesem gottverlassenen Ort stirbt.«

Ashley hörte auf, sich zu drehen.

»Selbstmord eines Mörders«, schlussfolgerte Diaz und wandte sich ab. »Habe ich schon ein Dutzend Mal gesehen. Zwar nie einen so seltsamen Fall wie diesen hier« – er wies zur Insel –, »aber ein Dutzend Mal.«

Die Theorie war gut. Alle Fakten passten zusammen und ergaben ein hübsches, schlüssiges Bild.

Aber ich glaubte nicht daran. Als sich Ashleys Leiche gedreht hatte, hatte ich gesehen, dass in der Scheide an seinem Gürtel immer noch das kurze gebogene Messer steckte. Das Messer am Schlachtplatz gehörte also nicht ihm.

In der Ferne hörten wir das leise Brummen von starken

Außenbordmotoren, das aus der Richtung des kleinen Wasserlaufs zu uns drang.

»Das müssen Hammonds und die Leute mit dem Leichensack sein«, sagte Diaz und ging den Pfad zurück.

Als Diaz hinter dem Schlachtplatz um die Ecke gebogen war, zog ich mit einem feuchten Taschentuch das gebogene Messer aus dem Stumpf. Wenn es weder Brown noch Ashley gehörte, wem dann? Ich klappte das Messer zusammen, wickelte es ein und steckte es in meinen Kampfstiefel. Wieder manipulierte ich einen Tatort und ließ Beweismaterial mitgehen. Aber ich wusste auch, dass demjenigen, hinter dem wir wirklich her waren, endlich ein Fehler unterlaufen war, dass er etwas hier zurückgelassen hatte, auf das er nicht verzichten konnte. Wir mussten ihn also nur dazu bringen, dass er es sich holte. Das Messer war ohne die Hand des Besitzers sinnlos.

Als ich um die Ecke kam, sprang Hammonds vom Bug eines Whalers mit Mittelkonsole. Ein zweites Boot diesen Typs versuchte, das flache Ufer hinaufzukommen. Der Fahrer ließ die Schraube durchdrehen und wühlte den Untergrund auf. In jedem Boot saßen fünf Männer. Zwei der Männer, die in Hammonds' Boot saßen, erkannte ich als FBI-Agenten, noch bevor sie mir die leuchtend gelben Buchstaben auf dem Rücken ihrer dunkelblauen Windjacken zudrehten.

Auch Hammonds trug, trotz der dampfenden Hitze, eine leichte Jacke, hatte aber wenigstens die Krawatte abgenommen. Seine schicken schwarzen Schuhe versanken bis zu den Schnürsenkeln im Matsch. Diaz redete mit ihm und deutete in verschiedene Richtungen: Das Kind war da drin in der Hütte bei Richards, die Leiche dort hinten.

Die Jungs vom FBI standen bei ihm, hörten zu, blickten aber nach oben in die Bäume, als suchten sie nach Heckenschützen. Diaz wartete, bis die Leute von der Spurensicherung ihre Sachen ausgeladen hatten, und führte sie zu Ashley. Hammonds kam auf mich zu. Der Matsch sog an seinem Schuh und zog ihn beinahe von seinem Fuß, bevor er sich bückte und ihn rettete. Doch es schien ihn nicht aus der Fassung zu bringen. Als er schließlich neben mir stand, wirkte er tatsächlich richtig nett.

»Hübsches Plätzchen, Freeman«, sagte er. Seine Heiterkeit überraschte mich. »Wenn wir zurück sind, können Sie mir mit eigenen Worten erzählen, wie Sie diesen Ort hier gefunden haben.« Ich schwieg. Die FBI-Agenten schwiegen. Gemeinsam gingen wir zur Hütte.

Die Sanitäter hatten das Mädchen auf eine Trage gelegt. In ihrer Hand steckte ein Infusionsschlauch, an dessen Ende ein Plastikbeutel hing. Er kam mir vertraut vor. Sie hatten ihr Gesicht mit Tupfern gereinigt und sie mit sauberen weißen Laken zugedeckt, bereit zum Abtransport. Richards streichelte immer noch über das Haar des Mädchens und informierte Hammonds kurz über den Stand der Dinge.

»Sie steht unter Schock und leidet unter Dehydrierung und Erschöpfung. Hat wahrscheinlich seit der Entführung nichts getrunken. Die Sanitäter wissen nicht, ob sie es noch lange ausgehalten hätte, aber jetzt ist sie wohl über dem Berg.«

Richards bemühte sich, sich ihre Gefühle nicht anmerken zu lassen.
»Vorerst keine Anzeichen von sexuellem Missbrauch.«
»Ich möchte, dass Sie und Diaz bei ihr im Krankenhaus bleiben, bis sie stabil ist«, sagte Hammonds und berührte Richards an der Schulter.
Sie nickte. Die Sanitäter hoben die Trage an und gingen hinaus. Richards blieb kurz stehen und sah zu mir hoch. Tränen glänzten in ihren Augen. »Wir haben sie noch rechtzeitig gefunden«, sagte sie. Ich glaube, sie versuchte zu lächeln.

Hammonds beobachtete mich, als ich in die Hütte zurückkam. Die Jungs vom FBI marschierten herum, einer von ihnen fotografierte mit einer teuren Digitalkamera den Raum aus allen möglichen Blickwinkeln. Wahrscheinlich wollte er für den Unterricht an der Akademie die Welt eines Ungeheuers festhalten.
Die Sanitäter hatten ihren Müll zurückgelassen – zerrissenes Papier und Plastikhüllen von den Spritzen und Geräten, die sie benutzt hatten. Mir fiel auf, dass jemand – wahrscheinlich Richards – die Kleider des Kindes und die schmutzige Decke in einen Beutel gepackt und den Jungs von der Spurensicherung dagelassen hatte. Der Stuhl, auf dem ich das GPS-Gerät gefunden hatte, war zur Seite geschoben worden.
Hammonds sah sich die Hütte einen Moment lang an, zeigte aber kein Interesse an dem zerbrochenen Tisch oder der kaputten Öllampe.
»Ich werde mal nach dem verstorbenen Mr. Ashley

sehen«, kündigte Hammonds an. Die ungewöhnlich pflichteifrigen FBI-Agenten folgten ihm.
Ich blieb auf der Terrasse und lauschte dem Motor des Hubschraubers. Der künstliche Sturm peitschte wieder durch die Bäume, ließ aber diesmal einen Blätterregen niedergehen, während der Hubschrauber aufstieg und Richtung Osten davonflog. Ich fragte mich, wo Nate Brown stecken mochte. Ich wusste, er würde nicht weit weg sein, vielleicht irgendwo im hohen Riedgras sitzen und den Hubschrauber beobachten. Er würde die Motorboote hören und die Abgase riechen.
Ich rief Billy vom Mobiltelefon aus an und erreichte ihn im Büro. Geduldig hörte er zu, was ich zu berichten hatte.
»Sie werden es Selbstmord eines Mörders nennen und den Fall abschließen«, meinte er.
»Ja, ich weiß.«
»Dann bist du aus dem Schneider. Wahrscheinlich werden sie deine Akte noch nicht schließen, weil sie wissen, dass noch nicht alles geklärt ist, aber wenn kein weiteres Kind verschwindet, ist die Sache ausgestanden.«
»Ja, und sie lebten glücklich bis an ihr Ende.«
Ich erzählte ihm nichts von dem Messer in meinem Stiefel. Er sagte, er müsse noch ein paar Akten durcharbeiten, die er für einen Fall gesucht hatte, und würde mich bei der Polizei treffen, wo, wie wir beide wussten, die Medien einen Höllenspektakel veranstalten würden.
»Mein Rat ist, ihnen aus dem Weg zu gehen«, sagte Billy.
»Danke.« Ich drückte die Aus-Taste.

Als ich hinter die Hütte ging, schleppten die Männer von der Spurensicherung gerade den schwarzen Plastiksack mit David Ashleys Leiche zwischen den Bäumen hindurch. Der drahtige Mann aus den Everglades hatte keine siebzig Kilo gewogen. Die Männer von der Spurensicherung waren kräftig und erfahren, und sie hatten kaum Mühe mit ihm. Einer von ihnen dokumentierte alles mit einer kleinen Videokamera. Mit Sicherheit hatte er der Schlinge und dem umgekippten Stuhl auf der Lichtung besondere Aufmerksamkeit gewidmet. Ob er in der Hütte genauso sorgfältig filmen würde? Niemand würde Lust haben, noch einmal hier herauszukommen. Das Team hatte besonders starre Mienen aufgesetzt. Alle schlugen mit den Händen nach den Moskitos, die um sie herumschwirrten. Sie alle trugen langärmlige Hemden, auf denen sich am Rücken und unter den Armen große Schweißflecken abzeichneten. An ihren Stiefeln klebte Matsch und mit Sicherheit auch Eingeweide von den Tieren. Das ließ sich hier kaum vermeiden. Doch ihre Arbeit war selten leicht, und sie erledigten sie mit einem unerschütterlichen Gleichmut.

Hammonds' Gesicht drückte unterschwellig, aber unmissverständlich eine Erleichterung aus, von der sonst niemand beseelt zu sein schien. Schwitzend wie die anderen, stand er mit verschränkten Armen da. Einmal saßen mindestens drei oder vier Moskitos gleichzeitig auf seinem Gesicht, die er nicht zu bemerken schien, während er den Männern beim Zusammenpacken zusah. Die Fragen der Männer beantwortete er mit einem kurzen Satz oder Befehl und wandte sich hin und wieder einem der Agenten zu, um sich leise zu unterhalten. Doch meistens schwieg er. Er sah für mich aus wie jemand, der sich nach einem kühlen, weichen Bett sehnte, in dem er lange und ungestört schlafen wollte. Und zwar bald.

Als sie fertig waren, stand die Sonne im Westen als orangefarbener Ball am Himmel. Die Boote waren beladen. Ashley hatte einen wenig rühmlichen Platz im Heck auf dem Boden zugewiesen bekommen. Die Leute von der Spurensicherung vermieden es, auf den schwarzen Sack zu blicken. Das Ufer war mittlerweile zu einer Suppe aus Schlamm und Gras niedergetreten, zwei Trampelpfade führten vom Ufer zur Vorderseite der Hütte und ins Dickicht, wo Ashley am Baum gehangen hatte. Überall lagen Verpackungsmaterial, leere Filmdosen und Latexhandschuhe herum. Bevor wir aufbrachen, befestigte einer der Männer gelbes Absperrband entlang der Anlegestelle zwischen einem Stamm eines Gumbo-Limbo und einer Meertraube: »POLIZEILICH GESPERRT. BETRETEN VERBOTEN«. Ich war mir sicher, dass keiner dieser Männer jemals zurückkehren würde. Sie hatten alles, was sie brauchten.

Unsere Boote bahnten sich ihren Weg durch den engen Kanal. Nate Brown und ich waren von Osten gekommen, doch nun verließen wir die Insel Richtung Westen. Als der mit Riedgras bewachsene Wasserweg breiter wurde, drehten die Fahrer die Motoren hoch.

Hier, in einigem Abstand von der Insel, war die Luft frischer und kühler, und von meinem Platz im Bug aus roch sie nach frisch umgegrabener Erde. Der Regen hatte sich zurückgehalten, und der an manchen Stellen nahe am Horizont noch blau durchschimmernde Himmel war mit rosa und lilafarbenen Wolken verhangen. Der Lärm der Motoren übertönte alle anderen Geräusche, und die meisten Männer hatten ihre Gesichter dem Fahrtwind zugewandt. Ihre Augen schimmerten in den Farben des Sonnenuntergangs.

21

Als wir den öffentlichen Angelplatz erreichten, den Hammonds als Anlegestelle benutzte, war es bereits völlig dunkel. In der Ferne schimmerte zwar künstliches Licht, dennoch mussten wir die Taschenlampen benutzen, um den Weg zu finden.

Als wir am Ufer anlegten, setzte sich die Mannschaft effizient wie immer in Bewegung. Ihre Kollegen, die den ganzen Nachmittag über gelangweilt gewartet hatten, kamen angerannt, um beim Ausladen der Boote zu helfen. Ein großer Van der Polizei stand in der Nähe auf dem mit Muscheln bedeckten Parkplatz neben einem schwarzen Chevy Suburban der Gerichtsmedizin, fünfzig Meter dahinter der Hubschrauber des Sheriffs.

Zuerst wurden die Beweise und die Ausrüstung ausgeladen, dann kamen die Gerichtsmediziner, um Ashleys Leiche zu übernehmen. Als sie gerade den schwarzen Sack aus dem Whaler hievten, blitzte plötzlich ein Flutlichtscheinwerfer auf. Alle blinzelten oder schirmten die Augen mit der Hand vor dem grellen Licht ab. Billy hatte Recht gehabt mit der Presse. Mindestens ein Nachrichtensender hatte herausbekommen, von wo aus die Mannschaft agierte, und konnte nun »exklusiv« berich-

ten, wie die in den Everglades gefundene Leiche ausgeladen wurde.
Niemand war überrascht. Vor der Presse konnte kaum etwas geheim gehalten werden. Jede Nachrichtenzentrale verfügte über eine Reihe von Polizeifunk- und Notrufabhörgeräten oder hatte ein Dienstleistungsunternehmen beauftragt, das nichts anderes tat, als den Funkverkehr zu überwachen und rund um die Uhr Meldungen und Anweisungen weiterzugeben. Einige Polizeidienststellen hatten sogar die üblichen Codes aufgegeben – ein mittlerweile archaisches System, bei dem zum Beispiel ein Mord mit »Signal 5« oder eine Vergewaltigung mit »Signal 35« gemeldet wurde, in der Hoffnung, damit ein paar Lauscher auf Distanz zu halten. Aber Reporter und Mitarbeiter der Lauschdienste kannten die Codes, wodurch das Spielchen sinnlos wurde.
Mit Beginn der Kindermorde hatte jeder Funkspruch, mit dem ein Polizist in die Everglades geschickt wurde, die Presse umgehend in Alarmbereitschaft versetzt. Bestimmt standen schon die Übertragungswagen der Fernsehsender vor dem Krankenhaus, in Flamingo Lakes und vor dem Polizeigebäude, in dem die Sonderkommission untergebracht war. Eine junge Reporterin und ein Kameramann hatten heute alles auf eine Karte gesetzt: Sie waren den Fahrzeugen der Spurensicherung und Gerichtsmedizin gefolgt und hatten den ganzen Tag hier draußen gewartet, um zu sehen, was sie in ihren Booten mitbringen würden. Ihre Geduld hatte sich bezahlt gemacht: Nahaufnahme vom

Leichensack. In den Nachrichten würden sie das ganz groß rausbringen.
Ich stand auf der anderen Seite des Whalers knapp außerhalb des Lichtkegels der Kamera und beobachtete die Gerichtsmediziner, die Ashleys Leiche heraushoben. Das Heck des Bootes schaukelte in dem flachen Wasser, und als einer der Männer seinen Fuß über den Rand hob und stolperte, verfing sich ein Band des Leichensacks in einer Belegklampe am Heck. Bei laufender Kamera versuchten die beiden Männer, das Band frei zu bekommen. Ein weiterer Mann kam hinzu, um zu helfen, aber auch er schaffte es nicht. Die Szenerie im Scheinwerferlicht hatte etwas Skurriles, und ich dachte darüber nach, wie sich die Situation den Zuschauern in den Elf-Uhr-Nachrichten darstellen würde. Aber genau das war meine Chance.
Rasch bückte ich mich und zog das eingewickelte Messer aus meinem Stiefel, ließ es aufschnappen und kletterte ins Boot. Das Licht der Scheinwerfer blitzte auf der Klinge, und mit einer einzigen Bewegung schnitt ich das Band sauber durch.
Einer der Jungs der Gerichtsmedizin bedankte sich. Gefolgt vom Kameramann, gingen sie den Abhang zu ihrem Wagen hinauf. Jetzt war das Filmmaterial perfekt.
Als ich wieder aus dem Boot stieg, sah ich, dass Hammonds mich beobachtete, aber im gleichen Moment abgelenkt wurde, weil man ihn rief.
»Chief Hammonds. Entschuldigen Sie, Chief.«
Die Reporterin ging auf ihn zu, und statt seine Hand zu heben und an ihr vorbeizueilen, blieb er stehen. Sie war

klein und dünn und hatte hohe Wangenknochen, und ihre braunen Augen zogen Hammonds' Blick auf sich, obwohl sie die anderen aus seiner Mannschaft, einschließlich mich, immer noch abschätzend beobachtete.

»Chief, können Sie mir wenigstens andeutungsweise sagen, wo Sie waren, und vielleicht auch, wer in dem Sack liegt?«, fragte sie ungezwungen, gleichzeitig höflich und entwaffnend. Hammonds schien sie zu kennen. Der Kameramann hielt sich währenddessen noch beim Fahrzeug auf.

»Donna, Sie kennen die Reihenfolge. Zuerst muss ich den Sheriff informieren. Diese Jungs hier müssen mit ihren Leuten reden«, erklärte Hammonds und deutete mit dem Daumen auf die Leute vom FBI. »Und dann werden wir höchstwahrscheinlich eine Pressekonferenz abhalten, und zwar für alle gleichzeitig und rechtzeitig für die Elf-Uhr-Nachrichten.« Er war ebenfalls höflich.

»Gut, also dann inoffiziell«, meinte Donna und drehte sich zu ihrem Kameramann, als wollte sie betonen, dass er nicht filmte. »Nur so viel, dass ich nicht umsonst hier draußen gewartet und mich von den Moskitos habe auffressen lassen.«

»Also dann inoffiziell, Donna.« Hammonds grinste unverhohlen. »Ich glaube, wir haben den Kerl.«

Die Agenten drehten sich um und gingen mit Hammonds zum Hubschrauber. Die Reporterin wandte sich an mich.

»Mr. Freeman, stimmt das?«, fragte sie. »Wieder einmal aus dem Sumpf aufgetaucht? Wie geht's Ihnen?«

Ich blickte sie an – wie zur Bestätigung. Ziemlich dumm

von mir. Ich hätte nicht überrascht sein sollen, dass mich eine intelligente Reporterin von den Berichten über den Flugzeugabsturz mit Gunther wiedererkannte, der erst vor einer Woche passiert war. Ich gab keine Antwort.

»Mr. Freeman, sind Sie von Philadelphia hierher ausgeliehen worden?« Sie war immer noch höflich. »Hat diese Geschichte hier irgendwas mit Philadelphia zu tun?«

Billy hatte mal wieder Recht gehabt. Es gibt immer jemanden, der seine Hausaufgaben machte.

»Keinen Kommentar«, sagte ich und merkte, dass ich rot wurde.

»Kommen Sie?«, rief Hammonds vom Parkplatz aus, wo der Hubschrauber gerade gestartet wurde. Ich drehte mich um und rannte los.

Als wir alle angeschnallt waren und sich der Hubschrauber schwankend in die Höhe erhob, rief Hammonds über den Motorenlärm hinweg: »Sobald wir zurück sind, findet im Konferenzraum eine kurze Besprechung statt.«

Er redete zu allen, sah aber mich an. Als die Maschine zu steigen begann, setzte er sich den Kopfhörer auf. Den ganzen Flug über fiel kein Wort mehr. Ich blickte aus dem Fenster und zitterte bei dem Gedanken an meinen letzten Flug. Diesmal jedoch sah ich unter mir nur einen schwarzen Teppich. Kilometerweit kein einziges Licht. Ohne Mond waren auch die Kanäle, die sich durch das grasbewachsene Marschland zogen, nicht zu erkennen, und im Fenster des Hubschraubers spiegelten sich nur die grünen Instrumentenkonsolen.

In der Kabine war es heiß und eng. Ich versuchte, mir

vorzustellen, wie Ashley vier Nächte zuvor das Mädchen in seinem alten, verrosteten Ruderboot hier herausgebracht hatte, aber ich bekam kein Bild vor Augen. Ich zweifelte nicht an seiner Fähigkeit, sich in dieser Wildnis zurechtzufinden. Auch seine Fähigkeit, sie aus einem Hinterhof zu entführen und durch den von Menschenhand angelegten See zu fliehen, hielt ich bei einem Menschen mit seinen Talenten für möglich. Doch es gab weder einen Wasserweg noch einen Wald, der von den Straßen rund um Flamingo Lakes in diese dunkle Wildnis führte. Wie würde ein Mann wie er diesen Teil überwinden? Wie würde ein Mann, der sich nur mit Öllampen und dem Enthäuten von Tieren auskennt, aus einem Internet-Café eine E-Mail mit den GPS-Koordinaten verschicken?

Ich war überzeugt, dass er es nicht getan hatte, wusste aber nicht, was Hammonds glaubte. Während ich die Schleifsteine in meinem Gehirn drehte, zeigte sich am Horizont ein silberner Streifen – es waren nicht die Strahlen der aufgehenden Sonne in der Morgendämmerung, sondern die Lichter der Küstenstadt. Wenige Minuten später überquerten wir den Highway 27, der westlich an Fort Lauderdale vorbeiführte. Er war die Grenze. Auf der einen Seite: nichts als Schwarz, auf der anderen: ein Meer aus Lichtern, das sich bis zur Küste erstreckte.

Wir flogen geradeaus auf die Stadt zu und folgten einer Kette aus orangefarbenen Lichtern, die eine Hauptverkehrsstraße quer durch die Vorstadt säumten. Die Bäume waren in der Dunkelheit nicht zu erkennen, sondern nur dunkle Flecken, von denen die Lichterkette unterbrochen wurde. Die größeren dunklen Flächen mussten Golfplätze sein. Das Lichternetz wurde dichter, als wir auf die leuchtende Interstate zuflogen. Der Pilot senkte den Hubschrauber ab, ließ ihn zur Seite kippen und flog einen Kreis, bis er über dem Viertel in der Luft stehen blieb, in dem das Verwaltungsgebäude des Sheriffs stand, und setzte schließlich zur Landung an.

Ich fragte mich, was die Bewohner wohl von dem Sturm und dem Lärm hielten, den der Hubschrauber immer wieder verursachte. Der Anblick musste ihnen vertraut sein, auch wenn sie eigentlich nichts damit zu tun hatten. Sie würden niemals mit dem Helikopter zu einer wichtigen Besprechung fliegen. Sie wurden nicht gefragt, ob sie etwas gegen den Lärm einzuwenden hatten. Vielleicht war es ihnen egal. Vielleicht saßen sie nur vor dem Fernseher und überhörten den Hubschrauber, wie man irgendwann nicht mehr auf das Pfeifen des Nachtzugs und den Verkehrslärm auf der Autobahn achtet. So läuft's eben. Man lebt damit.

Der Landeplatz lag neben einem Parkplatz. Wir stiegen aus und gingen an geschlossenen Garagen entlang und durch Gittertore hindurch. Hammonds öffnete mit seiner Magnetkarte eine unbeschilderte Metalltür, die ins Gebäude führte. Es war der Hintereingang. Jedem war klar, dass uns die Fernsehleute und Reporter vor dem Gebäude auflauerten. Der Fahrstuhl, mit dem wir nach oben fuhren, war vielleicht derselbe, mit dem Diaz mich nach oben gebracht hatte, aber diesmal war alles anders. Wir stanken ziemlich heftig. Vier Männer, die einen

Tag in den feuchten Everglades mit verrottenden Eingeweiden, modernden Pflanzen und einer verwesenden Leiche verbracht hatten. Unsere Kleider waren nicht nur mit Sumpfwasser vollgesogen und voller Matsch, sondern auch total durchgeschwitzt. Unsere Gesichter waren von Insekten zerstochen und von der Sonne verbrannt. Hammonds hatte, als wir eingestiegen waren, den Knopf für den fünften Stock gedrückt, doch der Fahrstuhl hielt im dritten. Die Türen öffneten sich, und eine Büroangestellte mit einer Ladung Akten im Arm wollte eintreten, wich aber bei unserem Anblick, vielleicht auch wegen des Gestanks schnell zurück, gab uns ein Zeichen mit der Hand und murmelte etwas wie: »Fahren Sie ruhig weiter.« Wir stiegen im fünften Stock aus.

Es war neun Uhr, aber Büro und Gänge waren immer noch voller Detectives in Hemdsärmeln und den Polizisten in Uniform. Hammonds schien etwas auszustrahlen, das alle Umstehenden zum Schweigen brachte. Mehreren Mitarbeitern nickte er zu. Ein älterer Detective schüttelte ihm kurz die Hand. »Gratuliere.«

Im Glasbüro warteten Diaz und Richards bereits auf uns. Die FBI-Agenten gingen zu ihrem Computertisch, und Hammonds bedeutete mir und den beiden Detectives mit gekrümmtem Finger, ihm in sein Büro zu folgen. Diaz schloss die Tür hinter uns.

Wortlos ging Hammonds durch eine kleine Tür am Ende seines Büros und ließ Wasser laufen.

Ich setzte mich in einen gepolsterten Sessel. Mir war es egal, wie dreckig ich war. Diaz trug immer noch dieselben Kleider wie im Sumpf, aber nicht mehr seine Stiefel. Richards hatte sich ein enges Oberteil angezogen und in ihre noch nassen Jeans gesteckt. Ihr Haar hatte sie gebürstet, bis es glänzte.

»Wie geht's dem Mädchen?«, fragte ich, ein Vorwand, um ihr ins Gesicht schauen zu können.

»Ihr geht's gut. Die Eltern sind bei ihr.« An den Mundwinkeln deutete sich ein Lächeln an.

Hammonds kam zurück, trocknete sich das Gesicht mit einem Handtuch ab, ließ sich auf seinen Stuhl fallen und lehnte sich zurück.

»Gut, was habt ihr zu berichten?«

»Dem Kind geht es gut«, begann Diaz mit Blick auf seinen kleinen Notizblock. »Sie war dehydriert. Ihr ... äh ... Kaliumspiegel war sehr niedrig. Sie war mit Insektenstichen übersät, und an einem Fuß hatte sie einen kleinen Biss, vielleicht irgendein Nagetier, meinte der Arzt.« Er blätterte um, als würde er aus einer offiziellen Akte vorlesen.

»Es gibt keine Hinweise auf einen sexuellen Übergriff, und die einzigen Verletzungen sind blaue Flecke an den Armen, wo sie, wie die Ärzte glauben, gepackt und möglicherweise getragen wurde. Und in ihren Haaren und auf den Wangen haben sie Reste von Klebeband gefunden, mit dem man sie wahrscheinlich geknebelt hatte. Sie gehen davon aus, dass sie sich vollständig erholt, aber sie sei kurz vor dem Ende gewesen.« Beim letzten Satz blickte er mich an.

Richards saß wieder, mit verschränkten Armen, halb auf dem Tisch.

»Sie wurde mit ihren Eltern in einer Krankenhauswohnung in einem der oberen Stockwerke untergebracht«, sagte sie, ohne die Hilfe eines Notizblocks in Anspruch nehmen zu müssen. »Die Ärzte wollen sie ein paar Tage zur Beobachtung dabehalten. Die Presseleute hatten schon stundenlang draußen auf uns gewartet, bis die PR-Abteilung vom Krankenhaus die Notärzte dazu gedrängt hat, eine kurze Stellungnahme abzugeben, dass ihr Zustand stabil ist und sie optimistisch sind, was die Genesung angeht.«

Diaz überprüfte seine Notizen und nickte angesichts der präzisen Aussage.

»Die Eltern halten die Presse auf Abstand. Sie wollen noch nichts sagen«, fuhr Richards fort. »Sie waren uns sehr dankbar. Wir haben ihnen eine ungefähre Beschreibung der Stelle gegeben, wo sie gefunden wurde, und ihnen gesagt, dass der Entführer wahrscheinlich Selbstmord begangen hat.« Sie blickte Hammonds an, unsicher, ob sie einen Schritt zu weit gegangen war.

»Sehr gut. Schön«, meinte Hammonds und wandte sich mir zu. »Jetzt zu Ihnen, Mr. Freeman. Wenn es Ihnen nichts ausmacht, bitte ich Sie, noch einmal zu erklären, wie Sie diese Stelle gefunden haben.«

Ich wusste, dass ich jetzt in die Mangel genommen wurde. Dies war der einzige Grund, warum mich Hammonds mitgenommen hatte. Während er mit dem kleinen Frotteetuch in seinen Händen spielte, wiederholte ich alles, was ich auch zu Diaz gesagt hatte, und erzählte von Nate Brown, der in meiner Hütte aufgetaucht war, und von der Bootsfahrt zu der Hütte. Sie hörten zu. Ich wiederholte auch die Beschreibung von dem Mädchen und Ashleys Leiche. Sie hörten zu. Dann begab ich mich in eine gefährliche Situation.

»Es gab Anzeichen von einem Kampf. Der Tisch und die Lampe waren zerbrochen. Die Sache mit dem Stuhl unter dem Baum war zu auffällig. Und warum macht sich ein Einzelgänger wie Ashley überhaupt die Mühe, das Kind den ganzen Weg zu sich nach Hause zu schleppen? Sein Ziel war es schließlich nicht, sie zu vergewaltigen oder zu quälen.«

Sie hörten zu. Diaz merkte man an, dass er sich unwohl fühlte, als er sich bewegte. Hammonds drehte am Handtuch und kniff die Augen zusammen.

»Und wie lautet also Ihre Theorie?«, fragte er schließlich.

»Ein anderer war da.«

»Brown?«

»Ja, und noch jemand.«

»Haben Sie einen Beweis dafür?«

Ich dachte an das Messer, das noch in meinem Stiefel steckte.

»Ich hatte ein komisches Gefühl«, erwiderte ich nur.

Die drei ließen meine Worte auf sich wirken. Vielleicht dachten sie darüber nach, ob sie auch ein komisches Gefühl hatten. Hammonds durchbrach die Stille.

»Jetzt hören Sie mir mal zu, Freeman. Ich weiß nicht, ob Sie nicht tiefer in der Scheiße stecken, als Sie denken. Klar, wir versuchen, diesen Brown zu finden und mit ihm zu reden. Aber von diesem Ashley wurde ja noch gar keine Autopsie gemacht. Und in einer Viertelstunde muss ich vor den Sheriff, den Regionalleiter vom FBI, den Bezirksbürgermeister und wer weiß noch vor wen treten, um eine logische Erklärung für die Ereignisse abzugeben.«

Er war mit dem Stuhl an seinen Schreibtisch gerollt und hielt das Handtuch wie ein dickes Seil zwischen den Händen.

»Es besteht sozusagen dringender Handlungsbedarf. Und ich kann zu diesem Zeitpunkt nicht mit irgendeiner Verschwörungstheorie herumspielen. Wir haben einen verdammt guten Verdächtigen, der auch tot verdammt gut ist. Wir haben ein Kind davor gerettet, Opfer Nummer fünf zu werden. Wenn Sie jetzt von mir wollen, dass ich Sie zum Helden mache, bitte. Aber ich glaube nicht, dass Sie viel Wert auf eine ausführliche Recherche in Ihrer Vergangenheit legen dürften, die Ihr Heldentum mit sich bringen würde. Habe ich Recht?«

Ich dachte an Donna, die Reporterin. Vielleicht ging es Hammonds genauso. Ich nickte.

»Dann halten wir uns also an das, was wir im Moment haben.«

Die anderen nickten zustimmend. Hammonds erhob sich und ging Richtung Toilette, blieb aber noch einmal stehen, als wir das Büro verlassen wollten.

»Ach, Freeman.« Er hatte seine Stimme wieder unter Kontrolle. »Sie verlassen den Staat Florida nicht.«

Die FBI-Agenten beobachteten uns, als wir Richtung Flur gingen. Jedes Mal, wenn ich an ihnen vorbeiging, schauten sie mich an, als würden sie mich bereits in Handschellen sehen.

Mir war nicht klar, ob sie enttäuscht waren oder nicht.
»Großer Gott«, sagte Diaz, der als Erster sprach. »Ich habe den Alten noch nie fluchen hören.« Im Fahrstuhl drückte er den Knopf nach unten.
»Wenn er von uns erwartet, dass wir auf der Pressekonferenz erscheinen, muss ich mich unten in der Garderobe umziehen«, meinte Richards und blickte auf ihre schmutzige Jeans und die schlammverkrusteten Stiefel. Die feinen roten Striemen, die immer noch auf ihrer Stirn und ihren Wangen prangten, konnte sie nicht sehen. »Ich bin ja total verdreckt«, fuhr sie, mehr zu sich selbst als zu uns, fort.
Auf dem Weg nach unten fragte Diaz, ob ich eine Möglichkeit hätte, nach Hause zu kommen.
»Mein Anwalt wartet in der Eingangshalle«, antwortete ich.
»Das war wahrscheinlich gut geplant«, sagte er lächelnd.
Als sich die Türen im ersten Stock öffneten, drückte Diaz für mich den Knopf fürs Erdgeschoss und schüttelte mir die Hand, bevor er ging.
»Wir sehen uns noch, ja?«
Richards schien ihm folgen zu wollen, legte aber eine Hand auf die Sperre für den Türschließmechanismus. Ich dachte, sie würde noch etwas sagen, doch sie trat nahe an mich heran, stellte sich auf die Zehenspitzen und gab mir einen Kuss auf den Mund.
»Danke«, sagte sie. Ihre Augen waren eindeutig grün.

22

Als sich die Fahrstuhltüren im Erdgeschoss öffneten, brauchte ich eine Weile, bis mir die Situation klar war. In meinem Kopf drehte sich immer noch alles. Die Türen glitten bereits wieder zu, als ich meine Hand vorstreckte und die Sperre für die Fahrstuhltüren drückte. Mit wahrscheinlich glasigen Augen ging ich über den Flur, und meine Hand schien sich wie von alleine zu heben und meinen Mund zu berühren.

Auf der anderen Seite der Eingangshalle stand Billy in einem dunklen Maßanzug und betrachtete ein Gemälde, als würde es ihn ernsthaft interessieren. Die junge Frau am Empfang beachtete mich nicht, obwohl ich lautstark gegen die Fahrstuhltüren geschlagen hatte. Ihr Interesse, mit dem sie Billy beobachtete, schien echt. Billy drehte sich um, noch bevor ich ihn erreicht hatte. »M-Max«, grüßte er leise. »Sollen wir gehen?«

Als wir zur Tür gingen, rief die Frau freundlich: »Gute Nacht.« Billy hob lächelnd die Hand.

Draußen zog er mich scharf nach links. Die Übertragungswagen der Fernsehsender mit ihren ausgefahrenen Antennen drängten sich auf dem Bürgersteig vor und in der Nähe der Polizeistation. Die immer bereiten Reporter standen im Licht ihrer tragbaren Scheinwerfer und zeichneten ihre Anmoderationen für die Pressekonferenz auf. Donna konnte ich nirgends sehen. Von einigen neugierigen Blicken verfolgt, fuhren wir in Billys Wagen vom Parkplatz herab und Richtung Interstate. Billy rief jemanden von seinem Mobiltelefon aus an, sagte nur: »Wir sind auf dem Weg« und drückte die Aus-Taste. Mein Anwalt gönnte es mir, dass ich zwanzig Minuten schwieg und aus dem Fenster blickte, während wir auf der äußersten linken Spur die anderen Autos überholten. Er fuhr mit hundertvierzig, ließ kein anderes Fahrzeug an uns vorbei. So war er eben. Aber weder seine Geduld noch seine Ungeduld waren grenzenlos.

»Und?«, fragte er schließlich.

Ich begann meinen Bericht mit Nate Brown auf meiner Veranda und führte Billy durch meinen Tag. Billy unterbrach mich nur ein Mal, als ich berichtete, wie ich das Messer aus dem Stumpf gezogen und in meinen Stiefel gesteckt hatte. Bevor ich es herauskramen konnte, hob er die Hand, um mich am Weiterreden zu hindern.

»N-Noch mehr unterschlagene Beweise?«, fragte er nicht gerade erfreut. »Max, du bist raus aus der Sache. Was willst du noch b-beweisen? Warum selbst eine Verbindung zu dir herstellen?«

Ohne etwas zu antworten, schob ich das Messer in die nasse, matschverschmierte Gürteltasche auf dem Boden vor mir.

»D-Dann glaubst du also nicht, dass die Sache erledigt ist?«

»Doch, könnte sein«, erwiderte ich. »Solange kein weiteres Kind verschwindet.«

Es war fast Mitternacht, als wir am Apartmentturm ankamen. Während der letzten Kilometer hatte ich Billy dabei beobachtet, wie er sein analytisches Rechtsanwaltsgehirn arbeiten ließ. Wir waren gar nicht so verschieden. Seine Schleifsteine drehten sich nur anders.

Als wir durch die Wohnungstür traten, stand Dianne McIntyre in der Küche, zwar wieder ohne Schuhe, aber mit Billys Chefkoch-Schürze um den Bauch gebunden. Aus dem Ofen hinter ihr schlug uns der Geruch von Paella entgegen, und über die Mischung aus Meeresfrüchten mit Reis goss sie gerade einige Spritzer Chardonnay.

»Guten Abend, Jungs«, grüßte sie uns. »Ihr kommt gerade richtig zum Essen und zum Film.«

Sie griff nach oben, zog für Billy ein Weinglas aus dem Regal und schenkte ein. Als ich mich auf einen Hocker an der Bar setzte, legte sie ihre Hände flach auf die Ablage und fragte im breitesten, aber künstlichen Weststaatenakzent:

»Und, was darf's sein?«

Ich bestellte einen Gin, doch bevor sie sich umdrehte, rümpfte sie ihre perfekte Nase. »Duschen gibt's oben für fünfundzwanzig Cent.«

Ich sah an meiner mit Dreck überzogenen Kleidung hinab und lächelte. Billy, noch in seinem Anzug, legte einen Arm um McIntyres Hüfte, kostete den Wein und zog eine Augenbraue hoch. Wir hatten ja wirklich ein hübsches Paar abgegeben, als wir das Polizeigebäude verlassen hatten.

»Ja, Ma'am«, sagte ich und ging in die Gästesuite.

Nachdem ich geduscht hatte, zog ich eine Jeans und ein

weites T-Shirt mit einem Aufdruck der Temple University an, das sich Billys Haushälterin bei meinem letzten Besuch geschnappt hatte, um es waschen und bügeln zu lassen.

Der Gin stand für mich bereit. Im Wohnbereich setzten wir uns vor unsere dampfenden Schüsseln mit Paella und sahen uns McIntyres »Film« an.

Billy hatte sie gebeten, die Fernsehnachrichten und Hammonds' Pressekonferenz aufzuzeichnen.

Billy drückte auf den Knopf einer Fernbedienung. Eines der Ölgemälde glitt geräuschlos nach oben an die Decke und brachte einen flachen, breiten Bildschirm zum Vorschein. Er schaltete den Fernseher ein, drückte die Abspieltaste, und der lebensgroße Kopf einer Moderatorin sprach von der Wand herab zu uns.

»Unser Schwerpunktthema heute Abend: die dramatische Rettung der entführten sechsjährigen Amy Alvarez und die Entdeckung einer Leiche in den Everglades, nämlich der Leiche des Mannes, den die Polizei nach eigenen Angaben für den Mondschein-Mörder hält.

Heute Abend berichten wir exklusiv unter anderem von der Bergung der Leiche eines Mannes, von dem die Polizei sagt, er könnte für die Entführung und Ermordung von vier Kindern verantwortlich sein, den Gräueltaten, die Südflorida in diesem heißen, langen Sommer in Angst und Schrecken versetzt haben.«

Es wurden die von Donnas Kameramann gemachten Aufnahmen vom Bootsanlegeplatz gezeigt, die damit begannen, dass die Gerichtsmediziner den Leichensack aus dem Whaler hievten. Die Männer mühten sich mit der Leiche ab, die ihnen schließlich aus der Hand rutschte, weil das Band hängen blieb. Einer der Männer kniete nieder. Dann tauchte mein Rücken im Scheinwerferlicht auf, als ich ins Bild trat und mit dem Messer das Band durchtrennte. Aus dem Blickwinkel der Kamera war mein Gesicht nicht richtig zu sehen, doch die Klinge blitzte deutlich auf, bevor die Kamera zur Seite schwenkte und den Männern mit dem Leichensack zum schwarzen Chevy Suburban folgte.

Während wir auf den Bildschirm sahen, spürte ich Billys Blick auf meinem Gesicht. Doch ich drehte mich nicht zu ihm um, als kurz darauf die Moderatorin wieder im Bild war.

»Gleich geht's weiter, denn jetzt schalten wir live zum Verwaltungsgebäude des Sheriffs, wo sich der leitende Ermittler Mark Hammonds und seine Mannschaft zu einer Pressekonferenz versammelt haben.«

Hammonds stand hinter einem Rednerpult, flankiert von mehreren Männern im Anzug, die ihre Hände gefaltet hatten wie Kirchendiener, die auf das Zeichen warteten, mit der sonntäglichen Kollekte beginnen zu können.

Richards war die einzige Frau in der Gruppe. Sie hatte sich gewaschen und trug einen Rock mit einer Jacke, die ihr viel zu groß war. Ihr blondes Haar machte sie noch auffälliger, und man sah auch, dass sie Lippenstift aufgetragen hatte. Ich griff zu meinem Gin und trank einen großen Schluck.

Die Kamera holte Hammonds, der angefangen hatte zu sprechen, näher heran.

»Wie Sie bereits wissen, ist uns heute durch die vereinten Kräfte der Polizei von Florida, des FBI, des Büros des Sheriffs und der Küstenwache gelungen, die sechsjährige Amy Alvarez ausfindig zu machen, die entführt und tief in den Everglades versteckt worden war. Dank des raschen Einsatzes der Notärzte des County-Rettungscenters waren wir in der Lage, das Kind per Hubschrauber ins Memorial Hospital bringen zu lassen, wo es nun unter ärztlicher Überwachung steht. Der Zustand des Kindes ist stabil.«

Hammonds räusperte sich und trank einen Schluck Wasser, bevor er fortfuhr.

»Nach unserer Ankunft an besagter Stelle fanden wir auch die sterblichen Überreste eines Verdächtigen, den wir als David Ashley identifizieren konnten, einen achtunddreißigjährigen Mann, der in Florida geboren wurde. Der Tote wurde in der Nähe des Kindes erhängt aufgefunden.«

Man merkte, wie sich die Pressevertreter im Hintergrund auf ihren Stühlen wanden. »Wollen Sie damit sagen, dass er Selbstmord begangen hat, Chief?«, rief jemand von hinten.

Hammonds legte wieder eine Pause ein, ohne aber von seinen Notizen aufzublicken, so als würde er die Kameras scheuen.

»Mr. Ashley hat keinen Brief oder Hinweis hinterlassen, der auf seinen Geisteszustand oder seine Motive schließen lässt, doch die Hinweise vor Ort deuten darauf hin, dass wir es hier mit einem verstörten und potentiell psychotischen Menschen zu tun haben. Wir haben vor Ort auch Beweise gefunden, die Mr. Ashley mit einem anderen Opfer in der Entführungsserie in Verbindung bringen. Wir werden zwar unsere Ermittlungen in diese Richtung weiter fortsetzen, aber wir hoffen, dass die heutige Entwicklung diesem langen, schwierigen Fall ein Ende gesetzt hat.«

Hammonds schnappte sich sein einzelnes Blatt mit der Rede und drehte sich zu seinem Team, als ein Politiker ans Rednerpult trat. »Zunächst möchten wir uns mit der Familie Alvarez über die glückliche Rückkehr ihrer Tochter freuen«, begann er. »Aber unsere Herzen sind auch bei den Familien …«

Als ich aufstand, hielt Billy das Video an und schaltete den Bildschirm aus. Ich schenkte mir noch einmal nach. An der Küchentheke dachte ich über Hammonds' Beweis nach, der Ashley mit einem anderen Opfer »in Verbindung« brachte, und dass er sich damit nur deswegen so weit aus dem Fenster lehnen konnte, weil man am Tatort tatsächlich etwas Entsprechendes gefunden hatte. In Gedanken ging ich das Innere der Hütte noch einmal durch, bis mir die Decke einfiel. Richards hatte sie dem Kind weggenommen, danach hatte sie jemand in die Beweismitteltüte gesteckt. Hammonds wird sie nicht entgangen sein. In seinem Kopf wird er jedes Beweisstück aus allen Entführungsfällen gespeichert haben. Die Decke wird er als überzeugendes Verbindungsglied verwenden, um zu beweisen, dass sie mit Ashley den wahren Täter gefunden hatten.

Billy ließ das Gemälde über den Bildschirm zurückgleiten, als sich McIntyre auf den Weg in die Küche machte.

»Sie werden behaupten, der Fall sei ein Bombenerfolg«, sagte sie und stellte die Schüsseln ins Spülbecken. »Mit einem besonders sauberen Abschluss, da der Verdächtige tot ist.«

Billy brachte sein Weinglas zur Theke. »Zumindest haben *sie* dich r-rausgehalten aus dem Quatsch mit den ›vereinten K-Kräften‹ und ›a-ausfindig machen‹.«

»Ja, zumindest das«, stimmte ich zu, vermied aber eine Reaktion auf seine Betonung des Wortes »sie«.

»Glauben Sie denn, dass es jetzt vorbei ist?«, fragte McIntyre.

»Möglicherweise.« Ich dachte an das Messer. »Vielleicht hoffen sie bloß, dass sich die übrigen Schlangen aus dem Staub gemacht haben, falls es in dem Korb noch mehr gegeben haben sollte.«

Sie zog lediglich eine ihrer hübschen Augenbrauen hoch.

Ich schnappte mir mein Glas und ging hinaus auf die Terrasse, wo ich mich ans Geländer in den Wind stellte und hinaus aufs schwarze Meer blickte. Der Mond war untergegangen. Weit draußen auf dem Wasser waren ein paar Lichtpunkte zu sehen, Boote, die dort vor Anker lagen oder so langsam dahintrieben, dass man den Eindruck hatte, sie würden sich nicht bewegen. Ich setzte mich auf den Stuhl und schloss die Augen. Ich versuchte, mich an den Kuss im Fahrstuhl zu erinnern, doch das Bild von Ashley, der sich unter dem Blätterdach drehte, vom schwarz gefleckten Haublock und von Nate Brown, der aufrecht in seinem Skiff stand, schoben sich immer wieder dazwischen. Von drinnen hörte ich Geschirrgeklapper und die leisen Stimmen von Billy und McIntyre.

Dann gingen die Lichter aus, und ich hörte, wie Billy zur Tür kam.

»Brauchst du noch was, Max?«

Ich hatte die Augen geschlossen, hörte aber an seiner Stimme, dass er noch im Wohnzimmer stand. Es war wohl so dunkel, dass er mein Gesicht nicht sehen konnte.

»Nein, danke, Billy. Ich habe alles.«

»Ich hoffe, du weißt, was du tust.«

»Ich habe darüber nachgedacht.«

»In Ordnung. Wir gehen ins Bett.«

Ich hatte immer gedacht, dass in einem solchen Satz mehr Freude stecken müsste. Aber woher sollte ich das wissen?

»Gute Nacht«, sagte ich.

Ich dachte über meinen Freund nach. Ob er stotterte, wenn er im dunklen Zimmer in den Armen seiner Geliebten lag? Würde er ihr seine Worte ohne zu zögern ins Ohr flüstern, wenn er ihr Gesicht nicht sehen konnte? Ich nehme an, es war egal. In den Armen einer Geliebten sollten die Fehler und Schwächen keine Bedeutung haben. Manchmal sollte man ein Held sein. Selbst wenn die Rüstung ihren Glanz verloren hat. Aber mir war klar, dass auch das in den Bereich der Fantasie gehörte.

Während ich dem Rauschen der Wellen dreißig Meter unter mir lauschte, wurde ich wieder fortgetragen in den flimmernden Zustand zwischen Traum und Wachsein.

Es muss ein Traum gewesen sein, weil ich in der eisigen Luft meinen Atem wie Rauch vor meinem Mund aufsteigen sah. Aber ich hörte so deutlich die Stimmen von Männern, als stünden sie unten im Sand und riefen nach oben. Noch nie zuvor hatte ich Männer schreien hören, jedenfalls nicht in solch einer Panik und Hilflosigkeit.

Es muss ein Traum gewesen sein, weil ich eine Frau sah, eigentlich ein Mädchen, die nicht älter war als ich in meinem zweiten Jahr als Streifenpolizist. Sie stand auf dem Vorsprung der Brücke an der Walnut Street und beugte sich über den fünfzehn Meter tiefer dahinfließenden Schuylkill River. Mit den nach hinten gestreckten Händen hielt sie sich an dem kalten Betonpfeiler fest. Ihren Mantel hatte sie zwischen die Autos auf der Straße geworfen, bevor wir den Bereich absperren konnten. Dort lag er nun, auf der Rückseite eine schwarze Reifenspur. Ich beobachtete die Hände der Frau, die vor Angst und Kälte weiß geworden waren. Ihre langen Fingernägel schimmerten blutrot auf dem grauen Beton.

Es muss ein Traum gewesen sein, weil ich Sergeant Stowe und meinen Partner Scott Erb vor mir sah, der den Tumult auf der Brücke als Erster bemerkt hatte und entgegen der Fahrtrichtung über die Standspur auf die Brücke gefahren war. Wir hatten uns der Frau bis auf fünfzehn Meter genähert, bevor sie uns wortlos mit einem so verzweifelten Blick aufhielt, dass es mir einen Stich ins Herz versetzte.

Sergeant Stowe sprach mit ihr, doch sie weigerte sich, ihn anzusehen. Sie hielt den Kopf stur nach unten auf das halb gefrorene Wasser gerichtet. Die Haut auf ihrem

Gesicht war so angespannt, dass ich die blauen Venen erkennen konnte.
Scott und ich hatten noch nie erlebt, dass jemand tatsächlich gesprungen war, obwohl wir oft genug zu einem Selbstmordversuch auf der Benjamin-Franklin-Brücke gerufen worden waren. Ich schielte übers Geländer nach unten. Die Brücke war nicht besonders hoch. Beide waren wir als Kinder von der alten, viel höheren Girard-Eisenbahnbrücke in den Schuylkill River gesprungen. Aber es war Mitte Januar, der Fluss war eisig kalt, die Strömung stark. Zudem trieben auf der Oberfläche graue Eisbrocken, und das weiße Ufer ragte mit scharfen vereisten Kanten ins Wasser.
Der Sergeant redete immer noch mit ihr, als ihn ein kratzendes Geräusch zum Schweigen brachte. Es waren die Fingernägel des Mädchens. Vielleicht änderte sie gerade ihre Meinung, als sie die Nägel in den Beton zu graben versuchte. Rote Splitter platzten ab, als sie sich mit aller Kraft festhalten wollte.
Und das war der Moment, in dem die Männer unten schrien. Das war der Moment, in dem Scott seine dicke blaue Uniformjacke auszog und ihr übers Geländer hinterhersprang. Und das war der Moment, in dem ich ihm folgte.
Als ich aufschlug, schien das Wasser seltsam dick zu sein. Der Aufprall war hart, wurde aber durch meine dicken Schuhe gedämpft. Das grüne Wasser über mir brodelte, als ich nach oben durch die Blasen zum Licht oberhalb der Wasseroberfläche blickte. Als ich, von der Auftriebskraft meiner Jacke nach oben gezogen, wieder

auftauchte, wurde mein Körper von der eisigen Kälte umklammert und hinderte mich am Einatmen. Panisch drehte ich den Kopf und entdeckte Scott, der schon bei der Frau war, der sie an ihrem Pullover zu packen und auf den Rücken zu drehen versuchte. Die Luft, die ich endlich in meine Lunge pumpen konnte, fühlte sich in meiner Kehle an wie ein Rasiermesser, aber ich schaffte es, loszuschwimmen.

Ich weiß, dass es ein Traum sein musste, aber ich hörte Scott, der sagte: »Ich habe sie, ich habe sie.« Doch seine Lippen waren wie zwei straffe Linien, die sich nicht bewegten. Ich schwamm zu den beiden, packte die Frau am Pullover und begann zu ziehen. Ich sah zum schneebedeckten Ufer, doch meine Kleider waren schwer, und meine freie Hand fühlte sich wie ein steifer Boxhandschuh an. Scott fiel zurück. Ich rief, er solle durchhalten, verdammt, halte durch, doch seine Augen wurden glasig. Sein blaues Hemd klebte an seinem Körper, und er sagte, er könnte seine Arme nicht mehr spüren. Er solle weitertreten, forderte ich auf. Die Kälte hatte meine eigenen Gliedmaßen beinahe gefühllos gemacht, und ich merkte, wie sich meine Brust immer mehr verengte, aber ich hörte auch, wie jemand vom Ufer rief. Sergeant Stowe war die Brücke hinuntergeklettert, stand bis zur Hüfte im Wasser und streckte die Arme nach uns aus. Ich platschte noch ein paar Mal ins Wasser, Stowe war nur noch zwei Meter entfernt. Immer noch hielt ich meinen Partner und das Mädchen fest, doch beide drohten, mir zu entgleiten, als ich trotz der Taubheit in meinen Beinen spürte, dass ich auf festen Boden trat. Ich musste mich entscheiden. Aber wir waren zu nahe am Ziel, um aufzugeben.

Ich weiß nicht, ob ich überhaupt etwas dachte, aber ich schwamm hinter die beiden, holte so tief Luft, wie ich konnte, und tauchte unter. Ich stellte die Füße auf den harten Untergrund, versuchte, mich auf meine Schultern zu konzentrieren, die ich noch fühlen konnte, und schob die beiden mit aller Kraft nach oben.

Ich wurde noch weiter nach unten gedrückt, und die Anstrengung raubte mir die letzte Energie, Dunkelheit umschloss mich von allen Seiten. Durch die Wasseroberfläche hindurch schimmerte das Gesicht des Sergeant. Blasen trieben aus meinem Mund nach oben, das Eis schien sich über mir zu schließen, wurde an den Rändern schwarz, als er sich nach unten beugte, mich an der Jacke packte und mich auf eine Eisplatte zerrte. Mehrere Männer standen um uns herum, einer hatte seinen Mantel über Scott geworfen, der neben der im Schnee liegenden Frau kniete. Ihre Augen waren geschlossen, ihr Gesicht unmenschlich blass. Eine Schneeflocke landete auf ihren Lippen, ohne zu schmelzen.

Ich kroch zu ihr hinüber, legte eine Hand unter ihren Nacken und riss ihren Kopf nach hinten. Ich legte meinen Mund auf ihren und blies Luft in ihre Lunge, die warm zurückströmte. Ich wartete, drückte ihre Nase mit meinen halb erfrorenen Fingern zu und blies erneut. Beim dritten Mal hustete sie und erzitterte, dann spuckte sie einen Schwall Wasser in den Schnee, und noch einen, und noch einen. Dann rollte sie sich würgend auf die Seite. Ein Zuschauer legte seinen Mantel über sie.

Und endlich bahnte sich der Rettungsdienst seinen Weg durch die Umstehenden.

Als ich aufwachte, war der Wind stärker geworden. Auf Billys Terrasse war es kalt, und ich hatte eine Gänsehaut an meinen Armen. Ich rieb mit den Händen über mein Gesicht. Ich war aus meinem Traum erwacht, konnte mich aber beinahe an alle Einzelheiten bei dieser Rettungsaktion von vor fast zehn Jahren erinnern.

Sergeant Stowe, Scott und ich wurden in Thermodecken eingewickelt, die Frau auf eine Trage gelegt und das Ufer hinauf zum Rettungswagen gebracht. Ein Fotograf hatte die Szene festgehalten: wir drei mit angefrorenen Haaren, durchnässt und zitternd, den Blick nach oben gerichtet. Das Foto erschien am nächsten Tag auf der ersten Seite der *Daily News* mit der Überschrift: PHILLYS BESTE POLIZISTEN TROTZEN DEM GEFRORENEN SCHUYLKILL RIVER, UM STUDENTIN ZU RETTEN.

In der Bildunterschrift wurden unsere Namen sowie die Uhrzeit und der Ort des Vorfalls genannt. Die Frau wurde nur als achtzehnjährige Studienanfängerin bezeichnet. Ein Artikel dazu erschien nicht. Es gehörte zur Politik der Zeitung, keine Geschichten über Selbstmordversuche zu veröffentlichen, damit andere nicht zur Nachahmung ermutigt wurden. Mir kam es naiv vor, zu denken, dass jemand in der Zeitung einen Artikel über einen Selbstmord liest und sagt: »He, das ist ja eine gute Idee.« Aber eine Welt, in der eine Achtzehnjährige zu dem Schluss kommt, dass sie hier nichts mehr verloren hat, war ohnehin nicht zu verstehen.

Von den drei Helden des Tages wurde der Sergeant bald befördert, Scott verließ den Polizeidienst und besuchte eine Technikerschule, und ich wechselte zu den Detectives, wo ich auf die Schnauze fiel.
Das Mädchen überlebte, doch wir hörten nie wieder von ihr. Vielleicht ärgerte sie sich, dass wir uns eingemischt hatten. Vielleicht war sie nach ihrer Rettung wieder nach Hause gegangen und hatte ihr Leben umgekrempelt. Ich dachte nicht oft an diesen Vorfall, aber mehr als einmal habe ich in meinen Träumen ihre kalten Lippen geschmeckt, Luft in ihre Kehle geblasen und gespürt, wie mein eigener warmer Atem zurückströmte.

23

Das Rauschen des Meeres holte mich zurück in die Wirklichkeit. Die gleichförmige Brandung war deutlich zu hören, die Wellen glitten am Ufer hinauf, brachen und schwemmten den Sand mit sich fort, ein Klang, der an zerreißendes Papier erinnerte. Ein paar Minuten hörte ich einfach nur zu, dann stand ich auf und ging ins Bett. In den anderen Zimmern herrschte Stille. Ich legte mich im Gästezimmer auf die Decke, starrte nach oben und dachte über den Geschmack von Richards' Kuss nach und über Megan Turner und darüber, dass ich sie hatte kampflos ziehen lassen. Irgendwann spät in der Nacht schlief ich trotz meiner quälenden Erinnerungen ein.

Billys Freundin war schon gegangen, als ich aufstand und zielstrebig zur Kaffeekanne marschierte. Billy saß draußen auf der Terrasse, die Schiebetüren waren weit geöffnet und ließen die Hitze herein. Die Klimaanlage war wegen der teuren Gemälde und Stoffe eingeschaltet. Dies war Billys Weg, beide Welten zu genießen. Und zum Teufel mit der Stromrechnung. Er saß in der Sonne, sein Laptop stand aufgeklappt auf einem Glastisch. In der Hand hielt er ein *Wall Street Journal*, das er wie ein Pendler in der U-Bahn auf dem Weg zur Arbeit zweimal gefaltet hatte. Er trug kurze Hosen und ein offenes, weißes Leinenhemd und hatte seine nackten Füße auf einen Stuhl gelegt.

»Und wie stehen die Aktien heute?«, fragte ich, da ich wusste, womit er sich morgens am liebsten beschäftigte.

»Die W-Welt ist ein neuer, wunderbarer Ort.« Er sah auf und warf mir über den Rand seiner Zeitung einen zufriedenen Schuljungenblick zu.

Irgendwie hatte Billy den Zusammenbruch der Technologieaktien vorhergesehen, und diejenigen unter seinen Mandanten, die ihm vertrauten – was die meisten taten –, hatten ihn beauftragt, ihre beträchtlichen Gewinne in Sachwerten anzulegen.

»Gut geschlafen?«, fragte ich.

»Sehr g-gut. Danke.«

Die Sonne spiegelte sich auf dem gekräuselten Meer, und der Himmel stahl dem Golfstrom etwas von seiner blauen Farbe.

»Ich dachte, ich könnte heute losziehen und mir ein neues Kanu kaufen«, sagte ich. Billy nickte.

»Z-Zurück zur H-Hütte?«

»Warum nicht? Ich kann doch nicht ewig bei meinem Anwalt wohnen.«

Eine ganze Weile lauschten wir dem Meer.

»Dein P-Portfolio hat sich g-gut entwickelt. Du k-könntest dir was Anständiges am Strand suchen.«

Ich überlegte eine Weile und beobachtete die Boote, die schon so früh Richtung Osten aufgebrochen waren und deren Fiberglasaufbauten sich am Horizont klein und weiß vom Himmel abhoben.

»Du m-musst dich da draußen nicht v-verstecken«, sagte er schließlich. Die beißende Logik, die harte Wahrheit seiner Worte reizten zur Widerrede.
»Ach, dann könnte ich mich hier im Turm verstecken, so wie du?«
Er wandte sich ab und blickte aufs Meer hinaus. Sein Gesicht drückte nachdenkliche Zustimmung aus, nicht, dass er beleidigt war. Er war als Schwarzer in einer der übelsten Straßen des städtischen Amerika aufgewachsen. Er hatte sich auf seinem Weg eine Million heftige und weniger heftige Ohrfeigen eingehandelt, alles, um dem Getto zu entkommen, das Jurastudium hinter sich zu bringen und den Respekt seiner Berufsgenossen zu gewinnen, um endlich hier, an diesem Ort, seine eigenen Entscheidungen treffen zu können. Er brauchte sich nicht dafür zu entschuldigen und sich nicht rauszureden. Dies war der Grund, warum unsere Freundschaft funktionierte.
Er widmete sich wieder seiner Zeitung, ich mich meinem Kaffee. Beide ließen wir die Wahrheit auf uns wirken.
»D-Du glaubst, d-dass es vorbei ist?«, fragte er schließlich. »Das Morden, meine ich.«
»Offiziell ist es vorbei«, antwortete ich. »Manchmal ist das genug.«
»Genug für wen?« Er sah mich an wie ein Anwalt, der zu viel über seinen Mandanten weiß, um eine Bemerkung wie diese durchgehen zu lassen. Er ließ mir Zeit, um aufs Meer hinauszublicken. Aber seine Geduld hatte Grenzen.

»Was machst d-du mit dem Messer?«
Ich hätte Billys Fähigkeit, eins und eins zusammenzuzählen, nicht unterschätzen sollen.
»Er ist ein Jäger«, erwiderte ich. »Er kennt die Wildnis. Er hat animalische Triebe. Denkt selbst wie ein Tier.«
»Ja?«
»Köder«, sagte ich.
Ich spürte Billys Blick auf meinem Gesicht, obwohl ich ihn nicht direkt ansah.
»Jäger verwenden Köder, und sie sind dafür auch empfänglich«, erklärte ich. »Sie ködern ihre Beute, aber sie gehen auch an die Plätze, an denen sich, wie sie wissen, ihre Beute befindet, selbst wenn es gefährlich ist. Ihre Beute ist das Ziel – sie ist der Köder, auf den sie reagieren.«
»Und was ist in diesem Fall der Köder? Das Messer? Oder du?«
Ich war mir nicht sicher. Mein Gefühl sagte mir, es war das Messer. Aber es musste eine Verbindung zu mir haben. Der Mörder hatte viel zu viel Angst vor der Polizei. Vielleicht war er wie ein Tier, aber er war nicht dumm. Selbst ein forscher Jäger würde seine Deckung nicht völlig aufgeben. Aber dieser hier war schon so kühn gewesen, sich in meine Hütte zu schleichen und eine Duftmarke zu hinterlassen, indem er mein Kanu zertrümmert hatte.
Billys Blick war immer noch auf mich gerichtet.
»D-Dann glaubst du n-nicht, dass es Ashley war?«
»Möglich.«

»W-Warum gibst du das Messer dann nicht Hammonds?«
»Hammonds würde ihn nicht aufschrecken können. Er kommt nicht nahe genug an ihn ran.« Ich drehte mich zu Billy um, mit einem Grinsen im Gesicht, von dem ich aus meiner Zeit als Streifenpolizist in Philly wusste, dass es vertrauensselige Dummheit ausdrückte.
Billy sah mir direkt in die Augen und sagte: »Ich will dir was zeigen.«

Ich folgte ihm in sein Büro, von dem aus er in sein Aktenarchiv weiterging. Ich blieb währenddessen an dem vom Boden bis zur Decke reichenden Eckfenster mit Blick auf die Stadt stehen. Billy wohnte gerne hoch, aber für Südflorida ist typisch, dass aus der Höhe überhaupt keine Grenzen zu sehen sind. Es gibt keine Berge oder Hügel, nicht einmal kleine Erhebungen. Nur der Horizont bietet dem Betrachter Einhalt.
»Ich weiß, du wehrst dich gegen den Gedanken, dass der Fall abgeschlossen ist«, sagte Billy aus seinem Aktenarchiv heraus. »Aber als du gesagt hast, dass es jemand sein muss, der in der Lage ist, zu töten, habe ich mich an die Bande von Browns ›Bekannten‹ erinnert. Also habe ich mich etwas mehr in den Fall vertieft, bei dem ich Gunther vertreten habe, als er von einem seiner Kunden verklagt wurde. Er hatte mir gesagt, an der Sache sei eine Familie beteiligt, und er hatte erwähnt, dass er und Blackman bei den Reisen oft als Partner auftraten. Aber als der Fall plötzlich von der Klägerseite her eingestellt wurde, habe ich mich nicht weiter darum gekümmert.«

»Und jetzt?« Meine Aufmerksamkeit hatte ich auf einen Renoir gerichtet, der, von einem eigenen Punktscheinwerfer beleuchtet, an einer Innenwand hing und jedem Museum zur Ehre gereicht hätte.

»D-Deswegen habe ich das g-ganze Dossier rausgezogen«, sagte Billy, der mit einem Stapel Akten zurückkam und ihn in die Mitte seines riesigen Walnussholzschreibtisches legte. »Der Anwalt der Familie hatte sich von den Eltern schriftliche Zeugenaussagen geben lassen. Die von der Mutter ist besonders interessant«, fuhr er fort und schob einen Hefter mit dem Protokoll über den Schreibtisch.

Bei dem Ausflug ging es zum Angeln auf die Ten Thousand Islands an der Südwestküste von Florida. Die Familie mit einem zehnjährigen Jungen und einem dreizehnjährigen Mädchen stammte aus Michigan und wollte in der Wildnis übernachten. Sie hatten Gunther als Führer engagiert, außerdem sollte er sich um die Ausrüstung kümmern. Gunther hatte Blackman mit ins Spiel gebracht, der die gewundenen Wasserwege der Mangroveninseln besser kannte als er selbst. Viele der so genannten Inseln waren wenig mehr als ein Sammelsurium von Mangrovenwurzeln, die sich am Boden der Florida Bay festkrallten. Man brauchte einen erfahrenen Führer, um sich in den Strömungen und flachen Wasserarmen zurechtzufinden und zu wissen, welche Insel so trocken und hoch war, dass man darauf kampieren konnte.

Das Tarpun-Fischen hatte hervorragend geklappt, und alle waren zufrieden, bis zum Abend, als sie ihr Lager auf einem schmalen Sandstrand eines kleinen Muschelwalls aufschlugen. Auf Campingkochern hatten sie ihr Abendessen zubereitet, und der Duft nach gebratenem Fisch lockte einen Waschbären an.

»Die Kinder fanden das Tier ganz süß und warfen ihm ein bisschen von dem Fisch hin«, hatte die Mutter zu Protokoll gegeben. »Der Waschbär wirkte ziemlich harmlos, aber Mr. Blackman wurde richtig wütend. Er hat die Kinder angeschnauzt und gesagt, sie sollten aufhören. Sie würden das Tier bloß zu einem Müllschlucker machen.«

»Hat Sie dieses Verhalten geärgert?«, hatte sie der Anwalt gefragt.

»Klar, ich mag es nicht, wenn jemand meine Kinder anschreit, besonders nicht, wenn er von mir bezahlt wird. Aber ich habe ihnen gesagt, dass ich es auch nicht für eine gute Idee halte.«

»Haben die Kinder dann damit aufgehört?«

»Ich glaube, Mathew hat dem Waschbär noch einmal was hingeworfen, bloß um uns zu ärgern. Sie wissen ja, wie Jungs sein können.«

»Und was ist dann passiert?«

»Oh, mein Gott. Der Waschbär kam, um sich das Stück zu holen, dann ging alles rasend schnell. Ich habe nie vorher gesehen, dass sich ein Mensch so schnell bewegen kann. Noch bevor wir uns umdrehen konnten, hatte Mr. Blackman das Tier schon am Genick gepackt und ihm mit seinem Messer die Kehle durchgeschnitten.«

»Hat das Tier geschrien?«

»Es hat keinen Ton von sich gegeben. Aber meine Tochter und ich haben natürlich geschrien. Es war entsetzlich. Das habe ich Mr. Blackman auch gesagt.«

»Sie haben Ihr Missfallen ausgedrückt?«

»Er hat gesagt, das Tier sei jetzt sowieso nur noch als Hut zu gebrauchen. Dann hat er das arme Ding vor unseren Augen hochgehalten und wie einen nassen Sack aufgeschlitzt.«

»Er hat es gehäutet? Vor den Kindern?«

»Genau.«

Während ich das Protokoll las, war Billy nach draußen gegangen, hatte meine Kaffeetasse nachgefüllt und sie vor mir hingestellt. Ich trank einen kräftigen Schluck, ohne aufzublicken.

»Und was ist dann passiert?«, hatte der Anwalt weiter gefragt.

»Nun, als mein Mann mit Mr. Gunther ins Lager zurückkam und diese … diese Gräueltat gesehen hat, hat er Mr. Blackman zur Rede gestellt.«

»Und wie hat Blackman reagiert?«

»Er hat mit dem Messer auf Henry gezeigt.«

»Auf Ihren Mann?«

»Ja.«

»Als Drohung?«

»Ich dachte, ja.«

»Hat Mr. Blackman etwas gesagt, das nach einer Drohung klang?«

»Er hat so was in der Art gesagt, dass die Kinder lernen sollten, wie es in der echten Wildnis zugeht, statt nur so zu tun. Dann ist Mr. Gunther dazwischengetreten und hat die Gemüter beruhigt.«

An dieser Stelle der Zeugenaussage lenkte der Anwalt das Gespräch weg von Gunthers friedenstiftenden Bemühungen zu der Angst und den wiederkehrenden Albträumen der Kinder und anderem Quatsch, mit dem er seinen Fall aufbauschen wollte.
Ich schloss den Hefter und trank noch mal einen kräftigen Schluck.
»W-Würdest du gerne wissen, w-wie das Messer ausgesehen hat, m-mit dem er das Tier gehäutet hat?«, fragte Billy und lehnte sich zurück.
Brown, Ashley, Gunther, Blackman, dachte ich. Einer betrat und verließ die Welt wie ein Geist. Einer war tot. Den anderen hatte ich vor dem Tod gerettet. Und der Letzte erwies sich als so eigenartig wie all die anderen zusammen.
»G-Gunther h-hat m-mir nie die Einzelheiten e-erzählt. Er meinte, d-die Kunden hätten ihn verklagt, weil er der Inhaber der F-Firma war. I-Ich habe versucht, diese F-Familie anzurufen, aber d-die Frau wollte nicht m-mit mir reden. I-Ihr Mann sagte, sie solle die Sache v-vergessen.«
Billy erzählte, er habe versucht, Gunther anzurufen, doch dieser habe das Krankenhaus verlassen, und das Telefon sowohl zu Hause als auch im Büro sei tot gewesen. Offenbar hatte er seine Ankündigung wahr gemacht, den Staat zu verlassen.
»Du warst ziemlich fleißig, Anwalt.« Ich lächelte Billy an.
»H-Habe nur nach Alternativen gesucht«, erwiderte er. »Falls d-du der einzige Verdächtige sein solltest, auf

d-den sie sich versteifen, und g-gegen dich Anklage erheben.«
Tja, schließlich hatten sie genug für eine Anklage zusammen. Und der Letzte, den sie im Visier gehabt hatten, lag jetzt im Leichenschauhaus. Vielleicht war das besser so. Vielleicht war die Sache vorbei. Vielleicht hatten sie alles, was sie brauchten.
»V-Vielleicht könntest du die Sache mit dem K-Köder noch einmal überdenken.«
»Ein bisschen spät dafür«, erwiderte ich. »Jetzt renne ich erst mal am Strand entlang, dann gehe ich einkaufen. Bist du dabei?«
»Ich w-werde fahren.«

Ich trank meinen Kaffee aus und ging an den Strand zum Laufen. Es herrschte Ebbe, aber der Sand war nicht wirklich fest – anders als an den Küstenstränden von South Jersey, wo die Ebbe an den Naturschutzstränden von Wildwood, Cape May und Ocean City mitunter einen zehn Meter breiten Streifen aus hartem, braunem Sand zurückließ. Monatelang hatte ich dort versucht, mir das Bild des toten Lavernious Coleman aus meinem Kopf zu rennen. Aber immer hatte sein Geist in den Straßen der Stadt auf mich gewartet.
Der Strand von Florida war nicht annähernd so breit, aber doppelt so heiß. Nach eineinhalb Kilometern lief mir der Schweiß in die Augen, und mein Oberkörper glänzte. Die Nächte, in denen ich kaum geschlafen hatte, die Anstrengungen nach der Dehydrierung und die Schmerzen von meinem Faustkampf mit den komischen

Kerlen aus den Everglades hatten mich geschwächt. Nach drei Kilometern kehrte ich um. Meine Beine fühlten sich schwer an, und wegen des weichen Sands spürte ich ein Stechen in den Wadenmuskeln. Auf dem letzten Drittel musste ich mich ziemlich anstrengen, die Lunge schnappte gierig nach der Luft, statt sie zu nutzen, und die Kehle brannte, statt meinen Atem durchfließen zu lassen. Auf den letzten fünfzig Metern, auf denen ich einen Endspurt hinlegte, dröhnte mein Blut in den Ohren. Die Sportgurus reden davon, dass Endorphine freigesetzt werden, die den wahren Läufer in Euphorie versetzen und ihn zu dieser Selbstbestrafung anstacheln. Wenn das stimmt, habe ich sie nie kennen gelernt – weder die Endorphine noch die wahren Langstreckenläufer.

Nachdem ich mich geduscht und angezogen hatte, gönnte ich mir ein Frühstück mit getoasteten Muffins und Obst, dann fuhr Billy mit mir in ein Sportgeschäft weit draußen auf dem Southern Boulevard.

Diese Straße war wie fast alles in South Florida – sie hatte so gar nichts Südliches. Wir hätten irgendwo sein können, von Des Moines über Sacramento bis Grand Rapids, auf einer Straße im Sommer, die wie jede andere in irgendeiner Stadt aussah. Wenn man die vierspurige, von Minimarts, McDonald's, Selbstbedienungstankstellen und Ölwechsel-Servicestationen gesäumte Straße hinter sich gelassen hat, hat man das Ende des Southern Boulevard erreicht.

Und das Schärfste ist: Da gibt's noch nicht einmal Palmen, die nach Florida aussehen. Außer denjenigen, die

in der Nähe des Flughafens gepflanzt wurden, um die Touristen zu verarschen.
Ich blickte nach oben, als eine Boeing 757 am Himmel dröhnte und zur Landung ansetzte. Sie kam dem Straßenverkehr teuflisch nahe und schien viel zu groß zu sein, um einfach so durch die Luft zu schweben. Vielleicht saßen zweihundert Menschen an Bord, und mit Sicherheit waren einige dabei, die in eine warme Gegend ziehen wollten. Doch hier lebten schon allzu viele Menschen, und es gab zu wenige Ressourcen, als dass ihre Träume alle wahr werden könnten. Aber sie kamen trotzdem. Genau wie ich damals.
Auf dem Parkplatz des Sportgeschäfts standen eine Reihe Pick-ups mit Vierradantrieb, einige davon mit Anhängerkupplung, aber auch zahlreiche Familienkutschen, und die Firmenwagen von den Typen waren hier anzutreffen, die an einem Donnerstagnachmittag während ihrer Vertretertour gerne mal die Arbeit schwänzten. Als Billy seinen Grand Cherokee abgestellt hatte, gingen wir hinein.
Solche Geschäfte ziehen ein interessantes Publikum an: Männer, die mit ernstem Blick eine Stunde lang eine Angel mit den Fingerspitzen untersuchen; Möchtegerns, die den Verkäufer an der Waffenauslage bitten, »Zeigen Sie uns mal die da«, dann aber mit dem Ding gar nicht umgehen können. Sie bewundern die Waffe, weil sie so gefährlich aussieht. Solche Läden sind ganz eindeutig Orte für Männer. Die Farben sind erdig und leuchten nicht, die Nähte an Kleidung und Stoffen sind dick und auffällig. Die Reißverschlüsse sind klobig, und selbst

wenn sie aus Plastik sind, sehen sie aus wie Metall. In diesem Laden hier hing der Geruch von Öl und neuem Sperrholz in der Luft.

Ich ging in die Abteilung mit den Booten im hinteren Teil des Ladens. Billy blickte sich ein bisschen um. In seinen gebügelten Hosen und dem gestärkten weißen Hemd ohne Krawatte wirkte er nicht so fehl am Platz wie ich. Er fühlte sich wohl – es war einer der wenigen Orte, an denen er sich keine Sorgen machen musste, vom anderen Geschlecht eingeschätzt oder angesprochen zu werden.

Der gleiche Typ, der mir meinen ersten Voyager verkauft hatte, stand hinten an der Wand. Sein spöttischer Blick verriet mir, dass er mich erkannt hatte.

»Lassen Sie mich raten«, sagte er. »Das erste Kanu hat Ihnen so gut gefallen, dass Sie ein zweites wollen.«

Es geht doch nichts über Humor unter Bootsfahrern.

Als ich ihm in groben Zügen die Geschichte von dem zertrümmerten Boot erzählte, schien er persönlich verletzt zu sein.

»Eigentlich kann mich ja nichts mehr überraschen, aber das trifft mich wirklich«, meinte er. »Das ist so ein schönes Stück Handwerksarbeit gewesen. Ich kann vielleicht verstehen, wenn es geklaut wird, aber zertrümmern? Wenn Sie es vorbeibringen, können wir es nach Ontario schicken und sehen, was der Hersteller noch retten kann.« Nett, wie er nach einer positiven Lösung suchte.

In seiner Abteilung stand ein anderer Voyager, das gleiche Modell wie mein kaputtes Boot. Ich füllte den Papierkram aus. Der Verkäufer wiederholte, wie Leid es ihm tue, als er mir meine Kreditkarte mitsamt einer Quittung über dreitausendachthundert Dollar zurückgab.

»Fahren Sie nach hinten, dann befestigen wir es auf Ihrem Wagen.«

Ich machte mich auf die Suche nach Billy, der, die Hände in den Taschen, vorne im Laden auf eine Vitrine hinunterschaute. Er war so vertieft, wie er es gewöhnlich in einer Kunstgalerie oder vor dem Computerbildschirm ist. Der Verkäufer zeigte zwei Jungs Anfang zwanzig drei schwarze, auf Hochglanz polierte 9-mm-Handfeuerwaffen. Er hatte sie am anderen Ende der Abteilung auf ein Stück Stoff gelegt, schien aber mehr Interesse an dem geschniegelten Schwarzen zu haben, der sich die Auslage ansah, als an den Kunden vor sich.

Als ich mich neben Billy stellte, merkte ich, auf was er schaute – auf eine Sammlung alter Messer, insbesondere auf eines mit einer kurzen, gebogenen Klinge.

»Hast d-du nicht gesagt, es würde ähnlich wie d-das da aussehen?« Er wusste, dass ich das Messer erkannt hatte. Es war geschliffen und schimmerte. Der Griff aus dunklem Mahagoni- oder Walnussholz glänzte, nachdem er über Jahre hinweg von wer weiß wie vielen fettigen Händen poliert worden war.

»Mehr als ähnlich«, sagte ich und beugte mich vor, um das goldfarbene Schild unter dem Messer besser lesen zu können: Meinstag. Es war genau das gleiche Messer wie das aus dem Haublock, das jetzt in meiner Hüfttasche im Wagen lag. Und obwohl ich kein Experte war, hätte ich wetten können, dass es genauso aussah wie das Mes-

ser, das Nate Brown verwendet hatte, als er morgens auf meiner Veranda gesessen und eine Riedgraskapsel geöffnet hatte.
»Meine Herren, kann ich Ihnen helfen?«
Der Verkäufer hatte die Waffen weggeräumt und sich von den Sandkastenjungs abgewandt. Ich hoffte, der Grund war, dass er merkte, dass sich Billy besser auskannte als die Kleinen und dass seine Kleider teurer waren.
»Was hat dieses hier für eine Geschichte?«, fragte ich und deutete auf das deutsche Messer.
»Ach, das Meinstag«, begann der Verkäufer. »Deutsche Handarbeit, wie man sie in den Dreißigern nur dort fertig brachte.«
Mir war klar, dass wir uns einem Verkaufsgespräch näherten, aber der Typ rasselte nicht einfach nur auswendig gelernte Worte herunter. Tief aus seiner Tasche kramte er einen Schlüsselbund heraus, der an einer langen Kette hing, und öffnete die Vitrine.
»Das war ein Spezialmesser. Handgefertigt, lange bevor die deutsche Kriegsmaschinerie Waffen für den Zweiten Weltkrieg als Massenware auswarf.«
Er nahm das Messer heraus wie ein Schmuckverkäufer, der ein teures Armband zeigt. Das Glas der Vitrine deckte er mit einem Stück schwarzen Filz ab, bevor er das Messer darauf legte.
»Von diesen wurden wahrscheinlich höchstens tausend Stück hergestellt.« Er nahm es wieder in die Hand, da wir keine Anstalten machten, es anzufassen, und hielt es vorsichtig in seinen kurzen Fingern.

»Deutscher Stahl von höchster Qualität.« Er strich mit dem Finger an der Rückseite der Klinge entlang. »Wegen der gebogenen Klinge war das Messer ein besonders vielseitiges Instrument – man hat es zum Jagen, Häuten, Durchtrennen von Leinen und sogar zum Schnitzen verwendet. Der Klappmechanismus war seiner Zeit weit voraus.« Er klappte das Messer zu und öffnete es ohne Schwierigkeiten wieder. »Die meisten dieser Messer waren im Besitz der deutschen Elitetruppen der Gebirgsjäger gewesen, Kämpfern, die es gewohnt waren, wochenlang als Vorhut in den Wäldern jenseits der Frontlinie zu leben.«

Der Verkäufer, ein kleiner, stämmiger Mann, war etwa Ende vierzig und hatte einen glänzenden Schädel. Sein feistes Gesicht war so sauber rasiert, dass die roten Äderchen durch die Haut hindurchschimmerten.

»Und sie wurden hierher gebracht …« Ich sprach ganz langsam, weil ich ihn ermuntern wollte, weiterzureden.

»Sie waren bei den amerikanischen Soldaten im Krieg heiß begehrt. Nach einem Kampf gegen die Gebirgsjäger haben die GIs die Leichen durchsucht oder die Überlebenden entwaffnet und die Messer eingesteckt. Sie haben sie mit nach Hause genommen, als sie aus dem Dienst entlassen wurden, und ein paar sind noch im Umlauf. Sammlerstücke. Wie das hier.«

Er legte das Messer zurück auf den Filz und trat einen Schritt zurück, verschränkte die Arme über seinem dicken Bauch und wartete auf die unvermeidliche Frage nach dem Preis.

Weder Billy noch ich machten Anstalten, das Messer zu berühren.

»Ja, vielen Dank für Ihre Beratung«, sagte ich. »Das ist ein interessantes Stück.«

Im Gesicht des Mannes zeigte sich Enttäuschung. Er war stolz darauf, ernsthaft interessierte Kunden erkennen zu können.

»Ich könnte es Ihnen für tausenddreihundert geben«, sagte er, als wir gehen wollten.

»Danke«, erwiderte Billy mit seinem Model-Lächeln und drehte sich um.

»So eines wie das hier finden Sie nirgendwo mehr«, rief der Verkäufer, ohne zu wissen, wie Unrecht er hatte.

Schweigend gingen wir zu Billys Cherokee. Als wir eingestiegen waren, schnappte ich mir meine Hüfttasche vom Rücksitz und nahm das Messer aus der Plastiktüte, die ich in Billys Küche gefunden hatte.

»Nate Brown?«, fragte Billy.

»Der Held aus dem Zweiten Weltkrieg nimmt ein ganzes Nest der deutschen Gebirgsjäger hoch und bringt ein paar Andenken mit.« Ich spielte die Sache in Gedanken durch.

»W-Wem gibt er s-sie also?«

»Bei dreien bin ich mir ziemlich sicher. Gunther, Blackman und Ashley. Aber wem sonst noch? Vielleicht hat er ein Dutzend von diesen Messern mitgebracht. Vielleicht hat er draußen in den Everglades eine ganze Menge von diesen so genannten Bekannten. Aber ich bezweifle, dass es viele gibt, die so durchgeknallt sind, dass sie Kinder umbringen.«

»M-Mindestens einen g-gab es.«

»Ja, aber der ist tot«, sagte ich und steckte das Messer zurück in die Tasche.

24

Am späten Nachmittag, als wir die Ranger-Station erreichten, türmten sich die Wolken im Westen zu einer hohen Mauer auf. Feuchter, warmer Wind wehte uns aus den Everglades entgegen. Die Ranger-Station war unbesetzt, und Cleves Boston Whaler war fort. Seltsam, dass er noch so spät auf dem Wasser war.

Mein Wagen stand auf dem Besucherparkplatz. Ich musste grinsen, als ich sah, dass die Kratzer von meinem Loop-Road-Erlebnis beseitigt worden waren. Das Chrom glänzte, und selbst die Radkappen waren geputzt worden. Ich würde dem Jungen fünfzig Dollar extra geben müssen.

Billy half mir, mein neues Kanu ins Wasser zu setzen. Er hatte mich überzeugen wollen, noch eine Weile bei ihm zu wohnen, doch ohne Erfolg. Ein guter Jäger, selbst einer aus der Stadt, legt seine Köder nicht so aus, dass er diejenigen gefährdet, an denen ihm etwas liegt.

Billy meinte, er würde die Information über Blackman und die Touristenfamilie an Diaz weitergeben. »V-Vielleicht machen sie was draus.«

»Vielleicht«, entgegnete ich.

Ich packte meine Taschen ins Kanu, band die Hüfttasche mit Billys Mobiltelefon um, packte mein Paddel und stellte mich hin, um ein Gefühl für meinen Neuerwerb zu bekommen.

»M-Man muss ein neues Boot vor s-seiner Jungfernfahrt taufen«, sagte Billy.

»Tatsächlich?« Ich zuckte mit den Schultern und betrachtete das Boot, als würde ich darüber nachdenken.

Da trat Billy ans Boot, spuckte in seine rechte Hand und schlug damit auf die dreieckige Plakette am Bug.

Es war das Ungewöhnlichste, was er je in meiner Gegenwart getan hatte. Mein Mund stand wahrscheinlich immer noch offen wie bei einem gestrandeten Fisch, als mir Billy seine feuchte Hand reichte und viel Glück wünschte. Dann drehte er sich um und ging weg.

»Du meine Güte«, stöhnte ich leise. »Was doch ein bisschen frische Luft in unberührter Natur bei Menschen anrichten kann.«

Ich stieß mich vom Ufer ab, merkte aber gleich, dass alles anders war.

Seltsam war, dass das neue Kanu ganz anders austariert zu sein schien als mein altes. Als ich mich auf der hinteren Bank einrichtete und mein Gewicht verlagerte, schaukelte der Boden von einer Seite zur anderen. Auch das neue Paddel fühlte sich eigenartig an, als ich die ersten Schläge machte. Mir ist das Boot nicht vertraut, dachte ich. Wie bei einem neuen Auto – gleiches Modell, aber trotzdem anders. Ich versuchte, mein Unbehagen zu unterdrücken und mich auf die Kraft zu konzentrieren, mit der ich mein Paddel bewegte, während ich auf den mittleren Kanal zusteuerte. Die Regenwand im Westen trieb aufs Meer zu und begann bereits die Sonne zu verdecken. Als ich die Mittelströmung erreicht hatte, verfiel ich in meinen Rhythmus: ausholen, durchziehen, leichte Drehung. Ausholen, durchziehen, leichte Drehung.

Meine Rippen taten immer noch weh, und im Unterarm spürte ich noch eine Verhärtung, doch als ich meinen Takt gefunden hatte, ließen mich der Schweiß, der mir am Rücken hinabfloss, und der Sauerstoff in meinem Blut langsam lockerer werden. Mit der Zeit bekam ich ein Gefühl dafür, wie ich das Boot führen musste.

Aber noch immer stimmte nicht alles. Das Wasser der seichten Stellen an den Mangrovenufern schien nicht in die richtige Richtung zu wirbeln. Die Strudel hatten keine Kraft. Die Luft, die über den Fluss strömte, roch anders.

Es hatte leicht zu regnen begonnen, und ich war müde, als ich die mit einem Blätterdach überwucherte Einmündung zum oberen Fluss erreichte. Das Wasser floss mir mit stärkerer Kraft entgegen als vorher. Der Regen, dachte ich. Er füllte den Kanal und den Sumpf auf der anderen Seite, und das überschüssige Wasser suchte sich den schnellsten und einfachsten Weg zum Meer. Es war rötlich und schwer vom mitgeschwemmten Boden. Über mir waren keine Fischadler. Keine Waldlaubsänger, die von niedrigen Ästen herunterzwitscherten. Keine Schildkröten, die auf umgestürzten Baumstämmen Wache hielten.

Nach dreißig Metern unter dem Blätterdach sah ich ihn – Cleves Boston Whaler lag ein gutes Stück weiter vorne hinter einer Biegung. Auch im Dämmerlicht schimmerte der weiße Rumpf wie ein nackter Knochen. Das Boot hatte sich mit dem Heck voraus in einem umgefallenen Zypressenstamm verkeilt. In der Strömung schaukelte das Boot ohne einen bestimmten Rhythmus. Während ich mich näherte, behielt ich beide Uferseiten im Auge, merkte aber, dass ich den Atem anhielt. Ich musste ein Stück zurückpaddeln, um neben dem Whaler halten zu können. Als ich nach oben an den Rand griff, um mich zum Aufstehen daran hochzuziehen, sah ich Blut auf der Mittelkonsole. Sie war verschmiert. Meine Beine zitterten, so dass ich mich wieder setzen musste, um nicht nach hinten ins Wasser zu fallen.

Ich versuchte zu atmen. Ich blinzelte, um wieder einen klaren Blick zu bekommen. Ich musste mich zwingen, um mich nicht vom Whaler abzudrücken und den Fluss hinunter ins Nichts zu paddeln.

Ich weiß nicht, wie lange es dauerte, bis ich wieder klar im Kopf war, doch schließlich zog ich mich auf der linken Seite des Whalers nach oben.

Auf dem Boden lagen Cleve und der junge Mike Stanton. Beiden war mindestens einmal in den Kopf geschossen worden. Sie trugen ihre Ranger-Uniformen. Cleve lag halb auf dem Jungen, als hätte er ihn schützen wollen. Das Blut war, der Neigung des Bootes entsprechend, zum Heck geflossen und hatte sich mit dem Regenwasser vermischt. Von dort ergoss sich die rötliche, teefarbene Mischung durch das Wasserabflussloch nach draußen.

Ich hatte genug Tote gesehen und brauchte nicht erst nach schwachen Pulsen zu suchen oder auf gurgelnde Atemgeräusche zu hören. Deswegen schaute ich nur, versuchte zu verstehen. Aber dieser neue Felsbrocken war viel zu gezackt, seine Kanten waren viel zu scharf, so dass er erst gar nicht in meinen Kopf passte. Ich saß auf dem Bootsrand und zog meine Hüfttasche nach vorne, um das Mobiltelefon herauszuholen, doch als ich mich umdrehte, begann ich zu würgen und konnte nicht mehr aufhören.

Tatort, dachte ich, oder vielleicht sagte ich es auch laut. Keiner da, der es hätte hören können. »Tatort, Tatort, Tatort, Tat…« Das Mantra holte mich zurück in die Wirklichkeit.

Ich stand auf und wischte mir mit dem verschwitzten T-Shirt das Gesicht ab. Dann holte ich das Telefon heraus und tippte Diaz' Nummer ein. Er hob nach dem fünften Klingeln ab, sprach schnell, klang beschäftigt. Im Hintergrund eine dröhnende Mischung aus Salsa und Jazz.

»Ja, Diaz hier.«

»Hallo, Diaz, hier ist Max Freeman, ich …«

»Max, Max, Max«, schnitt er mir in einem tadelnden Singsang das Wort ab. »He, wir gönnen uns hier gerade unsere verdiente Pause, Max. Es war ein langer, heißer Sommer, wie Sie wissen, und …«

»Und es ist noch nicht vorbei«, schnitt ich ihm das Wort ab. »Hier draußen auf meinem Fluss gibt es zwei Tote.«

Einen Moment lang herrschte Stille. Ich merkte, dass er mit der Hand die Telefonmuschel abschirmte.

»Was? Mein Gott! Was ist los?«

Jetzt war er konzentriert.

»Keine Kinder, Max. Sagen Sie mir, dass es keine Kinder sind.«

»Zwei Park-Ranger.« Ich drehte mich zu den beiden Leichen und versuchte, professionell zu sein. »Sie liegen in ihrem Boot gleich südlich der Einmündung zum oberen Fluss. Beide mit Kopfschuss aus nächster Nähe. Ich bin mir nicht sicher, was noch.«

Ich blickte hinunter auf Cleves Hand und versuchte, an der Leichenblässe abzuschätzen, wie viel Blut bereits nach unten abgesackt war. Seine Finger waren dunkel und aufgedunsen, auf der Handfläche sah ich die Wunde von einem glatten Durchschuss. Klassische Verteidigungshaltung: Er hatte seine Hand vergeblich gehoben, um die Kugel zu stoppen. Das Loch ließ auf ein mittleres Kaliber schließen, höchstwahrscheinlich 9 mm.

»Sieht aus, als wäre es schon ein paar Stunden her«, sagte ich mit Blick auf die Hand meines Freundes. »Und vielleicht gehört die Tatwaffe mir.«

»Mein Gott. He, he, Mr. Freeman. Bleiben Sie jetzt ganz ruhig, ja?« Diaz versuchte sein Bestes. Und ich war wieder zum »Mister« geworden. Die zufälligen Übereinstimmungen schienen auch ihm zu viel zu werden.

»Mr. Freeman?«

»Ja?«

»Hören Sie, wir sind schon auf dem Weg, ja? Wir kommen mit einem Team raus.«

»Ja.«

Ich hörte, dass er ging, wahrscheinlich aus irgendeiner

Bar, wo er mit ein paar Kollegen zusammengesessen hatte, vielleicht sogar mit Richards. Er kramte nach seinen Schlüsseln. Ich hörte, wie die Musik leiser wurde.
»Freeman?«
»Ja?«
»Hören Sie, bleiben Sie, wo Sie sind, ja? Tun Sie nichts. Es ist ein Tatort, richtig?«
Ich hörte nicht mehr zu. Es regnete stärker, die Tropfen hüpften auf dem weißen Fiberglas und flossen aus den Überlaufrohren mitsamt dem Blut nach draußen.
»Mr. Freeman?« Diaz versuchte, mich am Reden zu halten. »Was werden Sie jetzt tun, Mr. Freeman?«
»Nach Hause gehen«, sagte ich und schaltete das Telefon aus.
Ich kletterte zurück in mein Kanu und drückte mich vom Whaler ab. Bevor ich zum Paddel griff, steckte ich das Telefon in meine Hüfttasche. Auf dem Boden der Tasche ertastete ich ein Stück glattes, abgegriffenes Holz. Immer noch hatte ich das kurze, gebogene Messer, das im Haublock gesteckt hatte. War mein dämlicher Trick mit dem Köder der Anlass zu diesen Morden gewesen? Ich hatte gedacht, ich würde ihn auf mich lenken, ihn herausfordern, in der Hoffnung, dass er sich zeigen, einen Fehler machen und etwas Auffälligeres zurücklassen würde als einen Schuhabdruck. Stattdessen war er zur grausamen, unberechenbaren Bestie geworden.
Ich zog den Reißverschluss der Tasche zu, schob sie auf meinen Rücken und paddelte mit aller Kraft den Fluss hinauf.

Es wurde in der einsetzenden Abenddämmerung zwar dunkler, aber ich brauchte kein Licht, um mich zurechtzufinden. Prasselnd suchte sich der Regen seinen Weg durch das dichte Blätterdach. Ich versuchte, an Nate Brown und den gestrigen Morgen zu denken. Ich war überrascht gewesen, als er gesagt hatte, ich bräuchte mein Waffe nicht, als ich sie in meinen Hosenbund gesteckt hatte. Nachdem er mir von dem Mädchen erzählt hatte, hatte ich sie mit in die Hütte genommen, wo ich mich angezogen und die Erste-Hilfe-Ausrüstung geholt hatte. Ich hatte die Waffe auf meinen Tisch gelegt und dort vergessen. Ich sah sie vor meinem geistigen Auge dort liegen, schwarz, mit Roststellen und abgenutztem Griff. Mir war klar, dass sie jetzt nicht mehr dort lag.
Als ich wieder zu Brown hinausgerannt war, hatte ich aus Gewohnheit das neue Türschloss nicht vorgehängt, das Cleve für mich angebracht hatte. Er hatte sich Sorgen gemacht, dass die Waffe in die falschen Hände geraten könnte, nachdem sie die Polizei bei der Hausdurchsuchung entdeckt hatte. Und durch meine Schuld hatte jetzt jemand leichtes Spiel gehabt.
Ich ruderte schneller. Zweimal donnerte ich mit dem neuen Boot gegen halb versunkene Zypressenstämme. Nach zwanzig Minuten glitt ich um die Kurve, an der der Kanal zu meiner Hütte abzweigte. Ich ließ mich treiben und lauschte. Regen tropfte auf die Blätter und den Farn. Das Wasser im Fluss gurgelte über einen Baumstumpf. Spielte es eine Rolle, ob er mich hörte? Ich ruderte zu meiner Hütte weiter. Allmählich war mir alles

egal, meine Kampf-oder-Flucht-Reaktionen hatte ich abgelegt, sie waren überlagert von einem anderen Cocktail menschlicher Gefühle: Wut und eine gehörige Portion Rachsucht.

Ich zog mich aus dem Kanu und sicherte es, indem ich ein Seil vom Pfosten an der Anlegestelle um den Sitz legte. In der Dunkelheit sah ich die Umrisse der Treppe, aber es war sinnlos, nach Fußabdrücken zu suchen. Leise ging ich hinauf. Die Tür quietschte, als ich sie aufschob.

Diesmal fiel es mir sofort auf. Als Erstes schaute ich auf den Tisch, wo ich die Waffe hingelegt hatte. An ihrer Stelle lag ein GPS-Gerät, das gleiche Modell wie das in Ashleys Hütte und dasjenige, das vor einigen Tagen bei mir versteckt worden war. Ich ging einen Schritt weiter. Glas knirschte unter meinen Schuhen. Noch ein Schritt, und ich kickte mit dem Schuh irgendein Besteckteil über den Boden. Als sich meine Augen vollständig an die Dunkelheit gewöhnt hatten, entdeckte ich meine Batterielampe und schaltete sie ein. Wer auch immer hier gewesen war, war genauso gründlich gewesen wie die Polizei, hatte aber eine unbändige Wut gehabt. Schubladen waren ausgeleert, Regale von den Wänden gerissen, der Wandschrank durchwühlt und umgekippt und die Matratzen zerfetzt worden. Der Eindringling hatte sich diesmal nicht die Mühe gemacht, in Gummistiefeln mit weicher Sohle herumzulaufen. Meine Kaffeekanne lag zerschlagen auf dem Boden, die Scherben zertreten von schweren Stiefeln.

Dass alles kaputt war, bereitete mir keinen großen Kum-

mer. Ich hing nicht an diesen Dingen, obwohl ich gerne einen Kaffee getrunken hätte. Ich wusste, er hatte nicht gefunden, wonach er gesucht hatte. Doch das GPS-Gerät war ein übles Zeichen.
Ich zog einen Stuhl an den Tisch und betrachtete mir im Schein der Lampe das Gerät. Die angezeigten Zahlen kamen mir vertraut vor. Sie kennzeichneten die Stelle, an der ich die eingewickelte Leiche gefunden hatte. Mir stockte der Atem. Lag dort wieder ein Kind? Hatten Cleve und Mike den Mörder bei seiner Arbeit gestört und waren deswegen umgebracht worden? Wollte er noch mehr Beweise hinterlassen, um Hammonds auf meine Fährte zu locken? Oder wollte er einfach nur das haben, was ich hatte? Ich hatte keine Zeit, um das herauszufinden. Die Antwort würde ich flussaufwärts finden. Aber ich müsste sofort aufbrechen.
Wenige Minuten später war ich wieder auf dem Wasser Richtung Süden, schlug das Paddel viel zu tief ins Wasser. Ich war zu aufgeregt und deswegen unbeholfen, ich war wütend und dachte nicht darüber nach, was passieren könnte. Ich fand keinen Rhythmus beim Atmen, bemerkte kaum, dass es aufgehört hatte zu regnen und der Mond hinter der dünner werdenden Wolkendecke schimmerte.
Mehr aus Müdigkeit als aus Einsicht ruderte ich langsamer. In der Ferne hörte ich, wie das Wasser über den alten Damm rauschte. Nach dreißig Metern erkannte ich die Umrisse. Dann riss die Wolkendecke auf, und der Mond schien auf den weißen Schaum, der sich unten am Wasserfall bildete. Ich kämpfte gegen die Strudel an und

schaffte es mit einiger Anstrengung auf den fleckigen Beton hinauf. Eine Minute lang ruhte ich aus, lauschte auf das Zischen des Wassers, dann zerrte ich mein Boot über den Pfeiler in den oberen Teil des Flusses.
Ich stieg wieder ein und stieß mich aufs ruhige Wasser ab. Nach sechs oder sieben Schlägen hatte ich mich weit genug vom Wasserfall entfernt und suchte im Gewirr aus Wurzeln und Farnen nach der Stelle, wo ich die eingewickelte Leiche gefunden hatte. Wieder schien der Mond hinter einer Wolke hervor und beleuchtete die Wasseroberfläche.
Huu-huu.
Der doppelte Ruf eines Streifenkauzes ertönte so nah hinter mir, dass ich eine Gänsehaut bekam.

Ich drehte meine Schultern ein Stück, um nach hinten schauen zu können. Doch ich war mit dem Boot immer noch nicht vertraut, so dass es sich wegen meiner Gewichtsverlagerung zur Seite neigte. Im gleichen Moment dröhnte der erste Schuss in der Dunkelheit, und ich nutzte die Schräglage meines Kanus, um mich ins Wasser fallen zu lassen.
Es war ein höllischer Lärm an diesem stillen Ort, und obwohl ich mit dem Kopf einen Meter unter Wasser war, hörte ich den zweiten Schuss. Die Kugel krachte durch den Rumpf meines umgedrehten Kanus, und ich bin mir sicher, dass ich sie durchs Wasser zischen hörte, bevor sie meinen Oberschenkel traf. Sie fühlte sich an wie ein stumpfer Schürhaken. Ich spürte, wie sie sich durch den Muskel bohrte und stecken blieb. Ich dachte

an meinen Hals. Wie ich beim ersten Mal nicht einmal mitbekommen hatte, dass ich angeschossen war. Der Schmerz war diesmal anders, brennend und schneidend, aber ich blieb unter Wasser, hielt den Atem an und wartete auf die nächste Kugel.

Er muss ziemlich weit oben sein, dachte ich. Vielleicht auf einem Baum. Mir war klar, dass er mein weißes Gesicht sehen würde, sobald ich auftauchen würde, wenn er es nicht schon unter der Wasseroberfläche entdeckt hatte.

Ich sah nach oben, konnte aber nichts erkennen. Nur Schwarz. Mondlicht in einem Wirbel, das gleich wieder verschwand. Ich war immer noch unter Wasser, und meine Lunge begann zu brennen. Viel länger würde ich es nicht mehr aushalten. Aber wie soll man den Kopf heben, wenn man weiß, dass mit der Waffe auf einen gezielt wird? Ich tastete nach meinem Kanu und bekam den Rand zu fassen.

Könnte ich darunter auftauchen? Auf die Idee müsste er auch schon gekommen sein. Ich stand auf dem weichen Untergrund im Fluss. Vielleicht könnte ich das Kanu zum Ufer ziehen und dort leichter Schutz finden. Es war die einzige Möglichkeit, die mir blieb. Meine Lunge brannte. Keine der Alternativen schien sonderlich vielversprechend.

Ich umfasste die andere Seite des Kanus und tat das, wovon er dachte, dass ich es tun würde. In der Luftblase unter dem Bootsrumpf tauchte ich auf. Hier war es wirklich stockdunkel. Aber er schoss nicht.

»Das ist ja, als würde ich auf einen Fisch im Fass schießen, Mr. Free-man. Mögen es Touristen so nicht am liebsten?«

Seine Stimme hörte sich gedämpft an, doch das Echo unter meinem Boot wurde von einer Wand zur anderen geworfen. Aber es gab keinen Zweifel. Das besserwisserische Gehabe. Die Art, wie er meinen Namen in zwei Wörtern aussprach. Ich sah sein bärtiges Gesicht vor meinem geistigen Auge. Die markanten Wangenknochen. Der verdrossene Blick mit einem Schuss Wut.

Es war Blackman.

»Wie fühlt man sich so, wenn man plötzlich der Fisch ist, Free-man? Die Touristen halten so was immer gerne für Sport. Aber mit Sport hat das nicht viel zu tun, oder?«

Unter dem Bootsrumpf ließ sich nicht sagen, aus welcher Richtung seine Stimme kam. Aber ich spürte, wie die Strömung um meine Beine herumwirbelte. Logischerweise würde er stromaufwärts des Dammes sein. Ich umklammerte die Ränder des Boots und ließ mich treiben.

»Diese Leute mit ihrem Gequatsche von *Wildnis*-Erfahrung. Diese Ärsche, die kapieren doch erst, was Wildnis heißt, wenn sie hochkommt und zubeißt. Stimmt's, Free-man? Wie wild fühlt es sich da unten an, Free-man?«

Seine Stimme klang jetzt anders. Lauter. Aber auch näher? Ich hatte mich hingekniet, ein Fuß verhedderte sich in einer Wurzel, während ich rückwärts ging. Die Einschusswunde brannte höllisch. Mein rechtes Knie schlug gegen einen Felsen.

»Oh, sie wollen alle das Wilde spüren. ›Bringen Sie uns in die Everglades raus, damit wir *spüren*, wie es da ist.‹ Scheiße ist das. Die gehören hier so wenig her wie Sie, Free-man. Die kommen nur hierher, um zu klauen. Um die Everglades voll zu pissen und zu verwüsten. Sie sind nicht anders, Free-man. Sie kommen hierher und wollen in meinem Land leben.«

Ich hörte, wie der Wasserfall hinter mir sprudelte. Mir war nicht klar, wie nahe dran ich war. Ich rutschte mit einem Fuß in eine Felsspalte. Scheiße. Warum schießt er nicht einfach?

»Stimmt's nicht, Free-man? Haben Sie sich nicht schon in die Hosen gemacht?«

Wumm!

Er schlug kräftig von außen auf den Bootsrumpf. Mit etwas Hartem und Schwerem. Der Schlag brachte mein Trommelfell fast zum Platzen.

»Hä? Wie ist's denn so, Sie *Tourist*?«

Wieder dröhnte ein Schlag in meinem Kopf. Diesmal hatte der Schlag in der Mitte des Bootes eine Rippe getroffen. Er schien mit dem Paddel zuzuhauen, überlegte ich. Er musste vor mir im kniehohen Wasser stehen. Er musste ganz in meiner Nähe sein. Ich hörte, wie er durchs Wasser watete, seine Beine vorwärts bewegte. Ich spannte die Knie an, umfasste die Ränder des Boots noch fester und stellte mir vor, wie er am Bug des Bootes stand, weit ausholte und das Paddel wie eine Axt über dem Kopf schwang.

»WIE IST ES DENN SO, FREE-MAN!«, schrie er wieder. Ich wartete auf diesen Bruchteil der Sekunde,

auf dieses kurze Einatmen, mit dem sich Amateure immer verraten, bevor sie zuschlagen.
»SIE GLAUBEN …«
Mit meiner ganzen Kraft stieß ich mich nach oben und schleuderte das Boot in einer Wasserfontäne von mir weg. Als ich hörte, dass es auf etwas Festes aufprallte, knallte der nächste Schuss, der aber im Blätterdach landete. Ich drehte mich um und tauchte unter.
Mit voller Wucht prallte ich gegen die Staumauer. Ein wahnsinniger Schmerz jagte durch meinen Arm. Durch den Schwung und die Strömung wurde ich über die Mauer gezogen und landete mehr als einen Meter tiefer auf Beton.
Meine Füße schienen sich von alleine zu bewegen, als ich mich hinter den Vorhang aus Wasser zurückzog. Mehrere Sekunden lang blieb ich stocksteif auf der Seite liegen – aus Angst und vor Schmerzen. Als ich versuchte, mich an der Wand hinaufzuziehen und wieder aufzurichten, knickte mein linker Arm ab. Ich stöhnte auf, griff danach – und spürte, wie unter dem Hemd der Knochen herausstand wie ein gebrochener Besenstiel in einem Sack. Ich lehnte mich an die Staumauer und hielt den Arm in meinem Schoß, um mich herum nur das Rauschen des undurchsichtigen Wasservorhangs.
»Das ist ein verdammt kräftiger Sturz, Free-man.«
Blackman sprach mit beinahe ruhiger Stimme. Sichere, deutliche Aussprache, als würde er Touristen auf einem Naturkundepfad herumführen.
»Und Ihrem Wimmern nach zu urteilen haben Sie ganz schöne Schmerzen. Tja, ich habe schon genügend ver-

wundete Tiere gehört, Free-man. Aber Sie gehören zu der zähen Sorte. Das hat dieser kleine Flugzeugabsturz gezeigt. Und wie Sie Gunther da rausgezogen haben. Das hat sogar mich beeindruckt, Free-man.«

Das Rauschen des Wassers machte es mir praktisch unmöglich, ihn zu orten. Zuerst schien die Stimme von links zu kommen, dann von rechts. Und obwohl sich der Wasservorhang manchmal teilte, konnte ich nichts sehen.

»Aber ein gescheites Tier gibt sich nicht mit verwundeten und geschwächten Artgenossen ab und schadet sich selbst dabei. Besonders nicht mit einem Kätzchen wie Gunther, der nicht den Mut hatte, das zu tun, was getan werden musste.«

Jetzt schien die Stimme von oben zu kommen.

»Ja, Gunther war ein Schwätzer, genau wie die anderen. Aber wenn es darum geht, endlich zur Tat zu schreiten, dann muss man seine Stärke unter Beweis stellen.«

»Sie meinen, er wollte keine unschuldigen Kinder töten«, sagte ich schließlich, in der Hoffnung, er würde weiterreden, damit ich herausfand, wo er war.

»Reviersicherung und Überlebenskampf, Free-man.« Er klang aufgeregter als vorher. »Selbst ein Tier würde seine Jungen nicht in ein fremdes Revier mitnehmen, in dem ihr Überleben nicht gesichert ist. Sie alle wussten das. Sie alle kannten die Antwort. Aber selbst dieser alte Nate war viel zu träge, um das zu tun, was getan werden musste.«

Ich sah den Spalt im Wasservorhang, noch bevor die Kante des Paddels hindurchschoss, aber ich konnte meinen Arm nicht schnell genug heben. Das lackierte Holz traf mich an der Schläfe. Ein weißer Blitz jagte durch meinen Schädel. Plötzlich wurde ich aus dem Wasserfall herausgerissen und mit dem Gesicht nach unten ins Wasser geworfen. Ich versuchte, aufzustehen, doch Blackman stieß den Fuß vor. Dann spürte ich sein Knie in meinem Rücken. Wasser stieg in meiner Nase nach oben und lief die Kehle hinunter.

Ich hustete, was mir aber nur noch mehr Wasser in den Mund trieb. Dann riss Blackman meinen Kopf an meinen Haaren aus dem Wasser.

»Scheiße. Ich dachte, dass Sie nicht so schwierig umzubringen sind wie Ashley. Aber das hier ist ja viel zu einfach, Free-man«, knurrte Blackman.

Ich versuchte, mich vom Boden abzudrücken, doch der gebrochene Arm knickte ab wie ein Strohhalm.

»Ich dachte, ein abgebrühter Polizist, dem es nichts ausmacht, ein schwarzes Kind auf der Straße zu erschießen, würde mir einen harten Kampf bis aufs Blut liefern.«

Er packte mich an der Schulter meines gebrochenen Arms und wirbelte mich herum. Ich lag in dem kniehohen Wasser, schabte mit den Absätzen über die Felsen, aber er hielt mich vorne am Hemd fest, so dass ich mich nicht bewegen konnte. Ich schüttelte mir das Wasser aus den Augen; hinter seinem Kopf erkannte ich den Mond. Blackman hatte das Paddel verloren, hielt aber immer noch die 9-mm in der Hand, die dunkle Mündung direkt auf mein Gesicht gerichtet.

»Sie haben mein Messer, Free-man. Ich habe Ihre Pistole«, knurrte er. »Das Messer gefällt mir deutlich besser.

Aber diese hier hat mir heute Abend schon zweimal gute Dienste geleistet.«

Also hatte er das Messer in der Nachrichtensendung gesehen, so wie ich gehofft hatte. Aber es hatte ihn in die falsche Richtung getrieben. Ich hatte ihn für einen Feigling gehalten, für einen Psychopathen, der sich immer im Schatten verstecken würde. Das allerdings, was sich hier gerade ereignete, hatte ich nicht beabsichtigt. Aber dieses Ding, das ihn hierher geführt hatte und wegen dem er auf Cleve und den jungen Stanton gestoßen war, befand sich immer noch in meinem Besitz.

Er setzte sich auf mich und drückte mir die Kehle zu. Die Hüfttasche klemmte hinter mir an meinem Rücken. Ich zerrte mit meiner unverletzten Hand am Reißverschluss und suchte hektisch nach dem weichen, glatten Holzgriff und fand ihn.

Blackman hatte mich näher zu sich heraufgezogen.

»Aber auch wenn ich das Messer nicht zurückbekomme, ist es nicht so schlimm, weil Sie als Toter nicht sagen können, woher Sie es haben.«

Er beugte sich zu mir herunter, drückte mich dabei mit dem Gesicht unter Wasser. Von dort aus sah ich die verschwommenen Umrisse seiner Schultern und seines Kopfes, nicht aber seine Augen. Blasen stiegen aus meinem Mund auf. Ich war viel zu nahe am Ziel, um aufzugeben.

Ich stemmte mich mit den Füßen am Boden ab, versuchte, mich auf das Messer in meiner Hand und das Gefühl zu konzentrieren, das ich noch in meiner Schul-

ter spürte, und ließ dann das Messer mit aller Kraft, die mir noch verblieben war, nach oben schnellen.
Durch die schimmernde Wasseroberfläche hindurch beobachtete ich, wie meine Faust gegen seinen Hals rammte. Dort blieb sie zitternd hängen, und ich spürte, wie sich sein Griff lockerte. Tropfen, die aussahen wie dunkles Öl, fielen auf die Wasseroberfläche über mir und verloren ihre Form im Strudel. Dann wurde es schwarz um mich herum.

25

Ich hörte das Rauschen von Wasser, dann spürte ich, wie sich mein Brustkorb hob. Fremde Lippen waren auf meine gedrückt, und als sie sich wieder von meinen lösten, strömte warme Luft aus meiner Lunge.

Das Vakuum, das zurückblieb, löste einen Würgereiz aus. Ich spuckte einen Schwall Wasser aus, drehte mich auf die Knie und hustete eine ganze Minute lang, bis alles Wasser draußen war und ich meine Augen wieder öffnen konnte.

Ich lag auf der Staumauer, Nate Brown kniete neben mir, sein Gesicht vom Mond beleuchtet. Er strich sich mit dem Handrücken über seinen Schnurrbart. »Es ist lange her, dass ich einen Menschen ins Leben zurückgeholt habe.«

Ich blickte ihn nur an.

»Bleiben Sie liegen, mein Sohn«, sagte er. »Ich muss rübergehen und Ihr Boot holen.«

Ich ließ mich auf die Seite fallen, während er ins Wasser stieg. Die Schusswunde in meinem Bein tat nicht mehr so weh, der Oberschenkel war taub geworden. Doch mein Arm fühlte sich an, als würde ein Nerv darin wie eine straff gespannte Gitarrensaite schwingen.

»Blackman?«, fragte ich mit ruhiger Stimme, aber leise.

»Aus und vorbei«, antwortete Brown und stapfte durchs Wasser.
Ich versuchte, einen klaren Blick zu bekommen, gab aber schließlich auf und presste mein Gesicht gegen den kalten Beton. Die raue Oberfläche drückte sich in meine Wange, während ich in das schäumende Wasser blickte.
Brown kam mit meinem Kanu im Schlepptau wieder zurück und warf zwei kurze Zypressenzweige auf die Staumauer hinauf. Dann verschwand er wieder aus meinem Blickfeld. Ich wollte meinen Kopf nicht drehen, aus Angst, ich würde mich wieder übergeben müssen. Die Welt war nicht mehr das, was sie mal gewesen ist – sie war gekippt, von Wasser umspült. Ich konnte meine Augen nicht schließen.
Brown hatte eine Hand voll langer Weinranken gesammelt. Er zog sie einmal kräftig durch seine Hand, um die Blätter zu entfernen, und drehte sie zu einer langen Schnur zusammen. Schließlich packte er mit einer Hand meine Schulter, mit der anderen meinen gebrochenen Arm am Ellbogen. »Ganz ruhig«, sagte er, als ich zusammenzuckte. Mit einem kurzen, kräftigen Ruck richtete er den gebrochenen Knochen. Ich hörte das Tier in mir immer wieder aufschreien, dann wurde ich ohnmächtig.
Als ich wieder zu Bewusstsein kam, lag mein Arm in einer einfachen Schiene, und der Alte hatte mich irgendwie ins Kanu gelegt. Er zog sein Hemd aus und polsterte damit meinen Kopf ab, danach ging er ins Heck und bewegte das Boot flussabwärts. Er hatte kein Paddel, sondern lenkte allein durch Gewichtsverlagerung und

indem er hin und wieder an einem Ast Schwung holte. Über mir zog das Blätterdach vorbei, darüber flackerte der Mond. Immer wieder sackte ich weg, hatte aber Angst, meine Augen zu schließen, und versuchte, nicht ganz mein Zeitgefühl zu verlieren. Um den Fluss herum war es ruhig geworden, als hätten die Schüsse jeden Ton mit sich fortgerissen. Keine Vögel, keine Grillen, kein Beute- und kein Raubtier. Nur das Wasser, das rhythmisch gegen das Kanu schlug.

Dann stieg Brown aus, um das Kanu zu schieben. Der Bug stieß gegen etwas Festes – wir waren an meiner Hütte angekommen. Während ich mich mit einem unverletzten Bein abstützte, half mir Brown die Stufen hinauf und legte mich auf die zerfetzte Matratze. Der dunkle Raum um mich herum drehte sich. Brown suchte Streichhölzer, zog eines über seinen Fingernagel und zündete meine Kerosinlampe an.

Von irgendwoher hatte er einen Tonkrug mit Wasser aufgetrieben, den er an meine Lippen hielt. Er setzte sich auf einen Stuhl, wo ich ihn gut im Blick hatte. Das gelbe Licht fiel seitlich auf sein Gesicht. Die tiefen Falten, die sich auf seiner ledrigen Haut zeigten, verrieten sein wahres Alter.

»Ich nehme an, sie ist über den Berg«, sagte er. Seine Stimme hatte jegliche Autorität verloren.

»Waren Sie daran beteiligt?«, fragte ich nach einer Weile des Schweigens. Die Worte rieben wie Sand in meiner wunden Kehle.

»Ich denke, das war ich mal.« Er blickte an mir vorbei. »Am Anfang war es nur reines Geschwätz. Die

Jungen haben darüber geredet, wie die Leute aus der Stadt kommen und das Land zerstören. Das haben wir natürlich immer schon gewusst. Seit Urzeiten wurde so geschwätzt, wenn zu viel Whisky im Spiel war.«

Er redete zur Wand, in seinen Augen lag der gleiche Blick wie vor der Hütte, in der das Mädchen gewesen war und in die er nicht hineingehen wollte.

»Aber jetzt wurde auf einmal davon geredet, tatsächlich was dagegen zu unternehmen.«

»Blackman, Ashley und Gunther?«, fragte ich.

»Am Anfang auch noch ein paar andere«, sagte er, flößte mir noch etwas Wasser ein und trank selber einen Schluck.

»Sie waren keine schlechten Menschen. Früher bin ich mit jedem von ihnen zum Jagen und Fischen gegangen. Aber Sie wissen, wie manche Sachen einfach Feuer fangen und in Rauch aufgehen, während andere unter der Oberfläche schwelen. Sie glimmen vor sich hin, bis alles schwarz und verbrannt ist.«

Dem hatte ich nichts hinzuzufügen. Manchmal war die Sache auch einfach nicht zu verstehen. Ich hatte Polizisten gesehen, die so gehandelt hatten – sie hatten geredet und geredet. Dann hat jemand die Grenze überschritten, und alle hatten darunter zu leiden gehabt.

»Sobald das mit den Kindern passiert ist, haben wir uns gegenseitig beobachtet. Einige haben sich davon distanziert. Einige waren sich unsicher«, erzählte Brown weiter. »Ich denke, einer hatte seinen Spaß daran.«

»Aber niemand wusste, wer es war?«

Er schüttelte den Kopf und blickte auf den Boden.

»Zuerst hatte ich Ashley im Verdacht. Er war immer schon sonderbar. Ich bin ihm ein bisschen gefolgt. Dann habe ich ihn draußen in seiner Hütte gefunden. Das Mädchen lag drinnen. Ich muss Blackman verjagt haben. Dave Ashley hätte sich nie selbst aufgehängt.«

Der Alte stand auf und ging leise hinaus. Als ich husten musste, hatte ich das Gefühl, Glasscherben würden in meiner Lunge herumwirbeln. Brown kam mit meiner Tasche zurück, die er neben das Bett stellte und öffnete, um das Telefon herauszuholen.

»Jemand muss herkommen und Sie abholen«, sagte er und legte das Telefon neben meine unverletzte Hand.

Ich sah zu ihm auf.

»Was ist mit den Messern?«, fragte ich und dachte an das, das ich Blackman in die Kehle gestoßen hatte.

»Die habe ich aus dem Krieg mitgebracht«, antwortete er. »Ein paar habe ich meinen … Bekannten gegeben.«

Er rückte die Tasche neben dem Bett zurecht und drehte sich um, um zu gehen.

»Das da sollten Sie besser behalten«, sagte er und nickte zum Tisch, auf den er eines der deutschen Messer gelegt hatte. Ohne ein weiteres Wort ging er durch die Tür und war verschwunden.

Eine Zeitlang blieb ich im Schein der Lampe liegen. In meinem Kopf drehten sich die Gedanken an Blackman und seinen Wahnsinn, mit dem er sein Revier und Überleben sichern wollte, und die Bilder von grünem Wasser und blassen, toten Kindergesichtern.

Zuerst hörte ich die Motoren nur leise von weit unten am Fluss, bis der Lärm, der durch das Dickicht drang, immer lauter wurde.
Dann leuchteten Taschenlampen durch mein Fenster, und ich hörte leise Stimmen. Ich spürte, wie Holz gegen die Pfähle schlug, ich hörte Schritte, mehr als von einem Menschen, die die Treppe heraufkamen.
»Max?«
Es war Diaz, der sich wegen meiner Zurechnungsfähigkeit nicht sicher war und sich und seine Leute nicht in Gefahr bringen wollte, falls er mich völlig falsch eingeschätzt haben sollte.
»Max? Sind Sie da drin?«
»Ich bin hier«, rief ich mit schwacher Stimme.
Er flüsterte mit jemand anderem.
»Ich war es nicht, Diaz. Sie müssen mir vertrauen«, sagte ich.
Ich blieb unbeweglich liegen, weil ich wusste, dass jede Bewegung sie nur zu Tode erschrecken würde. Schließlich trat Diaz geduckt durch die Tür, die Mündung seiner Pistole geradeaus gerichtet. Ich bewegte mich nicht. Plötzliche Bewegungen führen nur dazu, dass der andere schießt.
»Tut mir Leid, dass ich nicht aufstehen und die Hände hochheben kann«, sagte ich und blickte immer noch aufs falsche Ende der Waffe.
»Mein Gott, Max.« Diaz steckte die Waffe weg.
Richards trat als Zweite ein. Im Schein der Kerosinlampe glänzten ein paar blonde Strähnen, die sich unter der Baseballmütze gelöst hatten. Den Polizisten hinter ihr

hatte ich noch nie gesehen. In den Händen hielt er ein MP5-Sturmgewehr, Standardausrüstung der Spezialeinheiten. Alle drei trugen schusssichere Westen.

»Hier drin ist alles klar«, meldete der Polizist der Spezialeinheit durch sein Funkgerät, das um seine Schulter hing. »Sieht aus, als bräuchten wir eine Trage und einen Arzt.«

Richards schaltete einen Scheinwerfer ein und setzte sich auf den Stuhl neben mich. Sie überprüfte kurz meinen Zustand. Die selbst gebaute Schiene besah sie sich etwas länger, bevor sie zum blutdurchtränkten Hosenbein überging.

»Schusswunde?«, fragte sie, kannte aber wahrscheinlich die Antwort schon. Ich roch ihr Parfüm. Es war an diesem Ort so fehl am Platz, dass es einem nicht entgehen konnte, obwohl sie nur ganz wenig verwendet hatte.

»Ja.«

»Sie haben ein paar schlechte Angewohnheiten, Freeman«, meinte sie, verzog aber ihre Mundwinkel zu einem leichten Lächeln.

Weitere Polizisten der Spezialeinheit tauchten in der Tür auf. Ihre Nachtsichtgeräte hingen lose um ihren Hals. Sie riefen Diaz zu sich und flüsterten mit ihm.

»Mein Gott!«

Er gab ihnen Anweisungen, kam zurück und baute sich vor mir auf.

»Flussaufwärts haben sie noch einen toten Mann gefunden. Sieht aus, als hätte man ihm ein Messer in den Hals gerammt.«

Er sagte es als Info für Richards und Frage zu mir.

»Blackman«, sagte ich und bekam einen Hustenanfall von der Anstrengung.
»Ist er der Mörder?«, fragte Diaz.
Ich konnte nur nicken.
»Gut, Max, schaffen wir Sie weg von hier. Wir müssen Hammonds sofort Bericht erstatten.«
Sie hoben mich auf die Trage, schleppten mich die Treppe hinunter und brachten mich in ein Boot der Küstenwache von Florida. Ein Arzt hatte die Holzschiene abgemacht und meinen Arm in eine aufblasbare Schiene gepackt. Mein Bein war verbunden worden. Ich hörte, wie sie etwas von Blutverlust redeten. Immer wieder wurde ich ohnmächtig. Ich dachte, ich würde noch andere Boote hören, doch das Schaukeln versetzte meinen Kopf in einen tiefen Dämmerzustand. Scheinwerfer tanzten in den Baumkronen. Funkgeräte knackten. In meiner Hütte und auf dem Fluss waren viel zu viele Menschen. Ich hörte das Dröhnen der Motoren und beobachtete wieder das vorbeiziehende Blätterdach.
Irgendwo flussabwärts dachte ich, ich hätte die Stelle erkannt, an der Cleves Boot gelegen hatte. Die Bäume darum herum waren mit gelbem Band abgesperrt. Von meiner Position unten im Boot aus konnte ich den Mond nicht mehr sehen, und ich fragte, wo er geblieben sei. Meine Stimme hörte sich an, als würde ich ganz unten in einem Blecheimer sitzen.
»Was?« Es war Richards.
»Wo ist der Mond?«, fragte ich wieder.
»Was?« Sie hielt ihre Wange an meine Lippen.
»Der Mond. Wo ist der Mond?«

»Sie sollten sich nicht anstrengen, Max«, sagte sie und drückte meine Hand.

Ich dachte, ich würde am Bootsanlegeplatz rote und blaue Lichter aufblitzen sehen, die sich wie auf einem Rummelplatz drehten. Ich dachte, ich würde Menschen sehen, die neugierig in einer Reihe standen. Ich dachte, ich würde einen schwarzen Chevy Suburban sehen, und war mir sicher, dass ich verloren war.

26

Richards hatte Recht gehabt mit meinen schlechten Angewohnheiten, zu denen Krankenhäuser und Schusswunden gehörten. Diesmal stand ich die ganze Sache halb bewusstlos durch, beobachtete die Sanitäter, die mich in den Krankenwagen verfrachteten, Puls und Blutdruck maßen und mir Injektionen verpassten. In den Kurven und wenn der Wagen an den Kreuzungen abbremste oder beschleunigte, wurde ich hin und her geschüttelt. Und über mir das ständige Heulen der Sirene.

Ich war wach, als ich in die Notaufnahme eines Krankenhauses gerollt wurde, das ich nicht kannte; ich sah die hässlichen Neonlampen, hörte das Rasseln, als Vorhänge an Metallschienen zugezogen wurden, hörte die ständig wiederholten Fragen, auf die zu antworten meine Kehle sich weigerte. Ich hörte, wie der Arzt den Sanitäter fragte, ob's das war.

»Ja, der Rest am Tatort war tot«, antwortete er.

Ich war bei Bewusstsein, als sie in meinem Schenkel nach der Kugel gruben, hörte, wie jemand sagte, dass die Kugel nicht tief eingedrungen war, hörte, wie Metall in einen Plastikbehälter fiel, hörte jemanden mutmaßen, dass die Kugel zuerst etwas anderes getroffen haben und dann herumgewirbelt worden sein musste, weil sie so unförmig war.

»Hat das Eintrittsloch jedenfalls ziemlich zerfetzt«, hörte ich den Arzt sagen. »Ist nicht annähernd so sauber wie das alte.« Und ich spürte seinen kalten Handschuh auf der Narbe an meinem Hals.

Ich war wach, als mein Arm geröntgt wurde, hörte das metallische Summen und Klicken der Maschine, hörte den Orthopäden sagen: »Großer Gott, die Jungs haben doch nicht etwa versucht, das noch vor Ort zu richten?«

Ich denke, ab da schlief ich einige Zeit. Immer noch wollte ich meine Augen nicht schließen, aber man muss mir etwas ins Blut gepumpt haben, damit ich schlief.

Ich lag in einem anderen Krankenhauszimmer, als ich aufwachte. Die Sonne schien durch ein Fenster und malte ein Rechteck aus Licht auf die Wand. Hammonds saß am Bettende auf einem Stuhl und blickte auf seine gefalteten Hände hinab. Ich beobachtete ihn einige Minuten lang, bevor ich mich räusperte und zu sprechen begann.

»Brauchen Sie mich noch?«, fragte ich. Die Worte klangen weicher als beabsichtigt.

Er sah auf, ohne den Kopf zu heben, und blickte mir in die Augen.

»Nein«, erwiderte er. »Wahrscheinlich nicht mehr.«

Er blieb auf seinem Stuhl sitzen und begann zu erzählen. Seine Krawatte saß eng um seinen Hals, die Ellbogen hatte er auf den Knien abgestützt, die Hände immer noch gefaltet.

Sie hatten meine 9-mm auf dem Grund des Flusses gleich unterhalb der Staumauer gefunden. Sie wurde gerade ballistischen Untersuchungen unterzogen und auf Fingerabdrücke untersucht. Auch das GPS-Gerät hatten sie in meiner Hütte gefunden; es wurde ausgewertet. Blackmans sterbliche Überreste lagen im Leichenschauhaus, als Todesursache wurde vorerst ein Messerstich in den Hals angenommen. Der Gerichtsmediziner hatte festgestellt, dass die Klinge, die zu Blackmans Tod geführt hatte, derjenigen ähnelte, mit der dem Hund der Familie Alvarez die Kehle durchgeschnitten worden war.

Hammonds hatte mich angesehen, als er dies alles erzählte, und diesmal mied ich seinen Blick.

»Wir haben von Ihnen ... äh ... zu Hause ein bestimmtes Messer mitgenommen. Ich denke, es macht Ihnen nichts aus, wenn wir es untersuchen und ein paar Tests durchführen?«

Ich nickte. Die darauf folgende, unangenehme Stille dauerte eine Weile, doch Hammonds machte keine Anstalten, zu gehen. Beide versuchten wir, einige noch immer scharfe Kanten zu glätten.

»Wir hatten Blackman eine Zeitlang unter Verdacht«, fuhr er schließlich fort, schien aber mit seinen Händen zu reden. »Wir waren uns nicht sicher, aber es war unmöglich, diesen Kerl zu beschatten. Wir haben ihn immer wieder aus den Augen verloren, konnten ihn einfach nicht festnageln.«

Nervös verkrampften und lösten sich seine Hände in einem unregelmäßigen Rhythmus.

»Dann sind Sie aufgetaucht, und zuerst dachten wir: Endlich kommt ein Komplize aus dem Schlangennest gekrochen. Dann sah es eher so aus, als wollte Ihnen jemand die Tat unterschieben. Und nach dem Flugzeugunglück schienen Sie eher zu den Opfern zu gehören. Nach einer Weile wussten wir nicht mehr, auf welcher Seite Sie standen, aber wir haben uns gedacht, dass Sie jemanden herauslocken könnten.«

»Köder«, sagte ich weder anklagend noch überrascht.

»Es war besser, wenn er hinter Ihnen statt hinter den Kindern her sein würde«, erwiderte Hammonds ohne Umschweife.

»Selbst nach der Sache mit Ashley?«

»Ashley hätte unser Mann sein können. Aber darauf wäre ich keine Wette eingegangen.«

»Dann haben Sie Ihren Mörder mit der Pressekonferenz nur in Sicherheit wiegen wollen«, stellte ich fest. Ich versuchte, Hammonds in die Augen zu blicken.

Er hob den Kopf. »Manchmal muss man sie einfach ausnutzen«, sagte er ohne Schamgefühl.

Ich weiß nicht, ob er mich, die Presse, das System oder alle meinte. Schließlich stand Hammonds auf, zog die Krawatte zurecht und strich über seine Jacke.

»Ich weiß, dass Sie glauben, es sei die Sache nicht wert gewesen. Ich hätte Sie einsperren und aus der Sache raushalten können. Vielleicht würden die Ranger noch leben.« Er sah viel zu alt aus für einen Mann, egal welchen Alters. »Aber er hätte sich weiterhin an den Unschuldigen bedient, Max.«

Er reichte mir seine Hand – und ich ihm meine.

»Jetzt ist es vorbei«, sagte er zum Abschluss. Ich sah ihm hinterher, als er das Zimmer verließ.

Eine lange Minute später klopfte Billy an die Tür. Ihm folgten Richards und Diaz. Es war, als hätten sie auf eine Art Unbedenklichkeitserklärung von ihrem Chef gewartet.

»D-Du siehst gut aus.« Billy stand am Fußende und schüttelte zynisch den Kopf.

»Wie breit getretene Hundescheiße«, sagte Diaz, der eine Hand auf die Bettdecke legte und seine großen Zähne mit einem breiten Grinsen entblößte.

Es war Richards, die seitlich ans Bett trat und mich am rechten Arm oberhalb des Infusionsschlauchs berührte.

»Wie geht's Ihnen, Freeman?«, fragte sie.

»Ganz gut.« Einen winzigen Moment lang blickte ich in ihre Augen. Ihre Nähe machte mich nervös. Sie zog die Hand zurück und umfasste ihre Ellenbogen.

»Na, lassen Sie sich ruhig Zeit, um sich von den süßen Krankenschwestern verwöhnen zu lassen«, meinte Diaz. »Die Journalisten draußen stehen schon Schlange, und es gibt keine Möglichkeit, Ihren Namen außen vor zu halten. Im Moment heißt es, dass Sie von einem Wahnsinnigen verwundet wurden, der einen zweifachen Mord begangen hat. Hammonds stellte bisher noch keine Verbindung zu den Kindermorden her.«

Ich sah zu Billy, der schweigend dastand, aber nicht bereit war, herumzuspekulieren, solange sich noch zwei Polizisten im Zimmer befanden.

»Draußen ist eine Reporterin, sie heißt Donna. Sie meint, sie kennt Sie«, meldete sich Richards wieder zu Wort und zog eine Augenbraue hoch. Ich schüttelte den Kopf. »Sie sagt, sie würde nicht drängeln wollen, aber sie wüsste, dass Sie eine Geschichte parat haben, und sie sei bereit, zu warten. Ich weiß, ich brauche es Ihnen gar nicht erst zu sagen, dass es genau diejenigen sind, vor denen man sich in Acht nehmen muss.«

»Aber wir haben noch tierisch viel Papierkram zu erledigen«, unterbrach Diaz sie und gab mir Gelegenheit, meinen Blick von seiner Partnerin abzuwenden.

»Haben Sie ... äh ... irgendwelche Zeugen da draußen gefunden?«, flüsterte ich.

»Nein. Nachdem Sie wegen den Rangern angerufen haben, sind wir, so schnell es ging, aufgebrochen. Wir haben den Weg flussaufwärts genommen und sind auf den Whaler gestoßen. Die zweite Gruppe kam flussabwärts von der Stelle aus, an der Sie mir Ihr zertrümmertes Kanu gezeigt haben. Alle hatten Nachtsichtgeräte dabei, aber sie haben nur Blackmans Leiche gefunden.«

Es war reine Taktik gewesen, dass sich die beiden Mannschaften der Spezialeinheit von beiden Seiten genähert hatten. Vorsichtsmaßnahme für den Fall, dass ich durchgedreht war, die beiden Ranger getötet und mich anschließend in meiner Hütte verbarrikadiert hatte. Ich sagte nichts darauf. So eine Taktik gehörte zur guten Polizeiarbeit; man darf es nicht persönlich nehmen. Aber trotz dieses Aufwandes und des technischen Vorteils war ihnen Nate Brown unbemerkt entschlüpft.

»Und wie wird Hammonds den Tod von Blackman erklären?«, fragte ich und überlegte, ob sie es überhaupt wussten.

»Das war ein tierischer Kampf gewesen, den Sie da ver-

anstaltet haben«, sagte Diaz, der wieder auf Polizist umgeschaltet hatte.
Ich schüttelte den Kopf und dachte an Brown, der mit seinem Skiff im Mondlicht durch die Everglades stakte.
»Auf jeden Fall hat uns Hammonds beauftragt, Ihren Pilotenkumpel Gunther zu suchen«, unterbrach Richards die Stille. »Scheinbar hat er das Krankenhaus verlassen und ist verschwunden. Aber wir glauben, dass er vielleicht nach Hause in den Staat New York gegangen ist. Wir werden ihn finden. In der zivilisierten Welt kann man nicht so leicht untertauchen. Aber ich denke, das wissen Sie.«
»Ja«, meinte ich. »Ich denke, das weiß ich.«
Beide Detectives wandten sich zum Gehen, doch Richards zögerte an der Tür und sah mich mit ihren grünen Augen noch einmal an. Eine Sekunde lang dachte ich, ich würde spüren, wie ein altes Gefühl in mir aufflackerte. Dann sah ich, wie sie eine Strähne ihres blonden Haars löste und hinters Ohr steckte.
»Bis dann«, sagte sie und schloss die Tür hinter sich.
Billy fragte mich ein oder zwei Mal, ob alles in Ordnung sei, bevor ich mich zu ihm drehte. Er zog gerade einen Stuhl ans Bett.
»Als M-Mandant hat man es leicht mit d-dir, Max. Aber als Freund u-umso schwerer.«
Ich verzog den Mund zu einem Grinsen und dankte ihm.
»Du d-darfst dich bei m-mir zu Hause erholen«, meinte er. »Ms. McIntyre und ich w-werden nach Paris in Urlaub f-fliegen. Sie will sich die Stadt a-anschauen.«

Ich gab keine Antwort. Ich blickte auf den Fleck, den die Sonne auf die Wand gemalt hatte, und war schon wieder halb in meinen Träumen versunken. Ich musste auf dem Meer sein, weil der Horizont gekrümmt war und ich das Schleifen der Steine nicht mehr hörte. Ich musste träumen, weil ich eine sanfte Meeresbrise spürte und den Golfstrom sah, dessen Farbe so blau war, dass man sie in der Hand halten konnte.

Danksagung

Ich möchte Dave Wieczorek, der als Redakteur bei einer Zeitschrift arbeitet, für seinen jahrelangen Unterricht danken, Russ und Marlene für den ruhigen Platz, den sie mir zum Schreiben angeboten haben, Michael für seine Bereitschaft zum Lesen und für seine Anleitung und vor allem Lisa für ihre endlose Geduld.

Spannung pur – Jonathon King bei Knaur

Schwarze Witwen

Thriller

Auf mysteriöse Weise kommen in West Palm Beach ältere Damen ums Leben. Alle waren verwitwet und nicht unvermögend. Denn alle hatten vor kurzem ihre Lebensversicherung ausgezahlt bekommen. Weil die Polizei nicht weiterkommt, ruft Rechtsanwalt Billy Manchester erneut seinen Freund Max Freeman zu Hilfe. Der Ex-Cop tauscht sein altes Revier, die Everglades, gegen den Großstadtdschungel und kommt einem groß angelegten Versicherungsbetrug auf die Spur. Und einem skrupellosen Serienkiller …

Tödliche Fluten

Thriller

Alles fängt mit einem uralten Fall an: 1923 verschwinden ein Vater und seine beiden Söhne spurlos in den Everglades. Für den Bau der ersten Straße durch die Sümpfe hatten sie sich als Arbeiter verpflichtet - ein Höllenjob. Jahrzehnte später findet ihr Enkel in einer verstaubten Kiste bisher unentdeckte Briefe der drei Männer. Sie schildern brutale Arbeitsbedingungen und unmenschliche Schinderei, ein Dasein als Sklaven. Die Nachforschungen der Angehörigen stoßen auf eine Mauer des Schweigens. Privatdetektiv Max Freeman soll Licht in die Sache bringen …